SIM
NÃO
QUEM
SABE

BECKY ALBERTALLI
AISHA SAEED

SIM NÃO QUEM SABE

TRADUÇÃO DE VIVIANE DINIZ

intrínseca

TÍTULO ORIGINAL
Yes, No, Maybe So

PREPARAÇÃO
Júlia Ribeiro

REVISÃO
Marcela Ramos

DIAGRAMAÇÃO
Ilustrarte Design e Produção Editorial

DESIGN DE CAPA
Julio Moreira sobre arte de Chris Kwon e Alison Donalty

ILUSTRAÇÃO DE CAPA
Soumbal Qureshi

CIP-BRASIL. CATALOGAÇÃO NA PUBLICAÇÃO
SINDICATO NACIONAL DOS EDITORES DE LIVROS, RJ

A289s

Albertalli, Becky, 1982-
Sim, não, quem sabe / Becky Albertalli, Aisha Saeed ; tradução Viviane Diniz. - 1. ed. - Rio de Janeiro : Intrínseca, 2021.
368 p. ; 21 cm.

Tradução de : Yes, no, maybe so
ISBN 978-65-5560-120-6

1. Ficção americana. I. Saeed, Aisha. II. Diniz, Viviane. III. Título.

20-67941

CDD: 813
CDU: 82-3(73)

Camila Donis Hartmann - Bibliotecária - CRB-7/6472

[2021]
Todos os direitos desta edição reservados à
Editora Intrínseca Ltda.
Rua Marquês de São Vicente, 99, 3º andar
22451-041 – Gávea
Rio de Janeiro – RJ
Tel./Fax: (21) 3206-7400
www.intrinseca.com.br

Para Stacey, Lucy e Jon, com a nossa gratidão

1

JAMIE

— LARANJAS NÃO TÊM MAMILOS — diz Sophie.

Paro nosso carrinho em frente ao balcão com frutas empilhadas em formato de pirâmide, ignorando-a solenemente. Digamos que parte de mim não quer discutir mamilos com minha irmã de doze anos na seção de hortifrúti da Target. E essa parte de mim... sou eu inteiro.

— São tangelos — acrescenta Sophie. — *Tangelos* têm...

— Bom para os tangelos. — Arranco um saco plástico do rolo. — Olha, quanto mais rápido pegarmos tudo, mais rápido poderemos ir embora.

Isso não é um insulto à Target. De forma alguma. A Target é incrível. É como se fosse meu paraíso pessoal. Mas é difícil sentir a vibe de *tudo pode acontecer* dessas grandes lojas de departamentos quando estou aqui cumprindo ordens do meu primo. Gabe é gerente-assistente de uma campanha para a eleição suplementar em nosso distrito e parece ter sempre alguma tarefa aleatória para mim e para Sophie. Hoje de manhã, ele nos mandou uma mensagem com uma lista de lanches para seus voluntários: *laranjas, uvas, chocolate, bagels de pizza, barrinhas de cereais, garrafas de água. NADA DE MAÇÃS. NEM PRETZELS*. Tudo em letra maiúscula, bem ao estilo Gabe. Aparentemente, comidas crocantes e campanhas telefônicas não se misturam.

— Ainda acho que parecem mamilos — murmura Sophie enquanto me preparo para pegar alguns tangelos no alto da pirâmide.

Gosto dos que têm uma cor tão viva que parecem editados no Photoshop, como se a cor tivesse sido saturada. Pego mais algumas frutas, porque Gabe está esperando pelo menos dez voluntários esta noite.

— Aliás, por que ele quer laranjas? — pergunta Sophie. — Tipo, por que escolher a fruta que faz mais sujeira?

— Para prevenir o escorbuto... — começo a dizer, mas neste momento duas garotas entram pelas portas automáticas e perco completamente a linha de raciocínio.

Olha, eu não sou o tipo de cara que não consegue agir como uma pessoa normal quando uma garota bonita passa por mim. Para começar, isso daria a entender que consigo agir como uma pessoa normal em outras situações. Além disso, não tem a ver com a beleza delas.

Quer dizer, elas *são* bonitas. Mais ou menos da minha idade, vestidas com agasalhos de zíper e calça jeans, prontas para o ar-condicionado no verão da Geórgia. A mais baixa — branca, com óculos de armação quadrada e cabelo castanho cacheado — gesticula enfaticamente enquanto se aproxima dos carrinhos. Mas é a amiga dela que chama minha atenção. Parece ser do Sul da Ásia, acho, e tem grandes olhos castanhos e cabelo escuro ondulado. Ela balança a cabeça e ri de algo que a outra diz.

Tem algo muito familiar nela. Juro que já a vi antes.

De repente, ela ergue o olhar, como se sentisse que estou observando.

E meu cérebro trava.

Tá. Tá bem. É isso mesmo. Ela com certeza está olhando para mim.

Meu amigo Drew saberia o que fazer nesta situação. Contato visual com uma garota bonita. Uma garota que tenho quase certeza de que conheço de algum lugar, o que significa que já existe um assunto para puxar conversa. E estamos na Target, a definição da minha zona de conforto. Se é que existe zona de conforto quando há garotas bonitas envolvidas na história.

Cara, só fala com ela. Eu juro por Deus que não é tão difícil. Me pergunto quantas vezes Drew já disse isso para mim. *Contato visual. Queixo erguido. Sorria. Aproxime-se.*

— Ok, sr. Olhar Apaixonado. — Sophie me cutuca. — Não sei para qual garota você está olhando.

Me viro depressa para o balcão de tangelos, minhas bochechas ardendo, e pego um da base da pirâmide.

E então tudo desmorona.

Primeiro, a pirâmide treme e, em seguida, ouço o *tum, tum, tum* dos tangelos caindo no chão. Olho para Sophie, que cobre a boca com as mãos e me encara, perplexa. *Todo mundo* me encara. Uma mãe empurrando o carrinho de bebê. O atendente da padaria. Uma criança até para de fazer birra perto das prateleiras de biscoito.

As duas meninas estão bem na linha de frente, é claro. E ficam paralisadas, perto do carrinho, com a mesma expressão de "eita".

Tum, tum, tum. E mais uma vez. Sem pausa.

E...

Tum.

O último tangelo cai.

— Eu sou...

— Um personagem de desenho animado — completa Sophie.

— Tá bem. Certo. Eu consigo resolver isso. — Me agacho e começo a passar os tangelos para Sophie. — Pega esses daqui.

Coloco mais alguns na curva do meu braço e tento me levantar, mas deixo cair vários antes mesmo de conseguir ficar de pé.

— Droga.

Eu me abaixo novamente para pegá-los, fazendo com que mais alguns caiam e rolem em direção ao balcão das maçãs — algo que não se esperaria de tangelos. Os mamilos não deveriam impedi-los de rolar? Engatinho até o balcão de maçãs, torcendo para que nenhum tenha rolado para muito longe, quando ouço alguém pigarrear em alto e bom som.

— Muito bem, meu caro, é melhor você ficar longe das maçãs.

Olho para cima e vejo um cara arrumadinho com uma camisa polo vermelha e um crachá da Target. *Kevin*.

Desajeitado, eu me levanto, esmagando um tangelo sem querer.

— Sinto muito! Me desculpe.

— Ei, Jamie, olha para cá — chama Sophie. Ela está com o celular na mão.

— Você está me filmando?

— Só um Boomerang rapidinho — diz ela. Então se vira para Kevin, o funcionário. — Esse é meu irmão, Mão-furada von Desastradowitz.

— Vou ajudar a arrumar tudo — falo, envergonhado.

— Não precisa. Eu cuido disso — responde Kevin.

Sophie encara o celular.

— Como faço para mandar um vídeo para o BuzzFeed?

Pelo canto do olho, noto um movimento: as garotas de agasalho entrando rapidamente num corredor lateral.

Indo para bem longe de mim, imagino.

Não as culpo nem um pouco.

Vinte minutos depois, Sophie e eu estacionamos em frente à sede da campanha de Jordan Rossum para senador estadual — em outras palavras, o anexo lateral da Fawkes and Horntail, uma livraria new age na estrada Roswell. Não está exatamente à altura do prédio do Capitólio do Estado da Geórgia, nem do edifício Coverdell do outro lado da rua, onde minha mãe trabalha para o senador Jim Mathews, do Trigésimo Terceiro Distrito. Todo o complexo do Capitólio estadual parece saído direto de Washington, com colunas, sacadas e gigantescas janelas em arco. Há equipes de segurança nas entradas, como em um aeroporto, e o interior é cheio de portas pesadas de madeira, pessoas de terno e grupos de crianças agitadas em passeios de escola.

E tem aqueles banheiros reluzentes do edifício Coverdell.

Eu sei *tudo* sobre aqueles banheiros.

Mas nada sobre ternos ou equipes de segurança na Fawkes and Horntail. Vou direto para a porta lateral, carregando umas vinte garrafas de água, enquanto Sophie entra atrás de mim, equilibrando as sacolas com os lanches. Estamos tão acostumados a vir aqui que nem batemos antes de entrar.

— Olá, bagels — cumprimenta Hannah, a coordenadora de campo assistente.

Ela está se referindo a nós, não aos lanches. Tem uma loja de bagels em Atlanta chamada Goldberg's e, como nos chamamos Jamie e Sophie Goldberg, às vezes as pessoas... pois é. Mas Hannah é legal, então nem ligo. Ela está indo para o terceiro ano na universidade Spelman, mas decidiu passar um tempo com a mãe este verão, só para ficar perto da sede da campanha.

A mesa dela está cheia de folhetos para distribuição porta a porta. Gabe os apelidou de *ingressos de maratona*.

— Isso é para a campanha telefônica de hoje à noite? — pergunta Hannah — Vocês são a melhor equipe de lanche de todos os tempos.

— Fiz praticamente tudo sozinha — anuncia Sophie, entregando as sacolas para ela. — Sou tipo a capitã da equipe de lanches.

Hannah, que já atravessou metade da sala com a comida, olha para trás e ri.

— Tirando a parte que fui eu que dirigi, empurrei o carrinho, carreguei toda a água... — resmungo.

— Mas a ideia foi minha. — Sophie me cutuca com o cotovelo e abre um sorriso enorme.

— Nossa mãe nos obrigou.

— Ok, mas sou a pessoa que *não* derrubou todos os tangelos do balcão.

Hannah volta para sua mesa.

— Ei, vocês vão aparecer amanhã à noite, não é?

— Ah, pode apostar — responde Sophie. — Estaremos lá, com certeza.

Nossa mãe não tem nos deixado faltar a nenhum evento de campanha do Rossum. Que sorte a nossa. É sempre a mesma coisa: gente circulando com copos de plástico, olhando no fundo dos seus olhos e forçando intimidade. Eu, esquecendo o nome das pessoas logo depois de se apresentarem. E, quando Rossum enfim chega, todo mundo fica superagitado. As pessoas riem mais alto, viram quando ele passa, aproximam-se para pedir selfies. Rossum sempre parece meio espantado com aquilo tudo. Não de um jeito ruim, mas de um jeito tipo "quem, eu?". É a primeira vez que ele se candidata, então imagino que não esteja mesmo acostumado com toda essa atenção.

Mas o negócio é que Rossum é incrível com as pessoas. Quer dizer, as pautas dele são ótimas também — ele é superprogressista e vive falando em aumentar o salário mínimo. Mas boa parte do encanto se deve à maneira como fala. Ele consegue provocar arrepios, despertar sorrisos ou então fazer você se sentir firme e determinado. Sempre penso nas pessoas que mudaram o mundo com suas palavras. Patrick Henry, Sojourner Truth, John F. Kennedy, Martin Luther King. Sei que Rossum é só um cara concorrendo ao senado estadual. Mas ele faz tudo parecer grandioso. Faz esta eleição parecer um *momento único*, um novo marco na linha do tempo da Geórgia. Faz parecer que estamos presenciando uma mudança histórica.

Não consigo nem imaginar como é ser capaz de fazer isso.

O evento de amanhã é um jantar inter-religioso numa mesquita local, então minha mãe está ainda mais animada do que de costume. Não somos os judeus mais praticantes do mundo, mas ela adora essa coisa de construir uma comunidade religiosa.

— Vai ser divertido — diz Hannah, abrindo o laptop. Então para de repente e olha de novo para a gente. — Ah, vocês precisam de reembolso pelos lanches, não é? Vou chamar o Gabe, ele está na sala VIP.

A sala VIP é um almoxarifado.

Hannah sai de lá instantes depois, seguida por Gabe, que está usando uma camisa azul de botão impecável e um adesivo com a foto de Rossum colado no peito. Às vezes as pessoas dizem que eu e Sophie somos parecidos com Gabe, já que ele é alto, tem cabelo castanho e olhos em um tom esverdeado, mas seus lábios são maiores, e suas sobrancelhas, mais arqueadas, além da estranha pseudobarba que ele está sempre tentando cultivar. Sem contar que tem vinte e três anos, ou seja, seis a mais do que eu. Não consigo ver a semelhança.

Gabe junta as mãos e sorri.

— Estava me perguntando quando veria vocês por aqui.

— Estávamos aqui na segunda — retruca Sophie.

— E no domingo — acrescento.

Ele não se abala.

— Vocês estão perdendo toda a parte divertida de prospecção de votos. Deveriam se inscrever. Ou podiam aparecer para a campanha telefônica hoje à noite, que tal? Vai ser irado — conclui ele, com a voz mais aguda, erguendo as palmas das mãos como se estivesse levantando o teto.

Dou uma olhadela em Sophie, que parece meio engasgada, tentando abafar o riso.

— Então, topam? — pergunta Gabe. — Rossum precisa de vocês.

Desta vez, olho para baixo. Quero ajudar Gabe, mas não levo jeito para campanha telefônica. Colocar papéis em envelopes? Deixa comigo. Cartões-postais? Melhor ainda. Até já enviei umas mensagens de texto para fazer o que Gabe chama de comunicação "entre pares", embora na verdade ninguém com idade suficiente para votar possa ser considerado meu par.

Mas, é claro, o que mais me desconcerta é a campanha direta. Tenho dificuldade em falar com estranhos. E não só com garotas bonitas. Mas com todo mundo. Meus pensamentos se embolam e nunca conseguem fazer uma viagem tranquila do meu cérebro até a boca. Não sou como Sophie, que é capaz de entrar em qualquer lugar, fazer amizade com qualquer pessoa, participar de qualquer conversa. É algo que ela nem se esforça para fazer. Só é da natureza da minha irmã não ficar constrangida com nada. Por exemplo, ela peidou no ônibus da escola no quinto ano e achou superengraçado. Sentir vergonha nem passou por sua cabeça. Se fosse eu, ia querer sumir.

Talvez algumas pessoas estejam destinadas a sempre dizer a coisa errada. Ou a não dizer *nada,* porque durante metade do tempo só gaguejo, fico vermelho e mal consigo formular palavras. Mas antes isso do que a outra possibilidade... que, agora sei, envolve catarro, uma pitada de vômito e os sapatos oxford pretos do senador estadual Mathews.

Digamos que não sou o mestre da persuasão que um político gostaria de ter à frente de sua campanha. Não sou uma pessoa capaz de mudar a história.

— Não sei, não. — Balanço a cabeça. — Eu não sou...

— É facinho — diz Gabe, batendo em meu ombro. — É só seguir o roteiro. O que acha de fazer algumas ligações hoje à noite, e aí aproveitamos para separar uma região para você fazer prospecção de votos.

— Hum...

— Temos escola hebraica — diz Sophie.

— Ah, maneiro. Grande J, não sabia que você ainda estudava hebraico.

— Eu não...

Sophie olha depressa para mim, apertando os lábios, a clássica expressão de Sophie Goldberg que significa *Jamie, cala essa boca.*

— Jamie *está* estudando hebraico — afirma ela, categórica. — Ele precisa relembrar algumas coisas para me ajudar na minha parte da Haftará.

Assinto, confirmando.

— Haftará. Isso.

— Caramba — diz Gabe. — Isso que é um bom irmão.

— Ele é, sim. E eu sou uma boa irmã — responde Sophie, batendo no meu braço. — Uma irmã incrível. Boa demais para ser verdade.

Olho para ela de canto de olho.

— Você tem seus momentos — brinco.

Mas o carma sempre vem. Sophie pode ter mentido sobre a escola hebraica hoje à noite, mas, assim que entramos na cozinha, fica claro que estamos em pleno caos do planejamento do bat mitzvá. Minha mãe e minha avó estão na mesa da cozinha, com a cara enfiada nos seus respectivos notebooks — bom, essa não é a parte estranha. Minha avó está sempre aqui. Ela veio morar com a gente quando eu tinha nove anos, logo depois que o vovô morreu. E as duas estarem na frente do computador também não é estranho, já que tanto a minha mãe quanto minha avó são nerds demais. Minha mãe às vezes faz análise de dados para a campanha do senador Mathews, e, claro, minha avó é a rainha das redes sociais.

Mas o fato de minha mãe estar trabalhando de casa no meio da tarde, ainda de roupão, é preocupante. Assim como ver que Boomer, o mastim da vovó, está andando em torno da mesa, nervoso. Sem contar que a própria mesa parece um apocalipse de papéis, cheia de planilhas, amostras de centros de mesa, fitas decorativas, fichários e envelopes minúsculos. Eu diria que minhas chances de escapar da cozinha sem pelo menos uma pilha de plaquinhas de papel para dobrar são de zero por cento.

Sophie entra na conversa.

— Novas confirmações!

— Sophie, deixa a vovó abrir a planilha primeiro — diz minha mãe, esticando o braço na direção de um grande fichário. — Também preciso que você examine a planta para pensarmos na organização do espaço. Vamos passar a maior parte do tempo no salão de festas, com as mesas aqui, a pista de dança ali, e temos duas opções para o bufê. Podemos colocar na lateral, perto do…

— "Tessa Andrews tem o prazer de aceitar." — Sophie bate o cartão alegremente na mesa. — Tá de sacanagem! Que maravilha!

— Sophie, olha essa boca — diz mamãe.

Minha irmã inclina a cabeça.

— Não acho que "sacanagem" seja palavrão.

— É uma porta de entrada para os palavrões — falo, sentando ao lado da minha mãe.

Boomer apoia a cabeça no meu colo, pedindo carinho.

— Aqui, abri a planilha — diz minha avó.

— Sophie, você está ouvindo? — pergunta minha mãe. — A outra opção é deixar o bufê na sala dos fundos. Mas não é estranho a comida ficar tão perto assim dos banheiros?

Dou de ombros.

— Pelo menos é conveniente.

— Jamie! Deixa de ser nojento — reclama Sophie.

— Ai, meu Deus, estou falando de lavar as mãos!

Mamãe massageia as têmporas.

— Gostaria de aproveitar esse espaço, já que vamos pagar por ele, mas…

— Ah! — Sophie se anima. — Que tal fazer uma sala *teen*? — Minha mãe estreita os olhos, mas Sophie levanta um dedo. — Escuta só. É perfeito. Os adultos… todos os seus amigos, a família… vocês vão ter a celebração bonita no salão de festas, certo? E os adolescentes ficam com uma festinha menor, tranquila, na outra sala. Bem informal.

— Que bobagem! — diz minha mãe. — Por que vocês não iriam querer ficar com a família?

— Só tenho medo de nossas músicas serem um pouco demais para os mais velhos, sabe? Assim, vocês podem tocar "Shout" ou o que quer que seja aqui. — Sophie aponta para o meio do salão na planta. — E *nós* podemos tocar Travis Scott… e todo mundo fica feliz.

— Travis Scott. Não é o pai da Stormi? — pergunta minha avó.

— Não vamos fazer duas festas diferentes — declara minha mãe.

— Então por que quis saber minha opinião? — reclama Sophie. — O que eu estou fazendo aqui?

— O que *eu* estou fazendo aqui? — murmuro para Boomer, e o cachorro me encara solenemente.

Vamos ser sinceros. Minha mãe não quis que eu opinasse nem quando estávamos planejando meu próprio bar mitzvá. Não pude sequer escolher o tema. Eu queria linhas do tempo históricas. Ela me obrigou a escolher "Volta ao Mundo", com passaportes de chocolate como lembrancinha.

Até que acabou ficando legal — de um jeito irônico, já que só estive em um país estrangeiro na vida. Meu pai mora há anos como expatriado em Utrecht, então todo verão Sophie e eu passamos algumas semanas na Holanda. Fora isso, não falamos muito com ele. É difícil explicar, mas, quando ele está fisicamente presente, ele é *presente* — tira folga quando visitamos e tudo. Mas não é de ligar ou mandar mensagem, e quase não escreve e-mails. E só voltou poucas vezes aos Estados Unidos desde o divórcio. Duvido que venha ao bat mitzvá da Sophie, principalmente por ter sido marcado tão perto das nossas férias de verão. Ele não veio ao meu, mas mandou uma caixa de autênticos *stroopwafels* holandeses de presente. Não tive coragem de contar para ele que vendem exatamente a mesma marca no supermercado Kroger.

— ... o brinde do Jamie — diz minha mãe.

Eu me estico rapidamente na cadeira, assustando Boomer.

— Meu o quê?

— Você vai fazer o brinde antes da chalá na recepção. E o hamotzi, é claro.

— Não, não vou. — Sinto um calafrio.

— Ah, vamos, vai ser bom para você. — Minha mãe bagunça meu cabelo. — Será uma ótima oportunidade de treinar para falar em público, e praticamente sem estresse, não é? Vão ser só a família e os amigos da Sophie.

— Você quer que eu faça um discurso na frente de um salão cheio de pré-adolescentes?

— É tão intimidador assim? — pergunta ela. — Você vai estar no último ano do ensino médio. Eles não estão nem no primeiro.

— Que sacanagem. — Balanço a cabeça.

— Jamie, não use a porta de entrada para os palavrões — diz Sophie.

Minha avó sorri gentilmente.

— Por que você não pensa um pouco sobre isso, *bubalah*? Não são todos pré-adolescentes. Drew vai estar lá, Felipe e o namorado dele, seus primos também.

— Não. — Minha mãe coloca a mão em meu ombro. — Isso é inegociável. Jamie pode sair um pouco da zona de conforto pela Sophie. É a irmã dele!

— É, eu sou sua irmã — repete Sophie.

— Isso não é coisa de irmãos! De onde você tirou isso? Pensando bem, quem deveria fazer o brinde é você.

— A irmã da Andrea Jacob fez o brinde dela — diz Sophie. — E o irmão do Michael Gerson, e o irmão da Elsie Feinstein, se bem que ele só deve ter dito mazel tov e depois arrotado no microfone. Não faça isso. Ei, e se você fizesse o brinde em versos?

Dou um pulo da cadeira.

— Estou indo embora.

— Jamie, não seja dramático — repreende minha mãe. — É uma ótima oportunidade para você.

Não respondo. Nem olho para trás.

Não consigo. Sinto muito. Nada contra a Sophie. Acredite, eu adoraria ser o irmão incrível que sobe no palco e faz um brinde com doses de sentimentalismo e humor perfeitamente equilibradas. Adoraria encantar todos os amigos dela e dizer as coisas certas. Sophie com certeza merece um irmão assim. Mas só de pensar em ficar na frente de um salão lotado, tentando formar palavras sem engasgar ou ter um ataque de tosse ou atear fogo no recinto por acidente... É impossível. Isso é trabalho para algum outro Jamie, mas, infelizmente, eu sou apenas eu.

2

MAYA

SARA TEM UMA MISSÃO. E, como sua melhor amiga, estou à disposição para o que der e vier. Mas, depois de quarenta e cinco minutos de caça ao tesouro, continuamos de mãos vazias. O objeto da nossa busca? Uma lata de lixo. E não, não é uma metáfora. Estamos literalmente em busca de um recipiente para armazenar o lixo.

— Deve estar aqui em algum lugar... — murmura Sara. — Tinham três em estoque quando a Jenna ligou para conferir hoje de manhã.

Seguro um bocejo enquanto as pessoas passam por nós, empurrando carrinhos vermelhos.

— Achei que você fosse comprar aquelas outras coisas da foto que mandou na semana passada — digo.

— Sim, mas então a Jenna descobriu um conjunto ótimo aqui que combina com a disposição do nosso dormitório. E essa é a única coisa que falta.

— Continuo sem entender. — Olho torto para ela. — Tipo, é uma lata de lixo.

— Corrigindo: é a laxa de lixo *perfeita*, Maya. — Os olhos de Sara brilham. — Tem um estilo meio vintage. Você vai ver!

Sorrio e faço que sim, mas a verdade é que, mesmo já tendo vasculhado essa seção da loja três vezes, fico feliz só de estar aqui com Sara. Com todos os trabalhos dela — babá, professora de natação na ACM e atendente na sorveteria Skeeter's —, minha amiga anda tão ocupada neste verão quanto no último ano do ensino médio. Ainda nem tive a oportunidade de contar para ela tudo o que tem acontecido lá em casa. Só de pensar, já sinto um aperto no peito. Porque, neste exato momento, meu pai está empacotando suas coisas em caixas de papelão.

Reviro minha bolsa procurando o celular e esbarro no meu passaporte. Chegou ontem. Tiro da bolsa, e uma nova onda de tristeza toma conta de mim. O plano era viajarmos para a Itália quando o Ramadã terminasse, dois dias após o Eid. Mas, assim que dei início ao processo de tirar o passaporte, a viagem foi cancelada e, descobri depois, o casamento dos meus pais também. Olho para a minha foto. Acho que deve existir alguma regra que obriga toda foto 3x4 a sair horrível. Como prova disso, posso mostrar minha carteira de motorista, meu cartão da ACM e agora meu novo passaporte, em que pareço um pica-pau mal-humorado. Mas me sinto até boba por me preocupar em *como* saí na foto diante de tudo o que está acontecendo.

— Não ficou tão ruim — diz Sara, olhando por cima do meu ombro.

— Mas também não ficou boa.

— É uma foto de passaporte. — Ela me cutuca. — O importante é que vai te levar aonde precisar ir.

Mordo o lábio. Sara era a primeira pessoa para quem eu queria contar a situação dos meus pais, só que ela andava tão ocupada que eu ainda não tinha conseguido encontrar o momento certo. Mas...

— Então. — Olho para ela. — Tem uma coisa que quero te contar faz um tempo. A viagem para a Itália já era. Eu acho que...

— Sério?! — Sara me encara. — Você não vai acreditar. Recebi uma mensagem hoje de manhã avisando que uma família precisa de uma babá de meio período durante o verão! Me senti tão mal, porque ando ocupada demais para aceitar, mas posso indicar você, então? A mãe da Jessie conhece todo mundo da rede de babás, essa pode ser sua grande chance.

A mudança brusca de assunto me deixou um pouco desconcertada. É verdade. Estou esperando uma oportunidade de entrar nessa complexa rede local de babás há séculos, mas Sara nem parou para me perguntar *por que* eu não vou mais para a Itália. Eu deveria retomar o assunto e contar o motivo, mas ela está tão empolgada e não a vejo há tanto tempo...

— Se for pela manhã, eu topo — respondo, enfim.

Minha mãe costuma trabalhar de casa até meio-dia, então posso pegar o carro dela emprestado.

— Jessie é a criança mais fofa do mundo. — Sara digita alguma coisa e depois guarda o celular. — Nem sei o que eu faria aqui sem você. Procurar essa lixeira é tipo brincar de *Onde está o Wally?*. Pode estar em vários departamentos: cozinha, banheiro, organização...

— Estou meio chocada por você não estar trabalhando — comento.

— Eu sei. Fecharam a piscina por causa de um problema no encanamento, então todas as minhas aulas tiveram que ser remarcadas. Nem acredito que tenho um dia inteiro só para mim.

— A gente podia sair para jantar depois que o jejum acabar — sugiro.

Assim, finalmente vamos poder nos sentar e conversar direito. Só de pensar em contar para Sara sobre os meus pais, já me sinto um pouquinho melhor. Não acho que exista algo que ela possa dizer que me faça rir, e deixar esse problema para lá, como normalmente acontece quando desabafo com ela. Mas, se tem alguém capaz de encontrar graça na implosão da minha família, é a Sara.

— Mellow Mushroom, como nos velhos tempos? Não vamos lá há séculos.

— Três semanas e dois dias — respondo. — Não que eu esteja contando.

— Foi mal. — Ela olha para mim, sem graça.

— Não tem problema. Ainda temos o resto do verão.

No outono, ela vai para a Universidade da Geórgia. Tento não pensar muito que, com trânsito, Athens fica a duas horas daqui. E estamos em Atlanta, então *sempre* tem trânsito.

— Ah, é, falando nisso. — Sara morde o lábio. — Não sei se vou em agosto.

— Como assim?

— Jenna está fazendo um curso de verão, e Ashley, a namorada dela, é gerente da Livraria Avid. Fiz uma entrevista de emprego para lá, por Skype, hoje de manhã.

— Você vai embora antes de agosto? — pergunto, perplexa.

— Talvez. Não sei se vão me contratar. Ashley disse que receberam uma tonelada de currículos. Mas, se eu conseguir esse emprego, você tirou a sorte grande, Maya. — Ela dá uma piscadinha. — Aposto que os funcionários têm um bom desconto nos livros. E você sabe que vou te colocar no esquema.

Não é nada de mais. Sara já ia embora mesmo. Mas é que ela andou tão ocupada no ano passado inteiro que eu esperava encontrar brechas para colocar o papo em dia durante o verão. A decepção dói. Esse é o lado ruim de ser amiga de alguém um ano acima do seu.

— Ai, meu Deus. — Sara está encarando o celular. — Jenna encontrou *outro* cara que ela jura ser "perfeito para mim" — diz, estendendo o aparelho para me mostrar a foto de um garoto com cabelo bagunçado estilo surfista.

— Ele é bonito — falo.

— Ainda nem me mudei e ela já foi à caça. — Sara solta um grunhido.

— Já está mais do que na hora de você sair com alguém. Vai ser legal.

Sara não fica com ninguém desde que terminou com seu namorado de longa data, Amari, no ano passado.

— Legal, é? Então tá. Vou dizer a ela para ficar de olho em alguém para você também!

— Ah, para. — Esbarro nela de leve com o ombro.

— Imagina. — Ela ri. — Podemos marcar várias saídas de casal.

— Ah, claro... Já estou até vendo isso acontecer. — Reviro os olhos.

A questão é a seguinte: existem muçulmanos com as mais diversas opiniões quando o assunto é namoro e relacionamentos — algo normal para um grupo de mais de um bilhão de pessoas. Mas os meus pais? Eles não são favoráveis à ideia de eu namorar durante o ensino médio. Não são tão rígidos quanto os pais da Lyla, que decretaram que ela não pode se encontrar com garotos e ponto final, mas os meus sempre disseram que relacionamentos são sagrados. Eles não acham uma boa ideia namorar por namorar, sem que haja potencial para um futuro duradouro juntos. Mas não falo muito sobre isso, já que é meio estranho anunciar algo assim quando se tem apenas dezessete anos. Sara é a única que sabe, e ela acha uma loucura eu aceitar isso, mas entendo o ponto de vista dos meus pais. Relacionamentos são complicados, e no momento tem coisa demais mudando na minha vida para eu pensar em acrescentar mais um item nessa confusão. Então a verdade é que, a menos que o sr. Darcy de *Orgulho e preconceito* apareça na minha porta com flores declarando devoção eterna, estou fora.

— Ali! — grita Sara.

Estamos na seção de volta às aulas: prateleiras cheias de luminárias fofas e despertadores. Cinco camas de solteiro estão montadas lado a lado, com diferentes lençóis, cobertores e almofadas.

Sara corre, pega uma lata de lixo de metal e a coloca delicadamente no carrinho, como se fosse uma frágil obra de arte. Então tira uma foto e digita uma mensagem.

— Não sei por que não procurei aqui primeiro. E é a última!

— Maravilha. — Sorrio, tentando demonstrar apoio. Mas quão empolgada eu deveria ficar com uma lixeira?

— Jenna me pediu para dar uma olhada nas cortinas.

Sara empurra o carrinho enquanto olha o celular. Aperto o passo para acompanhá-la.

— Ainda está pensando em azul-celeste e creme?

— Aham. — Ela assente. — Se achar alguma coisa legal, me avisa.

Eu a acompanho enquanto ela dá uma olhada nas cortinas e depois nos tapetes. Sara manda algumas fotos para Jenna pelo caminho. É como se Jenna estivesse passando o dia com a gente. E por mim não tem problema. Juro.

Antes de virarmos no corredor seguinte, eu paro.

— Seu crush está vindo aí — falo.

Sara olha para a frente, assustada, e arregala os olhos.

É Kevin Mullen, da escola. Ele está caminhando pelo corredor principal em nossa direção, tomando um café gelado. Na escola, ele sempre usa mocassins, jeans e camisas de botão para fora da calça. Mas agora está com o uniforme completo da Target: calça cáqui, camisa de um tom vermelho-vivo e tênis confortáveis. Conheço Kevin desde o sétimo ano, e é estatisticamente impossível não gostar dele, porque é um dos garotos mais tranquilos e legais que existem. Mesmo quando ele tinha quatorze anos e usava o corte tigela mais extravagante já visto na humanidade, todos deixavam passar sem dizer uma gracinha sequer. Nós ficamos mais próximos no semestre passado, quando tivemos que fazer uma apresentação sobre a Primeira Emenda juntos. Ele até foi comigo e com a Sara ao Menchie's tomar frozen yogurt duas vezes. Não estou dizendo que éramos amigos, mas estávamos caminhando para isso. É claro que tudo foi por água abaixo dois meses atrás, quando Kevin comprou uma cesta com os muffins de chocolate preferidos de Sara e confessou que tinha uma queda por ela há muito tempo. Sara respondeu que não sentia o mesmo, e ele lidou com a rejeição no clássico estilo Kevin — disse que era uma pena, mas que entendia —, só que as coisas nunca mais foram as mesmas. E Sara tenta evitá-lo sempre que ele aparece. Tínhamos conseguido escapar facilmente quando Kevin estava arrumando uns tangelos que caíram, mas agora é tarde demais para nos escondermos. Ele já nos viu.

— Ei, meninas. — Kevin se aproxima.

Sara desvia o olhar e se concentra no celular.

— Não sabia que você trabalhava aqui — comento.

— Gerente assistente. — Ele mostra o crachá. — E vou te falar, o dia está bem agitado.

— Estou vendo. Qual o motivo? — pergunto, e uma mulher esbarra em mim com o carrinho. — Parece uma migração de gnus.

— É a Tríade do Verão — explica Kevin. — Promoção de Quatro de Julho, queima de estoque dos itens de natação e um especial antecipado de volta às aulas. Vai ser uma loucura até agosto. — Ele olha para Sara e fica um pouco vermelho. — Você vai embora em breve, não é? Universidade da Geórgia?

— Isso. — Sara dá um sorrisinho sem graça.

— Espero que me aprovem ano que vem — diz Kevin. — Eles têm um time de basquete bem forte.

— Têm, sim. — O rosto de Sara se ilumina, o constrangimento desaparecendo como mágica. — Você com certeza deveria visitar a faculdade para ver se gosta.

— Que nada. Desde que o programa de bolsas seja bom, é para lá que eu vou.

Sara engata num discurso sobre a glória que é a Universidade da Geórgia e como Athens é uma cidade maravilhosa. Disfarço uma risada. Quer dizer, não me leve a mal, a UGA tem um excelente programa de medicina veterinária, então, se um dia eu for aceita lá, estou dentro, mas o amor que a Sara tem por essa universidade está em outro nível. Já estou com o olhar perdido no horizonte quando recebo uma mensagem.

Mãe: Onde você está?

Maya: Na Target, ajudando a Sara a comprar umas coisas.

Mãe: Quando vão terminar?

Maya: Daqui a pouquinho.

Mãe: Aproveita que está aí e compra uns pratos e guardanapos vermelhos e azuis extras para o iftar. E volta logo. Precisamos fazer uma reunião de família.

Enfio o celular de volta na bolsa. Não quero ter outra reunião sobre esse assunto. Quero fingir que nada está acontecendo.

Nós nos despedimos do Kevin, e eu pego os pratos e guardanapos que minha mãe pediu.

— Não foi tão ruim — diz Sara, olhando para Kevin, que se afasta.

— Ainda bem — falo, ligeiramente aliviada. — E, por favor, me diga que está livre amanhã. Adoraria ter companhia no iftar da campanha. A comida vai ser ótima.

— Tenho que ficar de babá. Foi mal.

Estou prestes a sugerir uma ida ao Perimeter Mall antes do jantar quando o celular dela toca. O rosto de Sara entristece ao olhar para a tela.

— Jenna mudou de ideia sobre o esquema de cores? — pergunto.

— É o Lucas. — Ela faz uma careta. — Ele fraturou o pulso e precisa que eu cubra o turno dele na Skeeter's hoje à noite.

— O quê?! — Minha voz sai duas oitavas mais aguda do que o normal. — Eles não podem arrumar outra pessoa?

— É minha vez de cobrir. Desculpa, Maya, eu queria muito colocar o papo em dia. — Ela olha para o celular. — Acho que estou livre na sexta à noite. Posso ver com a mãe do Hen se ela precisa que eu fique de babá e te aviso.

Dou de ombros. Não vou dar um chilique só porque minha melhor amiga vai tentar me encaixar na sua agenda como se fosse uma consulta no dentista. Não é como se ela fosse embora daqui a pouco e eu só fosse voltar a vê-la no próximo feriado. Pois é...

Não quero falar sobre isso.

Se me pedissem para escolher entre me sentar nessa otomana diante dos meus pais ou enfiar a mão numa colmeia, não estou dizendo que preferiria a colmeia, mas com certeza ficaria em dúvida.

Meus pais são pessoas muito legais, e em geral gosto de ficar com eles. E ficar sentada de frente para os dois na sala de estar não é incomum, menos ainda durante o Ramadã, quando tentamos matar as últimas horas antes de quebrar o jejum jogando uma partida de Spot It!, Uno ou Pandemia (meu pai é o maior nerd).

Mas não tem jogo de tabuleiro nenhum no momento. Não estamos só passando um tempo juntos.

Estamos fazendo uma reunião de família para acertar os detalhes de como as coisas vão funcionar agora que não seremos mais uma família. Ainda estou me recuperando da notícia. De quando me contaram que meu pai ia se mudar. Que seria melhor assim. Que gostariam que não tivesse chegado a este ponto. Eles geralmente me consultam até sobre o tipo de flor que pretendem plantar ao redor da caixa de correio na primavera ou de que cor deveriam pintar a sala de jantar. Mas quando resolveram dissolver nossa unidade familiar, não fizeram questão de me perguntar nada.

Não deveria ter sido uma surpresa tão grande. Eu ouvia os dois discutindo desde a metade do penúltimo ano do ensino médio. Tinha visto a cama do quarto de hóspedes desarrumada nos últimos meses. Mas pensei que eles fossem superar aquilo, seja lá o que *aquilo* fosse. Somos uma família. Famílias brigam. Famílias fazem as pazes e seguem em frente. Eu não tinha entendido, até agora, que seguir em frente poderia significar outra coisa completamente diferente.

— Maya?

Eles me observam, esperando minha reação.

— O pessoal da mudança vem amanhã — avisa minha mãe. — À tarde.

— A imobiliária ainda está tentando encontrar a chave reserva — diz meu pai. — Trago para você assim que eu receber.

— Quer perguntar alguma coisa? — acrescenta minha mãe.

— Sobre? — Eu os encaro.

— Isso… — Minha mãe gesticula para as caixas de mudança quase prontas à nossa volta. — O que está passando pela sua cabeça?

— É meio tarde para isso, não é?

— Só queremos ter certeza de que você está bem — diz meu pai. — Estamos aqui para ouvir tudo o que você tenha a dizer.

— Já têm ideia de quanto tempo isso vai durar? — Eu pigarreio, desconfortável. — O processo de separação experimental?

Separação experimental. Essas palavras em si soam pesadas…

— Ainda não sabemos. Vamos ter que lidar com as coisas conforme forem acontecendo — explica minha mãe.

— Mas o que isso significa?

— O contrato de aluguel do apartamento é mensal — diz meu pai.

— Ainda não entendo por que vocês tinham que fazer isso agora. Durante o Ramadã.

— Eu sei. Mas pareceu o momento certo — responde minha mãe. — O Ramadã é um período de autorreflexão. Com sorte, esse tempo afastados nos ajudará a recarregar as energias e a focar no que fazer em seguida.

— Até o fim do Ramadã, então — constato.

Faltam doze dias. Não é tão ruim.

— Não temos certeza — corrige meu pai, gentilmente. — *Talvez* esse seja o tempo de que precisamos, mas talvez demore mais.

Willow, minha gata, passa por mim, se esfrega na minha perna e segue para a cozinha. Meu celular vibra.

Sara: Ops, foi mal, a avó da Jessie vai ficar de babá. Pode deixar que te aviso se mais alguém precisar.

— Você pode largar o celular? — pede minha mãe. — Sabemos que é uma grande mudança.

— Obrigada por avisar.

— Maya. — Minha mãe suspira.

— Você já pensou no que vai fazer durante seu tempo livre no verão? — pergunta meu pai. — Encontrei algumas colônias de férias com vagas. Tem uma de robótica bem interessante em Mercer. E a colônia de férias de dança perto do trabalho da sua mãe ainda tem duas vagas.

Colônia de férias de dança? De robótica? Olho fixamente para ele.

— Liguei para a Sociedade Protetora dos Animais — conto. — Por enquanto eles não têm vagas para voluntários, mas me falaram para tentar de novo mês que vem. Talvez Sara consiga me arrumar um emprego de babá pelas manhãs. — Olho para minha mãe. — Assim posso devolver o carro a tempo do seu trabalho.

— Eu ia falar com você sobre isso. Meu horário de trabalho vai mudar nas próximas semanas. Chris me passou um caso bem complicado que vai a julgamento. Terei que ir ao escritório todos os dias até acabar.

— Não acredito! Que merda.

— Maya, olha essa língua — repreende minha mãe.

— Droga. Quer dizer… desculpa.

Eu me encolho, envergonhada. O Ramadã não se resume apenas a jejuar do nascer ao pôr do sol. Devemos ser pacientes, a melhor versão de nós mesmos que conseguirmos. Mas no meu caso isso é… uma grande mer... É inacreditável.

— Como eu vou ao apartamento do papai, então?

— Fica só a quatro minutos daqui, e…

— Quatro minutos *de carro* — corrijo.

— Vou instalar um aplicativo de carona para você — diz ele. — Sinceramente, é tão perto que é como se eu mal estivesse saindo de casa.

Minha vontade é responder que não existe isso de "mal sair de casa". Sair de casa é sair de casa. E a Willow? Ela surta só de mudarmos um vaso de planta para o outro lado da sala. Vou ter que levá-la de uma casa para outra no carro de estranhos? Mas não consigo colocar tudo isso para fora, porque lágrimas ameaçam brotar dos meus olhos.

Eles me encaram, sentados ironicamente numa poltrona namoradeira. O que eles querem? Absolvição? Lágrimas? Tudo o que *eu* quero é correr para o mais longe possível sem olhar para trás.

Porque, para ser sincera, não é só a Willow que não gosta de mudanças. Quase tive um ataque quando minha marca de iogurte preferida passou a usar uma fonte maior na logo. Ou quando meu cabeleireiro acidentalmente cortou oito centímetros a mais do meu cabelo que de costume. Usei coque até crescer de novo. Digamos que não sou a pessoa mais adaptável do mundo.

Mas não menciono nada disso. Eu nem me mexo. Só encaro a mesinha de centro tentando ao máximo não chorar, porque estou morrendo de medo de, depois que começar, não conseguir parar nunca mais.

Porque isso tudo…

Isso tudo é uma grande merda.

3

JAMIE

— TOC, TOC — diz minha avó em vez de bater na porta do meu quarto, o que eu pensava que fosse uma mania engraçadinha dela.

Agora sei que é porque suas mãos estão sempre ocupadas com alguma comida, com o cachorro ou com as duas coisas.

— Bom dia — respondo, bocejando.

Mas ela não entra no quarto, só abre um pouco a porta.

— Não precisa ter pressa, querido, é só para você saber que o café da manhã já está pronto na cozinha.

— Hum. Obrigado. — Esfrego os olhos. — Ei, você...

Ouço a porta se fechar e ela se afastar. Bocejo mais uma vez, tirando meu celular do carregador. Como de costume, tem milhões de mensagens do grupo ontem à noite. Dou uma olhada na mais recente, do Felipe. **Amanhã, às nove. 😭 Já sabe que você me deve uma por isso.** Rolo a tela e vejo uma longa conversa. Para ser mais preciso, vejo Drew explicando que uma corredora de longa distância chamada Beth era excepcionalmente gostosa e implorando para alguém ajudá-lo com a garota, de manhã cedo, na pista de corrida da escola.

Vejo a hora: 8h15. Geralmente não gosto de responder mensagens assim tão cedo. Não que eu me preocupe em acordar alguém — Drew e Felipe continuariam dormindo mesmo com notificações, tempestades, sirenes e praticamente qualquer barulho. É que ser o primeiro a enviar mensagem num grupo não é coisa de gente descolada. Mas é o que eu faço. Todas as manhãs. Sou o tipo de cara que chega em festas regadas a barris de cerveja na hora exata marcada no convite. Ou seria, caso eu fosse convidado para essas festas.

Mas não tenho por que tentar convencer Drew e Felipe de que de repente me transformei em um cara que vira a noite e dorme até meio-dia. Envio um emoji de joinha. E então sigo todo o repertório: chuveiro, dentes, enxaguante bucal, desodorante, roupas limpas, tudo. Não sei se sou um bom ajudante, mas sou um ajudante higiênico.

Quando chego na cozinha, minha mãe e minha avó estão nas cadeiras de costume, tomando café. Boomer, deitado junto aos pés da minha avó, logo se levanta quando me vê.

— Bom dia, flor do dia! — Minha avó me recebe com o combo aperto no ombro/beijo na bochecha. — Olha só para você, todo arrumado. Vou trazer seu café da manhã. Para onde você está indo?

— Tenho que ajudar Drew a paquerar uma corredora.

— Ele não está namorando aquela garota do Steak 'n Shake? — Minha mãe tira os olhos do aplicativo de notícias.

— Eles só estavam ficando. Não era bem um… — Paro de falar, observando minha avó correr para o forno com Boomer ao seu lado. Estreito os olhos. — Certo, por que vocês prepararam um café da manhã especial para mim? O que aconteceu?

— Bem. — Minha avó se vira, sorrindo com ternura e segurando um prato cheio de chalá. — Você estava tão chateado ontem por ter que fazer o brinde antes da chalá que pensei em fazer a chalá de brinde para você.

Ela encara o prato, os olhos brilhando por trás da armação vermelha dos óculos. Deixo escapar um grunhido.

— Fiz a chalá de brinde para você! — repete ela. — Entendeu?

— Aham, entendi.

— Cedo demais?

— Muito. — Mordo um pedaço enorme. Levemente crocante, sem passas e com a quantidade certa de manteiga. — Tá bem, esse tipo de brinde é bom — admito. — Mas quando tenho que falar antes, não.

— Você vai se sair bem, *bubalah*. Não tenho a menor dúvida.

— Pois eu tenho dúvidas. No plural. Muitas dúvidas.

— Jamie, você tem que parar de fazer isso. — Minha mãe ergue o olhar de novo. — É uma profecia autorrealizável. Você se convence tanto de que vai estragar tudo, que acaba se sabotando com esse discurso desmotivador.

— Não é discurso desmotivador, é a verdade.

— Mas não é...

— Mãe. Sou um desastre catastrófico como orador. Isso é fato.

Minha avó dá um tapinha no meu ombro.

Minha mãe franze a testa.

— Querido, isso é por causa da entrevista? Você tem que deixar pra lá. Sei que foi horrível. Ninguém está fingindo que não foi. Mas você ainda está trabalhando com política. É só um lado diferente da experiência.

— Você não está entendendo.

Acho que ela pensa que ando amargurado. Ou que me ressinto por estar fazendo planilhas e tarefas para meu primo durante o verão inteiro, e não subindo e descendo a escada de mármore do Capitólio do estado. Mas não é a falta de escadarias de mármore que me deprime. E não ligo de fazer as tarefas. Afinal, eu estaria fazendo as mesmas coisas para o senador Mathews.

É mais um pensamento *Eu sou um desastre*. Ou: *Não consigo nem usar o nepotismo a meu favor*. Ou ainda: *Um senador estadual criou uma vaga de estágio só para mim e eu me engasguei de pânico*.

Eu literalmente me engasguei. Não sei como explicar sem ser nojento, mas um bolo de catarro se alojou na minha garganta e eu entrei em pânico, o que me deu ânsia e depois se transformou em vômito de fato, então passei cerca de uma hora no banheiro e nem preciso dizer que não consegui o emprego.

Isso não é um bom sinal para o meu sonho nada realista de concorrer a um cargo político algum dia. Vamos ser honestos. Algumas pessoas nascem para mudar a história. E outras para trocar a roupa suja de vômito depois de uma entrevista de emprego.

— Você só tem que continuar praticando — insiste minha mãe. — Falar com estranhos é uma habilidade. É como um músculo, sabe? Continue exercitando e você vai ver. Um dia será natural. Vai ser como conversar com Drew e Felipe.

Coço as orelhas do Boomer.

— Claro.

— Você pode até treinar no evento do Rossum hoje à noite. E se você colocasse como meta falar com cinco pessoas? Só coisas banais, bem rápido e indolor. Ou até mesmo só uma boa conversa. Seria um passo tão importante para você.

— A Siri conta como uma pessoa?

— Não, a Siri não conta. — Ela sorri, irônica. — Você tem uma camisa de botão limpa, não tem?

— Eu ia usar uma suja mesmo. Sem botões.

— Muito engraçado.

Na verdade, engraçado é minha mãe pensar que ainda não sei o que usar nessas ocasiões. Já fui a mais de vinte eventos do Rossum. E ela deveria saber disso, já que foi quem me forçou a ir a cada um deles, mesmo quando ela mesma não pôde ir.

Vovó bagunça meu cabelo.

— Não vai ser tão ruim assim. Vou aparecer lá no começo. Vamos fazer alguma coisa para passar o tempo. Vamos socializar.

Detesto essa palavra. *Socializar.* Quer dizer, não tenho nada contra a palavra em si, só detesto o conceito. Quando alguém na história da humanidade fez alguma conexão significativa enquanto socializava? É tipo: ei, vamos juntar as piores partes de uma conversa — a aproximação, o papo furado, a parte de tentar descobrir como e quando escapar. Não é que eu não goste de estar com outras pessoas. Só queria poder pular direto para a parte do silêncio confortável, das piadas internas, ou até mesmo para a de "nós dois adoramos *The Office*, então vamos analisar cada detalhe da série".

— Você deveria convidar o Felipe e o Drew — sugere minha avó.

— Duvido muito que eles queiram ir a um evento de campanha.

— Não custa perguntar. O que me lembra... — Ela se levanta e vai até a bancada, e Boomer se põe de pé imediatamente, pronto para segui-la até o fim do mundo. Mas ela só pega o celular na bolsa e o coloca à minha frente, na mesa. — Você sabe colocar links nos stories do Instagram?

— Nunca fiz isso — falo, pegando o celular. — Mas posso aprender.

— Pode mesmo? Muito obrigada, meu amor. Eu juro, ser verificada abre um mundo completamente novo.

Entro no aplicativo, segurando o riso. Minha avó ganhou o selo azul de verificação há duas semanas e se gaba sempre que tem chance. Foi a única vez que percebi Sophie visivelmente impressionada com uma conquista familiar.

A última coisa que esperávamos era que o Instagram da vovó viralizasse. Ela o criou depois que o vovô morreu, mais para postar fotos dela e do Boomer visitando os lugares preferidos do meu avô. Mas então a *Creative Loafing* fez uma matéria sobre ela, gerando um burburinho no YouTube. Eu não diria que ela chega a ser famosa, mas vários moradores das redondezas já ouviram falar dela, pelo menos em Brookhaven e nos subúrbios do norte. E é claro que Gabe está se aproveitando dessa notoriedade para atrair atenção para a campanha. Não acho que ela se incomode — minha avó é democrata de carteirinha —, mas mesmo assim é um pouco estranho. Quando Gabe nomeou nossa avó de setenta e cinco anos como apoiadora oficial da campanha nas redes sociais, ele praticamente selou meu destino como suporte técnico extraoficial.

Tem um story que minha avó ainda não publicou — só a captura de tela de um vídeo mostrando Boomer com uma bandana do Jordan Rossum e uma legenda sobre o evento de hoje à noite.

— Você quer anexar a página do evento ou o link de doação?

— Hum... — Ela se inclina para a frente. — A página do evento, mas depois vamos fazer outro com o link de doação. — Ela se endireita, apontando o dedo para mim. — Gosto do jeito que você pensa.

Descubro facilmente como resolver a questão do link e devolvo o celular para ela.

— Esse foi cem por cento o verdadeiro motivo para você ter feito meu café da manhã, não foi?

— Não cem por cento — responde ela. — Cinquenta por cento? Claro. Setenta e cinco por cento? Provavelmente.

Balanço a cabeça, sorrindo.

— Você vai ver — diz minha avó. — No Instagram, quando se tem a minha idade...

— Não tenho Instagram nem agora.

— Na sua idade, eu também não tinha — brinca ela, dando de ombros.

Chego à pista antes de Drew e Felipe, é claro, então me posiciono perto das arquibancadas, tentando fingir que me encaixo naquele lugar. É tão estranho estar na escola no meio do verão. Sei que algumas das equipes esportivas treinam aqui o ano inteiro, mas nunca foi muito a minha praia. Nada disso é minha praia. Há um grupo de líderes de torcida se aquecendo no campo de futebol e no mínimo uns dez corredores dando a volta na pista em diferentes velocidades. Dou uma olhada neles, tentando descobrir quem é a Beth. Não reconheço ninguém. O que provavelmente já diz tudo o que se precisa saber sobre minha aptidão atlética.

Drew e Felipe finalmente aparecem por volta das 9h15, com cara de sono. Felipe me cumprimenta com um soquinho meio desanimado, mas Drew examina a pista e olha para nós, decepcionado.

— Ela não está aqui.

— Beth?

— Não acredito. — Drew balança a cabeça.

Felipe boceja.

— Talvez tenha se atrasado e esteja correndo contra o tempo.

Deixo escapar uma risadinha, e os dois me encaram, curiosos.

— *Correndo* contra o tempo — repito. — Entenderam? Porque ela é uma corredora...

Felipe aponta o dedo para mim como se fosse uma arma.

— Lá vem o Goldberg com essas piadas de tiozão.

— Ah, não. — Dou uma risada debochada. — É uma piada de vó.

— Não sei se você deveria estar se gabando disso.

Drew nos ignora.

— O treino de corrida começa às sete. Como ela não está aqui?

Sigo o olhar dele e vejo que alguns corredores pararam para beber água perto da trave oposta. Não julgo. Está fazendo uns trinta graus, talvez mais. Estou suando e olha que mal me mexi.

— Acho que… vou voltar para a cama — anuncia Felipe.

— Ah, não mesmo. — Os olhos azuis de Drew se estreitam. — Precisamos investigar. Vem.

Drew sai correndo, e Felipe e eu damos de ombros e começamos a correr num ritmo mais lento atrás dele. Mas começo a ficar ofegante antes mesmo de passarmos das arquibancadas, e Felipe é um desastre ainda maior.

— Não — diz ele, sem ar. — Não vamos fazer isso.

— Literalmente… não consigo… — falo, sem fôlego, parando na mesma hora.

Felipe também para e apoia as mãos nas coxas, com a respiração pesada.

Drew volta para nos encontrar.

— Nossa, vocês são péssimos ajudantes.

— Não, somos péssimos corredores — rebate Felipe. — Uma habilidade que não tem nada a ver com a competência para ser ajudante de paquera. Nenhum ajudante deveria ter que trabalhar nessas condições.

— Um verdadeiro ajudante consegue trabalhar em *todas* as condições. — Drew passa a mão pelo cabelo, deixando-o arrepiado. — Neve, granizo, furacões…

— Acho que você está confundindo a gente com os correios — falo.

Drew nos fuzila com um último olhar de desdém antes de continuar em direção à trave para falar com as meninas na pista. Sigo Felipe até a beira do campo de futebol e me sento ao lado dele na grama, de pernas cruzadas.

— Então. — Eu me apoio para trás com as mãos no chão. — Quais as chances de o Drew insistir na Beth ou acabar pegando o telefone de outra garota?

Felipe bufa com ar de deboche.

— Meio a meio.

Descruzo as pernas e me deito na grama. Ao fechar os olhos, tenho a impressão de que estamos num imenso campo vazio, a milhares de quilômetros de qualquer outro ser humano no planeta. Os barulhos começam a sumir em minha mente. Nada de discursos de bat mitzvá, entrevistas fracassadas ou pirâmides de frutas derrubadas.

Mas uma risada repentina das líderes de torcida me traz de volta à realidade. Eu me sento depressa, minhas bochechas queimando.

Felipe olha para mim.

— Você acha que estão rindo de você?

— Não. Quer dizer, não sei.

— Cara. Esse seu cérebro. — Ele balança a cabeça. — Por que elas estariam rindo de você? O que você está fazendo que poderia ser motivo de riso?

Encaro meus pés e não respondo.

— Não, sério. Me explica. Por que aquelas líderes de torcida estariam zoando você?

— Porque sim. — Dou de ombros. — Sei lá.

Porque não consegui sequer dar uma volta na pista antes de ter que me deitar. Porque estou suando. Porque minha camisa está subindo. Porque sou desajeitado demais.

— Porque sou assim — falo, indicando meu corpo.

— Você é completamente paranoico com relação a garotas, nossa.

— Sou só cuidadoso... com toda a razão.

— Por quê? Por causa do que aconteceu no Baile de Inverno? — Felipe ergue a sobrancelha. — Cara, isso foi há quatro anos.

— Três e meio. — E duvido que alguém tenha esquecido.

Olhando para trás, foi uma péssima ideia. Quer dizer, bailes com alunos do oitavo ano são uma péssima ideia por si só, mas chamar Brianne Henke para dançar foi *outro nível*. E é claro que me lembro desse momento terrível de maneira quase fotograficamente detalhada — desde os flocos de neve de papel pendurados sobre a pista de dança até os risinhos das amigas dela. Brianne olhou para mim e disse "Oi, Jamie", sem o menor pingo de entusiasmo. Sem qualquer inflexão, na verdade. Mas, mesmo assim, respirei fundo e me forcei a continuar.

Convidei-a para uma dança lenta. Só que minha boca não disse *Quer dançar comigo?*, e sim *Quer devagar comigo?*

— Não foi tão ruim assim. — Felipe ri. — Foi icônico.

Reviro os olhos.

— Claro. Icônico.

Tão icônico que o conceito de *devagar* se tornou gíria. Entre os atletas arrogantes, principalmente. Uma vez, até ouvi a mãe de alguém usar. As pessoas chegaram a pedir que o tema da nossa festa de volta às aulas ano passado fosse Quer Devagar Comigo?, e ficaram furiosos quando os alunos do último ano vetaram a ideia.

— Olha — diz Felipe —, se esse é o seu momento mais constrangedor...

— Não é.

O meu momento mais constrangedor aconteceu no quinto ano, durante a recepção presidencial, quando disse que o ex-presidente Carter era um ótimo jogador de pênis.

Tento desesperadamente mudar de assunto.

— Ei, alguma chance de você topar ir a um jantar de campanha extraordinariamente chato esta noite?

Felipe ri.

— Minha nossa, que argumentação convincente: *Extraordinariamente chato...*

— Eu disse extraordinariamente chato? Quis dizer incrível. Extraordinariamente incrível e divertido e... extraordinária e incrivelmente divertido.

— Sem chance. Eu e Nolan temos a noite de folga, então vamos assistir à sequência de *O Príncipe do Natal*.

Olho torto para ele.

— Estamos em junho.

— É sempre Natal em Aldovia.

Eu até entendo. Felipe tem trabalhado o verão inteiro como caixa no Menchie's, uma loja de frozen yogurt com diversas opções de cobertura, para juntar dinheiro para a faculdade. Ele se enquadra nos critérios necessários para receber uma bolsa HOPE, mas os custos dos livros e as despesas de moradia o obrigam a pegar o maior número de horas de trabalho possível. E Nolan, seu namorado, também trabalha muito, o que significa que o dois têm tido pouquíssimo tempo para ficar juntos. Sei que eu jamais iria a esse evento da campanha se a outra opção fosse sair com minha namorada. Para a sorte do Gabe, ter uma namorada é algo tão distante da minha realidade que chega a ser ridículo.

Felipe dá de ombros.

— Talvez o Drew tope?

— Hã... Não tenho muita esperança. — Olho de novo para a trave, onde Drew conversa, empolgado, com uma garota de bochechas coradas e um coque loiro bagunçado. — É um evento para o Rossum, então...

— Ah. — Felipe faz que sim. — Entendi.

Coisas ligadas à campanha de Rossum não fazem muito a cabeça do Drew. Não que ele seja conservador, mas os pais dele são, com direito à placa do Newton no quintal e tudo mais. Drew já está meio encrencado desde a vez em que o arrastei para o escritório da campanha e Gabe deixou com ele uma pilha de panfletos *Vote em Rossum*. Seus pais encontraram os papéis enfiados no compartimento da porta do carro dele e... não levaram numa boa.

— Não sei nem se eu deveria chamá-lo — falo.

Vejo Drew sorrir para a garota loira, cumprimentá-la com um *high five* e correr de volta até nós.

Um instante depois, ele se joga no chão ao lado de Felipe.

— Então... eu sou um idiota.

Felipe dá tapinhas no braço dele.

— A gente sabe.

— Não, sério. Acabei de falar com Annabel, uma amiga da Beth, e ela disse que a Beth trabalha no Catch Air às quintas, e o parquinho abre às 10h, então Beth tem que estar lá às 9h, o que significa que ela *esteve* aqui, mas só até as 8h. Ela foi embora mais cedo.

— Não estou acompanhando, nem um pouco. — Felipe boceja.

— E acho que não vão nos deixar entrar no Catch Air sem uma criança. Então, meus caros, não podemos fazer mais nada por hoje.

— Catch Air... — repito, devagar.

E, de repente, tenho um estalo. Catch Air. É por *isso* que a garota da Target era tão familiar. Não é que eu já a tenha visto alguma vez. Passei metade da minha infância com ela.

Maya Rehman. Fazia quase dez anos que não a via.

Seu rosto não tinha mudado nem um pouco. O mesmo cabelo ondulado, os mesmos olhos enormes, e aposto que ela ainda tem aquela covinha na bochecha quando fala. Ela sempre pareceu uma versão da Bela, de *A Bela e a Fera*, menos pálida e com o cabelo mais escuro. Mas, em termos de personalidade, era totalmente Mulan. Superdurona, completamente segura de si. Ela escalava qualquer coisa, andava em todos os brinquedos, enfrentava qualquer um. Brincar no Catch Air ou no parque com ela *me* fez mais corajoso. Bem, ela era a princesa da Disney, e eu, basicamente o bichinho coadjuvante. Mas eu meio que gostava disso. Nunca quis ser o príncipe.

Não acredito que vi mesmo Maya Rehman ontem. A própria Maya Rehman, em carne e osso, adulta. Ela não chega a ser nem um mês mais nova do que eu, então é claro que já tem dezessete anos. Minha mente não consegue absorver esse salto temporal. É como se eu estivesse tendo uma visão do futuro.

Eu deveria ter falado com ela.

Só que… *claro*. Eu estava ocupado demais derrubando tangelos por toda a seção de hortifrúti.

Na frente dela.

Porque eu sou assim. E a humilhação nunca acaba.

4

MAYA

MAIS VINTE MINUTOS ATÉ O pôr do sol e poderei quebrar meu jejum com uma chamuça frita e crocante. Embora, para ser sincera, a essa altura eu fosse capaz de comer tudo naquela mesa, incluindo a salada de frutas com as maçãs verdes e os folhados gordurosos da tia Samra. Tem tanta comida hoje que os folhados foram parar ao lado das garrafas de água na mesa de pôquer, onde fica tudo o que não cabe na mesa principal. Desvio de duas crianças correndo, contorno um homem abrindo mais algumas cadeiras dobráveis e casualmente me posiciono perto dos pratos e dos garfos. *Alguém* tem que ser o primeiro da fila, certo?

Olho ao redor do ginásio da masjid e fico espantada com a quantidade de pessoas presentes aqui hoje. Esse lugar sempre fica cheio durante o Ramadã, mas com a Aliança Inter-Religiosa de Atlanta oferecendo esse jantar de iftar conosco, tem tanta gente que parece até que estamos esperando a Taylor Swift aparecer para um show surpresa. O pastor Jones, o rabino Levinson e o imame Jackson estão amontoados em cima da tigela de ponche. Ouço trechos da conversa, como "a defesa é fraca" e "eles nos pegam por causa das faltas", e percebo que estão discutindo sua liga de basquete de verão. Típico. Minha mãe está com algumas amigas na entrada. Elas conversam como se estivessem tranquilas, mas toda hora esticam o pescoço em direção à porta para ver se nosso convidado especial chegou. Minha mãe estava tão distraída hoje que nem me lembrou de usar o *shalwar kamiz* que minha *nani* mandou da Califórnia, então consegui sair de calça jeans, camisa listrada de manga comprida e meu cachecol rosa preferido para orações, preso como uma echarpe infinita em volta do meu pescoço. Eu ficaria orgulhosa disso, mas sei bem por que ela nem prestou atenção na minha roupa — e não há nenhuma razão para sorrir.

Eu estava ansiosa para vir hoje à noite. Sabia que imame Jackson estaria ocupado, mas esperava ter uma chance de esbarrar com ele e conversar um pouco sobre a situação dos meus pais. Mesmo que eu não conseguisse, seria bom ao menos absorver a energia tranquilizadora da presença dele, mas não é fácil se sentir calma ou espiritualizada em um lugar que parece um evento pré-jogo do ensino médio. A mesquita convidou os dois candidatos ao senado estadual, mas Newton nem sequer respondeu ao convite. O que foi melhor mesmo, porque as paredes estão cobertas de cartazes dizendo: 9 DE JULHO — VOTE EM ROSSUM — ELE É FORA DO COMUM!

E é exatamente assim que se entra no clima do Ramadã, não é mesmo? Não que eu tenha nada contra Rossum... mas ele é mais um cara branco disputando um cargo político na Geórgia. O que tem de *tão* animador nisso?

Dou uma olhada no relógio de parede na entrada de novo. *Ainda* faltam vinte minutos? O relógio deve estar quebrado. Meu celular vibra no bolso de trás da calça.

Sara: Vou ficar de babá para a Lizzie na terça e a mãe do Charlie precisa de mim no mesmo horário. Ele é muito fã do Elmo, então vocês vão ter muito assunto.

Maya: Hum, que eu me lembre você era muito mais fã do Elmo do que eu!

Sara: Rs. Tá bem, nós duas éramos igualmente fãs. Acha que consegue me cobrir?

Maya: Vou ver! A agenda da minha mãe anda bem complicada, mas vamos torcer!

Sara: Legal, depois me fala então! Tudo bem no iftar?

Maya: Blá. Morrendo de fome.

Sara: Coma uma chamuça por mim.

Digitando...

Sara: Saudade de você.

Meus olhos se enchem de lágrimas. Engulo em seco.

Maya: Também tô com saudade.

Sara e eu sempre fomos inseparáveis desde que o amor mútuo por certo Muppet vermelho nos uniu no jardim de infância montessoriano. Ela andou um tanto ocupada no seu último ano do ensino médio, com todas as aulas avançadas que pegou, mas agora percebo que aquilo era só uma prévia do que estava por vir. Olho ao redor. Em breve, Sara terá ido embora, e isso — ficar sozinha — será a nova realidade.

Meu celular toca. O rosto do meu pai — contorcido de horror quando o fiz provar a bebida de unicórnio da Starbucks anos atrás — pisca na minha tela.

— Ei, você — diz ele quando atendo. — Como estão as coisas por aí?

— Ah, você sabe, o de sempre — respondo.

Estou em pé, esperando para comer.

— O futuro senador já chegou?

— Não. Está atrasado. Mas todo mundo está na porta para atacá-lo assim que entrar. Ah, que alegria!

— Alguém parece estar irritada de fome.

— Todo mundo fica meio irritado de fome durante o Ramadã! — Mas, agora que paro para olhar em volta, vejo que ninguém parece *tão* mal-humorado. Só eu.

— Você sabe que não precisa jejuar todos os dias — diz meu pai. — É ótimo que esteja fazendo isso desde o primeiro ano do ensino médio, mas não comecei a fazer o jejum direto até minha formatura do colégio.

— Eu *quero* jejuar, mas não posso fazer nada se até os livros de ciência confirmam que ficar sem comer deixa algumas pessoas irritadas.

— Deixa *certas* pessoas muito irritadas.

— Engraçadinho. Você já está vindo? — pergunto. — Mamãe acha que a reunião do conselho vai demorar mais do que o normal hoje.

— Foi por isso que liguei. — O tom dele muda, a alegria em sua voz desaparece. — O pessoal da mudança está atrasado. Acho que não vou conseguir ir. Sinto muito, meu bem.

Todo o ar parece sumir da sala. O barulho e as conversas ao meu redor provavelmente ainda estão a cem decibéis, mas tudo o que ouço são aquelas três palavras: pessoal da mudança.

Está acontecendo. Neste exato instante. Não é que eu não soubesse que esse momento chegaria. Mas é uma sensação parecida com a de fazer um exame de sangue. Você até consegue entender aquilo num nível abstrato, mas quando a agulha finalmente encosta na sua pele, a dor ainda surpreende.

— A Sara pode te dar uma carona para casa?

— Claro.

Nem conto para ele que Sara não veio. Prometo levar um pouco de biryani se sobrar e desligo.

Neste exato momento, enquanto estou aqui, meu pai está apagando sua presença da nossa casa.

Pisco para conter as lágrimas. Não me permiti chorar por nada disso até então. E com certeza não vou chorar agora. Não aqui.

Quando me viro para o relógio outra vez, congelo de repente. Vejo um garoto do outro lado da mesa de iftar, com uma camisa xadrez de botão e calça cáqui. Nossos olhares se encontram. Eu o conheço de algum lugar. Ele abre um sorriso discreto e dá um passo para trás.

Bem para cima de uma das mesas do iftar.

A mesa de pôquer balança e… é como ver um acidente em câmera lenta. A bandeja de folhados gordurosos e as garrafas de água caem no chão. Olho em volta, mas todos estão prestando tanta atenção na entrada vazia que ninguém percebeu. Corro até lá para avaliar o dano.

— Eu... desculpa — gagueja o garoto.

— Não se preocupe, você não é a primeira pessoa a fazer isso — falo. — A mesa de pôquer é conhecida por ser bamba.

— Eles ... Eles vão ter que ir para o lixo. — O garoto aponta para os discos fofinhos de folhado espalhados pelo chão.

— Na verdade, eles meio que já iam, não são lá essas coisas. Sério, tá tudo bem.

Levanto a mesa de novo enquanto ele joga fora os folhados e recolhe as garrafas de água.

— Então... Maya, certo?

— Hã? — Me viro para ele.

— Ah, você não se lembra de mim. — Ele fica vermelho. — É claro. Quer dizer, faz sentido. Já deve fazer uns dez anos mais ou menos que a gente não... Bem, eu sou o Jamie. Da época do Catch Air.

— Ah, claro. Uau.

Olho fixamente para ele. Nossas mães eram amigas alguns anos atrás. Elas nos levavam a tiracolo para aquele parquinho fechado onde corríamos e pulávamos nos brinquedos enquanto as duas tomavam café e colocavam o papo em dia. Já faz uma eternidade, mas agora o reconheço — seu cabelo escureceu um pouco e ele ficou uns trinta centímetros mais alto do que eu, mas seus olhos verdes não mudaram nada, nem o sorriso sem jeito.

— Me desculpe. É que já faz um tempo.

— É tão estranho ver você aqui — diz ele.

— Por quê? — Abro um breve sorriso. — Sou muçulmana. E estamos numa mesquita perto da minha casa.

— Não. Foi mal. Não quis dizer que era estranho ver você *aqui*. Só que era estranho ver *você*. Mas um estranho bom. Não um estranho ruim! Vou a vários comícios desses. Sabia que esse é o centésimo trigésimo comício da temporada eleitoral? É o maior número de comícios de qualquer candidato estadual de todos os tempos.

— Isso não é um comício — corrijo. — É um jantar de iftar. Por causa do Ramadã.

— Ah, sim, claro. — Jamie assente. — Já estive em quase trinta eventos assim e esse é o melhor... jantar até agora. As decorações são elegantes, mas superfestivas também.

Toalhas plásticas de mesa nas cores vermelha, branca e azul, cartazes dizendo *Vote em Rossum* nas paredes e centros de mesa com estampa de confete são elegantes e festivos?

— Hã, obrigada. Bem, preciso ajudar minha mãe com... uma coisa. Foi bom rever você.

Saio depressa antes que ele tenha chance de responder. Por mais que eu deteste jogar conversa fora no geral, hoje em particular jogar conversa fora me parece a pior coisa do mundo.

— Com quem você estava conversando? — pergunta minha mãe quando me aproximo.

— Ninguém. Posso pegar o carro emprestado na terça? Sara tem um trabalho de babá para mim.

— Desculpa. — Ela faz que não. — A semana que vem vai ser agitada. Depoimentos e arquivamentos todos os dias.

— Tudo bem, peço uma carona no aplicativo então.

— Não é para ficar usando esses aplicativos toda hora. Esses gastos vão se somando.

— Então acho que está na hora de eu ter um carro. — Cruzo os braços.

— Maya — diz minha mãe, suspirando.

— Vou ficar presa em casa o verão inteiro. Todos os nossos planos foram por água abaixo. E *não*, não vou a nenhuma colônia de férias de dança ou de robótica, então nem precisa perder seu tempo. Como vou para os lugares? — Eu a encaro com firmeza. — E o papai acabou de ligar dizendo que não vem hoje. Você tem uma reunião depois do evento. Como vou fazer para chegar em casa? Estou presa aqui.

— Alguém pode dar uma carona para você depois do iftar, *inshallah*.

— Se eu tivesse um carro, isso não estaria acontecendo — disparo. — Já tenho dezessete anos.

— Carros são caros. Exigem seguro, combustível e manutenção. Já estamos sobrecarregados com duas casas para manter, duas contas de cada serviço. Com tudo o que está acontecendo, ajudaria se você não discutisse comigo. Pelo menos durante este iftar.

— Isso não é um iftar. É um comício.

— Isso *é* um iftar. — Minha mãe me fuzila com o olhar. — E tenho trabalhado dia e noite para sair tudo direito. O mínimo que *você* pode fazer é não ficar irritada assim na frente de todo mundo. E sinceramente, Maya, se…

Antes que ela possa continuar, o pessoal do Rossum entra pelas portas do ginásio como uma explosão de confetes vermelhos, brancos e azuis.

— Aí está ele! — exclama minha mãe, seu rosto passando de frustrado a animado em questão de meio segundo.

Muito obrigada, Jordan Rossum.

Eu o reconheço na mesma hora, com o terno cinza e a gravata amarela, já que temos seu rosto sorridente e cabelo cacheado em um panfleto na nossa geladeira. Minha mãe é tão dedicada que não tem só uma, mas *duas* placas do Rossum no nosso quintal. Antes que ela consiga dar um passo sequer em sua direção, ele é cercado pela multidão.

Olho para o relógio. Faltam sete minutos.

— Alina? — chama uma voz por cima do barulho.

— Lauren? — Minha mãe arregala os olhos.

Uma mulher com cabelo castanho-claro usando um terninho se aproxima de nós e dá um abraço apertado em minha mãe. É a mãe do Jamie. Ela não mudou nada.

— O que traz você aqui? — pergunta Lauren.

— Estou no conselho da mesquita. Ajudamos a organizar o evento. Você entrou para a Aliança Inter-Religiosa?

— Meu sobrinho é gerente assistente de campanha do Rossum. Estou tentando comparecer a alguns eventos para apoiá-lo. — Então Lauren se vira para mim e arregala os olhos. — Não acredito. É a Maya?

— É, sim. — Minha mãe bate de leve em meu ombro.

— Como isso aconteceu? Como eles cresceram tão rápido? Olha só o meu Jamie. Está mais alto do que eu. — Ela olha para trás. — Jamie, vem aqui dar um oi.

— Então era com *ele* que Maya estava falando! — exclama minha mãe.

Olho para Jamie. Ele não notou nada disso. Está digitando no celular.

— Jamie! — chama sua mãe, mais alto.

Ele se assusta e ergue o olhar, então pisca algumas vezes antes de se juntar a nós.

— Jamie! — Minha mãe se inclina para abraçá-lo. — Que bom ver que você e Maya já estavam colocando o papo em dia. Em que ano você está?

— Vou para o último ano no outono — responde ele.

— É claro, a Maya também. — Minha mãe assente.

— Eles só têm três semanas e meia de diferença, lembra? — pergunta Lauren.

— É mesmo! — Minha mãe ri e se vira para mim. — Lauren entrou em trabalho de parto numa cafeteria enquanto pedíamos nossos lattes descafeinados!

— Prometemos que continuaríamos com nossos encontros para tomar café.

— E continuamos — diz minha mãe. — Pelo menos por um tempo.

— Mas aí veio a escola.

— E o trabalho.

— E, assim, os anos foram passando. O tempo é um danado.

Nunca vou entender por que os adultos acham tão inesperada a passagem do tempo. A vida é literalmente feita de tempo. Mas é uma espécie de ritual: toda vez que minha mãe encontra um amigo ou alguém da família que não vê há anos, passam metade da conversa falando sobre como o tempo passa rápido e a outra metade prometendo se ver em breve, o que *quase nunca* fazem.

— A família toda está envolvida nessa eleição — diz Lauren à minha mãe. — Mas tenho andado tão ocupada planejando o bat mitzvá da Sophie que não estou conseguindo ajudar tanto quanto eu gostaria. Jamie está dando a maior força, fazendo prospecção de votos por mensagem e monitorando as estatísticas das redes sociais. Está salvando a minha vida. As pessoas têm retuitado as postagens da campanha, mas temos poucos voluntários.

— As eleições nacionais atraem toda a atenção e os voluntários — concorda minha mãe.

Elas continuam a conversa, e olho de novo para Jamie. Agora faz sentido ele ser tão familiar, mas posso jurar que vi o rosto dele mais recentemente. Quando penso em perguntar em que escola ele estuda, somos interrompidos por alguém falando alto.

— Como vocês estão hoje?

Um cara esguio, com uma prancheta na mão, se aproxima de nós. Seu sorriso é tão grande que posso ver as obturações no fundo de sua boca.

Ele cumprimenta Lauren e Jamie com um aceno de cabeça antes de focar sua atenção em mim e na minha mãe.

— Sou Gabe — diz, entendendo a mão.

— Alina, prazer em conhecê-lo.

Minha mãe aperta a mão dele. É só um cara que trabalha na campanha, nem é o candidato, mas minha mãe está tão empolgada que parece a personificação do emoji com olhos de coração.

— Podemos contar com o seu voto mês que vem? — Gabe pega dois panfletos e entrega um para mim e outro para minha mãe. — As pessoas estão respondendo com animação, mas tudo se resume a quem, de fato, sai para votar.

— Ainda não tenho idade para votar — disparo.

— Quantos anos você tem? — pergunta ele.

— Dezessete.

— Bem, quem tem dezessete anos pode bater nas portas! — exclama ele, animado.

— Hein?

— Você pode bater nas portas! — Ele estende a prancheta para mim. — É perfeito! Precisamos com urgência de mais gente para fazer prospecção de votos de porta em porta e divulgar que Rossum é fora do comum. Estudos mostram que esse é o tipo de ação mais eficaz para levar as pessoas às urnas.

— Ah, eu até faria — argumento. — Mas não tenho carro. — Um fato que, pela primeira vez, faz com que eu me sinta triunfante.

— Mas Jamie tem! — exclama Lauren.

É o quê?!

Jamie tira os olhos do celular, assustado.

— Isso seria ótimo! — Lauren entrelaça as mãos e olha para a minha mãe. — Estou no pé do Jamie para ele fazer a prospecção de porta em porta há séculos, só que ele é muito tímido. Mas os dois podem ir juntos! É perfeito!

Estou prestes a interromper e dizer alguma coisa, *qualquer coisa*, para acabar com isso, quando minha mãe resolve embarcar na loucura.

— É uma ótima ideia! Maya não programou nada para o verão, então os dois terão chance de colocar a conversa em dia. Eu posso deixá-la no escritório da campanha amanhã. — Ela pega a prancheta para preencher com meus dados.

— Sei que parece assustador — diz Gabe. — Mas depois de uma ou duas casas, fica tão fácil quanto colocar panfletos em envelopes… outra coisa que você pode nos ajudar a fazer! — Ele sorri para mim. — A sede não é muito longe daqui. — Gabe me entrega um cartão com o endereço. — Vejo você na sexta, às três em ponto, para o treinamento.

Antes que qualquer um de nós consiga responder, ele vai em direção ao próximo otário desavisado.

Minha mãe conversa mais um pouco com Lauren, enquanto a fuzilo com o olhar. Ela age como se eu nem estivesse ali.

Assim que eles se afastam, me viro para minha mãe.

— Por que você me ofereceu como voluntária? — reclamo, irritada.

— Qual é o problema? Você tem tempo, não tem? Além disso, precisa cumprir horas como voluntária para a escola.

— Sara ia ver se conseguia ser liberada do trabalho amanhã à noite para sairmos juntas. Você sabe como ela tem andado ocupada.

— Querida, você sabe que os planos dela sempre mudam e você acaba passando a noite mal-humorada no sofá.

— Não. — Balanço a cabeça. — Não quero sair para fazer campanha com alguém aleatório.

— Aleatório? Jamie era seu melhor amigo antes mesmo de vocês aprenderem a falar.

— Amizades de quando a gente ainda usa fralda não contam! E agora eu tenho que bater na porta da casa de estranhos? Como se eu já não estivesse lidando com coisas demais?

— Olha aqui. — Minha mãe respira fundo e fecha os olhos. — Sei que você está tendo que lidar com muita coisa. E sei que mudanças são difíceis para você... Aposto que tem sido muito pesado. Mas fazer algo positivo vai desanuviar um pouco sua cabeça. É só um dia. Se você não gostar, não precisa ir nunca mais.

— Eu não vou.

— Não foi um pedido — responde ela, com um tom mais firme. — Vou usar meu poder de mãe. Você vai.

Antes que eu possa dizer qualquer coisa, imame Jackson se dirige à tribuna na frente do salão e pigarreia ao microfone. Todos fazem silêncio.

— *Salaam Aleikum*. Obrigado por comparecerem ao nosso sétimo iftar inter-religioso anual. E que honra ter ninguém menos do que Jordan Rossum conosco. Ele falará conosco mais tarde.

Em alguns instantes, o *azan* soará, chamando a todos para as preces noturnas, concluindo outro dia de jejum. Por favor, juntem-se a nós para comer e conversar enquanto nos lembramos, mais uma vez, que há muito mais coisas que nos unem do que nos separam.

Imame Jackson continua seu discurso, e eu dou uma olhada ao redor. Depois da energia frenética por conta da chegada de Rossum, todos estão bem quietos agora, ouvindo com atenção. Quando ele termina, o *azan* soa pelos alto-falantes. O rabino Levinson e o pastor Jones passam pratos para as pessoas quebrarem o jejum. Uma fila começa a se formar perto da mesa de iftar.

— Ei, Maya. — Jamie se aproxima de mim com as mãos nos bolsos. — Vou embora depois de comer. Posso te dar uma carona até em casa. Claro, se você precisar. Sem problemas.

— Hum, não. — Olho para ele. — Já resolvi tudo.

— Ah, sim. Claro. — Ele assente rapidamente. — Bem, vejo você amanhã.

Jamie se afasta e penso na minha casa vazia. Em Sara, que em breve estará a duas horas de distância. E, agora, em ter que passar uma sexta-feira batendo na porta de estranhos.

De repente, já não estou com tanta fome.

5

JAMIE

MAYA AINDA NEM CHEGOU, mas não paro de pensar no que ela vai achar do escritório da campanha. Tenho entrado e saído deste anexo o verão inteiro. Como nunca percebi o caos dos copos de café vazios e dos bagels de pizza mordidos na mesa de Gabe, ou o cheiro estranho de ovo subindo da lixeira? Ninguém diria que o escritório é chique, mas eu achava passável. Agora percebo que é praticamente uma versão da barba de Gabe em forma de sala — bagunçada, inacabada e meio incômoda de se olhar.

Algo me diz que Maya não ficará impressionada.

Não acredito que ela estava no jantar do Rossum. Ou na Target. Como isso aconteceu? Como se passa nove anos sem ver alguém e de repente esbarra nessa pessoa duas vezes em dois dias? É como aprender uma palavra nova e de repente passar a ouvi-la e vê-la em todos os lugares.

Acho que reencontrá-la meio que mexeu comigo, mas não de uma maneira ruim. Na verdade, foi o oposto de ruim. Não acredito em sinais, mas é tão estranho. Lá estava eu, me xingando por não ter falado com ela na Target… e então ela aparece *de novo*. Uma segunda chance imperdível. Por uma fração de segundo, cheguei a pensar que socializar talvez não fosse um conceito tão terrível assim.

Até eu cometer o erro de falar com ela. Uau. Nunca pensei que algo pudesse chegar perto do Baile de Inverno, mas talvez aquilo tivesse sido até pior. Quem diria que era possível juntar tantos momentos dolorosamente constrangedores em duas interações de cinco minutos? Vamos começar com o fato de eu ter derrubado uma mesa inteira de comida e garrafas de água. Porque é claro que eu fiz isso. E ainda me sinto um idiota por ter oferecido uma carona para ela. Afinal, somos praticamente desconhecidos hoje em dia. Mas quando a ouvi dizer para a mãe que estava presa ali, não oferecer me pareceu errado.

Pelo visto, Maya preferiria continuar presa do que pegar carona comigo.

Claro, não faz sentido me preocupar com o que ela pensa de mim, do escritório da campanha ou de qualquer coisa. Para falar a verdade, nem sei se ela vai aparecer.

É a primeira vez que estou aqui com um grupo de voluntários. Costumo aparecer fora do horário de trabalho, quando só estão Gabe, Hannah e às vezes Alison, a estagiária principal deles. E as pessoas que trabalham na prospecção porta a porta geralmente saem do escritório principal, em Dunwoody. Mas agora tem doze pessoas aqui, a maioria amiga de Hannah, da universidade Spelman, além de uma mulher negra simpática com covinhas bem acentuadas e duas mulheres de meia-idade usando cachecol e joias pesadas. Sei que uma dúzia de voluntários no geral não é tanto assim, mas a sede é tão apertada que essas pessoas ocupam o espaço todo, até o canto lá no fundo onde ficam as pilhas de caixas de papelão e as placas de quintal. Todos estão segurando os envelopes de papel pardo que Alison distribuiu quando entramos, mas não aconteceu mais nada depois disso, ainda que já tenham se passado alguns minutos do horário marcado para a reunião começar.

Olho de novo para a porta. Nada da Maya.

Eu não deveria julgá-la pelo atraso, já que nem Gabe chegou ainda. E sinto muito, mas se o *Gabe* não aparecer, vou dar o fora.

Bem nessa hora, Gabe entra pela porta lateral, usando uma camisa ofuscantemente branca com a logo do Rossum no peito. Sobe numa banqueta e coloca as mãos ao redor da boca, como se fosse dar um comunicado importante a uma multidão.

— Senhoras e senhores, sejam todos bem-vindos ao treinamento de voluntários — anuncia. — Quem está pronto para ter um dia fora do comum com o Rossum levanta a mão! Vamos fazer barulho! O Quadragésimo Distrito Estadual vai ter uma prospecção de votos da hora, e estou pilhado. — Ele dá um soquinho no ar.

É como assistir a um daqueles professores velhos e constrangedores tentando conquistar a turma com gírias que pesquisou no Google. E tenho certeza de que o fato de Gabe só ter vinte e três anos piora tudo.

Após alguns minutos ouvindo-o bombardear a gente com palavras vagamente ligadas à campanha, vejo Maya entrar de fininho pela porta dos fundos. Aceno, hesitante, e ela se aproxima.

— Peguei um envelope extra para você — sussurro.

— Obrigada. E, só para você saber, tem pelo menos dois alarmes de carro disparando no estacionamento agora.

— O maior talento do Gabe. — Tento sorrir casualmente.

Maya retribui com um sorriso que é noventa por cento uma careta.

— Olha, sei que isso pode estar um pouquinho fora de sua zona de conforto — diz Gabe. — Então vamos tirar um minuto para nos prepararmos emocionalmente. Repitam comigo: *Nós somos fora do comum*.

— Nós somos fora do comum — murmuro com o restante dos voluntários.

Maya encara tudo com ar cético.

— *Rossum é fora do comum* — diz Gabe.

— Rossum é fora do comum.

— E nós vamos arrasar nessa prospecção! — Gabe bate palma. — Belezura. Podem formar duplas, e depois vamos passar a bola para a Hannah, que vai nos ensinar tudo sobre o aplicativo Porta a Porta.

— Vai, Hannah! — vibra a mulher das covinhas.

Hannah dá uma piscadinha.

— Obrigada, mãe.

Assim que Gabe desce da banqueta, vem direto para onde eu e Maya estamos.

— Diz aí, Grande J! — Ele me cumprimenta com um soquinho. — Que bom que você veio. — Então se vira para Maya. — Passei o verão inteiro tentando convencer esse cara a prospectar votos. Então tudo o que eu precisava fazer era trazer umas garotas bonitas, hein?

— Gabe, para com isso. — Sinto as bochechas queimarem.

Maya parece não se impressionar.

Gabe dá um tapinha em meu ombro.

— Vejo que nossa rainha das redes sociais acabou de chegar.

Ele indica os fundos da sala com o queixo. Minha avó está na entrada, com uma blusa estampada, blazer e seus característicos óculos de aro vermelho. Ela sorri para mim e aponta para Gabe, curvando o dedo para chamá-lo.

— O dever me chama — diz Gabe.

— Uau — murmura Maya assim que ele sai. — Como Rossum achou esse cara?

— Ah. Hã, Rossum frequentou a escola hebraica com a irmã do Gabe, Rachel, então eu acho...

— Nepotismo. Que maravilha — comenta ela. — Aliás, por que a sede da campanha fica numa livraria?

— Bem, eles têm um escritório de verdade em Dunwoody, então aqui é só uma sede satélite. Tipo uma base extra. A Fawkes and Horntail costuma organizar os clubes do livro e outros eventos aqui, mas estão alugando o espaço para a campanha por uma mensalidade de um dólar.

— Um dólar?

— Eles querem mesmo que o Rossum ganhe.

A expressão de Maya se suaviza um pouco.

— Bem, claramente você é o voluntário preferido do Gabe. — Ela abaixa a voz, imitando-o: — *Passei o verão inteiro tentando convencer esse cara a prospectar votos.*

— Ah, isso. Não é bem que eu seja o preferido dele. Estou mais para... o primo dele.

Maya arregala os olhos.

— Ah. — Ela faz uma pausa. — Ahhh.

Dou de ombros e olho para Gabe... no momento, vovó está limpando uma sujeira do rosto dele.

— Me desculpa — diz Maya, sem jeito.

— Não precisa se desculpar.

— Bem, me desculpa por ter chegado atrasada.

— Você não perdeu muita coisa.

— É só batermos nas portas, certo? Entregar um panfleto? E dizer "Vote em Rossum, ele é fora do comum"?

— Bem, tem um roteiro, mas Gabe disse que podemos usar nossas próprias palavras. Eles querem que a gente tente convencer as pessoas a se comprometerem a votar, e então registramos as respostas... com certeza sim; com certeza não; talvez...

— Então é tipo aqueles bilhetinhos que passávamos nas aulas do fundamental.

Sorrio.

— Você aceita sair com Jordan Rossum no dia 9 de julho? Marque sim, não ou talvez.

— Então é isso? — pergunta Maya. — Essas são todas as informações que eles querem para o aplicativo?

— Bem, tem algumas outras coisas para marcar, mas é bem autoexplicativo. Podemos pular o treinamento para o aplicativo, se você quiser. Já fiz o download.

— Tá be...

— Ou você pode baixar também, se quiser dividir as casas entre nós dois. Dividir e conquistar.

Ela faz que não.

— Vamos juntos.

— Sério? — Olho para ela, surpreso.

Ela abre a boca para responder, mas de repente somos interrompidos.

— Jamie! Estou tão feliz de ver você aqui. — Minha avó passa o braço pelos meus ombros. — Eu estava conversando com o Gabe agora, e ele falou algo sobre tirar umas fotos e talvez gravar um vídeo curtinho. Ah, e olá, querida. Acho que não nos conhecemos. Ruth, prazer.

— Maya.

Ela estende a mão, mas minha avó a abraça.

Acho que a última vez que brinquei com Maya foi antes de a vovó vir morar com a gente. O que faz com que nossa amizade pareça algo de outra era.

— É tão bom conhecer você, querida — diz minha avó. — Tudo bem se eu tirar uma foto de vocês dois? Aqui, Jamie, pegue uma dessas placas de jardim. Perfeito. Agora, Maya, que tal segurar a outra ponta? — Vovó dá uma olhada em nós dois pela câmera do celular, enquanto Maya e eu abrimos um sorriso forçado, constrangidos. — Está lindo. Deixa só eu tirar uma mais de perto e... voilà! Impecável. Tudo bem para vocês se eu postar no nosso Instagram? — Ela vira a tela para nos mostrar a foto, e eu faço que sim.

Maya dá de ombros.

— Pode ser.

— Fabuloso.

Vovó ajeita os óculos, assopra um beijo para nós e sai para ajudar duas garotas da Spelman a pegar uma caixa de adesivos de campanha que está virada de cabeça para baixo.

Maya observa minha avó se afastar e, com as sobrancelhas arqueadas, resmunga:

— Essa campanha é uma bagunça.

Tá, uma coisa é insultar o Gabe, mas falar da minha avó já é outra completamente diferente. E a campanha? Engraçado como

Maya se acha a especialista, mesmo sem ter colocado um mísero panfleto num envelope. Sem falar que é a primeira vez que ela pisa na sede. E *atrasada*.

Maya estreita os olhos, percebendo meu desconforto.

— O que foi?

Eu deveria chamar a atenção dela. Dizer exatamente quem era a mulher que tirou nossa foto, e por que é uma pessoa incrível. Vou pensar no comentário mais sarcasticamente perfeito e mandá-lo na cara da Maya, para que ela passe o trajeto inteiro atordoada e arrependida.

Mas, ao chegarmos no meu carro, todos os argumentos se dissolvem na minha língua. Não sou o tipo de cara que chama a atenção dos outros com respostas sarcásticas. Nem chego perto de ser confrontador. Acho que se poderia dizer que sou mais do tipo que usa comida como oferta de paz.

Estendo a mão para o banco de trás, pego um saquinho de biscoito Goldfish que tinha guardado para mais tarde e ofereço a ela.

— Aqui, pode pegar.

Maya olha para o saquinho e depois para mim, com ar quase incrédulo.

— O que é isso?

— Hã, Goldfish?

Vale ressaltar que a embalagem dos biscoitos Goldfish não é nem um pouco sutil. O saquinho literalmente diz *biscoitos assados Goldfish*. Com um biscoito em forma de peixe dourado no pingo do *i*. Mas, tudo bem, talvez Maya só compre em feiras de produtores orgânicos ou algo assim e realmente não conheça o biscoito.

— É um biscoito crocante...

Ela retorce a boca.

— Sei o que é Goldfish.

— São de cheddar — acrescento, pegando um punhado no saquinho.

— Jamie.

Olho para ela.

— Você… não gosta de Goldfish?

Ela parece prestes a cair na gargalhada.

— Isso é sério? Os biscoitos são gostosinhos, até. Mas estávamos em um iftar, lembra?

Concordo lentamente com a cabeça, tentando decodificar o que ela quer dizer com isso.

— Jamie, eu estou em jejum. Pelo Ramadã?

— O Ramadã! Claro. — Sinto o rosto queimar. — Droga. Sinto muito. Aqui. — Enrolo a parte de cima do saquinho de Goldfish e o jogo no banco de trás, onde não podemos mais ver. — Eu procuro uma lata de lixo quando chegarmos. Sinto muito. Sempre me esqueço que o Ramadã dura o mês todo. Nossos jejuns duram só um dia… não que seja a mesma coisa… Caramba. Tá bem. Vou ficar quieto agora. Me desculpe…

— Tudo bem. — Maya aperta meu braço por apenas uma fração de segundo. — Tá tudo bem. Só dirija.

São dez minutos de carro até o bairro que nos foi designado, mas Maya não diz uma única palavra durante todo o caminho. Difícil saber se ela está ouvindo a estação NPR em que meu rádio está travado ou se apenas está tão constrangida quanto eu. Mas quando estaciono perto da calçada ela suspira, pressionando o rosto com as mãos.

— Você está bem? — pergunto, preocupado. Nunca vi Maya tão tensa. — Nervosa?

— Não.

— Ah…

— Quer dizer, sim. Mais ou menos. Sei lá. Só não quero fazer isso. — Ela abaixa as mãos, olhando para mim. — Nem sabemos se vão nos ouvir. Ou se vão ficar irritados por estarmos tomando o tempo deles. Talvez odeiem o Rossum. Talvez sejam uns completos babacas. Talvez sejam…

— Eu sei. — Olho nos olhos dela só por um instante, mas logo desvio. — Se é que isso ajuda, só estão nos pedindo para bater em casas de democratas e independentes. Que podem ser babacas, claro. Mas não vai ser... Você sabe.

— Sim. — Ela franze os lábios. — Sei.

Por um minuto, olha pela janela, mal-humorada. Então, de repente, solta o cinto de segurança.

— Nós...? — falo.

— Anda, vamos acabar logo com isso, tá bem? Em que casa começamos? — Ela abre a porta e sai.

Desço do carro apressado atrás dela, procurando freneticamente no aplicativo.

— Vamos lá. Hã. Duzentos e trinta e seis. Aquela de tijolo, bem ali com... Isso, é, aquela lá.

Ela já está a meio caminho da casa.

Então agora estou na porta da casa de um estranho, minha mão pairando sobre a campainha.

— Pronta?

Maya cruza os braços e assente. Toco a campainha, e imediatamente ouvimos uma confusão de cachorros latindo, barulho de passos e até mesmo o som de vozes abafadas. Mas ninguém atende.

Maya e eu trocamos um olhar.

— Tem gente em casa, com certeza — diz ela.

— Você acha que estão nos ignorando?

— É o que parece.

— Talvez estejam tomando banho ou algo assim? Em chuveiros diferentes? — acrescento rapidamente. — Não, tipo, um grande banho em grupo. A menos que eles curtam, o que não tem problema nenhum...

— Vamos. — Maya pega um panfleto e prende perto da maçaneta. — A gente consegue na próxima casa.

Mas não conseguimos.

E não conseguimos na casa depois dessa também. No final das contas, ninguém atende a porta. E já passa das seis. Garanto que pelo menos metade dessas pessoas estava em casa. Vejo carros estacionados na garagem de quase todas. Marco no formulário a opção *ninguém em casa*, mas me sinto meio mal. É difícil não levar para o lado pessoal.

— Eu entendo — diz Maya ao chegarmos numa nova casa. — Estamos incomodando a noite de sexta de todo mundo. Detesto quando alguém bate na minha porta.

Olho para cima e vejo uma mezuzá no batente.

— É, podem estar se preparando para o Sha... Espera, tem alguém vindo?

— O quêêê? — Maya fica boquiaberta por um instante, mas rapidamente se recompõe, endireitando a postura. — Ok. Ok! Está acontecendo.

A porta se abre com um rangido, e uma senhorinha branca aparece — pelo menos uma década mais velha do que a minha avó —, com uma camisa de pijama azul de matelassê, calça jeans e tênis brancos.

— Olá — diz ela. — O que nós temos aqui?

Maya parte para a ação, abrindo um sorriso tão grande que quase caio para trás, chocado. É a primeira vez no dia que vejo Maya sorrir. E tudo bem, não estou dizendo que a expressão normal dela seja abominável ou algo assim. Mas quando ela sorri? Aí não é nada abominável mesmo. Ela é tão...

Opa. Não vou entrar nessa. Não vejo mesmo por que entrar nessa.

— Maravilha. Oi! — diz Maya. — Meu nome é Maya, esse é o Jamie, e estamos aqui para falar da campanha do Jordan Ros...

— Ora, veja só, que surpresa! Podem entrar. Meu nome é Barbara. — Então ela se vira, fazendo um gesto para que a gente a siga.

Tá. Seguir senhorinhas para dentro de casa? Não estava em nosso roteiro. Não fazia parte do plano. E não quero afirmar que seremos sequestrados, mas tenho quase certeza de que seremos sequestrados.

Maya e eu trocamos olhares de pânico.

Eu pigarreio.

— Hã. Nós só íamos...

— O que vocês estão esperando? Vamos, entrem.

Olho para Maya, sem saber o que fazer, e ela está agarrando a pilha de panfletos como se eles fossem sair voando. Na verdade, parece que Maya quer fazer o mesmo. Mas Barbara ainda está parada no hall, esperando.

Respiro fundo e cruzo a soleira.

— Vocês aceitam uma bebida? Limonada? Chá gelado? — oferece a senhora.

Maya balança a cabeça.

— Estou bem, obrigada.

— Nada? Tudo bem. Vou trazer um prato de biscoitos. Só me deem um segundo. E podem se sentar ali naquele sofá.

Eu me acomodo, e Maya se senta ao meu lado, tão na beira do sofá que mal está sentada.

— Parece um conto de fadas — sussurra ela. — Ruim.

— Era exatamente o que eu estava pensando.

— Acho que ela está voltando. Está bem, qual é o nosso... Oi!

O tom e a expressão de Maya mudam por completo no exato segundo em que Barbara volta, e a única coisa que consigo fazer é ficar admirado com essa façanha. Mal sei como ser eu mesmo, e ela acaba de se transformar em uma pessoa completamente diferente bem no meio de uma frase.

— Por favor, sirvam-se à vontade — diz Barbara com firmeza, colocando um prato de biscoitos esquisitos na nossa frente. E é claro que meu estômago ronca com entusiasmo, praticamente me obrigando a pegar um. Acho que não são *tão* esquisitos assim. Pego um que parece ser de baunilha com uma gota de Hershey's grudada no meio e mordo um pedacinho de nada. Maya fica horrorizada, mas até que o biscoito não é ruim. Um pouco velho, mas comível.

Barbara se senta em uma poltrona, olhando para nós, e Maya se inclina para entregar um panfleto para ela.

— Muito obrigada por tirar um tempinho para no receber — diz ela, animada. — Como eu disse, estamos aqui para falar da campanha do Jordan Rossum...

— Ah, ele não é lindo? — comenta Barbara, dando uma olhada na foto de Rossum por cima dos óculos. Então se vira para mim. — Esse jovem se parece bastante com você!

— Hã... obrigado?

Ok, tenho certeza de que acabamos de entrar em algum universo alternativo. Eu me pareço com o Rossum? Quer dizer, nós dois somos judeus brancos com cabelo escuro, mas acho que é só isso. Ele é candidato a senador estadual, e eu sou... eu. Observo Maya pelo canto do olho e vejo que ela está tentando se manter séria. Quando nossos olhares se encontram, ela deixa escapar um sorriso e cobre a boca com a mão.

Barbara olha de mim para Maya, sorrindo.

— Ora, ora, vocês são o casal mais fofo que eu já vi.

Maya baixa a mão.

— Casal?

— Mas aqui vai um conselho de uma senhora que sabe uma coisa ou outra sobre relacionamentos. Não vou dizer que devem sair com outras pessoas, mas não tenham pressa de juntar os trapinhos. Levem o tempo que for preciso para se conhecerem melhor antes de darem o passo final.

Maravilha. Nunca mais vou conseguir fazer contato visual com a Maya na vida. Uma senhorinha que a gente nem conhece acha que estamos namorando? E não só namorando. Mas que estamos namorando tão sério que precisamos de conselhos para não juntarmos logo nossos trapinhos. Como assim?

Encaro meus joelhos, as bochechas queimando.

Barbara continua:

— Mas acho relacionamentos inter-raciais tão lindos. Acho mesmo. Sabe, meu neto Joshua se casou com uma garota adorável. Prisha. Os parentes dela vieram lá da Índia para o casamento. Ah, foi tão maravilhoso. Todas aquelas lindas tradições... Tenho certeza de que você conhece. — Ela sorri para Maya, que parece paralisada. — Mas...

— Bem... — Eu pigarreio. — Nós, hã, adoraríamos falar um pouco sobre Jordan Rossum, se a senhora topar.

— Claro! — Barbara olha para a foto de novo. — Que rosto mais fofo. Ele nem parece ter idade para dirigir.

— Hã. Pois é. — Olho para Maya de soslaio. — Ele parece jovem mesmo. Mas Rossum tem anos de experiência trabalhando para os cidadãos do nosso distrito num nível local. Na verdade...

— Ele é judeu? — pergunta Barbara. — Ele parece judeu! Será que conheço os pais desse jovem da sinagoga? Qual é mesmo o nome dele?

— Jordan Rossum — respondo. — R-O-S...

— Está no panfleto — interrompe Maya. — E, na verdade, se der uma olhada no panfleto, vai encontrar várias informações sobre as propostas dele. Sei que as pessoas provavelmente estão interessadas em saber a opinião dele sobre assistência médica...

— Sabe quem ele me lembra? A filha mais velha dos Shapiro. Vou ter que ligar para a Nancy.

— Hã. Ótimo — falo, olhando de relance para Maya. — Então, hã, podemos contar com seu voto no dia 9 de julho?

Barbara olha bem nos meus olhos.

— Me diga uma coisa. Ele é democrata? — Faço que sim. — Bem, nesse caso, pode dizer ao cavalheiro que ele tem o meu voto. Sem sombra de dúvida.

Olho uma última vez para Maya... e, agora, ela está sorrindo de verdade.

— Bem, isso foi... interessante — diz Maya na calçada, enquanto acenamos para Barbara. — Eu tinha certeza que íamos acabar que nem João e Maria.

— É, eu meio que esperava que aquele biscoito começasse a falar comigo que nem o biscoito de gengibre do *Shrek*.

Maya dá uma gargalhada, o que me deixa meio zonzo.

Desvio rapidamente o olhar.

— Aliás, nem sei se aquilo era permitido.

— Se o que era permitido?

— Entrar na casa de uma eleitora e comer a comida dela. — Esfrego a testa. — Pode ser considerado uma contribuição imprópria de campanha ou algo assim. Gabe está sempre falando sobre coisas desse tipo. Como podem ser pegos pelas pequenas coisas.

Maya parece achar graça.

— Hum, acho que vai ficar tudo bem.

— Bem, pelo menos ela abriu a porta — comento. — E conseguimos nossa primeira promessa de voto!

E, de repente, me dou conta de que conseguimos mesmo. *Eu* consegui. Falei com uma completa desconhecida e não me sufoquei nem derrubei a mesa ou nada do tipo. Sobrevivi para contar a história.

Registro a visita no meu celular, e marcar Barbara como um *com certeza sim* enche meu coração de felicidade. Talvez Gabe estivesse certo o tempo todo. Talvez isso pudesse mesmo virar o jogo. Afinal, nunca se sabe como as coisas vão se desenrolar. Talvez Rossum vença por um único voto… o da Barbara. Talvez Maya e eu tenhamos mudado o resultado do nosso distrito em uma única tarde.

Talvez tenhamos mudado a história.

Acho que essa é a primeira vez que eu gostaria de me dar um tapinha no ombro. Eu com certeza daria um tapinha no ombro de Maya se não pensasse que ela acharia estranho e um pouquinho exagerado. Algo me diz que ela não é do tipo que cantaria vitória após uma única promessa de voto.

Por outro lado, quando tiro os olhos do meu celular, Maya está com um sorriso escancarado.

Então talvez eu devesse…

— Ei — falo devagar, tentando manter minha voz estável. — Hum. Se você quiser fazer isso de novo algum dia…

O sorriso de Maya desaparece. *Droga*. Tudo bem.

— Ou não — digo, rápido. — Ou, você sabe. Poderia pedir votos sozinha, ou com outra pessoa. Não esquenta. Ou poderia vir comigo de novo. Se quiser. Sem pressão. Só quis dizer que Gabe está sempre à procura de voluntários. Então eu faria de novo... se você quisesse... Enfim. — Esboço um sorriso. — Sim, não, talvez, certo? Haha.

Ela morde o lábio, um pouco constrangida.

— Hum...

— Uau, estou deixando você sem graça, e você deve estar superocupada, foi mal. Sério, não esquenta.

Meu rosto inteiro está queimando. Tenho quase certeza de que isso não deveria acontecer quando se está casualmente falando com alguém sobre uma oportunidade de trabalho voluntário. Quer dizer, Gabe está *mesmo* sempre à procura de voluntários. Não estou inventando nada.

— Eu não... — Ela pega o celular, dá uma olhada na tela e o coloca de volta no bolso. — Não sei, Jamie.

— Tudo bem. — Abro um sorriso discreto. — Vou marcar como um talvez.

Ela sorri, balançando a cabeça devagar. E sinto de novo aquele aperto no peito e a vontade de me dar um tapinha nas costas.

6

MAYA

É SÁBADO.

Meu pai deveria estar na otomana vendo futebol. Minha mãe deveria estar fazendo a lista de compras semanal. E todos deveríamos estar discutindo para decidir de quem é a vez de dobrar a roupa limpa.

Mas a televisão está desligada. A otomana, vazia. E a luz acabou de se acender no quarto dos meus pais. Fora a Willow mastigando sua comida perto da geladeira, a casa está em silêncio. Agarro meu livro com tanta força que os nós dos meus dedos ficam brancos.

— Oi, querida.

Minha mãe se aproxima, com um roupão branco por cima do pijama, e boceja. Observo sua expressão: ela também acha isso tudo estranho? O primeiro fim de semana sem meu pai? Ou está aliviada? Seu rosto é um mistério.

— O que temos aí? — Ela aponta para o livro.

— *Saints and Misfits*.

— Lendo esse de novo? — Ela sorri.

— É muito bom. Tenho alguns outros reservados para mim na biblioteca também.

— Passo lá para pegar quando estiver voltando do trabalho na segunda — promete ela. — Algum plano para hoje? O carro é todo seu, se quiser.

— Sara disse que talvez esteja livre à tarde.

— Ah, isso é ótimo! — exclama minha mãe. — Vocês não têm tido muita chance de se ver. Como está se sentindo? Sabendo que ela vai embora logo?

Olho para a bancada.

— Nem sei como processar como será a vida aqui sem ela.

— Ela continuará fazendo parte da sua vida — diz minha mãe. — E voltará nas férias e nos feriados.

— Mas não vai ser a mesma coisa.

— Sinto muito, Maya. — Ela coloca a mão em meu ombro. — Sei que é difícil. Tantas coisas acontecendo ao mesmo tempo.

Pisco para conter as lágrimas.

— E como está se sentindo em relação a... todo o resto? — pergunta ela, gentil.

Dou de ombros. Como se eu tivesse sido atingida por uma marreta. É assim que eu me sinto. Ela sabe disso, não sabe?

— Odeio não saber quanto tempo isso vai durar.

— Eu também — diz ela suavemente.

Meu celular vibra. É Shelby Yang, da escola.

Shelby: Mateo e Olivia estão chamando umas pessoas para ver o novo filme da Marvel hoje, às 20h20. Topa?

Maya: Ah, eu queria muito, mas hoje não vai dar. Sinto muito mesmo! 😭

Shelby: Você é a pessoa mais ocupada que eu conheço! Fica pra próxima?

Maya: 🙏

Guardo o celular.

— Era a Sara? — Minha mãe aponta para o aparelho.

— Não, era a Shelby, alguma coisa sobre um filme.

— Parece divertido. Você deveria ir.

— Detesto ver filme no cinema. Demora muito, fico agoniada.

— Mas seria legal se encontrar com ela, não é? Você não a vê desde o fim das aulas. Talvez você pudesse comer alguma coisa com eles depois de quebrar o jejum?

Dou de ombros. É, Shelby é minha amiga. Almoçamos juntas no colégio e discutimos os prós e os contras de nossos crushes do mundo das celebridades no momento (o meu tem sido Jim Halpert, de *The Office*, por um ano inteiro e contando). Mas ela é uma Amiga da Escola. Nosso relacionamento não se estende para além do terreno do colégio. Não estou dizendo que sou antissocial nem nada. Tenho vários conhecidos, como Kevin. É só que sou uma pessoa que preza mais a qualidade do que a quantidade. E minha quantidade quase sempre se resumiu à Sara.

Meu celular vibra.

É o Jamie. Trocamos nossos contatos antes de irmos embora do escritório da campanha.

Jamie: Eu tinha que compartilhar isso.

Abro a mensagem. É um GIF do biscoito de gengibre do *Shrek* gritando ao entrar num forno.

— Ai, meu Deus. Não. — Cubro a boca e dou uma gargalhada.

— Do que você está rindo? — pergunta minha mãe.

— Jamie me mandou um GIF — respondo. — Enquanto estávamos batendo nas portas ontem, teve uma senhorinha que nos ofereceu biscoitos, bem no estilo João e Maria. Quer dizer, na verdade ela era um amor, mas ficamos com um pouco de medo no início.

— Trabalhar na campanha não foi tão ruim, então?

— Não foi a pior coisa do mundo.

— Você acha que vai de novo?

— Hum, "a pior coisa do mundo" é um limite bem baixo — disparo. — Uma vez já foi mais do que suficiente.

Olho de novo para o GIF e procuro outro para enviar para ele, quando minha mãe pigarreia.

— Andei pensando no carro que você tanto quer.

O quê? Largo o celular na mesa, perplexa.

— Sei que agora que a Sara vai para a faculdade antes do previsto e minha agenda de trabalho anda complicada, vai ficar mais difícil para você se deslocar por aí…

— Exatamente — respondo depressa. — E assim posso ir para a escola sozinha no outono em vez de precisar que você ou o meu pai me levem. Isso vai poupar *seu* tempo a longo prazo. Não precisa nem ser um carro muito bonito. Nem ter ar-condicionado.

— Vamos ver o que dá para comprar. Somando os nossos empréstimos estudantis, hipoteca e os custos com a saúde da sua avó, estamos no limite. E agora, com os custos para manter duas casas, pelo menos por enquanto, não é tão simples quanto você pensa.

Ao falar sobre as casas separadas, ela disse "por enquanto".

Não *para sempre*. Por. Enquanto.

Me agarro a essas duas palavras como a um bote salva-vidas.

— Então, andei pensando — continua ela. — Já que você e Jamie se divertiram na campanha ontem, por que não continuam?

— Precisamos ter uma conversa séria sobre o significado de "não foi a pior coisa do mundo", mãe. Foi tranquilo, mas não é a maneira mais empolgante de passar o verão.

— Bem, seja como for, a minha proposta é a seguinte: você continua na campanha e podemos pensar sobre o carro.

— Depois da eleição?

— Isso — confirma ela. — Todo mundo ganha. Você consegue suas horas de trabalho voluntário para a escola e não fica sentada o verão inteiro esperando a Sara ligar. E, em troca, você…

— Ganha um carro! Eu posso pagar depois. Quando eu tiver o carro, posso começar a trabalhar e…

— Você não precisa me pagar nada. A campanha é o trabalho.

— Então o seguro e a gasolina. Vocês não vão precisar se preocupar. E prometo que serei super-responsável.

— É claro que sim, querida. — Minha mãe sorri. — Fechado?

— Sim!

Deleto o GIF que estava prestes a enviar. Em vez disso, digito: **Acha que poderíamos trabalhar algumas horas na campanha hoje?**

Um balão com reticências aparece imediatamente. E então... **Tem um horário de quatro às seis. Quer que eu inscreva a gente?**

Te encontro lá na sede da campanha, respondo.

Tudo bem dar uma de João e Maria todos os dias se eu puder finalmente ter o meu carro.

O envelope que Gabe nos entrega desta vez nos manda para um bairro completamente diferente do último. As casas aqui são ainda maiores, e os extensos gramados fazem com que cada uma seja praticamente um quarteirão inteiro. Estamos trabalhando há trinta minutos, mas só conseguimos ir a cinco casas. Até agora, só duas pessoas abriram a porta e pegaram nossos panfletos.

— A próxima fica a umas oito casas daqui. — Jamie estreita os olhos e aponta bem mais para a frente na rua.

— Longe assim? — resmungo. Oito casas significa que teremos que nos arrastar por pelo menos uma rua inteira. — Não tem nenhum democrata ou independente em nenhuma dessas casas por aqui?

— Está me parecendo um bairro bem republicano. Vai ser difícil encontrarmos alguma senhora judia nos oferecendo biscoito. — Ele confere novamente os papéis antes de seguirmos em frente.

— Como estava aquele biscoito ontem? — pergunto. Foi muito corajoso da parte do Jamie se sacrificar daquele jeito. Imprudente, mas corajoso. — Nenhum efeito colateral?

— Não estava tão ruim assim. Minha avó faz aqueles biscoitos o tempo todo. O problema é que, se você não deixá-los bem fechados, ficam velhos muito rápido. O da minha avó é bem melhor, mas o da Barbara até que era comestível. — Ele guarda o celular no bolso de trás da calça e olha para mim. — Você a conheceu, na verdade. Minha avó. Na sede da campanha... — Sua voz vai sumindo, e ele desvia o olhar.

— Sua avó? — Fico vermelha na hora. — Aquela era sua *avó*? Ah, nossa. É... bem — gaguejo. — Eu não queria... — Minha voz falha. Será que ele me viu olhando meio torto para ela?

— Ela é apoiadora oficial da campanha do Rossum nas redes sociais, mas também tem sua própria conta no Instagram, é bem conhecida. Ela tem um ótimo olhar para fotos e legendas, e é mestre nas hashtags, mas se atrapalha um pouco com os filtros e os stories. Sou o suporte técnico dela.

— Sua avó tem uma conta no Instagram?

— Tem. — Ele olha para mim. — O nome é InstaGramm.

— Foi o que eu falei, ué — retruco, tentando disfarçar a irritação crescente.

Mais essa, depois do *mansplaining* de ontem sobre os biscoitos Goldfish?

— Não, não — diz ele, envergonhado. — Quer dizer, é como todo mundo a conhece no Instagram. Ela é a Insta. Gramm. De *grandma*, vovó, entendeu?

— Ah, uau. — Faço uma pausa. — Inteligente.

— Ela é bem famosa. — Jamie sorri. Ele tem tanto orgulho da avó que chega a ser fofo. — Não sei como ela consegue, mas de algum jeito suas publicações sempre viralizam. Tinha dez mil seguidores na última vez que chequei. — Então ele pega o celular, mexe na tela e mostra para mim. — Minha avó tira fotos com o cachorro dela, o Boomer. As pessoas são obcecadas de verdade por ela. É uma celebridade local.

Cubro o celular com as mãos para bloquear o brilho do sol e me aproximo para ver as fotos. Tem uma dela fazendo carinho no Boomer no Parque Piedmont. Outra com ela e Boomer usando camisas havaianas iguais na foto seguinte. Sorrio com uma em que ela aparece tomando um frappé numa cafeteria local e Boomer "invadindo" a foto. A postagem seguinte me faz hesitar — é uma foto antiga. Dá para ver que é ela, com óculos bem estilosos, só que jovem — talvez na casa dos vinte anos — e posando ao lado de um homem com cabelo escuro e um sorriso parecido com o do Jamie. Estão sentados em cadeiras de madeira, com chá gelado na mão, enquanto olham um para o outro.

— É o meu avô. — Jamie aponta para o homem. — Ele morreu quando eu tinha nove anos. Minha avó posta fotos com ele de TBT.

— Eles são tão fofos.

— É, eram mesmo. Foram casados por mais de quarenta anos, e mesmo assim ficavam de mãos dadas o tempo todo, completamente apaixonados.

Meus pais também eram assim. Ficavam de mãos dadas. Olhavam um para o outro em lados opostos de uma sala cheia, sorrindo, em uma linguagem secreta que nem mesmo eu conseguia decifrar. Eu me lembro de revirar os olhos quando entrava na cozinha de manhã cedo antes da escola e via um apoiando a cabeça no ombro do outro, com as canecas de café na mão, enquanto admiravam o nascer do sol pela janela. Estavam juntos há dezoito anos. Foram felizes a maior parte do tempo. Pelo menos, eu pensava que sim. Queria entender por que algumas pessoas continuam de mãos dadas e outras soltam.

Não sei bem o motivo, mas as pessoas nas casas seguintes em que batemos abriram a porta. Cinco delas prometeram votar na eleição suplementar, e uma senhora deu de ombros e disse "talvez", o que é melhor do que ficar encarando uma porta fechada enquanto os moradores nos espiam das janelas do andar de cima. Eu diria que esse comportamento é bem esquisito, mas nós é que somos os estranhos batendo na porta *deles*.

Quando o dono da casa seguinte abre a porta, levo um segundo para perceber que o *conheço*. Não sei bem por que é tão surpreendente. Estamos pedindo votos a seis quilômetros da minha casa. Acho que seria mais estranho *não* esbarrar em nenhum conhecido, mas ainda assim isso me deixa desconcertada.

— Kevin? — perguntamos eu e Jamie ao mesmo tempo.

Olho para Jamie. Ele também o conhece?

— Maya? — Kevin sorri para mim e olha para Jamie. Está usando uma camisa do Atlanta Falcons. — E Von Desastradowitz, certo? O que vocês estão fazendo aqui?

Von o quê?

— Hã, estamos angariando votos para a eleição suplementar. — Jamie fica vermelho. — Conversando com os eleitores sobre Jordan Rossum.

— Isso aí — confirmo. — Seus pais estão em casa, meu jovem? Gostaríamos de dar uma palavrinha com eles.

— Minha mãe está resolvendo umas coisas, mas tenho dezoito anos, para sua informação. Que tal tentarem conquistar o *meu* voto também?

— Você é uma causa perdida — declaro.

— Como assim? Por quê? — pergunta Jamie.

— Maya tem razão. Vocês só vão perder tempo comigo. — Kevin pega um panfleto da minha mão e ergue para nos mostrar. — Olha esse slogan. Olha bem esse slogan. "Ele é fora do comum"? Que brega!

— Mas você não vai votar ou deixar de votar por causa desse slogan, certo? — pergunta Jamie.

— Jamie — falo, olhando-o de canto de olho. Eles não devem se conhecer muito bem, se Jamie está pedindo ao Kevin para votar no Rossum. — Esse cara é um republicano convicto. Confie em mim, fizemos aula de história americana juntos.

— Estou mais para libertário agora — protesta Kevin. — Mas a disputa está ficando feia. Não sei se votarei em alguém. Sabe, se o Newton ganhar, o Partido Republicano terá a maioria absoluta à prova de veto. Poderão aprovar qualquer lei que quiserem. Então, obviamente, os trolls estão aí com força total contra Rossum.

— Que trolls? — pergunto. — Não vi nada.

— Não ouviu falar do Fifizamento pela cidade? Só dava isso no noticiário semana passada.

— Fifizamento? — perguntamos juntos.

— É, aquele meme da poodle Fifi erguendo uma xícara de chá para comemorar a supremacia branca ou uma merda dessas.

— Já vi — diz Jamie. — Está por toda a internet.

— Não está mais só na internet — explica Kevin. — Alguns trolls estão fazendo adesivos da Fifi, roubando as mantas magnéticas do Rossum dos carros e colando o adesivo no lugar.

— Minha mãe tem essas mantas magnéticas do Rossum em nossos dois carros — diz Jamie.

— Acho que vi um cachorro assim no carro de uma pessoa outro dia… — comento, desanimada.

— Está em todos os lugares. E quando essas coisas grudam no seu carro, não saem mais. Você pode até tentar raspar, mas só vai estragar a pintura.

— Uau — falo. — Isso é…

— Uma sacanagem. — Kevin assente. — Exatamente. Não adoro esse tal de Rossum, ok? Ele quase não tem experiência, e não me impressionei com a retórica dele nos debates, mas colar adesivos no carro dos outros sem permissão é uma grande trollagem. E já ouvi que os adesivos espalhados pela cidade têm mensagens antissemitas. — Ele enfia o panfleto embaixo do braço. — Deixa que entrego isso para a minha mãe quando ela voltar. Podem marcá-la como um sim. Ela com certeza vai votar.

Nós agradecemos, e Jamie e eu voltamos para a calçada.

— De onde você conhece Kevin Mullen? — pergunto, enquanto seguimos até a próxima casa.

— Ele trabalha na Target, aquela perto do Publix, onde ficava a Staples. Eu… hã... conheci o Kevin lá há pouco tempo.

— Eu gosto daquela Target.

— É simplesmente o melhor lugar na Terra.

Rio, mas Jamie parece estar sendo muito sincero.

— É sério? Mas tem a Disney, o Grand Canyon, a Islândia…

— Maya, eles distribuem biscoitos grátis na padaria! A placa diz que é preciso ter no máximo doze anos, mas ninguém liga quando pego um. É tão bom. Eu moraria lá se pudesse.

— Bem, se os funcionários da Target já o reconhecem, você está quase lá.

— Digamos que causei uma impressão e tanto com o Kevin — comenta Jamie, sem graça.

— O que houve?

— Só um pequeno acidente.

— Tem alguma coisa a ver com o apelido Von Desastradowitz?

— Foi tudo culpa de uma pirâmide de tangelos. — Jamie se encolhe. — Peguei um e todos saíram rolando.

— Espera. — Diminuo o passo. — Era você? Eu estava lá nesse dia!

— É, eu sei. — Ele cora. — Pensei ter visto você...

— Foi uma confusão enorme.

— Em minha defesa, arrumar frutas cítricas, que são notoriamente *redondas*, em forma de pirâmide é quase pedir para que um acidente aconteça. Mas o Kevin foi bem legal. — Ele me encara, tímido. — Como você, que foi bastante compreensiva com aquele incidente de derrubar a comida em um lugar com pessoas jejuando o dia inteiro.

— Acredite em mim, se você tivesse experimentado os folhados, saberia que fez um favor a todos. — Dou uma olhada no relógio, surpresa por já serem quase seis horas.

— Boa notícia — anuncia Jamie. — Só falta uma casa, aquela do outro lado da rua. — Ele indica com a cabeça uma casa de estuque cinza.

— Com certeza tem gente. — Aponto para a garagem aberta com dois carros estacionados lá dentro.

— Agora resta saber se vão abrir a porta — diz Jamie. — Aposto que não.

— Vou arriscar que sim.

— Quem perder compra donuts para o vencedor na volta! — Ele sobe os degraus, animado.

Ainda estou em jejum, Jamie!, penso em dizer, bem quando ele toca a campainha. Sério... primeiro os biscoitos no carro, e agora isso. Bem, acho que se eu ganhasse poderia pedir os donuts para viagem e comer à noite. Meu estômago ronca. Comer alguns donuts me parece uma *ótima* ideia no momento.

Mas abandono meus pensamentos sobre jejum e donuts para viagem assim que a porta se abre. É um homem. Parece um pouco mais velho do que meu pai. É calvo e usa uma camisa azul com a imagem de um peixe-espada branco na barriga.

Ele está nos encarando.

Na verdade, eu diria que está nos *fuzilando* com o olhar.

Me fuzilando.

E assim toda a leveza de momentos atrás desaparece.

Jamie deve estar sentindo isso também. Ainda não disse nada.

— E então? — O homem olha para nós dois. — O que vocês querem?

— Ah, perdão. — Jamie pigarreia. — Hã. Você é... — Ele baixa brevemente os olhos para o papel e volta a olhar para o homem. — Você é Jonathan Hyde?

— É o meu senhorio. Não mora aqui há anos. O que vocês querem com ele?

— Estamos fazendo campanha para Jordan Rossum. Ele vai concorrer a senador estadual na eleição suplementar — explico, depressa. Percebo que decorei as palavras, já que consigo dizê-las mesmo com o coração disparado. — A proposta dele é trazer esperança e mudança para o nosso distrito, e toda pessoa que votar fará a diferença. Tenho mais informações aqui, se quiser. — Estendo o panfleto para ele.

O homem olha para o papel. Sem tocar.

— Esse cara é *democrata*, não é? — Ele fala como se fosse um palavrão, como se deixasse um gosto ruim na boca. — O fato de vocês dois estarem aqui interrompendo meu dia significa que estou alugando a casa de um democrata?

— Bem, nossa missão é conversar com independentes e democratas — explica Jamie, com a voz hesitante. — Gostaria de um panfleto para ler com calma?

Ele nos encara, a mão apoiada na porta. Olho para Jamie. Por que ele está esperando uma resposta? É óbvio que esse cara não vai votar no Rossum. Podemos riscar essa casa da lista com um estrondoso não e seguir em frente.

— Olha — diz o homem, por fim. — Não quero ofender ninguém nem nada, só estou sendo realista. Você acha mesmo que vai conseguir que alguém por aqui vote no seu candidato com *ela* batendo nas portas? — pergunta, apontando para mim com o indicador peludo.

Ele não encosta em mim.

Está a uns sessenta centímetros de distância, do outro lado da porta.

Mas sinto como se eu tivesse levado um soco.

— Pense nisso. — Ele se volta para Jamie. — Vocês precisam disfarçar melhor essas suas ideias. — Ele inclina a cabeça na minha direção. — Tudo bem querer ser politicamente correto, mas isso não vai angariar nenhum voto para ele. Não nesse distrito. Pode passar essa dica para o tal do Rossum. Queremos mudanças por aqui, mas não do tipo que ele está prometendo.

Antes que algum de nós consiga dizer qualquer coisa, a porta bate na nossa cara.

Jamie está com a mesma cara do esquilo que minha mãe quase atropelou quando estava me deixando na escola supercedo no ano passado. Ela teve que pisar fundo no freio, porque, embora o esquilo tivesse visto a morte se aproximando, estava tão assustado que não conseguia se mover.

Sei que outras pessoas pensam como aquele homem. Mas dizer isso na minha cara, casualmente, como se estivesse comentando o clima? Tenho que aturar atitudes racistas de vez em quando, principalmente quando estou com minha mãe, que usa hijab. Os sussurros quando passamos por alguém, ou o olhar de um caixa do supermercado que você sabe exatamente o que quer dizer sem que ele precise dizer nada. Estou acostumada com essas coisas. Mas isso?

Preciso sair daqui. Antes que aquele homem abra a porta de novo. Antes que ele faça algo pior. Encaro a porta e respiro fundo. É uma porta grossa de mogno. Consigo ver os detalhes da madeira. A maçaneta é de latão desbotado, gasto nas bordas.

— Ei. — A voz de Jamie parece ir e vir. — Maya, você está me ouvindo?

Viro a cabeça para ele, que está me olhando fixamente. Há quanto tempo está me chamando?

— Você está bem? — pergunta.

Faço que sim, entorpecida. Ele gentilmente me pega pelo cotovelo, e juntos descemos da varanda e voltamos para a calçada.

— Escuta — diz Jamie. — Aquele cara... Ele era... um monstro. E sabe o que eu acho? Acho que nós deveríamos... — Ele olha para mim. E hesita.

Ai, meu Deus, Jamie, penso, mordendo o lábio e tentando conter as lágrimas. *Por favor, não me diga que pretende bater na porta desse cara para me defender.* Tenho certeza de que posso prever o resultado de um confronto entre ele e aquele homem.

Mas não é isso que ele diz.

O que ele diz a seguir é algo tão inesperado que me tira do meu estado estranhamente catatônico.

— ... na Target?

— O quê? — Pisco, confusa.

— Fica no caminho de volta ao escritório da campanha — diz ele rapidamente. — Você viu a seção de pátio nos últimos dias? Tem luzes azuis no alto e tudo. É como estar na festa no jardim mais estranha de todos os tempos. Quer dar uma olhada?

Olho nos olhos preocupados dele. Qualquer lugar que não seja aqui me parece uma ideia muito boa no momento.

— Quero — respondo. — Vamos.

7

JAMIE

EU DEVERIA TER DITO ALGUMA COISA.

Fico repetindo o momento na minha cabeça. Aquele cara racista encarando Maya, com seu olhar mortal. A saliva no canto da boca. E o barulho da porta batendo na nossa cara. Enquanto o homem falava foi como se eu tivesse saído do meu corpo e assistisse àquilo tudo acontecer em um filme.

E então, depois, Maya encarando aquela porta sem piscar. O completo vazio de sua expressão fez meu estômago revirar. Ela estava nitidamente tão chocada quanto eu. Na verdade mais. Parecia ter ficado sem chão.

Isso não deveria acontecer.

É o pensamento em looping na minha mente, durante todo o caminho até a Target.

— A campanha do Rossum precisa atualizar o sistema — comento em um sinal vermelho na estrada Roswell.

Ela assente.

— Sim.

— Isso não pode acontecer. É ridículo. Estamos em Sandy Springs, não no meio do nada no interior da Geórgia. Isso não está nada certo.

— Também não teria sido certo no meio do nada — diz Maya.

Fico vermelho.

— Tem razão.

A seção de pátio da Target é tão subestimada. Sim, o Wi-Fi da Target é horrível e normalmente me deixa nervoso — meu celular não pega sinal nenhum ali. Mas, quando estou na seção de pátio, é como se nada disso importasse. É o meu lugar favorito para sentar e pensar.

— Não sei se você quer testar cadeiras diferentes ou algo assim — falo para Maya. — Mas preciso avisar que sou tipo um especialista em pátio atualmente.

— Um especialista em pátio? — Ela sorri.

— Bem, eu sei me virar por aqui, é só o que vou dizer.

Maya me olha por um instante, ainda sorrindo, e sinto um frio na barriga.

— Tá bem — diz ela. — Então, se você é o *especialista*, quais são as melhores cadeiras?

— Aquelas duas. — Aponto, sem hesitar, para um par de cadeiras almofadadas expostas sob um toldo de ripas de madeira. — E ficam bem perto das luzes azuis.

— Entendi. — O olhar de Maya percorre o pátio, observando os móveis em exibição, as fileiras de artigos de churrasco e os cestos com tapetes de área externa enrolados. — É, vou precisar testar todas as opções — anuncia ela.

Levo a mão ao peito.

— Você não confia em mim?

— Nem um pouco. — Ela se acomoda em uma cadeira próxima, assentindo solenemente. — Hum… Nada mau.

— É, mas…

— Mas o apoio de braço é questionável.

— Não é? Foi o que eu disse! Qual é a desses apoios baixos? Quem quer apoios de braço baixos?

— Talvez nossos braços sejam curtos? — sugere Maya, dando de ombros.

Ela passa para uma pilha de cadeiras almofadadas de varanda, mas assim que me instalo na pilha ao lado, ela já passou para uma Adirondack. E depois para algumas cadeiras de jantar em torno das mesas, e depois um sofá, e depois um conjunto marrom de fibras firmemente entrelaçadas com almofadas em um tom bem vivo de laranja. Toda vez que se senta, Maya faz uma expressão desses jurados de reality shows de competição quando não querem revelar o vencedor.

Ela faz uma pausa extralonga em uma cadeira de vime acolchoada em formato de ovo.

— Ah, gosto dessa aqui. — Mas então ela volta para o primeiro grupo de cadeiras, as almofadadas sob o toldo de ripas de madeira. — Tá bem, temos uma vencedora.

— Eu disse! — comemoro, me sentando na cadeira ao lado dela. — Você deveria ter me ouvido.

— Hã, nós dois sabemos que a cadeira em forma de ovo é a melhor. Só me sentei aqui porque tem lugar para duas pessoas. Então, de nada.

Faço uma careta para ela.

— Você só não quer admitir que estou certo.

— Eu admitiria, se você estivesse certo — rebate ela.

Maya sorri, e eu sorrio também, tentando ignorar meu coração disparado. Me sinto estranhamente à vontade com ela.

Por um instante, nenhum de nós fala nada.

— Então — arrisco, enfim, na mesma hora que Maya diz:

— Bem...

— Você primeiro — falo.

— Não, você.

— Tá bem. — Hesito. — Eu... só queria saber como você está se sentindo depois do... você sabe.

— Do racista?

— É. — Solto o ar. — Maya, me desculpa por não...

— Tá tudo bem. Você foi ótimo. Nós dois estávamos em choque.

— É, mas eu deveria ter defendido você. Ou voltado lá e...

— De jeito nenhum. Essa não é uma boa ideia. — Ela dobra uma perna por baixo da outra, inclinando-se em minha direção. — Nunca é uma boa ideia. Olha, o que aconteceu lá foi horrível, ok? Ninguém nunca tinha feito algo assim bem na minha cara, mas nada do que ele disse é novidade.

Meu maxilar se contrai.

— É verdade...

— Eu sei. Eu sei! Não é aceitável. Não é nem um pouco aceitável. Mas, Jamie, nós moramos no subúrbio. Na Geórgia. Sou uma muçulmana paquistanesa-americana. As pessoas se irritam quando os caixas não desejam "Feliz Natal" por aqui, sabe?

— Aff. Sei.

— Não é como ser muçulmano em Nova York. Se bem que, na verdade, lá também não deve ser moleza. As pessoas são horríveis, às vezes. E tem sido... pior nos últimos anos. Por razões óbvias.

A expressão dela lança meu estômago em queda livre. Acho que Maya e eu nunca conversamos sobre religião antes. Sobre o fato de eu ser judeu, e ela, muçulmana. Crianças de seis anos não se aprofundam muito em conversas sobre fé. Duvido que fizéssemos comparações entre a islamofobia e o antissemitismo na época do Catch Air. Acho que eu nem conhecia essas palavras.

Agora parecem estar por toda parte. Talvez porque estejamos mais velhos. Ou talvez porque o mundo simplesmente esteja pior.

— Odeio isso — falo.

Não é assim que a história deveria funcionar. A linha do tempo não deveria andar para trás.

— Eu também odeio — concorda Maya.

Por um instante, só olhamos um para o outro.

— Mas vamos melhorar as coisas. Preciso acreditar nisso — diz ela. — Lembra do iftar? De toda a comunidade unida para apoiar o Rossum? Tem muitas pessoas boas em nosso distrito.

— Você está falando como a minha avó. Ela sempre diz que há pelo menos duas pessoas boas para cada pessoa ruim no mundo.

— Gostei muito disso. — Maya sorri. — Você é muito netinho da vovó, não é?

— É como se fosse um filhinho da mamãe?

— É tipo uma versão do filhinho da mamãe potencializada pelo uso de esteroides.

Inclino a cabeça, contendo um sorriso.

— Acho que filhinhos da mamãe não usam esteroides.

— Você que sabe.

— Pensei que eu fosse um netinho da vovó. — Agora estou gargalhando. — Você precisa melhorar seus insultos.

Maya retribui o sorriso.

— Vou continuar praticando.

O tempo passa de uma forma diferente na Target. Não estou exagerando. É um fato, confirmado pela minha mãe. Juro, você pode passar vinte minutos dentro da Target e duas horas terão se passado no mundo real.

E é exatamente isso o que acontece. Parece que quinze minutos se passaram, trinta no máximo, quando Maya dá um pulo e diz:

— Ah! O sol vai se pôr.

O que... Tá bem, eu adoro isso. Ela fala *o sol vai se pôr*, como se fosse uma princesa de conto de fadas, em vez de, tipo... *oito e quinze*.

— Não fiz você perder o jantar, fiz? — Olho para o meu celular, sentindo uma pontada de culpa. Minha mãe provavelmente está me mandando mensagens desde às seis, mas eu estava na seção sem sinal da Target. Olho de novo para Maya. — Posso deixar você em casa primeiro e depois levar o envelope. Ou podemos passar em um *drive-thru* no caminho, se quiser.

Ela me olha de um jeito estranho.

— Claro! O Ramadã. — Dou um pulo. — Você quebra o jejum e então tem o jantar especial. Ao pôr do sol. Entendi.

— Talvez da próxima vez possamos sair para angariar votos mais cedo.

— Da próxima vez? — pergunto.

Ela ri.

— Por que você parece tão surpreso?

— Foi mal. Só pensei que… Sei lá. — Minha voz sai tão nervosa que me encolho, sem jeito. — Só achei que depois do cara racista você provavelmente não fosse querer mais sair para angariar votos.

— Bem, eu quero.

— Sério? — Olho para ela.

— É claro! Não queremos que aquele babaca racista vença, não é?

— Ele venceu. Em 2016.

Maya cai na gargalhada.

— É verdade.

— Mas você está certa — concordo. — Quer dizer, entendo o que está dizendo. Mas… tem certeza de que está bem, depois de tudo o que aconteceu hoje?

— Só quero uma chance de lutar também, sabe? Não quero deixar um cara como aquele me assustar. E, claro, se o Rossum vencer, pronto. Provamos que ele está errado.

— É verdade. A vitória do Rossum seria como um chute no saco daquele cara.

— Com um salto alto cheio de tachinhas — acrescenta Maya, e então arregala os olhos. — Ele *tem* que vencer.

De repente, fico sem palavras.

— É — falo por fim.

— Então vamos continuar lutando.

— Sim, com certeza. — Assinto. — Se quiser, posso buscá-la em casa na próxima vez.

— Ah, seria incrível. Obrigada — diz Maya. — Então… amanhã?

Ela olha para mim com o meio sorriso mais fofo do mundo, e faço um milhão de promessas para mim ali mesmo. Vou ser um cara durão e decidido. Não vou ficar paralisado. Não importa quem abra a porta. Mesmo que seja a própria Fifi, a poodle da supremacia branca. Eu não ligo. Vou jogar aquela xícara de chá bem na cara racista de poodle dela.

Olho Maya nos olhos e sorrio.

— Amanhã está perfeito.

8

MAYA

— ENTÃO, O QUE VOCÊ ACHA? — pergunta meu pai.

Estamos no apartamento. No apartamento *dele*. Caixas de papelão fechadas estão enfileiradas de um lado da sala de estar. O velho futon que morava no nosso porão voltou à ativa — está encostado na parede oposta tentando se passar por um sofá. Então noto o cobertor dobrado na ponta. O travesseiro.

Talvez esteja tentando se passar por uma cama.

Quase pergunto se ele vai comprar uma mesa de jantar, mas me seguro. Não tem necessidade de preencher esse lugar com muitos móveis. É temporário.

— Temos serviço de coleta de lixo. — Meu pai pigarreia. — Você coloca seu lixo lá fora e alguém pega. Como se fosse mágica. E os eletrodomésticos são todos novos e modernos.

Ele aponta para a geladeira de aço inoxidável, que aparentemente mostra a hora. E o forno de aço inoxidável. Que também mostra a hora. Olho em volta e vejo todos os eletrodomésticos piscando 11h15 para mim.

— Como foi a viagem? O aplicativo funcionou?

— Levei quatro minutos para chegar, como você disse. Dez minutos contando o tempo que esperei o carro.

— Ótimo. E… ah! — Os olhos dele brilham. — Ainda nem mostrei a melhor parte. Eu arrumei seu quarto. Você vai adorar.

— Meu quarto?

— Sim. — Ele sorri. — Venha dar uma olhada.

Eu o sigo por um corredor com carpete e paredes de cor creme. Ele abre uma porta com um floreio teatral. Quando entro, fico chocada, sem conseguir acreditar.

— É… rosa.

Olho as paredes. Tem uma colcha lavanda. Um pôster do Zayn Malik me encara de perto da janela e um gatinho cinza com um gorro sorri de outro, em cima da cama.

— Sim. — Ele sorri com orgulho. — E veja os pôsteres. Não consegui encontrar tudo exatamente igual, mas está bem parecido, não é?

— Exatamente igual?

— Ao seu quarto lá de casa.

Meu primeiro instinto é rir. Quer dizer, esse quarto é a cara da Maya, com certeza… A Maya de cinco anos atrás. Mas o riso desaparece quando olho em volta e percebo que… ele está certo. Parece o quarto lá de casa refletido por um dos espelhos distorcidos de um parque de diversões. Mas tem tudo isso no meu outro quarto. Me encolho ao ver o pôster do Imagine Dragons ao lado do armário. Fez parte da minha intensa fase Haris Divan. Ele dava aula de Sirat na minha escola dominical quando eu tinha doze anos e sempre usava camisas do Imagine Dragons, então acabei me tornando fã durante os três meses em que ele foi meu professor. É estranho perceber que não reconheci a decoração do meu próprio quarto. Todas essas coisas já estão lá há tanto tempo que deixei de notá-las.

Meu pai está com aquele olhar de *espero não ter feito besteira*.

— Obrigada, pai. — Eu o abraço. — Está… assustadoramente idêntico.

— Sei que as coisas já estão difíceis o bastante para você — diz ele. — Então queria me certificar de que seu espaço na minha casa fosse o mais confortável possível.

Na casa dele. De repente, sinto meu coração tão pesado que não consigo respirar. Como é possível que as duas pessoas que mais amo no mundo não se amem mais?

— Sinto sua falta — sussurro.

— Estou a quatro minutos de distância, bobinha — brinca ele. Mas sua voz está embargada. Ele sabe o que quero dizer.

Seu celular toca bem naquele instante. Meu pai olha para baixo.

— Tenho que atender, meu bem — diz ele. — Estou de plantão nesse fim de semana. Por que você não se acomoda no seu quarto?

Ele vai para a cozinha prendendo o celular no ouvido com o ombro. Olho para o pôster em cima da minha cama. Juro que aquele gatinho está piscando para mim. Tiro uma foto e mando para Sara.

Maya: Minha nova estética, cortesia do meu pai. Viu toda a diversão que está perdendo? #Socorro

Verifico a tela, esperando os três pontos aparecerem para indicar que ela está digitando, como geralmente acontece. Mas não aparecem. Nunca foi um problema ter uma única amiga mais próxima, mas sinto claramente os efeitos dessa escassez agora.

Meu celular vibra. Mas não é a Sara.

Jamie: Chego em dois minutos. 😎

— Jamie está a caminho — aviso ao meu pai, já me preparando para sair.

— Divirta-se na campanha. — Ele cobre o bocal do celular com a mão. — Você volta a tempo do iftar?

— Pho parece uma boa opção? — pergunto.

— Pho é sempre uma boa opção.

Dou um beijo no rosto dele e sigo para a calçada. Jamie ainda não chegou. Eu me recosto na fachada de pedra do edifício e pego o celular. Tenho que admitir que estava um pouco cética, mas a verdade é que a InstaGramm é o máximo.

Vejo uma nova foto e tenho que segurar o riso. Essa é demais. Ela está deitada na grama com os braços abertos enquanto Boomer lambe seu rosto, tudo isso com o filtro Valencia com força total. A legenda diz: *Socorro! Caí e não consigo levantar.*

É fofo demais.

O Subaru verde desbotado de Jamie chega. Seu celular, que está no porta-copos, acende e vibra assim que eu entro.

— Vai atender? — Aponto para o aparelho.

— Não. — Ele dá uma olhada na tela. — É só o Drew, um amigo meu. É que eu ia me encontrar com ele hoje à tarde.

— Ah, bem, se você tinha planos…

— Não tem problema. Ele só vai ficar jogando, e a gente vai se ver mais tarde, de qualquer forma.

— Jogando? Tipo videogame?

— Ultimamente tem sido quase sempre *Fortnite*. Ele e uns outros caras da escola planejaram uma maratona hoje. Eu tinha esquecido. — Ele suspira.

— Uma maratona de videogame? Vocês ficam sentados em um quarto escuro, olhando o dia todo para uma tela?

— Aham… é divertido. — Jamie assente. — Qual é seu console favorito?

— Nenhum — respondo. — Acho que nunca joguei videogame. Na vida.

— O quê? — O carro desacelera enquanto ele olha para mim. — Isso é tão… triste.

— Sabe o que mais é triste? Ficar ouvindo as opções de aposentadoria para funcionários do governo. — Aponto para o rádio. — Concordo com a NPR, mas não somos o alvo demográfico dessa entrevista. — Troco a estação, mas nada acontece.

— Ah, é, então — diz Jamie. — Foi mal, o rádio está travado na NPR.

— Sério?

— Esse é o carro velho da minha mãe. Acho que ela ouvia tanto essa estação que o pobre Alfie esqueceu que existem outras.

— Alfie?

— O carro — explica ele.

— Posso usar a conta do meu pai no Spotify. Você tem um cabo? Posso conectar meu telefone.

— Desculpa, Alfie é das antigas. Não tem entrada USB. Mas se estiver te irritando, posso desligar o rádio.

— Não precisa. — Afundo de volta no banco do carona. — De repente aproveito algumas dicas de aposentadoria. Nunca é cedo demais para pensar nisso, não é?

Passamos na livraria para pegar nosso envelope de hoje, e Jamie digita o endereço da primeira folha no celular. Ao sairmos do estacionamento, olho para o chão do carro e percebo que tem uma mala direta meio amassada aos meus pés.

— "Rossum acredita nas pessoas" — leio em voz alta. — "Ele acredita em você. Em julho, vote em Rossum. Ele é fora do comum."

— Foi o próprio Gabe que escreveu esse texto — diz Jamie. — Ele surtou quando a sede principal da campanha aprovou. — Ele nota minha expressão. — O que foi?

— Esse panfleto. — Balanço a cabeça. — Esse slogan.

— Hã, sim, é bem brega.

— Não é só isso. Que *tipo* de mensagem é essa? Vote em Rossum porque ele é fora do comum? Não diz nem o que ele defende. Era disso que o Kevin estava falando. O que de fato sabemos sobre esse cara?

Desbloqueio meu celular e procuro *Jordan Rossum*. Fico meio sem graça por ser a primeira vez que me ocorreu pesquisar sobre ele. Só o apoio porque minha mãe o adora, ele visitou nossa mesquita e vou ganhar um carro se trabalhar na campanha. Mas será que isso é suficiente?

— Diz aqui que ele estudou na Escola Gallovin — leio na Wikipédia. — Então ele é superprivilegiado. Essa escola custa tipo cinquenta mil dólares por ano ou algo assim.

— Acho que custa uns vinte e três mil…

— Faculdade na Emory.

— Então morou em Atlanta a vida inteira. É por isso que ele é tão envolvido com a comunidade.

— Jogava tênis, mas teve seus sonhos profissionais frustrados após uma lesão no joelho. Adora ser voluntário e... — Desço a tela. — Estagiou dois verões com o deputado John Lewis.

— Essa última informação é importante — diz Jamie. — Lewis é meu segundo deputado preferido de todos os tempos.

Não consigo conter um sorrisinho.

— De quem você poderia gostar mais do que do John Lewis?

— Bem, minha preferida era a Barbara Jordan, do Texas. Ela era *demais*. O discurso que ela fez na Convenção Nacional Democrata de 1976 é de arrepiar. Posso colocar para você ouvir, se quiser! Tem na internet.

— Pode ser...

— E ela foi a primeira sulista negra a ser eleita para o Congresso.

Olho para ele. Está muito animado. Parece meu pai falando de seus jogadores de basquete preferidos. Acho que não conheço ninguém da nossa idade que goste tanto de política quanto Jamie. Ou ninguém de qualquer idade, pensando bem.

— Isso é ótimo, Jamie — respondo. — Mas não é ela que está concorrendo. É o Rossum. E, sim, talvez ele tenha estagiado com John Lewis, mas foi um estágio não remunerado. Ele provavelmente só buscava café e arquivava documentos.

— Talvez você esteja certa — admite Jamie quando encostamos o carro na beira da estrada do nosso bairro dessa tarde. — Mas Rossum tem propostas excelentes. Ele defende um salário que garanta uma vida digna. E também quer aumentar as verbas para as escolas públicas... As pessoas estão muito animadas com isso. E ele tem um importante histórico de ativismo na luta pelos direitos civis.

— Talvez... Mas ainda é muito novo nisso tudo.

— Bem, dá uma olhada nas qualificações do Newton. Mesmo que Rossum seja inexperiente, ainda é melhor do que ele.

Clico no outro candidato. O cara exibe um sorrisinho arrogante.

Dou uma olhada em suas promessas de campanha:

Acabar com privilégios.

Proteger a Segunda Emenda.

Preservar as liberdades religiosas.

Sei bem o que ele quer dizer com essa última. Não é da minha liberdade religiosa que está falando.

Clico no próximo link da busca no Google.

— Nossa! — Desço a tela para ler a matéria. — Alguns meses atrás, Newton favoritou o tuíte de uma pessoa que nega a ocorrência do Holocausto. — Entro em uma matéria de dois dias atrás. — Olha só isso. Ele está do lado daquele jovem nazista que apareceu nos jornais há duas semanas. — Passo o olho pelo texto. — E um antigo grão-mestre da KKK o endossou. Uau.

— O quê?! — Jamie olha para a minha tela, chocado.

— Quer dizer, Rossum não é perfeito. Mas pelo menos não está dizendo "Dê uma chance aos nazistas".

Então ficamos sentados em silêncio no carro por alguns instantes.

— Nos jogos do Mario Bros., tem um grande vilão... o Bowser, que é uma megatartaruga do mal — diz Jamie, por fim. — E também tem os Koopa Troopas, umas tartaruguinhas muito fofas, mas completamente malignas. Bowser se tornou presidente em 2016. Mas acho que ainda não tinha entendido que não se trata apenas dele... Existem centenas de Koopa Troopas em que precisamos ficar de olho também.

— Milhares — corrijo amargamente. — Não tão descarados... mas igualmente perigosos.

— É estranho parar para pensar nisso. Mas essas pessoas *sempre* estiveram por aí.

— Elas se escondiam um pouco melhor um tempo atrás. Sabiam que seriam humilhadas se dissessem suas idiotices sobre supremacia branca, mas, então...

— Bowser virou presidente.

— Exato. Bowser virou presidente. — Olho para o meu celular. — E agora essa gente está concorrendo a cargos políticos e ganhando por todo o país.

— Não o Newton. Não aqui. — Jamie balança a cabeça, decidido. — Não vamos deixá-lo vencer.

— Pronto para bater em algumas portas? — pergunto, sorrindo.

Talvez as pessoas que vão à igreja aos domingos se sintam mal em fingir que não estão em casa, porque hoje quase todas as portas em que batemos se abrem para nós. Em apenas algumas horas, um avô nos abraçou, três famílias diferentes nos ofereceram garrafas de água e ajudamos a resgatar um cachorrinho que fugiu de casa quando abriram a porta. Também conseguimos onze promessas de voto.

Quando deixamos nossos envelopes na sede, Jamie sugere:

— Quer uma introdução rápida de como os videogames funcionam? A Target tem uma tela de demonstração.

— Nunca vou ser *gamer*, Jamie.

— Também não sou *gamer*, mas não dá para criticar direito uma coisa sem conhecer.

— Bom argumento. — Dou risada. — Vamos lá.

— *Mario Odyssey* é a melhor porta de entrada para o mundo dos games — explica Jamie quando paramos em frente ao monitor. — Ajuda a pegar o jeito com os controles.

Jamie me explica como virar e como me abaixar enquanto Mario caminha por um vale de areia vermelha. Ele desvia de um fantasma e atira no ar seu colega Cappy, que volta como um bumerangue. Tenho que admitir, é divertido.

— Os gráficos até que são maneiros — comento.

— "Até que são maneiros"? O Switch tem os *melhores* gráficos. Não diga isso ao Drew e ao Felipe. Eles são maníacos pelo PlayStation. Mas confie em mim, o Switch é melhor.

— Onde estão os Koopa Troopas? — pergunto. — Quero acabar com algumas tartarugas.

— Essa é a parte estranha do *Mario Odyssey* — diz Jamie. — Os Koopa Troopas são bonzinhos aqui.

Chego mais perto dele e falo, com ar conspirador.

— Talvez os maus tenham sido derrotados nas urnas.

Jamie olha para mim, preparando-se para responder, mas somos interrompidos.

— Voltaram de mais um dia de campanha?

Erguemos o olhar e vemos Kevin.

— Hoje foi um bom dia — comenta Jamie.

— Conseguimos onze promessas de voto — conto.

— Uau, tantas pessoas assim abriram a porta para vocês? — pergunta Kevin.

— Não nos subestime. — Sorrio. — Somos bons nisso.

— Dá para ver. Parabéns, pessoal!

— Obrigada, Kev.

Ele não é democrata, mas com certeza *não* é um Koopa Troopa.

— Agora estou ensinando à Maya como funciona um controle de videogame — diz Jamie.

— Aff, *Mario Odyssey*? — Kevin olha para a tela. — Isso é coisa de criança.

— Criança? — Jamie encara Kevin como se ele tivesse insultado a InstaGramm. — Olha esses gráficos!

— Na verdade, sou muito boa! — digo a Kevin. — Olha só, vou detonar o Broodal!

— Hã. — Kevin olha para a tela e depois para Jamie. — Eu conto ou você conta?

— Contar o quê? — pergunto, pausando o jogo.

— Bem. — Jamie coça a cabeça. — Ok. Está bem. Você está no modo assistido.

— Modo assistido?

— É tipo quando colocam barreiras na pista de boliche para a bola não cair na canaleta — explica Kevin, rindo.

— A configuração do demo é assim — diz Jamie rapidamente. — Mas você está jogando muito bem! Aposto que teria chegado a essa fase mesmo sem o modo assistido.

Depois dessa, já deu para mim.

Eles continuam a conversa, comparando os gráficos e o espaço de armazenamento do PlayStation em relação aos do Switch e do Xbox.

Meu celular vibra.

Sara: Nããão, seu pai não fez isso! Mas, em defesa dele, sua fase de gatos foi INTENSA.

Maya: O quê?! Gatos não são uma fase. São um estilo de vida.

Sara: Kkkk. Ei, foi mal não ter respondido mais cedo. Eu estava terminando uma aula de natação e depois fui malhar. Acho que vou ter que ficar de babá. 🙁 Mas posso conversar pelo FaceTime agora se você estiver livre.

Ergo a cabeça e congelo. Jamie está olhando para mim. Seus olhos encontram os meus. Tem algo na forma como ele me encara intensamente que me dá um frio na barriga.

— Ei — diz ele com um sorrisinho. — Seu celular consegue pegar o Wi-Fi?

— O quê?

— Parecia que você estava mandando mensagem. Que máximo. Nunca consigo sinal aqui.

— É. — Olho fixamente para ele. — É o máximo mesmo.

Maya: Foi mal. Estou na Target com um amigo.

Sara: Um amigo? 😲

Maya: Para com isso!

Sara: Pensei que eu fosse sua única amiga.

Dou uma olhada em Jamie antes de voltar para o celular.

Maya: Estou diversificando um pouco, acho.

Sara: Acho bom não me substituir!

Encaro a tela. Sara vai achar que estou brincando ao dizer isso, mas não estou.

Maya: Sem chance. Você é minha melhor amiga. Para todo o sempre. Não aceitamos trocas nesse departamento.

Três pontinhos.

Sara: Mesma coisa aqui <3 Mas fico feliz que você esteja expandindo seu círculo.

Olho para Jamie.

Maya: Sim. Eu também.

9

JAMIE

MINHA MÃE ESTÁ ESPUMANDO DE raiva esta manhã.

— Inacreditável. — Ela caminha de um lado para outro, brandindo o celular. — Jamie, assim que isso acabar, vou dormir por três anos. Nunca vi tanta incompetência em toda a minha vida. Juro por Deus.

Enfio uma colher cheia de cereal na boca, tentando não rir. Para alguém que está organizando um ritual sagrado de passagem, minha mãe tem usado o nome de Deus em vão com muita frequência. Mas eu entendo o lado dela. O DJ do bat mitzvá da Sophie acabou de avisar que está rompendo o contrato para participar do *The Bachelorette*, um reality show de namoro.

— Se fosse uma emergência familiar, tudo bem. Seria compreensível. Mas esse idiota vai cair fora faltando menos de três semanas para o bat mitzvá por causa dessa bobagem?

— Talvez ele saia da limusine com pulseiras que brilham no escuro e uma guitarra inflável na mão.

Minha mãe para de andar e aponta para mim.

— Não tem graça.

— *Sintonize no dia 6 de julho para a hamotzi mais dramática da história da Bachelor Nation…*

— Como você sabe tanto sobre *The Bachelorette*?

— É um bom programa.

— Bem, fico feliz que você seja fã, mas agora vou ter que reorganizar meu dia inteiro para cuidar disso. E... Ah, não. Jamie, você vai trabalhar na campanha hoje?

— Não, só no fim de semana — respondo.

Minha mãe expira com força.

— Ótimo. Tenho uma reunião com o cara do bufê hoje à tarde e preciso que você leve sua irmã para a escola hebraica...

— Mas Felipe e Drew iam...

— Jamie, por favor. — Ela pressiona as têmporas com as mãos. — Preciso da sua ajuda. Sei que está sendo difícil, querido, e você tem sido ótimo. Detesto ter que pedir, mas com essa rasteira do DJ...

As mães judias são mestres em manipular o sentimento de culpa dos filhos. A essa altura eu já deveria estar imune, mas é como um vírus. Toda vez que ergo minhas defesas, ela introduz uma nova cepa.

— Tudo bem, eu levo.

Minha mãe amolece.

— Obrigada, querido. — Ela bagunça meu cabelo. — Três e meia no templo, ok? Posso buscá-la depois. Ainda bem que você não tem que trabalhar na campanha hoje. — Ela sorri. — Aliás, ouvi dizer que as coisas estão indo bem.

— Sim, tem sido bem legal. Conseguimos a confirmação de umas onze pessoas no domingo.

— Alina falou que você e Maya estão se entendendo.

Viro a tela do meu celular para baixo abruptamente.

— O que ela disse?

Minha mãe olha para o meu telefone com um sorrisinho.

— Nada de mais. Só comentou que Maya parecia estar gostando do trabalho. Estou tão feliz, Jamie. — Ela dá um tapinha em meu ombro. — Acho que toda essa prática de falar em público vai ajudá-lo a se preparar para o brinde. E, quando você dominar isso, o céu é o limite. Sei que você pensa em concorrer a um cargo político algum dia…

Sinto um frio na barriga. Acho que parte de mim torcia para que minha mãe ficasse tão impressionada com minha atuação na campanha que deixaria o discurso do bat mitzvá para lá. Mas não. Ela é como o ratinho daquele livro infantil. Você dá um biscoito, e ela quer o leite. Dou meu máximo fazendo planilhas para o Rossum, e ela quer que eu peça votos. Peço votos, e sei lá como isso vira prática para falar diante de centenas de pessoas. E, aparentemente, o próximo passo é concorrer a um cargo político, porque todos sabemos que eu tiraria isso de letra e não teria ânsia de vômito.

Quer dizer, dá para me imaginar fazendo um daqueles discursos megainspiradores do Rossum, largando o microfone no chão ao final? Claro, eu poderia largar o microfone no chão. Se minhas mãos estivessem suadas demais para segurá-lo. E se eu de fato conseguisse falar alguma coisa, seria uma metralhadora de gafes. Sério, eu não só perderia minha eleição. Eu acabaria falando ereção sem querer. E *aí* eu perderia.

Mas a pior parte é que minha mãe não está completamente errada. Ela não tirou essa ideia de política do nada. Eu ainda sonho em concorrer a um cargo político? Sonho. Alguma vez já digitei as palavras *Deputado Jamie Goldberg (Democrata — Geórgia)*, só para ver como ficava? Talvez.

Nas palavras de Sophie, eu sou, no fundo, "louco pelo poder". Mas não é pelo poder. Ao menos não pelo poder por si só.

Quero ser um agente da história. Quero ajudar a desenhar a linha do tempo.

E eu sei — *eu sei* — que não é preciso ser político para fazer isso. Existem vários jeitos de mudar o mundo sem alarde. Sem precisar de carisma. Sem precisar ser um candidato encantador, de olhar ávido, que domina toda a sala nos eventos de campanha. Sem precisar fazer discursos arrasadores no Congresso. Não sou esse cara. Não preciso ser esse cara.

Mas… eu quero ser.

Preferiria ser ele, e não eu.

Espero minha mãe sair antes de virar a tela do celular de volta para cima, o que provavelmente parece muito suspeito. Mas juro que não é nada de mais. É só que Maya *finalmente* aceitou minha solicitação para segui-la no Instagram, e, com minha mãe ali, tive que disfarçar. Mas agora que ela está na sala de estar procurando um DJ que não fará uma jornada em busca do amor este mês, posso finalmente olhar o perfil direito.

Entro de novo no Instagram, e a página da Maya já está aberta, exibindo a configuração padrão da tela dividida em quadrados. Não é uma conta com planejamento estético meticuloso, ou mesmo com uma paleta de cores definida, como o InstaGramm da vovó. É só a vida da Maya. Tem uma selfie dela usando óculos de sol, um close de um boneco esfiapado do Elmo e, voltando um pouco mais no tempo, um monte de fotos com a amiga de cabelo cacheado com quem a vi na Target. Sara, agora eu sei. E tem até foto de um dos panfletos do Rossum que estamos distribuindo, publicada no domingo à tarde, o que significa que eu devia estar junto na hora que ela postou. A legenda diz: *dia fora do comum na campanha do Rossum…*

Não consigo deixar de sorrir ao ler isso.

Mas minha foto preferida — a que volto para olhar toda hora — é uma selfie em preto e branco. Só o rosto da Maya. Seu cabelo escuro caindo pelos ombros, ondulado e comprido o suficiente para sair do quadro da imagem. Ela esboça um sorriso com a boca fechada. Mas seu olhar solta faíscas… não como se ela estivesse com raiva. Parece mais estar provocando alguém sem falar nada.

E… hã. Não é nada mau.

Então, do nada, como se meus pensamentos a conjurassem… ela me manda uma mensagem.

Isso nunca aconteceu antes. Quer dizer, já trocamos mensagens. Mas a não ser pela primeira, logo que trocamos números,

"Aqui é a Maya Rehman", sempre fui eu que iniciei o contato. Agora essa aqui? Essa é uma mensagem espontânea e nada logística da Maya, aparecendo na tela do meu celular como se fosse a coisa mais normal do mundo. Quase deixo cair minha colher.

A InstaGramm está me seguindo!!! E, antes mesmo que eu consiga responder, recebo outra mensagem. **Tá, sei que é só porque ela é sua avó e eu a conheci etc., mas estou surtando!!!**

Largo o celular na mesa.

O lance é o seguinte. Tecnicamente, Maya nunca aceitou minha solicitação para segui-la no Instagram. Isso porque tecnicamente não tenho conta no Instagram. Não vejo motivo, já que não sou exatamente uma pessoa instagramável. E se eu quiser dar uma olhada em alguma coisa, entro na conta da minha avó.

O que... basicamente foi o que fiz hoje de manhã com a conta da Maya.

Então ela claramente pensa que sou a minha avó. Um erro compreensível, já que estou logado como, hã... minha avó. Mas não é como se ela fosse rejeitar um pedido meu para segui-la. Não se rejeita uma solicitação de amizade de alguém com quem se troca mensagens — não faz sentido. Inclusive, tenho quase certeza de que foi a mãe da Maya que fez com que ela trancasse a conta.

Mas me sinto um pouco culpado. É como se eu tivesse burlado as regras para me infiltrar em sua configuração de privacidade. Claro que agora eu poderia contar para ela que sou eu... mas essa ideia também me parece péssima. Não quero estragar sua alegria de estar sendo seguida por uma celebridade local. Depois da primeira impressão questionável que Maya teve, está claro que agora ela é cem por cento fã da vovó.

Então deixo para lá e respondo: **LEGAL.**

E então, usando a conta da minha avó, dou like em algumas fotos da Maya, porque, afinal, minha avó *daria* like nas fotos de Maya se as visse.

Mas não ouso clicar no coração da foto em preto e branco. Nem mesmo como se fosse a vovó.

É incrível como sou tão sem jeito para tudo relacionado a garotas. Não sei nem conversar com elas. Bem, acho que tecnicamente eu consigo formular palavras perto da maioria das garotas.

Mas não sei fazer nenhuma das outras coisas.

Tipo quando um cara flerta com uma menina na medida certa. Ou quando toca o braço dela daquele jeito que não parece nada de mais, mas COM CERTEZA é algo a mais.

Drew sempre diz para eu não me estressar com isso. Para confiar nos meus instintos e deixar as coisas acontecerem. Mas na verdade isso só funciona se você tiver bons instintos. E não posso deixar as coisas acontecerem, porque não tem *nada* acontecendo. Meus amigos simplesmente não entendem. Drew está sempre dando em cima de alguém, mas nunca de um jeito sério. E ainda que Felipe seja bastante reservado com relação a garotos, ele deu um grande passo quando Nolan apareceu. Com direito a convite para o baile da escola em grande estilo, envolvendo até uma caça ao tesouro. Enquanto isso, mandei um GIF do *Shrek* e, dias depois, *ainda* acho que posso ter exagerado.

Nem sei para quem eu pediria conselho sobre essas coisas. Para a minha avó, acho... embora os conselhos dela provavelmente fossem ser algo sobre comunicação e "abrir o coração", e não sobre certas sensações bastante físicas que tenho ao olhar para determinada foto em preto e branco.

Acho que já está na hora de eu fechar o Instagram.

Sophie tem um plano.

Quer dizer, ela quase sempre tem um plano. Acho que meu cérebro ainda nem tinha sido ligado aos doze anos, mas cá está Sophie, elaborando esquemas antes mesmo do café da manhã.

— Então, sabe a sala *teen*... — começa ela, acomodando-se no banco do carona. — Bom, deixaria tudo tão mais fácil. Vocês teriam mais espaço no salão...

— Ah, você ainda está empacada nisso?

— Não estou *empacada* — reclama minha irmã, e nem preciso tirar os olhos da estrada para saber que Sophie está revirando os dela. — Só estou pensando alto. E também permitiria uma iluminação mais personalizada de acordo com as necessidades dos convidados. Certo? Luzes suaves para os mais velhos, uma iluminação indireta para os jovens. Talvez um globo estroboscópico de cristal LED multicolorido, se quisermos algo mais estiloso. E não diga que essas palavras parecem nomes de drogas.

— Eu não disse nada.

— Mas estava pensando. E sua previsibilidade é uma discussão para outro dia. Mas voltando à iluminação...

Entro e saio de sintonia. Não é que Sophie seja chata. Mas com o GPS do meu celular e o zumbido da NPR ao fundo, perdi uns bons minutos do discurso dela.

— ... Jogo da Garrafa, Sete Minutos no Paraíso, sabe?

— Espera, o quê? — O sinal está vermelho na rua 17, então posso finalmente olhar para ela.

— Jamie, são brincadeiras.

— Eu *sei* disso. Só não sabia que você brincava dessas coisas.

— Eu nunca disse que brincava. — Ela funga. — Só estou explicando que é o tipo de coisa que daria para fazer numa sala *teen*. Você só não sabe disso porque deve ter passado todos os finais de semana do sétimo ano em festas com os pais dos seus amigos. Sabe que é assim que começa, não é?

Dobro à esquerda na rua Peachtree.

— Não acho que seja tão terrível assim, Sophie. As pessoas só querem comemorar os acontecimentos da vida dos filhos.

— Só estou dizendo. E mesmo que a mamãe não me deixe fazer a sala *teen*, o oitavo ano vai ser totalmente diferente. Tessa falou que a festa de aniversário dela vai ser só para os adolescentes, então é isso aí. Vamos fazer o Jogo da Garrafa, Sete Minutos no Paraíso, Sugar e Soprar...

— O quê?!

— Com uma carta. Jamie, você é tão inocente. Enfim, outra coisa…

Mas de repente algo que escuto no rádio chama a minha atenção. Um nome. "O imame Shaheed Jackson, da Mesquita Comunitária de Brookhaven, está aqui conosco para discutir…"

Aumento o volume.

— O que foi? — pergunta Sophie.

— A NPR.

— Isso é óbvio…

— Quero ouvir isso. Acho que esse cara estava no iftar do Jordan Rossum.

E, durante o restante da viagem até o templo, Sophie e eu não falamos nada. Só ouvimos.

"Um novo projeto de lei", diz Tammy Adrian, que está no comando da entrevista, "apresentado nesta manhã pelo deputado estadual republicano Ian Holden, pede o banimento parcial da proteção de cabeça e rosto durante certas atividades públicas, incluindo dirigir carros. Imame Jackson, quero agradecer por ter aceitado participar do *Real Talk* hoje. Que efeitos uma legislação como essa pode ter para a comunidade muçulmana aqui da Geórgia?"

"Obrigado, Tammy, por me receber. Acho que ainda estamos absorvendo as implicações de um projeto de lei como esse. Mas o que sabemos é que esse projeto é desnecessário. É fruto do medo. Além de ser mais uma tentativa dos legisladores republicanos de limitar a liberdade dos cidadãos muçulmanos de participarem plenamente da vida diária neste estado e neste país."

"Os proponentes da lei, como o candidato a senador estadual Asa Newton, que tentou sem sucesso aprovar um projeto como esse há alguns anos, quando era do congresso, argumentam que não se trata de uma questão de fé, mas que é uma medida de segurança proibir a proteção de cabeça e rosto para todas as pessoas. Como você responderia a isso?"

"Podemos fingir que esse projeto de lei não é um ataque aos muçulmanos, mas todos vimos, na linguagem do projeto proposto, que foi publicado hoje de manhã, o uso exclusivo do pronome *ela*. Essa lei foi pensada para impactar as mulheres que usam proteção de cabeça e rosto."

"O porta-voz de Holden emitiu uma declaração dizendo que foi apenas um erro de digitação."

"Está mais para um detalhe que eles se esqueceram de esconder antes da publicação do projeto."

"Isso com certeza levanta algumas questões sobre a verdadeira intenção do projeto", diz Tammy. "E o que os ouvintes talvez não saibam é que o projeto de lei 28 foi baseado num projeto de lei existente apresentado na década de 1950 para proteger o povo da Geórgia da Ku Klux Klan. Mas o projeto de lei de Holden amplia as restrições, afetando desproporcionalmente as mulheres muçulmanas. Newton não conseguiu aprovar esse projeto de lei nos anos 1990, mas espera ter mais força agora devido ao cenário político atual."

Sophie comenta com uma voz suave:

— Isso é horrível.

— É — concordo, bufando. — Nossa.

"... visto o aumento dos crimes de ódio", continua o imame Jackson. "E o que um projeto de lei como esse faz... é inverter a narrativa. A realidade é que, aqui na Geórgia, as mulheres muçulmanas são as vítimas de crimes de ódio. Não as agressoras. E, ainda assim, as consequências de um projeto como esse..."

— Jamie, você vai passar do templo.

— Ah! — Faço uma curva abrupta à direita.

"... Doyle é um governador republicano pragmático e afirmou que pretende vetar o projeto de lei 28. Então a aprovação vai depender de o Partido Republicano conseguir anular o veto de Doyle por maioria absoluta na Câmara e no Senado. Como o Partido Republicano virou o jogo recentemente no Trigésimo Quarto Distrito do Senado, eles só precisam manter os votos do Quadragésimo Distrito para conseguir a maioria absoluta", explica Tammy. "É a posição que o republicano John Graham vagou recentemente, quando foi eleito para a Câmara dos Deputados

dos Estados Unidos numa eleição suplementar em fevereiro. O candidato democrata Jordan Rossum já divulgou um comunicado condenando esse projeto de lei, afirmando ser uma afronta à dignidade e à liberdade religiosa da comunidade muçulmana aqui na Geórgia."

"Ele está coberto de razão", concorda o imame Jackson. "E são essas as conversas que precisamos ter. O que queremos dizer quando falamos que honramos a liberdade religiosa? Em quem pensamos ao dizer isso?"

"Essas questões tornam ainda mais importante a disputa para a próxima eleição suplementar", diz Tammy.

Paro no estacionamento lateral do templo, olhando para a frente pelo para-brisa.

— A mãe de Maya usa hijab.

Sophie ainda está encolhida no banco do passageiro, agarrada à bolsa da escola hebraica.

— Vai ficar tudo bem. As pessoas não vão votar no Newton. Ele é tão racista.

Dou uma risada seca.

— Pois é.

Ela me abraça antes de saltar, o que é incomum, mas não é minha irmã que domina meus pensamentos neste instante. Ainda no estacionamento do templo, tiro meu celular do carregador do carro. Antes que eu mude de ideia, envio uma mensagem para Maya. **Acabei de saber do projeto de lei. Você está bem?**

Ela responde na mesma hora: **Hum, na verdade, não.**

E então, um instante depois: **Ei, você está livre? Será que podia dar um pulo aqui?**

Estou tão ocupado digitando o endereço dela no meu GPS que quase me esqueço de responder.

10

MAYA

MINHA MÃE ATENDE NO PRIMEIRO TOQUE.

— Estou entrando em uma reunião. Está tudo bem?

— Não — respondo. — Definitivamente não.

— O que aconteceu? Posso avisar ao Chris que preciso ir embora. Chego em casa em vinte minutos.

— Não! O projeto de lei. Você não ouviu falar da lei que estão tentando aprovar?

— Ah, isso. — Ela suspira. — Sim, fiquei sabendo.

— E você não está chateada?

— Claro que estou. Fiquei furiosa.

— O que vamos fazer?

— Você já *está* fazendo alguma coisa. Está fazendo campanha.

— Batendo nas portas? Isso não pode esperar até a eleição! Temos que resolver isso agora.

— O conselho se reunirá hoje à noite para discutir os próximos passos.

— Sabe qual é o primeiro passo? Mandar o Newton ir praquele lugar.

— Maya. Olha a língua.

— Mer… Droga. — Faço uma careta. — É que ele é um ba… boboca racista.

— Prometo manter você informada — diz minha mãe. — Mas confie em mim, vamos fazer com que Newton se arrependa. Ele *não* vai se dar bem com isso.

Sorrio ao ouvir o ardor em sua voz. *Ninguém* vai dizer a ela o que pode ou não usar.

— Como estão as coisas por aí? — pergunta minha mãe. — O apartamento está ficando bom?

Meu sorriso se esvai.

— Está legal.

— Qual é o plano para o iftar hoje à noite?

— Papai vai comprar pho depois do trabalho.

— Delícia. Pho Dai Loi?

— Sim. — Eu me endireito. — Posso pedir a ele para trazer mais um.

— Não acho que seja uma boa ideia.

— É o Ramadã. Ninguém quer comer sozinho

— Ah, querida, você é tão atenciosa. Mas não vou estar sozinha. Vamos ter a reunião emergencial do conselho hoje à noite. — Ela fica em silêncio por um instante. — Agora preciso *mesmo* voltar para a reunião. Posso ligar de volta depois que terminar?

— Claro.

— Te amo, Maya Papaia.

— Te amo também.

Eu desligo e fico olhando para o plano de fundo do meu celular. É uma foto de nós três dizendo "xis" em frente ao Grand Canyon no ano passado. Foi naquele verão que decidimos que orelhas de coelho eram hilárias. As coisas estavam bem naquela viagem. Eu teria percebido se não estivessem.

Queria saber como está sendo esse tempo que meus pais decidiram passar afastados, em busca de reflexão e foco. Eles nunca falam comigo sobre isso. Mas, considerando que minha mãe não aceitou compartilhar uma refeição em família, não deve estar indo muito bem.

O que é uma droga.

Meu celular vibra. É a Sara. Ela enviou uma selfie com os olhos arregalados, segurando uma colher de sorvete com algo verde e colorido. Embaixo está escrito: **Apresento a você, sem nenhum comentário: Creme de Froot Loops.**

Maya: A cara que você está fazendo já me diz o bastante.

Sara: Isso deveria ser ilegal.

Eu envio um emoji de vômito, bem quando o nome do Jamie aparece.

Jamie: Quase chegando.

Fico vermelha. Estava tão chateada com o projeto de lei que, quando ele me mandou mensagem, instintivamente falei para ele vir para cá. Mas agora, depois de conversar com minha mãe e ver nossa foto no Grand Canyon, não consigo me livrar desse estranho vazio dentro de mim. Desbloqueio meu celular para dizer a ele que é melhor não vir quando ouço uma batida na porta.

Tarde demais.

— Oi — cumprimenta Jamie.

Ele está de camiseta e calça jeans, as mãos enfiadas nos bolsos, e me encara com uma preocupação tão genuína que de repente me sinto aliviada por ele estar ali.

Abro mais a porta e faço um gesto para ele entrar.

— Ouvi a notícia agora — diz ele. — No começo, achei que estivesse entendendo errado...

— Eu também — concordo. — Minha amiga Lyla mandou uma mensagem dizendo para ligarmos na WPBA, o que me pareceu estranho, até eu ouvir o imame Jackson falar... Agora parece real *demais*.

— Ele se saiu muito bem — elogia Jamie. — O jeito como os confrontou foi perfeito.

— É ridículo. As mulheres são problemáticas se mostram demais o corpo e problemáticas se não mostram o suficiente?

— O que as pessoas vestem é problema delas — diz Jamie. — Se eu quisesse usar uma tiara todos os dias do ano, quem teria o direito de me proibir? Quer dizer... — Ele se interrompe. — Não que eu planeje usar, mas...

— Eu ia amar ver você usando uma tiara todos os dias do ano. Eu pagaria para ver isso, na verdade. — Apesar de tudo, eu rio.

Jamie também ri... e então arregala os olhos. Sigo o olhar dele em direção à janela.

— Aquilo é uma loja de donuts Krispy Kreme? — Ele vai até a janela e olha vidrado para o lado de fora. Parece estar admirando o Taj Mahal.

— É, sim.

— Que máximo.

— Sim. É o máximo.

— É sério. Sempre que sai uma nova fornada de donuts, com essa localização privilegiada, você é literalmente a primeira pessoa a ver aquela luz vermelha acesa.

— Bem pensado.

Afastando-se da janela, ele dá uma olhada na sala de estar.

— Seus pais são minimalistas? — pergunta.

— Minimalistas?

— Ah, é que notei que não tem muitos móveis nem enfeites. Minha mãe leu aquele livro da Marie Kondo ano passado e foi uma fase *bem intensa*, mas quando ela tentou doar a cama do Boomer, minha avó fez uma intervenção.

Observo a sala vazia. Fico feliz por meu pai ainda não ter começado a mobiliar esse lugar e não ter se instalado direito... mas o vazio é meio estranho.

— Aqui não é minha casa de verdade. — Eu me sento no futon. — Quer dizer, é, sim. Eu acho. É a casa do meu pai. Por enquanto. Meus pais estão fazendo uma separação experimental.

É a primeira vez que conto para alguém. Achei que Sara seria a primeira a saber.

Jamie se senta ao meu lado.

— Deve estar sendo muito difícil — diz ele.

— Num minuto as coisas estão como sempre foram. E, então, tudo muda.

— Separação experimental dá a ideia de que ainda estão pensando no assunto. Então *talvez* eles voltem a ficar juntos?

— Talvez. Eu sabia que eles não estavam se entendendo, mas meus pais jogaram a notícia em mim meio do nada. Tínhamos uma viagem planejada para a Itália… para um chalé na Toscana. Quando eu ia contar que tinha uma aula ensinando a fazer massa perto de onde ficaríamos, eles me avisaram que a viagem tinha sido cancelada e o casamento também.

— Sinto muito, Maya.

— E *odeio* estar nesse limbo, esperando para ver o que vão decidir. Por que só *eles* podem opinar em algo que me afeta também? A essa altura, sinceramente, se os dois quiserem se divorciar, tudo bem. Só preferia saber logo. Mas essa espera… — Minha voz falha. — É uma droga. Odeio mudanças, Jamie. Odeio mesmo. Mas se tudo tem que mudar, então vamos acabar logo com isso, porque assim vou poder começar a me acostumar ao novo normal.

— Você está bem? — pergunta ele gentilmente.

Jamie perguntou por educação. Ele *tinha* que perguntar, não é? Mas algo na maneira como ele fala… na maneira como ele olha para mim…

— Não. — As lágrimas escorrem pelo meu rosto, e eu não conseguiria segurá-las nem se quisesse. — Estou tão cansada.

Ele hesita antes de chegar mais perto de mim.

— Posso abraçar você? — pergunta, baixinho.

Faço que sim. Jamie passa os braços ao meu redor. Apoio a cabeça na curva do seu pescoço. Ele cheira a limão e menta. Pela primeira vez em muito tempo, não me sinto sozinha.

Conto mais coisas para ele. Falo sobre A conversa. Os caras da mudança.

— … e agora estamos aqui. Nesse apartamento minúsculo. Ele fica tentando manter uma atitude positiva. Mas como posso fingir que está tudo ótimo? Não há literalmente nada que eu possa fazer a não ser esperar passar.

— É horrível essa sensação de impotência — concorda Jamie.

— Exatamente. — Seco as lágrimas com meu agasalho e olho para ele. — Você é um bom ouvinte, sabia?

— Obrigado. É com a parte de falar que tenho dificuldade.

— Algumas pessoas são péssimas nas duas coisas. — Abro um breve sorriso para ele. — Então já é meio caminho andado.

Ficamos sentados um ao lado do outro, em um silêncio confortável.

— Tem alguma coisa que eu possa fazer para animar você? — pergunta ele.

— Sim, mas duvido que meu pai tenha uma tiara guardada por aqui. — Sorrio.

— Sei de um lugar que deve ter.

— Posso falar sério? Sabe o que me deixaria feliz de verdade? Pesquisar a cara do Holden. Assim, se algum dia eu cruzar com ele na rua, poderei dizer umas boas verdades. Isso não seria incrível? Ver o provável sorrisinho convencido dele desaparecer?

Jamie parece prestes a dizer alguma coisa, mas então hesita.

— E se você pudesse?

— Como assim?

Ele pega o celular e começa a digitar freneticamente.

— O que você está fazendo? — pergunto.

— Não sei como não pensei nisso antes. Mas Holden tem uma diretora legislativa… — Ele parece animado. — Provavelmente foram eles que aprovaram essa ideia. E se você pudesse marcar uma reunião e dizer *mesmo* umas verdades para eles?

— Como você sabe de tudo isso?

— Minha mãe trabalha para o Jim Mathews no Trigésimo Terceiro Distrito — explica. — Às vezes ela precisa substituir o diretor legislativo. Ela sempre desabafa sobre as pessoas desagradáveis que aparecem para reclamar sobre as medidas já ou ainda não adotadas.

— Então eu seria a pessoa desagradável nesse cenário?

— Sim! — Ele estende o celular. Uma mulher com cabelo castanho-escuro cortado na altura do pescoço usando um colar de topázio sorri na tela. — Jennifer Dickers. Quer que eu marque uma reunião?

Não acredito que seja tão fácil assim, só marcar uma reunião. Eu poderia mesmo me sentar e explicar àquela mulher por que essa lei é errada e perigosa. Ainda assim, a ideia é intimidadora.

— O escritório fica fora da área de funcionamento da rede metropolitana de transporte? Tenho um aplicativo de carona solidária, mas tecnicamente é só para ir e voltar da minha casa para cá.

— Posso te levar até lá. — Então ele hesita. — E... poderia entrar com você para falar com ela... se quiser.

— Você faria isso? — Jamie nunca me pareceu o tipo de cara que confronta os outros. Mas ele assente e sorri. — Você acha mesmo que falariam com dois alunos do ensino médio?

— Você quer saber se eles conversariam com alguém cuja comunidade seria diretamente afetada pela lei que estão propondo? — pergunta Jamie. — Você tem todo o direito de dizer umas verdades para eles.

— Tá bem, eu topo — falo. — Vamos fazer com que eles lamentem terem concordado com essa ... grande *lerda*.

— Lerda? É tipo um substituto para um palavrão? Como em *The Good Place*?

— Bem, sim... mas também estou tentando não xingar durante o Ramadã. Só deixa rolar.

— Tá, beleza, vamos jogar essa *lerda* na cara deles tão depressa que não vão nem saber que porta os atingiu.

Começo a rir.

E então nós dois estamos gargalhando.

E, de alguma forma, meu coração não está mais doendo tanto.

11

JAMIE

ACORDO NA QUINTA COM UM monte de mensagens de Maya.

Ahhh, não consigo dormir!!! Tô muito nervosa

Não acredito que vamos mesmo falar com essa mulher. Vi que ela foi no programa do Hannity. 🤮

Tentando decidir o que vestir. Tipo, preciso de um look que diga "sou uma pessoa séria", mas também "vão à merda"

*lerda 😬

TÃO CANSADA

O que uma diretora legislativa faz, afinal? Ela cria as políticas ou é só uma porta-voz?

AS DUAS OPÇÕES SÃO PÉSSIMAS, ELA É UM KOOPA TROOPA DE QUALQUER MANEIRA, mas eu quero saber

Por que não consigo dormir??? Aff, já está claro lá fora. POR QUÊ???

Bem, acho que a gente se vê em breve 😭

Quando estaciono na entrada da casa dela, Maya está esperando na varanda com um vestido todo abotoado e um cardigã. Ela se senta no banco do carona do Alfie, o sorriso interrompido por um bocejo.

— Você chegou! Jamie, essa é a casa da minha mãe. — Ela aponta sonolenta para a fachada de estuque.

— Você não estava brincando quando disse que era perto da casa do seu pai.

— Eu literalmente levo mais tempo esperando pelo carro do que na viagem.

— Aposto que essas corridas somadas acabam ficando caras, hein? — falo, saindo em direção à rua. — Você deveria pensar em pedir um carro para os seus pais.

Maya olha para mim com uma expressão que não consigo decifrar.

— Hã, enfim… — falo, de repente sem saber bem o que falar. — Trouxe uma coisa para você. — Dou um tapinha em um dos cafés gelados lado a lado nos porta-copos. — Já que você ficou acordada a noite toda. Deve estar um pouco forte. Pedi sem o leite e tudo mais, mas não se preocupe. Eu vou beber um igual. Solidariedade de Ramadã, certo?

— Jamie, não posso tomar isso.

— Sério? — pergunto, surpreso.

Ela parece irritada.

— Eu achei… O Google disse…

— Você leu além do primeiro resultado?

— Mas… é café preto!

— Não tomo café no Ramadã. — Ela cruza os braços. — Não bebo nem *água*. Como o *suhoor* bem antes do sol nascer e só como de novo depois que ele se põe. É isso.

Sinto como se tivesse areia movediça no meu estômago. Como sempre, sou um desastre. Como sempre, estrago tudo em que toco. Cheguei a pensar que as coisas estavam indo bem com a Maya. Não de um jeito romântico nem nada. Sei lá. Já estou feliz por sermos amigos. Até esse meu jeito de elefante numa loja de cristais arruinar tudo.

— Desculpa — falo.

Ela comprime os lábios e vira a cabeça para a janela.

O escritório do deputado estadual Holden fica num prédio de tijolo bem discreto, perto da minha casa. Não se parece em nada com o Capitólio do Estado. O lugar parece mais um centro comercial em que alguém pararia para fazer xixi a caminho da estrada Roswell.

Estaciono, estendendo a mão para o banco de trás para procurar minha bolsa-carteiro — talvez um pouco exagerada para carregar uma única pilha de fichas, mas é a coisa mais parecida com uma pasta que encontrei.

— Ei — diz Maya quando me viro de volta. — Me desculpa.

— Pelo quê?

— Sei que você não fez por mal. É só que… — Ela esfrega a testa. — Às vezes, as pessoas que não são muçulmanas tentam forçar a barra para eu comer no Ramadã, como se eu estivesse me matando de fome ou algo assim. Quer dizer, eu *fico* com fome, mas ainda assim gosto de jejuar. Geralmente me traz uma paz interior que não sinto fora do Ramadã. Mas você só estava tentando ser atencioso. Eu não deveria ter descontado em você daquele jeito.

— Ah. — Eu suspiro. — Não, está tudo bem.

— Acho que só estou nervosa — continua ela. — Por causa da reunião.

Eu também. Não estou gostando nem um pouco da sensação em meu estômago, que me faz lembrar da entrevista com o senador Mathews. Mas prefiro morrer a dizer isso a Maya. Para começar, não quero deixá-la mais nervosa. E, sinceramente, Maya já viu performances suficientes, com o episódio dos tangelos e o dos folhados. Não estou nem um pouco ansioso para que ela tenha outras oportunidades como essas tão cedo.

Mas, acima de tudo, não quero dizer a coisa errada de novo.

Porém, no estacionamento, Maya está mais do que compensando todo o silêncio que manteve no carro.

— Você não acha estranho que uma reunião deles tenha sido cancelada pouco antes de ligarmos? Parece suspeito. — Ela dá uma olhada no contorno gasto da entrada do prédio. — Com certeza é uma armadilha. É tipo aquela situação do João e Maria de novo.

Dou uma risada nervosa.

— Espero que não.

— Está bem, não podemos dizer a eles que temos dezessete anos. Não quero que parem de nos levar a sério só porque ainda não podemos votar. E vamos dar seu endereço, já que você é desse distrito eleitoral. Talvez assim eles nos ouçam.

Maya faz parte do distrito seguinte com relação à Câmara dos Deputados. Ela estava toda orgulhosa por causa disso, até perceber que seu deputado é outro republicano branco de meia-idade que é a cara do Holden.

— E se virmos o Holden? — Ela arregala os olhos.

— Acho que ele deve estar no Capitólio.

— Que horror, ele deve estar lá trabalhando em seu próximo grande projeto de lei racista.

Pegamos um elevador até o terceiro andar e, assim que as portas se abrem, vejo: *Sala 3250 — Escritório do deputado Ian Holden, da Geórgia.*

Maya olha para a porta de madeira do escritório, mordendo o lábio.

— Devemos bater?

— Hã... acho que sim. — Agarro minha bolsa-carteiro.

Maya bate, hesitando.

— Pode entrar! — responde uma voz animada de mulher, ligeiramente abafada pela porta.

Entramos e nos deparamos com uma pequena sala de espera, não muito diferente do consultório do meu dentista. Há três cadeiras de recepção encostadas na parede dos fundos, com uma pequena mesa no canto e mais duas cadeiras junto à parede lateral. Centralizados acima delas, vemos dois pôsteres da Geórgia: uma imagem antiga da rua Peachtree e, curiosamente, a mesma ilustração do farol da ilha Saint Simons que temos em nossa sala de estar. Do outro lado da recepção, há um grande balcão, comandado por uma loira que parece só um pouco mais velha do que nós dois.

— Como posso ajudá-los?

Eu me aproximo do balcão, meio zonzo e trêmulo. Não acredito que estamos mesmo fazendo isso. Estamos prestes a entrar em uma reunião com a diretora legislativa de um político. Por um instante só fico ali parado, olhando para a plaquinha apoiada no balcão com o desenho de um celular em um cartaz dizendo NÃO FUME. *Obrigado por respeitar nossa política de não gravar.*

— Bem, meu nome é Kristin e é *tão* bom conhecê-los. Vocês estão…

— … aqui para uma reunião — completo rapidamente, voltando depressa à Terra. — Jamie Goldberg e Maya Rehman, temos hora marcada com a sra. Dickers às dez e meia.

— Isso! Está bem aqui — diz Kristin. — A sra. Dickers está terminando outra reunião. Posso servir alguma coisa para vocês comerem? Querem alguma bebida?

— Não, obrigado — respondo.

Maya só balança a cabeça e vai direto para o fundo da sala, sentando-se rigidamente na beirada de uma das cadeiras.

— Você está bem? — Sento-me na cadeira ao seu lado.

— Sim. — Ela respira fundo. — A recepcionista parece legal.

Maya aponta com o queixo para Kristin, que agora ri docemente ao telefone do escritório. Mas o olhar de Maya me diz que ela está pensando o mesmo que eu: se Kristin fosse mesmo legal, como aceitaria trabalhar para alguém como Holden?

Cada minuto que passamos naquela sala de espera deixa Maya mais agitada.

— Ela está dez minutos atrasada — sussurra Maya. — Isso é normal?

— Acho que sim. — Dou uma olhada em Kristin, que sorri, simpática, por trás do balcão. — Acho que a outra reunião se alongou.

São quase onze horas quando alguém finalmente sai de uma porta perto do balcão de Kristin. Outro funcionário, talvez? É um rapaz branco com cara de bebê que parece ter saído direto de um iate. Ele fala com Kristin por um instante, e ela faz sinal para entrarmos.

— Pronto — diz ela alegremente. — A sra. Dickers está pronta para recebê-los.

O funcionário não se apresenta, mas nos acompanha por um curto corredor até uma salinha sem janelas, mobiliada com cadeiras e uma mesa.

— Ela já vem falar com vocês — avisa ele, saindo e fechando a porta.

— Agora esperamos de novo? — resmunga Maya.

Abro a bolsa e pego minhas fichas com anotações.

— Talvez devêssemos repassar os tópicos da conversa?

— Tem certeza de que podíamos trazer anotações? — pergunta Maya.

— Bem... — Olho para as fichas, já não tão certo. — Acho que sim. Não é uma prova.

— Parece uma prova — murmura ela.

A porta se abre, e vemos uma mulher com um blazer e um cachecol estampado segurando uma pilha de papéis. A sra. Dickers parece ter a idade da minha mãe, talvez um pouco mais velha, e na verdade é superelegante, mas de uma forma estranhamente antiquada, como uma foto sépia.

— Jennifer Dickers. — Ela se apresenta com um sorriso vivaz. Então aperta nossa mão antes de se sentar à nossa frente. — Minha nossa, vocês parecem tão jovens. Como posso ajudá-los?

Respiro fundo.

— Obrigado por nos receber — começo, as palavras soando tensas e ensaiadas. Já começo a ficar com vergonha. — Eu me chamo Jamie Goldberg e esta é Maya Rehman, e estamos aqui... — Minha voz vacila, mas engulo em seco e recomeço. — Estamos aqui para discutir...

Ela olha para os papéis da pilha que trouxe.

— Vejo aqui que vocês querem discutir o projeto de lei 28.

— Sim. — Respiro fundo novamente. — O projeto de lei 28, da Geórgia, que diz respeito à proibição parcial das proteções de cabeça e rosto. — Dou uma olhada em minha primeira ficha. — Se não se importar, gostaria de parafrasear o imame Jackson, da Mesquita Comunitária de Brookhaven.

Sinto Maya se endireitando ao meu lado.

A sra. Dickers parece achar graça.

— Claro, vá em frente.

Tento respirar com calma, apesar do aperto em meu peito. Juro que parece que acabei de subir correndo três lances de escada.

— O imame Jackson disse que, dada a linguagem do projeto de lei, podemos ver que sua intenção é limitar a liberdade dos cidadãos muçulmanos em sua vida diária.

— Minha nossa. — A sra. Dickers entrelaça as mãos. — Isso é uma suposição e tanto. O projeto de lei 28 não menciona nada sobre muçulmanos.

Faço que sim rapidamente.

— Mas está implícito. E os pronomes usados…

— Não vejo mesmo como está implícito. Na verdade, o propósito do projeto de lei 28 é proteger os cidadãos em sua vida diária.

Maya intervém.

— Como esse projeto de lei protegeria os cidadãos?

A sra. Dickers sorri.

— Bem, esta lei é baseada numa anterior…

— Nós sabemos, a lei de desmascaramento da KKK — interrompe Maya, impaciente. — Mas por que vocês expandiram as restrições para incluir o momento em que as pessoas estão dirigindo? E por que a linguagem desse projeto usa pronomes femininos?

— O congressista Holden acredita ser importante reavaliar a legislação para garantir que mantenha sua relevância. Na época da lei inicial, a KKK era uma ameaça…

— Eles ainda são uma ameaça! — dispara Maya, com uma risada franca e incrédula. — A KKK literalmente endossou Newton na corrida pela eleição suplementar do Senado.

A sra. Dickers ergue as sobrancelhas.

— Bem, não ouvi falar de nada do tipo. E não sei o que isso tem a ver com o projeto de lei 28. Mas vocês podem ficar tranquilos, o congressista Holden é um especialista em assuntos ligados à segurança, e a segurança dos membros do distrito eleitoral é sua maior prioridade. Em tempos de crise, tenho certeza de que todos os cidadãos inocentes entendem a necessidade de uma transparência maior para proteger nossa comunidade.

— Mas o que isso tem a ver com as proteções de cabeça e rosto? — pergunto.

— Bem, por conta dos recentes avanços em tecnologia bélica, é perfeitamente concebível que um possível agressor carregue junto ao corpo um explosivo pequeno o bastante para caber sob uma máscara ou uma bandana padrão — responde ela.

— Mas isso não é real — reclamo. — Nunca aconteceu.

— E rezo para que nunca aconteça — diz a sra. Dickers.

— Então você está baseando sua política em hipóteses forçadas — disparo.

Sinto Maya me observando, surpresa.

— Nossa política se baseia no que é melhor para os moradores do nosso distrito eleitoral — repete a sra. Dickers.

— Não para todos — diz Maya. — Alguns moradores do seu distrito eleitoral usam hijab! Você sabe disso, não sabe?

— É claro, e o congressista Holden tem orgulho de representar pessoas de todas as crenças.

— Se ele apoia o banimento do hijab, ele não representa a minha comunidade!

— Minha nossa. — A sra. Dickers abre um sorriso amarelo. — É gentil da sua parte se preocupar, mas não vejo como isso afeta você diretamente.

— Como assim?

— Bem, estou vendo que você não usa hijab.

— Você está brincando, não é? — Maya agarra a beirada da mesa. — Você está surpresa com o fato de eu me opor a isso porque não uso hijab? Não sei nem... O que eu uso ou deixo de usar é problema *meu*, mas isso ainda me afeta... E minha mãe usa hijab, e ela...

— Ah, entendo. Bem, você ficará satisfeita em saber que essa lei também é para a segurança dela. Essas diretrizes permitem que nossos vizinhos saibam que mulheres como sua mãe não têm nada a esconder. Nossa pesquisa mostra que uma maior transparência leva a menos ataques com motivação religiosa.

Maya inspira com tanta força que até eu consigo sentir.

— Você está culpando as vítimas pelos crimes de ódio! — explodo, o rosto ficando vermelho. — Sua lógica implica que quem usa um hijab, um ornamento religioso, está necessariamente escondendo alguma coisa. Você está falando sério?

— Sim, senhor, o congressista Holden e eu falamos muito sério quando se trata de proteger nossos eleitores.

Os olhos de Maya faíscam de raiva.

— O que você acha que minha mãe esconde sob o hijab?

— Eu entendo você — diz a sra. Dickers, sorrindo gentilmente para Maya. — E parte meu coração que, devido a algumas maçãs podres, tenhamos que tomar certas medidas...

De repente, ouvimos uma batida na porta, e o cara arrumadinho entra.

— Perdão — interrompe ele. — Sra. Dickers, a pessoa da reunião das onze e quinze já chegou.

— Já? — Ela abre um grande sorriso primeiro para mim, e então para Maya. — Bem, o tempo voa, não é? Muito obrigada por virem até aqui compartilhar suas preocupações comigo.

Maya balança a cabeça.

— Mas...

— Blaine vai acompanhá-los até a sala de espera. Um ótimo dia para vocês dois!

Ela acena e passa pelo engomadinho parado na porta, que mal olha para nós. Quando meus olhos encontram os de Maya, vejo que ela parece tão perplexa quanto eu. Há trinta segundos, estávamos no meio da reunião. Agora estamos sendo escoltados para fora por um cara que parece ter nascido em uma Tommy Hilfiger.

— Como foi? — pergunta Kristin alegremente, mas mal a cumprimentamos.

Só saio pelo corredor atrás de Maya, desorientado, com o coração disparado. Maya se vira para mim, parecendo prestes a explodir, mas não diz uma palavra até estarmos no elevador.

Então ela explode.

— Mas que *monstra*. Algumas maçãs podres. Ela realmente falou isso. — Maya passa a mão pelo cabelo, de um jeito quase agressivo. — E aquele sorrisinho descarado o tempo todo, completamente calma. Pura maldade!

— Sim. Eu já estava perdendo a cabeça...

— Pois é! O *gaslighting*. E eles criaram sua própria realidade distorcida. A coisa da bandana. O quê? — Maya leva as mãos às têmporas. — Ela estava mesmo tentando vender a ideia de que não tem nada a ver com uma gigantesca islamofobia!

— E aquilo de culpar a vítima...

— Ai, meu Deus, nem me fala. Ela é uma pessoa horrível. Eles todos são *nojentos*. — A porta abre, e Maya praticamente pula para fora do elevador, como se não visse a hora de ir embora daquele lugar. — Enfim, foi um *horror*. — Ela olha nos meus olhos. — Mas você... Uau, Jamie.

Fico vermelho.

— O que foi?

— Eu fiquei tipo... caraaaca, Jamie. Acaba com ela. Você foi *incrível*.

— Incrível? — Olho espantado para ela.

— Me explica essa questão da maioria absoluta. Se Rossum ganhar, não há maioria absoluta? E eles precisam disso para aprovar esse projeto de lei? O que é exatamente maioria absoluta?

— É quando um partido ocupa dois terços ou mais das vagas — elucido. — Os republicanos têm essa maioria na Câmara da Geórgia desde sempre, e agora Rossum é nossa última esperança para bloquear isso no Senado.

Incrível. Eu fui *incrível*. Ela está falando sério?

— E eles precisam da maioria absoluta para passar o projeto de lei 28? — pergunta Maya.

— Sim, porque o governador Doyle diz que vai vetá-lo...

Maya olha para mim.

— Espera, sério? Ele é republicano.

— Acho que ele só não quer irritar a indústria cinematográfica, sabe? Ele se importa com as aparências. Mas, sim, a questão da maioria absoluta é que, se tiverem isso nas duas casas, os republicanos podem...

— Anular um veto — completa Maya. — Entendi. — Ela olha para o estacionamento, melancólica. — Precisamos mesmo que o Rossum vença, não é?

— Sim — respondo. — Precisamos.

Não há nada mais triste do que cair na real depois de tentar alguma coisa e falhar. Até a caminhada pelo estacionamento me faz sofrer. Só ficamos naquele lugar por cerca de uma hora, então estamos passando pelos mesmos carros estacionados que vimos ao entrar. Mas o mundo inteiro parece ter ficado cinza de lá para cá. Chegamos tão cheios de esperança. É estranho perceber isso porque, na hora, eu estava basicamente apavorado. Mas acho que uma pequena parte de mim acreditava que aquela reunião poderia fazer a diferença. Talvez disséssemos as palavras perfeitas. Talvez ouvir o que tínhamos a dizer pessoalmente pudesse fazer com que Dickers visse as coisas de maneira diferente. E então ela convenceria Holden a derrubar a lei, e ele publicaria um pedido de desculpas, e poderíamos parar em um site progressista como o Upworthy ou num desses vídeos motivacionais que minha mãe sempre me envia de seus grupos de militantes no Facebook.

Agora só me sinto esgotado.

Quando chegamos no Alfie, a princípio nem noto o para-choque. Não até ouvir a exclamação de espanto de Maya.

— Ah, não! — Ela agarra meu braço. — Jamie.

Meus olhos correm direto para o para-choque, em que geralmente fica um logo azul redondo do Rossum. Foi minha mãe que convenceu Gabe a fazer aquelas mantas magnéticas em vez de adesivos, para que os democratas locais pudessem virar os ímãs uns dos outros de cabeça para baixo nos estacionamentos.

"É como uma piscadinha, entende?", insistiu ela. "Mostra solidariedade." E tenho que admitir que eu ficava um pouco empolgado sempre que saíamos do Publix ou da Target e víamos nosso ímã virado. Era uma espécie de cumprimento secreto. Como se fizéssemos parte de algo sigiloso e importante.

Mas agora, com o sol do meio-dia batendo na traseira do Alfie, o que aconteceu está nitidamente visível.

O ímã sumiu.

E, em seu lugar, há o adesivo de uma poodle branca sorridente, grosseiramente ilustrada, com dedos humanoides fazendo o sinal de ok da extrema direita. A poodle também segura uma xícara de chá branca, com o número 88. Já vi essa imagem centenas de vezes em telas de computador e de celular, em inúmeras variações: Fifi com xingamentos em um balão de fala, Fifi com um boné com o slogan Make America Great Again, Fifi em uma foto de Auschwitz.

Mas ver aquela imagem na vida real é diferente. Em um carro. No *meu* carro.

De repente, só consigo ouvir a voz de Dickers dizendo *ataques com motivações religiosas*.

Mas quem quer que tenha feito isso provavelmente não sabe que sou judeu. E, de qualquer forma, ninguém é antissemita por aqui.

Certo?

Dou uma olhada rápida no estacionamento, sentindo um calafrio repentino correr pelo meu corpo. E se quem fez isso ainda estiver por aqui? E se estiverem nos observando neste exato momento?

— Jamie? — chama Maya, hesitante. Olho para ela, assustado. — Você está bem?

Faço que sim.

— Você está calado — diz ela.

— Foi mal.

— Não se desculpe. Só estou preocupada.

E então ela me abraça, fazendo meu coração quase saltar pela boca. Retribuo o abraço, puxando-a para mais perto.

— Seja lá quem for o troll que fez isso — murmura ela junto ao meu ombro —, quero que ele se foda.

— Que ele se foda — repito, a palavra pesada e estranha na minha boca.

— Isso — diz Maya, abraçando-me ainda mais forte.

12

MAYA

NÃO É QUE EU ACHASSE que Jamie fosse incapaz de ficar furioso. Eu só não tinha visto isso ainda.

Irritado... talvez.

Frustrado... com certeza.

Parecendo um esquilo assustado? Todos os dias.

Mas aquilo... as bochechas vermelhas, o maxilar contraído, ajoelhado em frente ao para-choque do Alfie, raspando o adesivo com uma faquinha de plástico que ele achou perdida no carro? Isso é novidade.

O ar está abafado, e a umidade está tão densa que quase dá para sentir o gosto. Nuvens escuras pairam sobre nós, baixas e pesadas. É reconfortante quando o mundo exterior reflete como você se sente por dentro.

— Está saindo? — pergunto.

— Kevin tinha razão. É impossível remover esses adesivos.

Reviro minha bolsa. Tem uma bala velha de menta, uma caneta permanente, algumas moedas e uma lixa de unha.

— Talvez isso aqui funcione? — Eu me ajoelho ao lado dele com a lixa. — Mas pode arranhar o para-choque.

— Não ligo. Só quero tirar essa coisa.

A lixa deixa algumas marcas no Alfie, mas o adesivo continua lá. A poodle nos encara como se soubesse que nunca vamos conseguir tirá-la, mas acha engraçado nos ver tentar. Dou uma olhada nas janelas dos escritórios em volta. A cachorrinha é só um meme. Mas a pessoa que fez aquilo é bem real. Será que estão nos observando neste exato momento? Sinto um arrepio na espinha.

— Vamos comprar um daqueles produtos removedores de adesivo — sugiro. — Usamos um desses quando minha priminha fez uma colagem na janela da nossa cozinha. Por enquanto, posso cobri-lo com marcador.

— Não vai funcionar. É um daqueles adesivos plastificados.

Ele tem razão. A tinta preta que usei para riscá-lo já está borrando com a umidade.

— Talvez dure o bastante para tirarmos o carro do estacionamento. Se aquele babaca estiver observando, não vai ter a satisfação de ver a gente sair daqui com o adesivo visível.

— Bem pensado — diz Jamie amargamente.

Entramos no carro. Não acredito que estamos passando por tudo isso hoje. Eu já sabia que Dickers não concordaria conosco. Eu não achava que ela ouviria nossos argumentos, bateria a mão na testa e exclamaria: "Trabalho para um fanático racista e vou me demitir para me juntar ao Médicos sem fronteiras", ou coisa parecida. Mas o *gaslighting* foi horrível — ouvi-la usando nossas próprias palavras contra nós e sorrindo como se fizesse aquilo todos os dias por diversão. O que talvez seja o caso. E agora isso.

— Como você está? — pergunto a Jamie.

— O meme já é nojento na internet — diz ele. — Mas vê-lo aqui, no *meu* carro...

— Parece um ataque?

— Exatamente. Será que estavam nos observando quando estacionamos? Será... Será que foi dirigido a mim?

— Estão fazendo isso com todo mundo que tenha adesivos do Rossum — falo, tentando tranquilizá-lo. — Mas entendo por que parece dirigido a você. Quer dizer... meio que foi... — Paro de falar.

Uau, que bela maneira de fazê-lo se sentir melhor, Maya. Sim, de fato foi um ataque pessoal contra você e o que você representa. Mas Jamie olha para mim e assente, um pouco menos tenso.

— Você acha que foi alguém do escritório do Holden? Nós estávamos no estacionamento deles.

— Talvez a Kristin? Aquela simpatia toda só pode ser falsa. Olha para quem ela trabalha.

— Provavelmente foi um trabalho em equipe — diz Jamie. — E usar um cachorro como mascote racista? Como isso é baixo! Por que não um gato? Não faz o menor sentido.

— Espera. Por que um gato?

— É que os cachorros simbolizam o amor incondicional. Gatos são um pouco mais hostis e distantes.

— Eles não são distantes! Só são seletivos!

Jamie olha para mim sem graça.

— Você tem um gato, não tem?

— Willow definitivamente é seletiva. Mas ela arranharia a cara de qualquer racista desgraçado em dois segundos.

— Então ela se daria bem com o Boomer. Ele é tão corajoso quanto um desses brinquedinhos que apitam quando a gente aperta, mas, se alguém mexe com a vovó, Boomer faz a pessoa se mijar em dois segundos.

— Acho que eu me daria bem com o Boomer.

— Tenho certeza.

E, pela primeira vez hoje, Jamie sorri.

Compramos o removedor de adesivo e entramos no carro bem quando começa a cair uma chuva fina. Jamie está olhando pela janela, com a cabeça nas nuvens. De novo. Tenho quase certeza de que prefiro o Jamie irritado ao Jamie abatido que vejo agora. Eu me ajeito no banco. Ele sempre sabe o que dizer para me deixar melhor. Queria descobrir um jeito de fazer o mesmo por ele.

— Sabe o que deveríamos fazer? — pergunto. — Deveríamos sair para pedir votos.

— Debaixo de chuva? — Ele olha para mim. — Além disso, já estamos no meio do dia.

— É só um chuvisco. Talvez tenham algumas pessoas num lar de aposentados ou algo assim? É assim que vamos para cima deles, não é? Da Dickers? Do idiota do adesivo da Fifi? Acabando com o Newton *e* o Holden.

— Isso! — A expressão dele muda. — Quer saber? É exatamente o que deveríamos fazer. — Ele liga a seta e estaciona em um centro comercial. — Vou ligar para o Gabe e ver se tem algum lugar para a gente visitar.

Mas, quando Jamie olha o celular, parece desanimado.

— O que foi?

— Surpresa. — Ele se recosta no banco do motorista. — Precisam de mim com urgência para ajudar com o planejamento do bat mitzvá... ou melhor, como serviço de motorista e entrega para o bat mitzvá. Aparentemente, minha mãe ficou sem post-its enquanto planejava a disposição dos lugares pela quinquagésima vez. Ah, e fitas decorativas. Tem sempre algum tipo de crise de fita decorativa rolando. Preciso comprar essas coisas antes de voltar para casa, porque senão o mundo pode literalmente acabar. — Ele suspira. — Você se importa de fazer uma parada rápida para repor o estoque?

— Claro que não. É o bat mitzvá de quem?

— Da minha irmã, Sophie. Minha mãe fala disso da hora que a gente acorda até quando vamos dormir. É como se esse bat mitzvá fosse a coisa mais importante da história do planeta. *E*... — Ele fica vermelho. — Ela quer que eu faça um brinde! Um brinde! Eu não faço brindes! Não consigo falar em público. Será que ela não me conhece nem um pouco?

— Você vai se sair muito bem — garanto. — Você é ótimo quando estamos prospectando votos. Sabe o roteiro todo de cor.

— Isso é diferente... Só repassamos informações sobre o candidato que outra pessoa escreveu para nós. Mas, no brinde, tenho que ser engraçado e interessante, dizer exatamente as palavras certas para mais de cem pessoas. E quando vou ter tempo para pensar e elaborar esse discurso? Minha casa é só *Rossum é fora do comum* para um lado e *bat mitzvá* para o outro, o tempo todo, e Sophie falando ao mesmo tempo que minha mãe, e minha mãe falando ao mesmo tempo que minha avó, e Boomer dando palpites sempre que tem chance. É um verdadeiro caos.

— Deve ser legal ter uma casa barulhenta — digo. — Minha casa anda tão silenciosa ultimamente que daria para ouvir um alfinete caindo. Não que fosse uma festa antes, mas, desde a separação experimental, anda tão quieta que assusta. Não me incomodaria tanto se a Sara estivesse por perto, mas ela tem andado muito ocupada de um tempo para cá. E tenho certeza de que meus pais não ficariam nada felizes se eu gastasse uma grana para andar por aí com esses aplicativos de carona. Às vezes, é bastante solitário.

— Fico feliz em te dar carona sempre que quiser — oferece Jamie. — Não precisa ser só para a campanha.

— Obrigada. — Sorrio para ele.

— O segredo para ganhar um carro é, em vez de pedir para comprarem para você, convencê-los a comprar um novo para *eles*. Ressalte cada defeito ou amassado da maneira mais casual possível, tipo "ah, nem dá para ver *tanto* esse arranhão no para-lamas", até eles não conseguirem deixar de reparar nisso, e então vão acabar comprando um carro novo e dando o antigo para você.

— Bom conselho. Eu me ajeito no banco, desconfortável.

Um carro.

Quase me esqueci que é por isso que estou trabalhando na campanha. Não me entenda mal, ter um carro seria incrível, mas o que estamos fazendo agora... é muito maior do que isso.

A verdade é que um carro é a última coisa na minha cabeça no momento.

13

JAMIE

— OI, QUERIDO — diz minha mãe quando passo pela porta.

Ela e minha avó estão sentadas lado a lado à mesa da cozinha, olhando para os notebooks, enquanto Gabe paira atrás das duas com um café gelado na mão. Acho que isso significa que estão trabalhando em alguma coisa da campanha, e não do bat mitzvá. Tudo tem andado tão caótico que nos últimos dias juro que nem consigo distinguir uma coisa da outra.

Boomer corre para me cumprimentar, segurando com orgulho seu pato de pelúcia preferido, o sr. Baboso, entre os dentes.

— Ei. — Dou um tapinha na cabeça dele. Engolindo em seco, começo: — Então, aconteceu uma coisa…

Mas Gabe me interrompe, apontando furiosamente para a tela da vovó.

— Ok, *isso*. Isso é o que me tira do sério. Não sei o que é preciso fazer para atingir essas pessoas. Ah, é só uma eleição suplementar! É só o Senado Estadual! Posso ficar de fora dessa! Bem, sabe quem não está ficando de fora dessa? — Ele ergue as mãos. — Os republicanos. Esses cretinos comparecem todas as vezes.

Minha avó olha para a tela e franze a testa.

— Isso não ajuda. Você leu o memorando do gabinete da Secretaria de Estado? Van Kamp está removendo quatro locais de votação no condado de DeKalb e cancelando as votações presenciais antecipadas.

— Ele pode fazer isso? – pergunto, chocado.

— Aparentemente, sim — responde ela. — O que significa...

Gabe bate com tanta força na mesa que Boomer deixa seu pato cair com o susto.

— O que significa que os democratas precisam acordar! O problema é que ninguém está empolgado com essa disputa. Não é glamorosa, não é sexy.

— Bem, a questão da maioria absoluta é complicada — diz vovó.

— Exatamente! — exclama Gabe. — Quantas pessoas entendem o que é maioria absoluta? Onde estão as frases de efeito sobre o assunto? Temos o vídeo de alguma celebridade local? Eu não sei! Dallas Austin, Ludacris... ninguém responde minhas DMs. Como convenceremos as pessoas de que tem algo importante em jogo?

— O projeto de lei 28 está em jogo! — Acabo falando mais alto do que pretendia. Fico vermelho e baixo a voz. — A campanha vai falar sobre isso?

— Claro, mas isso não afeta a maioria das pessoas — diz Gabe. — Nem sei se as pessoas estão acompanhando essa história. Não é uma narrativa atraente, então é meio complicado usá-la.

— Usá-la?

Fico de queixo caído. Lembro de Alina no iftar da campanha com seu hijab estampado e calça jeans escura. Sei que Gabe não pretendia soar tão leviano. Só está falando sobre como atrair o interesse dos eleitores. Mas parece que Gabe vê a mãe de Maya como alguém que ele poderia aproveitar para conquistar solidariedade. Ou pior, é como se ele olhasse para ela e desse de ombros, dizendo *Hum... Não é tão importante.*

— Jamie, meu camarada. É tudo uma questão de narrativa. Você sabe disso.

Minha mãe, de repente, ergue o olhar do computador.

— Jamie, você comprou os post-its?

— Comprei. E a fita decorativa. — Entrego a sacola para ela, me sentando ao seu lado. Boomer pega de volta o sr. Baboso e corre para baixo da mesa para apoiar a cabeça no meu colo. Coço suas orelhas e olho para minha mãe. — Então. Hã... Aconteceu uma coisa hoje...

— Ah! — Gabe apoia o café na mesa. — Grande J, precisamos falar sobre as placas de quintal.

— Está bem, mas...

— Nada de mas, Grande J. Temos que unir esforços aqui, beleza? — Ele dá um tapinha em meu ombro. — Todos a postos.

Vovó sorri para mim.

— Você está bonito, *bubalah*. Alguma ocasião especial?

Dou uma olhada em Boomer, que coloca seu pato delicadamente em meu colo.

— Hã...

— Boom, não se atreva a colocar o sr. Baboso na calça de encontro do Jamie — repreende ela.

Fico paralisado.

— Calça de encontro?

Minha mãe deixa o notebook de lado e se vira para mim, entrelaçando as mãos.

— Você teve um encontro? Ah, minha nossa! Com a Maya?

— Não! — Sinto minha cabeça girar. — Não, eu tive... uma reunião.

— Uma reunião? — pergunta minha avó.

Faço que sim lentamente, mantendo os olhos grudados em minhas mãos.

— Hã. Maya e eu fomos falar com a diretora legislativa do congressista Holden. Sobre o projeto de lei 28.

Todos ficam em silêncio... E, quando levanto o olhar de novo, eles estão me encarando fixamente. Minha mãe, minha avó, Gabe, até mesmo o Boomer.

Minha mãe é a primeira a falar.

— Vocês dois simplesmente foram até lá para uma reunião?

— Bem, nós marcamos primeiro.

— Sim, isso eu imaginei. — Ela abre um sorrisinho.

Estreito os olhos.

— Por que vocês estão olhando para mim desse jeito?

— Querido, estamos impressionados — diz minha avó.

— Muito impressionados. — Minha mãe inclina a cabeça. — E como foi?

De repente, me sinto no centro das atenções, mas não de um jeito ruim. O que é muito louco. Eu realmente não sabia que era possível se sentir bem ou até mesmo confortável sendo o centro das atenções. Pelo menos no meu caso. Talvez seja assim que um congressista se sente. Ou Sophie. Não consigo me imaginar gostando de ser o centro das atenções como ela, mas preciso admitir que o jeito como estão olhando para mim agora não é nada ruim. Assim como não foi nada ruim quando Maya disse que eu era incrível.

Mas você… Uau, Jamie.

Eu me endireito na cadeira.

— Não foi ótimo.

E, desse jeito, vou contando toda a história. A gentileza desarmante de Kristin na sala de espera. Dickers quase rindo quando pedi para citar o imame Jackson. Seu jeito doce de falar, e a forma como distorcia tudo o que dizíamos para fazer soar quase — *quase* — razoável. *Segurança. Transparência.* Era uma sensação muito estranha, como se as partes do meu cérebro funcionassem sem conexão uma com a outra. Em um instante, o racismo parecia tão visceralmente óbvio, mas logo depois era como se eu estivesse louco por sequer pensar naquilo.

— Sim. Eles sempre fazem isso — diz minha mãe, franzindo a testa.

— Foi tão frustrante. — Suspiro. — Não sei nem por que ela aceitou fazer a reunião com a gente. Por que eles se dão ao trabalho de marcar alguma reunião?

— Porque é assim que a democracia funciona — explica minha mãe. — Eles são eleitos para nos representar e têm a responsabilidade de ouvir nossas opiniões.

Dou uma risada amargurada.

— Dickers definitivamente não estava ouvindo.

— Talvez não. Às vezes, eles não ouvem, o que é muito frustrante, eu sei. — Ela estende a mão e bagunça meu cabelo. — Mas só o fato de você ter tentado... Jamie, isso é incrível.

Meu rosto fica vermelho.

— Obrigado. Mas pareceu tão inútil.

— Eu garanto que não foi inútil. Talvez você tenha plantado uma semente. Quem sabe? E, mesmo que não, a luta é o mais importante. Estou tão orgulhosa de você e da Maya. — Minha mãe sorri. — Não deixe isso te desanimar.

— É, bem... — Dou de ombros. — Foi meio difícil não desanimar quando vimos que meu carro foi Fifizado depois que saímos da reunião.

Gabe se empertiga na cadeira.

— Fifizado? — Minha mãe contrai os lábios.

— O meme com a poodle.

— Isso não me é estranho...

— Está na internet — diz minha avó. — Aqueles idiotas nazistas de extrema direita usam essa imagem para intimidar jornalistas judeus no Twitter. Mas alguém anda colando adesivos nos carros por aqui também. Tenho certeza de que você já viu. Vou pesquisar a imagem no Google.

Suspiro.

— Basta olhar o para-choque do Alfie. Não sai de jeito nenhum. Tentamos cobrir com caneta permanente, mas ainda dá para ver. Com sorte, o removedor de adesivos vai funcionar.

Minha mãe me encara com os olhos arregalados.

— Você foi alvo de alguém? De um nazista?

Minha avó aperta minha mão.

— Tem acontecido bastante.

— Ah, sim! — diz Gabe, empolgado. — Está por todo o distrito. Eles vão atrás dos apoiadores do Rossum, de qualquer um com um ímã ou adesivo no para-choque. Grande J, temos que tirar uma foto sua com esse adesivo.

— Uma foto minha? — Olho para ele. — Por quê?

— Porque não vamos aceitar isso de braços cruzados. — As bochechas de Gabe ficam vermelhas. — Vovó, anota isso. *Nazistas Locais Vandalizam Carro do Primo de Dezessete Anos do Gerente Assistente de Campanha do Rossum.* — Ele dá um soco no ar. — Vamos viralizar.

Sinto meu estômago revirar.

— Você quer que *eu* viralize?

— É claro que sim! — exclama Gabe. — É exatamente dessa narrativa que precisamos para acordar todos os democratas que planejam não votar nesta eleição.

Olho para baixo, para a cabeça de Boomer.

— Está bem... você não precisa me entrevistar nem nada do tipo, certo?

— De jeito nenhum — intervém minha mãe em tom firme. — Gabe, você não pode associar o nome do Jamie a isso.

— Que tal algo anônimo? — sugere minha avó. — Tipo: *Nazista Local Vandaliza Carro de Adolescente.*

— Não! — diz Gabe. — Não, vocês não estão entendendo. O fato de ele ser meu primo... É isso que vira o jogo. É o que torna pessoal. Como se a campanha de Rossum estivesse sendo atacada. O quê? Ah, não! Como podemos parar esses caras ruins? Acho que deveríamos fazer uma doação! Acho que deveríamos VOTAR!

Minha mãe se levanta de repente.

— Então você vai simplesmente fazer seu primo judeu de alvo para esses monstros nazistas? Jamie Goldberg? Você acha que o sobrenome Goldberg não vai atrair a atenção deles?

— Você não entende. Esse cara só está atacando os apoiadores do Rossum. Não é questão de ser judeu.

— Sua avó *acabou* de dizer que a Fifi é usada em ataques a jornalistas judeus…

— No Twitter! — diz Gabe. — Jamie nem tem Twitter.

— Bem, agora sabemos que tem um nazista rondando Sandy Springs. Quer dizer, no mínimo um, mas sabe-se lá quantos! Não quero o nome do Jamie por aí.

— Mas a narrativa…

— Dane-se a sua narrativa! — Minha mãe bate as mãos com força nas costas da cadeira.

— Está bem, vamos todos nos acalmar e pensar sobre isso de forma racional…

Minha avó ergue as sobrancelhas para Gabe.

— *Bubalah*, vamos tentar diminuir o tom condescendente?

Gabe olha para ela sem graça.

— Só quero garantir que estamos considerando todos os ângulos aqui.

Minha mãe balança a cabeça, irredutível.

— Você não vai associar o nome do meu filho judeu a essa história na internet. Não vai transformar seu primo em um alvo para os nazistas. Ponto final.

— Ei! Eu também sou judeu! — Ele se vira para a vovó. — Você não acha…

— Ela tem razão — diz minha avó.

— Ah, qual é…

— Querido, ouça o que a sua tia está dizendo. Temos que dar um passo para trás e reconhecer que nossa experiência talvez seja um pouco diferente. Você, eu, sua tia Lauren… Nós andamos por aí com o sobrenome Miller, e as pessoas não o associam automaticamente a…

— Judeus. Eu entendo! Mas olha, também vou me expor — diz Gabe. — Vou dizer que Jamie é meu primo. Quer que eu deixe claro na postagem que sou judeu? Sem problema.

— Só estou dizendo que precisamos levar em conta a opinião do Jamie — rebate minha avó.

Minha opinião. Não tenho uma opinião. Como eu poderia ter? Nunca me senti ameaçado pelo meu sobrenome. Nunca. Quer dizer, sim, todo mundo sempre sabe que sou judeu. É a primeira coisa que sabem a meu respeito quando ouvem meu nome completo. Mas nunca ninguém fez isso parecer perigoso.

A não ser... talvez o perigo estivesse por aí o tempo todo, como um Voldemort adormecido, silenciosamente à espreita, e todo mundo soubesse.

Todo mundo menos eu.

Ou talvez parte de mim soubesse. Não intelectualmente, não de um jeito que eu pudesse exprimir com palavras. Mas um arrepio de nervoso quando eu lia alguns artigos. Ou quando vi a Fifi sorrindo para mim do para-choque do Alfie. Ninguém tirou o chão sob meus pés. Era mais como se estivessem puxando o chão só um pouco para o lado. Só para me lembrar que podiam. Mas como posso comparar isso com o que Maya deve sentir? Tenho quase certeza de que ela não tem um chão firme sob seus pés há anos. Acho que muitas pessoas não têm.

Quer dizer, diante de algo como o projeto de lei 28, o desenho simbólico de um poodle tem alguma importância?

— Não vamos analisar essa questão de mais ângulo nenhum — diz minha mãe, rebatendo Gabe. — Eu sou a mãe do Jamie e digo que isso não vai acontecer. Caso encerrado.

Gabe, então, esbraveja:

— Bem, me desculpe por tentar dar aos democratas uma razão para se importar com uma eleição local aleatória no meio de julho. — Gabe olha de uma para a outra, furioso. — Se não consigo nem fazer minha própria família se importar...

— Eu me importo — falo, baixinho.

— E daí? Você não pode nem votar.

Sinto vontade de gritar. Tenho prospectado votos. Enviei cartões. Fui a eventos de campanha, resolvi várias coisas e acordei cedo para argumentar com uma racista de cachecol.

Eu me importo *sim*. Muito mesmo.

E desejo — pela milionésima vez — ser uma pessoa capaz de fazer discursos impactantes. O tipo de pessoa que sabe encaixar perfeitamente as palavras. Alguém como Rossum. Talvez, desse jeito, Gabe me ouvisse. Eu faria ele me ouvir. Faria *todo mundo* me ouvir.

Mas então algo dentro de mim perde a força. Esfrego a testa, olhando para Gabe.

— Vou pedir para as pessoas colocarem placas no quintal, tudo bem?

— Beleza — diz ele, animando-se. — Vamos entrar em contato com você amanhã de manhã.

— Não falaram que vai fazer um calor insuportável amanhã?

— Então use protetor solar — rebate Gabe. — Não podemos deixar para outro dia. Newton já colocou pôsteres por todo o distrito. Precisamos reforçar nossa campanha. Você acha que dá conta?

— Eu...

— Você quer que o Rossum vença, certo?

— É claro que eu...

— Ótimo. Vou mandar uma mensagem para Hannah e Alison... Elas vão deixar as placas prontas para você pegar amanhã às oito e meia. E, antes que eu me esqueça, deixa eu tirar uma foto da Fifi no seu carro.

Minha mãe fica espantada.

— O quê?! Nós acabamos de decidir que...

— Não vou mencionar o nome de ninguém. Só vou guardar a foto caso a gente consiga encaixar isso em alguma narrativa mais tarde. — Gabe sorri. — É provável que aconteça com outra pessoa em pouco tempo, não é?

Minha avó e minha mãe trocam olhares, e até Boomer suspira.

14

MAYA

AINDA ESTÁ ESCURO LÁ FORA quando termino meu cereal e meu suco de laranja.

Meu pai, também conhecido como sr. Raio de Sol da Manhã, acha fundamental um *suhoor* elaborado para dar início a um dia inteiro de jejum. Ele sempre acordava uma hora antes de mim e da mamãe para fazer café, preparar omeletes, fritar bacon de peru e cortar frutas.

Mas ele não está aqui agora. Minha mãe toma uma xícara de chá aquecida no micro-ondas e remexe algumas sobras no prato, enquanto eu encaro meu cereal murcho.

Eu costumava ficar irritada com a falação ininterrupta do meu pai logo cedo. Deveria ser ilegal conversar com alguém antes de o sol nascer, mas, agora que ele não está aqui, eu faria literalmente tudo por um bate-papo às quatro da manhã repassando nossos planos para o fim de semana.

— Vocês vão mesmo pedir votos *hoje*, num dia de semana? — pergunta minha mãe. — Achei que tivesse visto errado o calendário do Google.

— Nós íamos — respondo. — Mas Gabe precisa que a gente coloque umas placas e uns cartazes pela cidade.

— Estou impressionada. Você está mesmo se esforçando. — Ela hesita. — E precisamos conversar sobre alguma coisa?

— Tipo o quê?

— Você e Jamie... Vocês dois ficaram bem próximos, não é?

Olho para ela. Está me encarando como se insinuasse algo.

— Sim, ficamos próximos. — Reviro os olhos. — E eu estou prestes a ganhar um carro agora?

— Depois da eleição suplementar, nós conversamos — promete minha mãe. — A propósito, ainda temos dez minutos até o fim do *suhoor*. — Ela olha para o relógio do forno. — Tem certeza de que não quer um pouco do meu chai? Fiz demais.

— Nada de cafeína. Vou voltar a dormir assim que terminar as orações.

— Sinto falta de fazer isso. — Minha mãe toma um gole de chá. — Mas começar meu dia agora significa terminar mais cedo e voltar para casa e cochilar um pouco.

— Só que você nunca consegue — falo.

— Esse caso está tomando muito mais tempo do que eu esperava. — Ela suspira. — Mas as coisas vão se acalmar depois do julgamento.

— O imame Jackson ainda não anunciou se o Eid vai ser no domingo ou na segunda. Você vai tirar folga se for na segunda, não vai?

— Os dias têm estado tão nublados, duvido que consigam ver a lua para determinar que o Eid será mais cedo. Aposto que será na segunda. Vou tirar o dia de folga de qualquer jeito, mas espero que seja no domingo.

— Como vai ser o Eid? — Engulo em seco. — Você sabe, com o meu pai...

— Nós dois vamos à *masjid* para fazer as orações do Eid — diz minha mãe. — Você vai com quem tiver ficado na noite anterior, e estaremos todos lá para o lanche comunitário. De repente você e eu podemos ir à manicure depois, e então você e seu pai jantam juntos à noite?

— Com o fim do Ramadã chegando... como anda a questão da separação? — pergunto.

— Estamos avaliando isso.

— Mas vocês tiveram a chance de se concentrar e refletir, não é?

— Maya, não é tão simples.

— Não é tão complicado também. — Olho fixamente para ela. — Como vocês não têm um cronograma?

— Porque coisas assim não são tão certinhas e organizadas. — Ela olha para mim. — Queria poder te dar uma ideia do que esperar. Mas tem coisas que só sabemos aonde vão dar quando passamos por elas.

— Mas *o que* aconteceu? — explodo. — Como vocês podem desfazer tudo e nem me contar por quê?

— Querida, não tem nenhum segredo. Você estava lá. Você sabe. Ouviu todas as brigas...

— Você e eu brigamos o tempo todo — falo. — Brigar significa deixar de ser uma família?

— É complicado. — Minha mãe encara sua xícara de chá. — Sei que você quer mais detalhes. Explicações. Eu queria poder dar uma resposta que a satisfizesse, mas não posso. Precisamos de tempo para refletir e resolver as coisas. É tudo o que posso dizer. Quando soubermos o que o futuro nos reserva, você será a primeira a saber, está bem?

Não está nada bem. Mas estou cansada demais para continuar discutindo.

Jamie me busca às onze em ponto. Ele sorri quando entro no carro, e fico aliviada de ver que não está tão chateado quanto ontem.

— Quer sair para pedir votos depois que terminarmos de colocar as placas? — pergunto.

— Bem, primeiro olha quantas placas ele quer que a gente coloque pela cidade. — Ele aponta para o banco de trás.

Dou uma olhada. Não consigo nem ver os carros atrás de nós. A pilha de placas vai até o teto.

— A mala está lotada também.

— Gabe…

— Pois é.

No fim das contas, colocar placas não é *tão* ruim assim. Está quente e úmido, mas é bom quebrar a rotina.

— Essa é a última parada — diz Jamie algumas horas depois. — O gramado em frente ao Parque Blackburn.

Cobrimos de cartazes todos os locais permitidos em Brookhaven e Sandy Springs, e colocamos placas em todos os cruzamentos.

Assim como em todos os outros lugares, Newton chegou primeiro. Vinte de suas placas cobrem o gramado.

— Minha vontade é arrancar tudo e jogar numa lixeira — comento.

Mas não fazemos isso. Posicionamos nossas placas de um jeito que esconde a maior parte das placas dele. Algumas pessoas buzinam e acenam enquanto fazemos nosso trabalho.

— Tudo pronto — diz Jamie ao enfiar a última placa.

— Não foi tão ruim, no fim das contas. Está bastante calor. Mas nada terrível.

Então nos abrigamos sob o toldo de um centro comercial para escapar do sol enquanto andamos até o carro. Bem nessa hora, ouço uma voz familiar.

— Maya?

É a Sara. Ela está perto da entrada da sorveteria Skeeter's. Tínhamos passado bem em frente, e eu nem havia notado.

— Sara! Oi! — falo, alto demais, o que não faz o menor sentido. Afinal, por que estou surpresa de vê-la no trabalho? Eu a apresento para Jamie. — Essa é a Sara.

— Oi. — Ele estende a mão. — Jamie.

Sara olha para a mão estendida dele e abre um sorriso enorme para mim antes de cumprimentá-lo.

— Prazer em conhecê-lo, Jamie.

A loja está vazia. Entramos com ela e nos sentamos a uma mesa redonda de plástico.

— Sei que Maya está jejuando, mas você quer alguma coisa, Jamie? — pergunta ela. — Temos um sabor ótimo de Froot Loops que…

— Sara! — Arregalo os olhos. — Isso é maldade.

— Rá. — Ela inclina o corpo e me dá um abraço. — Estou brincando. Que tal o de morango? Sabor novo. Por conta da casa.

— Não, obrigado — diz Jamie.

O sino da porta toca, e entram duas mães trazendo quatro crianças a tiracolo.

— Já volto, um segundo — murmura Sara, e vai para trás do balcão para atendê-las.

— Se eu fosse você, aceitaria a sugestão da Sara — falo. — Tudo aqui é delicioso. Não vou ficar chateada se você comer perto de mim.

— Solidariedade. — Ele bate na mesa. — Podemos experimentar depois, quando você quebrar o jejum.

— Você evoluiu muito desde o tempo que me empurrava aqueles biscoitos Goldfish.

— É. — Ele fica vermelho. — Foi mal por aquilo.

Dou risada. Ele fica tão fofo quando está com vergonha.

— Andou pensando no brinde do bat mitzvá? — pergunto.

— Não. — Ele faz uma careta. — Ou talvez o tempo todo. A cada minuto do dia? Por aí.

— Quando você tem que fazer o discurso?

— Em quinze dias, quatro horas e vinte minutos. Não que eu esteja contando.

— Ainda falta muito. Você tem tempo suficiente para pensar em alguma coisa.

— É que toda ideia que eu tenho é péssima.

— Você está se preocupando demais. Já fui a alguns bat mitzvás. Os discursos não são tão elaborados. É só dizer à Sophie que você tem orgulho dela, agradecer às pessoas pela presença e contar uma piada ou uma história engraçada.

— Mas como faço para distinguir uma história engraçada de uma constrangedora? E se eu contar uma história engraçada sobre a Sophie e ela ficar furiosa? E se eu fizer uma piada e ninguém rir, ficar só aquele cri-cri-cri?

— Você pode perguntar primeiro se ela aprova a história. E se a piada for ruim… e daí? Acontece.

— Acontece demais comigo.

Pego meu celular.

— Existem milhares de brindes de bat mitzvá e bar mitzvá na internet. — Mostro a ele os resultados da minha pesquisa. — Dá uma olhada neles para ver alguns exemplos e ter uma ideia da estrutura. Olha esse aqui. O nome é "discurso engraçado de bar mitzvá" e tem um monte de visualizações.

O vídeo começa com um cara de terno e colete em frente a uma mesa de bolo. Ele diz aos convidados como está orgulhoso do irmão e de suas incríveis conquistas. Então bebe um gole de água, mas, antes que consiga dizer qualquer outra coisa, seus olhos se arregalam e ele começa a tossir. Ou a sufocar? Não dá para saber. Ele cospe água no bolo e estende as mãos em direção às pessoas. O copo voa pelo ar, acertando uma mulher na primeira fileira.

— Hã… — Pauso o vídeo. — Bem, não era exatamente *isso* que eu estava esperando.

Jamie parece enjoado.

— Bem, vendo pelo lado positivo, você com certeza vai se sair melhor do que esse cara.

— É o que você acha.

— Não beba água na hora do brinde — aconselho. — Aprendemos alguma coisa hoje.

— Foi mal. — Sara volta para a nossa mesa. — Lucas ainda não está vindo por causa da fratura no pulso, e sou a única aqui nesse turno. O que vocês estão fazendo?

— Colocando placas por aí — explico a ela.

— Do quê? Vai ter algum show na cidade?

Ela está brincando, não é? Mas olha para mim, esperando uma resposta.

— Do Rossum — respondo. — A eleição suplementar que será daqui a algumas semanas?

— Ah, isso. — Ela franze o nariz.

— Você não gosta dele? — pergunta Jamie.

— Ah, *é claro* que eu gosto. Rossum é fora do comum, certo? — Ela olha para mim, abre um sorrisinho e revira os olhos.

Eu me ajeito na cadeira. Não posso culpá-la pelo sarcasmo. Sei o que ela quer dizer. Sim, ele é mais um cara branco, cisgênero e hétero concorrendo a um cargo político. Mas...

— Ele é melhor do que o Newton — argumento.

— Votar na melhor de duas opções ruins ainda significa escolher uma opção ruim.

— Eu entendo, mas nesse caso é diferente. Newton é do mal. É por causa dele que o projeto de lei 28 está em discussão, para começo de conversa. Foi ele que o planejou anos atrás.

— Que projeto de lei?

— O projeto de lei 28 — digo lentamente. — Sabe, a lei racista?

Sara balança a cabeça.

— É aquele que... — Antes que eu consiga terminar, o sino da porta toca e um grupo de líderes de torcida pré-adolescentes entra.

— É, a gente continua depois — diz Sara, desculpando-se. — Jamie, adorei te conhecer. Vê se volta para tomar um sorvete com a Maya quando o Ramadã terminar.

— A Sara é legal — afirma Jamie depois que ela se afasta.

— É.

Meu celular vibra.

Sara: Agora entendi por que você está trabalhando na campanha. Ele é fofo.

Olho para Sara. Ela pisca para mim e guarda o celular no bolso. E então volta ao trabalho, enchendo a colher de sorvete e servindo pequenas porções de amostra grátis.

Depois voltamos para o carro, planejando o trabalho do dia seguinte. Penso na mensagem da Sara. Ela não entende. Quer dizer, sim, é verdade. Jamie é fofo, mas se ela pensa que estou fazendo tudo isso só para sair com um garoto bonitinho, e não porque minha comunidade está correndo um risco iminente... quão distante nós duas estamos?

15

JAMIE

ACORDO COM O DIA DE ontem passando pela minha cabeça como um filme. Mas não é o replay de uma sequência de cenas constrangedoras como de costume. É uma montagem reluzente. Vejo Maya com uma pilha de placas do Rossum até o queixo. Maya, parecendo tão à vontade no meu banco do carona. Maya sorrindo para mim e sua covinha se acentuando na Skeeter's.

Maya, que me mandou quatro mensagens ao longo da noite.

Não é nada de mais. Tenho certeza de que uma pessoa normal simplesmente leria as mensagens e pronto. Em vez de ficar olhando para o teto, tentando adiar o momento de lê-las o máximo possível, sem nenhum motivo. Acho que é meio o que Sophie faz por semanas antes de ler o último capítulo de um livro. Quanto mais se adia uma coisa boa, mais tempo ela fica lá, à sua espera. E as mensagens da Maya são coisas boas. Coisas muito boas.

Não vou olhar, não vou olhar, não vou olhar…

Arranco o celular do carregador.

Maya: Ah, que saco! Desculpa, mas vamos precisar pedir votos outro dia. Já estou preparando o *biryani* para o lanche do Eid, e minha mãe não para de receber e-mails dos clientes e esquecer as panelas no fogo, está tudo uma bagunça.

Ok, nem *todas* as mensagens são boas. Mas continuo lendo.

Ela recebe tantos e-mails de trabalho às cinco da manhã num sábado... A vida de adulto vai ser assim???

Enfim, preciso ficar aqui para não deixar a casa pegar fogo 💪

Desculpa, Jamie! Talvez outro dia essa semana?

Sorrio para o celular. É meio louco pensar que ver meu nome naquela mensagem da Maya me faz esquecer completamente a decepção. Sei que é só uma mensagem. Mas acho que é por causa de como soa na minha cabeça quando o leio.

Então respondo:

Feliz véspera do Eid! Está animada para voltar a comer durante o dia?

E, mesmo que sua última mensagem tenha sido enviada às cinco e meia da manhã, ela responde imediatamente.

Maya: VOCÊ NÃO FAZ IDEIA.

Já estou planejando o cardápio.

Jamie: Do lanche do Eid?

Maya: Não, da minha vida!! Beleza, vamos decidir o meu primeiro donut pós-Eid... Qual é melhor: Dunkin ou Krispy Kreme?

Jamie: Você está falando sério???

Maya: Hahahaha tem razão, Krispy Kreme, então

AI MEU DEUS E O BOLO DE CHOCOLATE DE 7 CAMADAS DO CAFÉ INTERMEZZO

PRECISO

Jamie: Hummm, parece incrível!

Maya: Você nunca comeu?! Jamie. Você está perdendo.

Jamie: Pelo visto sim!

Maya: Então, é um exagero de chocolate, e é IMENSO. Lembra no filme *Matilda*, quando o garoto teve que comer um bolo inteiro e deveríamos ter sentido pena dele, mas você e eu ficamos tão confusos, tipo: por que ele está sofrendo tanto? Isso é o paraíso!

Jamie: Bruce Bogtrotter!!! Sortudo do caramba

Maya: Esse bolo é ASSIM. Superdenso, nada esponjoso, e uma cobertura que ai meu Deus

Ok, preciso parar de falar sobre isso porque estou ficando com fome! 😭 😭 😭

Rio mais ainda, digitando o nome de Bruce Bogtrotter na barra de GIFs. Mas, antes que eu consiga apertar o botão de busca, a porta do meu quarto se abre.

— Jamie! É uma emergência. — Sophie chega praticamente derrapando no piso, acompanhada de suas amigas Maddie e Andrea.

Sinto um aperto no peito.

— Espera... está tudo...

Sophie me interrompe.

— Então, Tessa e Paige vão ao Shopping Perimeter às onze e meia, e vovó saiu para algum lugar com Gabe, e não quero pedir à mamãe, porque ela vai me prender aqui e me fazer decorar potes com fita adesiva.

Encaro Sophie, incrédulo, o coração ainda acelerado.

— Essa é a sua emergência?

As três garotas fazem que sim alegremente.

— Querem que eu vá com vocês ao shopping?

— O quê? — Sophie franze o nariz. — Não, precisamos de uma carona.

Maddie e Andrea dão uma risadinha, e minhas bochechas ficam vermelhas. Maravilha. Sophie invade meu quarto sem ser convidada, praticamente insinuando que alguém *morreu*, e depois ainda dá a entender que sou patético por tentar me incluir no passeio delas ao shopping. Passeio este que, sinceramente, me parece uma verdadeira tortura, e não algo que eu fosse querer fazer. Mas é claro que agora um bando de pré-adolescentes está rindo de mim, o que me faz ter um flashback do ensino fundamental. E uma visão de como será o inevitável trauma do brinde do bat mitzvá. Diversão em dobro.

— Então, você pode levar a gente? — pergunta Sophie.

Dou uma olhada rápida na minha camiseta de dormir e no meu short de ginástica.

— Nesse segundo?

— Bem, temos que estar lá às onze e meia — explica minha irmã —, porque Tessa gosta de um cara chamado Daniel que trabalha aos sábados na Sbarro, e o turno dele começa às onze, mas não podemos aparecer exatamente no início do turno dele, ou vai ficar muito óbvio. Só que o shopping fica muito movimentado ao meio-dia com o pessoal que vai lá para almoçar, então tem mesmo que ser às onze e meia!

— E todas vocês precisam estar lá para ajudar Tessa a paquerar esse cara? — Olho Sophie e as amigas, franzindo a testa.

— Exatamente — confirma Sophie.

— Quantos anos tem esse cara?

— Quinze — responde Andrea.

Ergo as sobrancelhas, chocado.

— E Tessa tem doze?

— Ela tem treze — diz Sophie —, e Daniel acha que ela tem quatorze, então...

— Isso não ajuda em nada!

Sophie franze a testa.

— Deixe de ser chato.

Faço uma careta.

— Se eu fosse levar vocês... *Se*... que horas teria que buscá-las?

— Ai, meu Deus, Jamie, você é o máximo! — Sophie pula de alegria. — Pode ser às duas? Mas você tem que ficar no shopping enquanto estivermos lá. Você sabe que não posso ficar lá sozinha.

Encaro Sophie, espantado.

— Espera aí, você *acabou* de dizer que...

— Então, precisamos mesmo sair em cinco minutos — diz Sophie, dando de ombros. — É melhor se arrumar rápido.

Passados cinco minutos de um total de oito da nossa viagem de carro, já sei como vou morrer.

Causa da morte: brinde de bat mitzvá. O primeiro caso registrado de um coração que entrou em combustão por conta de humilhação e vergonha. E quando digo *registrado* é porque todos nós sabemos que as amigas da Sophie vão filmar tudo. Então, de nada, garoto que aparece engasgando no YouTube... O futuro eu vai fazer você parecer o John F. Kennedy.

Grupinhos de pré-adolescentes são tão assustadores quanto eu me lembrava. Mais ainda, até. E elas fazem tantas perguntas.

— Jamie, você estudou na Riverview? — pergunta Maddie quando entro na Ashford Dunwoody.

— Estudei.

— Você teve aula com a sra. Williams?

— Ou com a sra. Finnigan? — pergunta Andrea.

— Eu... acho que não.

— E aí, qual é melhor? — Maddie se inclina para a frente. — O oitavo ou o nono ano?

— Nenhum dos dois — respondo, e Maddie e Andrea caem na gargalhada.

— Você é tão engraçado, Jamie.

— Sophie, você tem tanta sorte — diz Andrea. — Minha irmã nem fala comigo. É obcecada pelo próprio celular.

— Jamie é tão legal — acrescenta Maddie, como se eu não estivesse sentado bem à sua frente.

— Eu sei. — Sophie sorri para mim, convencida, do banco do carona. — Ele foi muito bem treinado.

— Você tem namorada? — pergunta Maddie.

— Hã...

— Ai, meu Deus — diz Andrea. — Descobri com quem a Vanessa ficou!

— Sério? Quem? — O cinto de Sophie estica quando ela se vira para olhar para as amigas.

E, bem assim, felizmente sou esquecido em razão de uma discussão muito detalhada sobre o dia em que Vanessa ficou com o primo gato de alguém. Eu me desligo da conversa, guiando Alfie pelo estacionamento.

No exato segundo em que paro, as três garotas descem do carro como se ele estivesse pegando fogo. Quando desligo o motor, elas já estão a meio caminho da entrada do shopping.

Recosto-me no banco, feliz por estar sozinho.

Até que me dou conta de que agora estou preso no shopping por duas horas e meia. Cento e cinquenta minutos. É estranho pensar que eu poderia facilmente passar esse tempo na Target, mas não consigo pensar em como matar meia hora aqui. O cinema mais próximo fica muito longe para ir a pé, e até a GameStop não é muito empolgante sem um cartão-presente. Sinceramente, qualquer coisa é meio sem graça comparada ao dia que pensei que teria hoje… pedir votos com Maya, talvez dar uma passada na seção de pátio da Target depois…

Abro minha conversa com Maya e percebo que não cheguei a enviar o GIF do Bruce Bogtrotter de manhã. Então mando agora. Bruce Bogtrotter é sempre relevante.

Meta do Eid. Como estão indo os preparativos do lanche?

Nenhuma resposta, nada de três pontinhos. Enfio o celular no bolso para não ficar obcecado com isso.

Mas, então, um segundo depois, volto a pegá-lo e entro no grupo que tenho com os garotos. Não que tenha a menor chance de Drew ou Felipe pararem o que estão fazendo para correr até o shopping. Eu deveria ter mandado mensagem para eles antes de vir. Mas acho que não custa perguntar.

Preso no Perimeter com a Sophie, alguém quer vir me encontrar?

Bem quando estou prestes a guardar meu celular de novo, Felipe responde:

Felipe: kkkk 😂 Já estamos aqui! Estamos perturbando o Nolan no trabalho

Jamie: nossa, todo mundo reunido, acho que meu convite se perdeu no correio

Felipe: Ah, tá, o que aconteceu com o sr. me desculpa, mas não posso sair porque vou trabalhar na campanha hoje?

Drew: Com a maaaaaya

Felipe: 🤷‍♂️

Drew: foi mal sqn cara 😂

Felipe: Vem logo, estamos na Disney Store

O shopping é sempre supercaótico aos sábados, cheio de pais empurrando carrinhos e bandos de pré-adolescentes clones da Sophie. Quando passo pela entrada em forma de Mickey da Disney Store, vejo Nolan no caixa, registrando para um pai e uma filha um conjunto de bonecas de plástico gigantes da Elsa e da Anna.

Nolan sorri e acena ao me ver. Sempre gostei do Nolan, mesmo antes de ele e o Felipe começarem a namorar. Ele tem um estilo arrumadinho, mas não de um jeito carinha de fraternidade como aquele estagiário da Dickers. Nolan também é muito educado, então os pais sempre gostam dele. Até os pais ultrarrepublicanos do Drew dizem gostar do Nolan, assim como adoram o Felipe. Não consigo entender. Como você pode adorar os amigos gays do seu filho, mas prejudicá-los toda vez que vota?

Ainda tem uma fila no caixa do Nolan, então não quero incomodá-lo, mas ele aponta com o queixo para Drew e Felipe no fundo da loja. Eles estão parados perto das prateleiras de bichos de pelúcia, discutindo se Anastasia conta ou não como princesa da Disney.

Entro na conversa.

— Agora ela é! Por causa da fusão da Disney com a Fox.

— Não. Não conta. Princesa da Disney é uma coisa específica. — Felipe estica o pescoço, olhando para a área dos caixas. — Esperem aí um instante. Vou checar com o Nolan.

Drew gesticula para ele ir, usando a perna de um boneco do Pumba. Então se vira para mim, dando de ombros.

— Quer dizer que a Maya dispensou você.

— Por causa do Eid. Ela vai participar de um lanche comunitário, então está ajudando a mãe a cozinhar.

— O Eid é tipo o Natal dos muçulmanos, não é? — pergunta Drew.

— Isso significa que posso dizer que a Páscoa é tipo a Pessach cristã?

— Ok, espertinho — diz Drew. — Só estou dizendo que é algo importante, e as pessoas mandam cartões e coisas assim, não é?

— Acho que sim... É o fim do Ramadã.

Faço uma nota mental para pesquisar sobre o Eid no Google depois, embora eu *talvez* já tenha passado uma ou duas horas fazendo isso. Talvez eu esteja exagerando um pouco, mas não me importo. Só sei que de jeito nenhum vou cometer outra gafe a respeito do Ramadã.

Drew está me olhando com um meio sorriso curioso.

— Então, vocês estão mesmo…

— Ei, o que eu perdi? — pergunta Felipe, voltando de repente. — Nolan ainda está ocupado.

— Jamie só está me contando sobre a namorada.

Dou um tapa no braço do Drew.

— Ela não é minha namorada, idiota.

Felipe sorri.

— Mas você está trabalhando nisso, não é?

Fico vermelho.

— Só estamos trabalhando juntos na campanha.

Drew ri.

— Felipe, lembra de quando você e o Nolan estavam "só fazendo um projeto de história juntos"?

— Lembro bem. — Felipe abre um sorriso.

— Está bem, já chega.

Felipe me dá um abracinho.

— Só estamos zoando. Acho legal você estar fazendo essas coisas pelo Rossum.

— Eu também. — Drew assente com firmeza. Então faz uma pausa de repente, focando o olhar em algo atrás de mim. — Por que aquelas princesas bebês estão me encarando?

— Porque reconhecem o pai delas — responde Felipe.

— NÃO — diz Drew, apontando para as bonecas. — Eu renego cada uma de vocês, suas aberrações malditas.

Eu me viro para as prateleiras de bichos de pelúcia e encontro um grande poodle de pelúcia. Sua semelhança com a Fifi é tão grande que sinto meu estômago revirar.

— Contei para vocês que alguém colou um adesivo daquele meme da poodle Fifi no Alfie? — pergunto a eles.

Felipe fica chocado.

— Sério?

Faço que sim.

— Na quinta, bem quando saímos de uma reunião com a diretora legislativa do Holden. Não tenho ideia de quem fez isso.

— Que merda! — exclama Drew.

— É, foi bem ruim. E não sai por nada também.

— Sei bem como é — diz Drew, fazendo uma careta. — Tive que tirar todos os adesivos de Hilton Head da minha mãe antes de venderem o carro, e foi uma droga. Sabe que tem um produto para isso, não sabe? Você só tem que aplicar no local e....

— Eu sei. Comprei um. Já resolvi isso. — Meu coração acelera. — Sabe, adesivos de Hilton Head e de memes de supremacia branca não são exatamente a mesma coisa.

Drew e Felipe olham para mim, assustados. Para ser sincero, acho que até eu me assustei comigo mesmo. Não costumo falar sobre as coisas que me aborrecem. Só vou engolindo.

— Sabemos que não é a mesma coisa — diz Felipe com delicadeza.

Meu rosto fica quente.

— Só estou dizendo que alguém colocou um símbolo antissemita *no meu carro*.

Felipe balança a cabeça.

— Isso é horrível.

— Algumas pessoas são tão idiotas — diz Drew.

Olho para ele.

— Mas não é um idiota qualquer. Tem acontecido com vários apoiadores do Rossum. Também tiraram nossa manta magnética.

— Você não pode pedir outra para o Gabe? — pergunta Drew.

— Essa não é a questão.

— Olha, eu entendo. — Drew ergue as mãos. — Mas você tirou o adesivo, não é? E vai conseguir outro ímã. Ninguém se feriu e tudo resolvido.

— É um meme antissemita! Na vida real! Não sei se o pessoal do Newton está tentando intimidar os apoiadores do Rossum, ou...

— Você acha mesmo que a campanha do Newton está por trás disso? — pergunta Drew. — Não me leve a mal, Newton é um cretino. Mas isso parece ser só obra de um troll qualquer tentando tirar você do sério...

— Então eu deveria só...

— Você não ganha nada ficando chateado. Só está deixando o cara ganhar — diz ele, me interrompendo.

Abro e fecho a boca, perplexo. Uau.

— Você está bem? — pergunta Felipe.

Eu o encaro sem saber o que falar, com a cabeça girando. Eles não entendem. Principalmente o Drew. Fifi pode não ser grande coisa, mas parece fazer parte de algo maior. E sei que Drew não está invalidando minhas opiniões de propósito, como a Dickers, mas tenho a mesma sensação esquisita de quando saí da reunião. Como se estivesse enlouquecendo. Como se tudo que eu dissesse, pensasse ou sentisse fosse uma reação exagerada.

Às vezes acho de verdade que Maya é a única pessoa do mundo que me entende, embora meus amigos obviamente pensem que tenho segundas intenções, que só estou tão envolvido nesse assunto porque quero namorá-la.

Até parece.

Estou cansado disso também. Talvez eu só queira passar um tempo com uma pessoa que realmente se importa, para variar. Ao contrário dos meus supostos amigos, que não poderiam estar menos interessados.

Mesmo enquanto penso nessas coisas, sei que estou sendo injusto. Afinal, não tem nada como a futilidade de ter dezessete anos em um ano de eleição e não poder votar. E vendo as coisas por uma perspectiva estritamente lógica, Drew tem razão. Não ganho nada ficando chateado. Minha raiva não vai fazer Rossum ser eleito, não vai acabar com o projeto de lei 28, não vai impedir um babaca de fazer babaquices.

Quer dizer, há duas semanas, eu não era tão diferente do Drew e do Felipe. Queria que o Rossum vencesse, óbvio. E, sim, estava trabalhando várias horas no escritório da campanha. Mas com certeza não teria saído para pedir votos se minha mãe não tivesse me obrigado.

Agora parece que nunca peço votos o bastante. Sério.

É como se eu estivesse sempre sentindo um fogo no meu peito. Talvez tenha sido a Fifi. Ou a Dickers. Ou o projeto de lei 28. Não sei o que despertou isso, mas de repente está tudo diferente. Tudo parece colossal, importante e assustadoramente real.

E não consigo deixar esse sentimento em segundo plano. Não consigo apagar o fogo.

Acho que não quero apagá-lo.

16

MAYA

MEU PAI COMPROU UMA CAMA.

É só uma cama.

Mas é uma cama.

Uma cama.

Se você repetir isso várias vezes, *cama, cama, cama, cama, cama*, a palavra se comprime e se retrai até não significar mais nada.

Só que essa cama no apartamento do meu pai significa tudo.

Hoje é o Eid. O Ramadã oficialmente chegou ao fim. Precisamos ir à *masjid* para fazer as orações, mas estou paralisada no corredor olhando para o edredom na cama queen size no quarto do meu pai. Não reparei nela ontem à noite. Passei direto. Agora não consigo deixar de vê-la, nem se eu quisesse.

Minha mãe desfez qualquer fantasia que eu tinha de o Eid ser algum tipo de contagem regressiva mágica que faria meus pais voltarem a ser *um casal feliz*... Mas aquela cama. Aquela cama significa que a separação não vai terminar tão cedo.

— Coloquei o café em copos para viagem porque estamos um pouco atrasados! — grita meu pai. — Está pronta?

Engulo o enorme nó na garganta e o acompanho.

Por coincidência, Tammy Adrian começa a falar do projeto de lei 28 assim que entramos no carro. A reação foi surpreendentemente forte, ela explica. Mas a maioria republicana na Câmara dos Deputados da Geórgia está determinada a levá-lo à votação, talvez antes mesmo da eleição suplementar.

— E... já chega disso. — Meu pai troca para uma rádio de música.

— Coloca lá de volta! Precisamos saber o que está acontecendo.

— Hoje é o Eid — diz ele. — Vamos tirar o dia para dar um tempo disso.

— Não podemos dar um tempo. Isso é urgente.

— Dias de descanso são tão importantes quanto os dias de trabalho, meu bem. Se não recarregarmos, a gente acaba tendo um esgotamento. E sua mãe e os outros membros do conselho vão marcar uma reunião com o pessoal do Holden semana que vem.

— É melhor ela ter cuidado. Aquela Dickers é horrível.

— Dickers?

— A diretora legislativa do Holden. Falei com ela na semana passada. Ela é uma pessoa horrorosa.

— Você *procurou* a diretora legislativa do Holden? — Meu pai olha para mim. — *Subhanallah*. Isso é incrível.

— Teria sido mais incrível se ela não tivesse feito *gaslighting* com a gente o tempo todo.

— Mas você foi lá. É um feito e tanto. Estou muito orgulhoso de você, meu bem.

— É, acho que sim. Só detesto a sensação de que, não importa o que eu faça, nunca é o suficiente.

— Uma pessoa não pode consertar tudo sozinha — diz meu pai. — Todas as nossas ações são pequenas gotas que se transformam em uma onda de mudança. É assim que a maioria das mudanças acontece. Pessoas comuns fazendo tudo o que podem. Você está fazendo isso, Maya. Estou muito orgulhoso.

— Obrigada, pai.

— Quero ouvir mais sobre essa reunião. Vou dar um pulo no consultório para cuidar do prontuário de alguns pacientes enquanto você e sua mãe fazem as unhas, mas busco você por volta das seis para jantar. Pode escolher o lugar. Ah, e antes que eu me esqueça… — Ele abre o porta-luvas e me entrega um cartão. — Seu *Eidi*. Gaste com sabedoria.

— Obrigada, pai.

Então eu o abraço.

Estou na fila para o bufê de café da manhã depois das orações quando minha mãe aparece.

— Aí está você! — Ela me abraça com força. — *Eid Mubarak*, querida!

É surreal dar nosso abraço de Eid aqui. Todo Eid, ela sempre me acorda com um grande abraço — e mesmo achando que já estou um pouco velha para isso desde os treze anos, esse abraço está tão ligado às manhãs de Eid que o dia todo pareceu um pouco estranho sem ele.

Fiquei tão confusa ontem à noite na hora de decidir onde dormiria. Por um lado, eu queria ficar em casa. Willow faz greve de fome sempre que vou para a casa do meu pai — e todas as minhas coisas estão em casa —, mas também pensei que seria um dia mais difícil para o meu pai, já que é ele que está sozinho num lugar novo e quase sem móveis.

Bem, ele tem uma cama agora. Pelo menos isso.

— Que horas é a nossa manicure? — pergunto. — Pensei que talvez pudéssemos fazer massagem nos pés também.

— Ah, então... — O rosto da minha mãe se entristece. — Sabe aquele julgamento que está chegando? Meu cliente precisa se encontrar comigo hoje à tarde. Complicações de último minuto. Preciso passar lá rapidinho.

Complicações. Complicado. Minha mãe gosta muito de variações dessa palavra.

— Sinto muito. — Ela percebe meu ar de decepção. — Esse caso está tomando todo o meu tempo, mas vai acabar logo. Fica para a próxima — promete. — E, depois que isso terminar, vamos fazer um dia inteiro de spa, com direito a massagem nos pés também. Combinado?

Concordo, dizendo a ela que está tudo bem no exato momento em que um membro do conselho se aproxima para roubá-la por "um segundo".

Meu celular vibra. Deve ser a Sara. Ela sempre se lembra do Eid.

Mas não. É o Jamie.

Abro a mensagem.

É um GIF de um biscoito de gengibre dançando com as palavras: **Eid Mubarak! Feliz dia de comer!**

Kkkk, obrigada!, respondo.

Dou uma olhada em torno da *masjid*. Meu pai está pegando uma segunda rodada de comida. Minha mãe está conversando com seus colegas membros do conselho. Lyla Iqbal e algumas outras garotas estão perto das bebidas, mas não estou no clima para socializar. Olho para o celular.

Maya: Quer fazer alguma coisa? Estou na mesquita, mas posso ir aonde você estiver.

Três pontinhos aparecem imediatamente na tela, e então...

Jamie: Eu vou até você! Estou a caminho!

Envio um joinha e desço a tela até minha última conversa com a Sara. Está abaixo das mensagens da minha mãe, do meu pai e até da Shelby, que queria que fôssemos ver um filme novo em grupo. Nossa última troca de mensagens foi há três dias. Três dias são três anos numa contagem de tempo Maya-Sara.

Bom, as coisas são como são. Mas isso não significa que não sejam uma droga.

Tiro uma selfie no bufê e posto no Instagram com a legenda *Eid Mubarak!*

Não culpo Sara por não ter se lembrado disso logo ao acordar. Mas ela vive no Instagram, então esse pequeno cutucão vai lembrá-la, caso tenha esquecido. Mas tenho certeza de que não é o caso.

Nesse mesmo instante, Alfie aparece no estacionamento.

— Obrigada por me buscar — digo a Jamie assim que entro no carro. — Meus planos para essa tarde foram por água abaixo, e eu realmente não queria ficar sozinha numa casa vazia até a hora do jantar.

— Foi na hora certa — responde ele. — Tenho que levar Sophie para estudar com o professor de hebraico ao meio-dia, mas estou livre até lá. — Ele olha para mim. — Aposto que hoje está sendo um dia difícil. O primeiro feriado sem seus pais morando na mesma casa.

— É estranho. E deprimente. Quer ir ver se eles têm algum horário para pedirmos votos?

— Pedir votos? Hoje é o Eid! Você deveria celebrar, não?

— Acho que não estou muito no clima para celebrações.

— Bem, você pode fingir até entrar no clima! Vamos comer alguma coisa, então. Você não falou de um bolo de chocolate do Intermezzo?

— Hum. — Sorrio e me recosto no banco. — Aquele bolo é *incrível*, mas ainda está muito cedo para isso, idem para o Farm Burger… Já sei. — Endireito o corpo. — Que tal a Skeeter's? Vamos tomar aquele sorvete de morango que a Sara falou.

— Seu desejo é uma ordem. — Ele assente, e saímos do estacionamento.

Não estou dizendo que escolhi a Skeeter's porque esperava encontrar a Sara, mas não posso fingir que não me sinto um pouco decepcionada quando somos recebidos pelo Lucas.

Pedimos nossos sorvetes — Jamie insiste que eu coloque granulado em cima do meu para comemorar — e nos sentamos do lado de fora, no pátio.

— Sara estava certa. — Jamie arregala os olhos enquanto coloca outra colher na boca. — Esse sorvete é uma delícia.

— E você tinha razão, os granulados dão um sabor especial. Embora seja um pouco estranho comer isso no meio do dia.

— Ah! — Ele se levanta. — Quase esqueci.

Antes que eu consiga reagir, ele corre até o Alfie no estacionamento. Jamie abre o porta-malas e depois volta, trazendo uma sacola de presente coberta de glitter, com papel verde e branco saindo pelos lados.

— Aqui está! Feliz Eid!

— Você comprou um presente para mim, Jamie! Não precisava.

Abro a sacola e...

Biscoitos Goldfish. É uma sacola de presente cheia de biscoitos Goldfish. Eu me esforço muito para não rir, mas a obsessão desse garoto por Goldfish...

— Eu andei pensando — explica ele. — Sei que você não é a maior fã. Isso é totalmente compreensível. Alguns pais exageram, dando esses biscoitos para as crianças em todas as refeições. É importante espaçar os lanches, até mesmo os bons. Mas esses são os melhores. Tem com cheddar extra, cheddar branco e meu preferido, o Goldfish de *arco-íris*.

— Jamie, são todos basicamente a mesma coisa.

— Aham, até parece. — Ele ri. Mas então olha para mim e hesita. — Espera. Você está falando sério? Você sabe que tem Goldfish sabor Oreo, não é? Está dizendo que até esse tem o mesmo gosto?

— Bem, obviamente os de Oreo são diferentes, mas os outros têm o gosto muito parecido. É só marketing.

Ele está parecendo aquele garoto do jardim de infância para quem acidentalmente deixei escapar que o Papai Noel não existia.

— De jeito nenhum. Isso pede um teste de sabor. Mas precisamos comprar o Goldfish padrão para fazer direito.

— Não podemos só usar os que já estão aqui?

— É importante ter um neutro para limpar o paladar entre um teste e outro. Podemos comprar antes de pedirmos votos amanhã.

— Por mim, está ótimo. — Abro um sorriso.

* * *

Eu me sento no sofá depois que Jamie me deixa em casa. Willow pula no meu colo. Ligo a TV e escolho *The Office*, minha série preferida. Já vi tantas vezes que sei a maioria dos diálogos de cor. É o melhor conforto televisivo possível.

Pego o celular enquanto ouço o tema de abertura e dou uma olhada no meu feed. Quatro likes na minha selfie do Eid. Um comentário da minha tia Jameela, da Filadélfia, sobre como estou crescendo.

Nada da Sara.

Clico no feed inicial. E então congelo.

É um post da Sara. Um repost da Jenna, na verdade. De quarenta e cinco minutos atrás.

É uma foto do dormitório delas, todo arrumado com cortinas creme, um tapete felpudo azul pastel e luzes penduradas nas janelas. A lixeira de metal também está ali. A legenda diz: *Dá só uma olhada no meu dormitório, graças ao incrível olhar artístico da minha bestie e futura colega de quarto, Jenna!*

É como se eu tivesse levado um soco.

Tiro um print da tela e mando uma mensagem para Sara.

Belo dormitório. Que bom que você tem a Jenna como bestie.

Sara responde mais rápido do que tem feito há semanas.

Rá. Continuo a mesma pessoa melosa de sempre. O quarto não está maravilhoso?

Meus dedos pairam sobre o teclado do celular. Quero perguntar por que, já que ela está no Instagram agora, nem ao menos curtiu minha foto do Eid. Quero explicar por que o termo *bestie* me atinge fundo no peito. *Best* é quantificável. Significa que alguém é melhor que todos os outros.

E Jenna é a *bestie* dela.

Então eu sou o quê?

Parte de mim quer perguntar se ela está livre e se quer fazer alguma coisa. Mas não consigo nem pensar em ouvi-la dizer que está ocupada.

O quarto ficou ótimo, respondo. Então largo o celular e esfrego as orelhas da Willow. Na tela da TV, Michael Scott está explicando por que ele é o melhor chefe de todos. Jim olha inexpressivamente para a câmera. Como se estivesse se perguntando que diabos está acontecendo e como ele foi parar ali.

Hoje, eu o entendo perfeitamente.

17

JAMIE

OI, PESSOAL. OBRIGADO A TODOS por estarem aqui. Só queria pedir um minutinho da atenção de vocês para dizer mazel tov *à minha incrível irmã…*

Deleto.

Segundo a tradição judaica, Sophie é uma adulta agora, mas sempre vou pensar nela como a garotinha que fazia xixi no chão toda hora…

Deleto. Sophie me mataria.

Quando Sophie tinha seis anos, ela encheu uma caixa inteira de ovos com cabeças de Barbie, e eu gritei tão alto…

Credo.

Não sei como o YouTube faz isso parecer tão fácil, ou onde todos arrumam essas histórias engraçadas e sentimentais da infância. Sem brincadeira: todas as minhas lembranças fazem Sophie e eu parecermos dois esquisitões. Até as que parecem engraçadas na minha cabeça soam trágicas quando tento escrevê-las.

Lembram de quando Sophie me chamou de pa-pa por um ano porque esqueceu que eu não era seu pai? Deleta. Deleta. Deleta.

Encaro apaticamente meu aplicativo de notas — tão vazio que parece estar me desafiando.

Não consigo fazer isso. Eu me viro de bruços e olho a hora no meu celular. O tempo tem passado tão lentamente esta manhã. Queria que três da tarde chegasse logo, para eu poder buscar a Maya para irmos comprar Goldfish e depois trabalhar na campanha. E *talvez*...

Bem, vamos ver se sou corajoso o bastante.

Entro no Instagram da minha avó para dar uma espiada no perfil da Maya. Gostei muito da última foto dela — uma selfie de ontem, perto de uma mesa do bufê, com a legenda: *Eid Mubarak*. Ela está tão fofa e engraçada com os lábios pressionados e os olhos voltados para cima. É estranho, mas quase desejei poder comentar. E não com a conta da minha avó.

Talvez eu devesse acabar logo com isso e criar meu próprio Instagram.

Abro a câmera frontal do celular e observo meu rosto. Acho que sou... ok. Não é? Felizmente meu cabelo está naquele estágio perfeito meio grande demais... Lembrete pessoal: evitar cortar o cabelo. E minha mãe e avó dizem que minhas sardas de verão são fofas, então quem sabe?

Vou convidá-la. Não precisa ser complicado. Não tem que ser outro caso Brianne Henke de *Quer devagar comigo*. Só um convite casual e amigável.

Então... o que acha de irmos ao café intermezzo depois do trabalho para o bolo de chocolate inaugural pós-Eid?

Tudo bem. Está tudo bem. Estou calmo. Mesmo vendo os três pontinhos, o que significa que Maya está digitando neste exato segundo. Provavelmente só pensando na melhor maneira de dizer *eca, não, nunca*. Meu Deus. Ela provavelmente vai cancelar a Target e o trabalho de hoje na campanha também, só para mandar o recado. Aposto que...

Adorei a ideia!!!

Uau. Ok, *uau*. Ela...

Mas antes que eu consiga processar a informação direito, ouço minha avó.

— Toc, toc!

Tento parecer tranquilo. Como um Jamie normal. E não um Jamie que acabou de convidar Maya para ir ao Café Intermezzo hoje. Não que seja um encontro. Mas o Café Intermezzo... Quer dizer, é o *Café Intermezzo*. É literalmente onde meus pais se conheceram. E, está bem, meus pais não são exatamente uma meta de relacionamento. Mas ainda assim. O Café Intermezzo é o mais perto de um encontro que um não encontro pode chegar.

A não ser que Maya pense que é mesmo um encontro?

Hahahahahahaha. Até parece. Como se isso fosse passar pela cabeça da Maya. Tenho quase certeza de que *Jamie* e *encontro* são dois conceitos que se excluem mutuamente. Para Maya e todo mundo.

— Jamie? Meu Deus, você não está dormindo ainda, está? — diz ela lá de fora. — Já é quase meio-dia!

— Estou acordado! Desculpa. Pode entrar.

Ela abre a porta e me espia da soleira.

— Você não deveria estar trabalhando na campanha hoje?

— Você vai sair para pedir votos? — grita Sophie do corredor, passando pela vovó e entrando no meu quarto. — Quando?

— Só às quatro. Mas vou buscar Maya às três. Vamos à Target primeiro comprar Goldfish. Vamos fazer um teste de sabor.

— Perfeito. — Sophie entrelaça as mãos. — Mamãe vai sair mais cedo do trabalho hoje para terminar a placa de quadro-negro do bat mitzvá, e ela está fora de controle. Vou mandar mensagem agora dizendo que estou indo com vocês. Rá!

Estreito os olhos.

— Você não deveria estar estudando sua parte da Torá?

— Não!

— Ou algo assim...

— Não! Sou toda sua e da Maya.

— Que sorte a nossa — falo, suspirando.

Mas Sophie só abre um sorriso.

É claro que Sophie não para de tagarelar um segundo no caminho até a Target. E a coisa só piorou ao chegarmos lá.

— Você devia ter visto a cara dele — diz ela para Maya enquanto passamos pelo setor de decoração. — Ele tentava pegá-los a todo custo, mas eles continuavam caindo. Foi uma chuva de tangelos. Espera aí, acho que salvei o Boomerang.

— Será que podemos não... — falo.

— Ah, olha! Esse aqui é o filtro do Snapchat que faz o Jamie parecer a Rachel Maddow.

— Sophie!

— Pensei que você adorasse a Rachel Maddow! — Ela me olha de lado com ar culpado. — Maya, ele *ama* a Rachel Maddow. Ele e a mamãe assistiam ao show dela todas as noites, e tipo, *faziam anotações*, debatiam e...

— Vou me encolher e morrer agora mesmo — anuncio.

Maya ri.

— Eu acho muito fofo! — Ela me abraça rapidamente, antes de se afastar para ver um enfeite de parede que é a cabeça de um unicórnio de pelúcia. — Gente, isso era para ser... um troféu de caça?

Sophie engasga.

— Quem caçaria unicórnios? Eu amo unicórnios!

— Ama mesmo — digo à Maya. — Muito.

— Pelo menos eu sei que não são de verdade. — Sophie dá um tapinha no meu braço.

— Com licença, unicórnios siberianos existiram *mesmo* — insisto. — Só estão extintos.

Maya sorri para mim.

— Interessante.

Sophie deixa Maya se afastar um pouco e então se inclina em minha direção, radiante.

— Ela está flertando com você.

— Shh!

Sophie bate de leve no meu ombro.

— Não se preocupe, deixa comigo. Vou sondar para descobrir mais coisas.

Vejo Sophie se juntar à Maya perto dos abajures de mesa e apontar maliciosamente para um cara parecido com o Ryan Gosling usando uma camisa elegante de botão.

— Aaah — diz Sophie, alto o suficiente para eu ouvir. — Ele é bonito. Maya, qual é o seu tipo?

Então Sophie — vou *matar* minha irmã — se vira e pisca para mim.

Ainda bem que Maya não viu.

— Sem chance — murmura ela. — Arrumadinho demais. E por que ele não está usando meias? Quem usa sapatos assim sem meias?

Sophie ri.

— Não é?

Ora, ora, ora. Parece que o irmão mais novo do Ryan Gosling deveria ter pensado melhor sobre o que usar nos pés. Sabe quem sempre usa meias? Jamie Goldberg. Só para constar.

Sophie está indo a fundo na investigação agora, sondando os tipos de cara que de fato *atraem* Maya, se é que ela se sente atraída por garotos. Não sei dizer se Maya está incomodada ou achando graça. Acho legal Sophie estar tão empenhada assim, mas se ela quisesse mesmo ajudar, podia só... não ficar segurando vela.

Mas Sophie é assim. Está sempre me repreendendo por ser inocente demais, ou insistindo que eu deveria ter uma namorada. Mas acho que ela não liga tanto se eu *tenho* ou *não* namorada. O que ela quer mesmo é me *arrumar* a namorada. Comandar o navio. Sem perder um só momento dessa maldita viagem.

Quando passamos no escritório da campanha, minha cabeça está em outro lugar. E, durante a tarde, mal consigo lembrar meu próprio nome, quanto mais das credenciais e das propostas do Rossum. Mas Maya está mais afiada do que nunca, e até Sophie parece compreender bem as questões. Não tenho por que mentir. Minha irmã me impressiona às vezes.

Mas ainda tenho que encontrar uma maneira de dispensá-la antes do Intermezzo. Não quero nem mencionar o Intermezzo, porque sei que Maya convidaria Sophie para ir com a gente. Ou isso ou a própria Sophie se convidaria. E é a *Sophie*... se eu pedir para ela ir para casa, aí mesmo é que ela vai resolver ficar. Então não posso simplesmente lhe dar um motivo para ir embora. Sophie tem que pensar que a ideia foi dela.

Espero até Maya estar a uns bons metros de distância, prendendo um panfleto na maçaneta de alguém.

— Ei, Sophie? Tive uma ideia.

— É sobre o seu crush na Ma...

— Shh! — Fuzilo Sophie com o olhar, o rosto queimando. Maya está vindo pela calçada atrás dela. — É sobre a sala *teen* — acrescento rapidamente. — Pensei em outro ângulo que você pode tentar abordar com a mamãe.

Sophie olha para mim.

— Sou toda ouvidos.

— E se você concordasse em ter alguém supervisionando a sala?

— Esse é o exato oposto da ideia.

— Sim, mas e se você pudesse escolher a pessoa que vai fazer isso? — sugiro. — Alguém bem tranquilo. Quantos anos tem a irmã da Andrea? Talia, não é? Ela não está no segundo ano do ensino médio?

Sophie assente lentamente.

— Talia nunca tira os olhos do celular. Nunca.

— Você deveria ver se mamãe não a pagaria para ir à sua festa. Uma ajuda extra, certo?

— Jamie, você é... quase um gênio!

— Por que Jamie é um gênio? — pergunta Maya. — Quer dizer, sei que ele é.

Ela cutuca meu braço... e meu cérebro se desmancha na hora. *Gênio*. Mal consigo piscar e respirar ao mesmo tempo, mas ok.

— Eu não sou...

— Preciso falar com a mamãe — interrompe Sophie. — Jamie, me leva para casa. E não pegue a estrada Roswell, já são quase seis horas. Maya, coloca nosso endereço no Waze.

E, de repente, estou piscando, respirando e sorrindo de orelha a orelha. Tudo ao mesmo tempo.

Maya passa o trajeto todo até o Intermezzo elogiando o bolo de chocolate, mas, assim que entramos, ela fica em silêncio.

A recepcionista nos leva até a mesa e nos entrega os cardápios. Maya se senta, apoiando o queixo em uma das mãos enquanto observa o balcão de sobremesas, distraída.

Eu me sento à sua frente, tentando agir o mais normal possível. O que não é a coisa mais fácil de se fazer no Café Intermezzo. O lugar tem uma suave iluminação de velas e é cheio de pequenas mesas redondas, que mal dão para duas pessoas. Garçons e garçonetes costuram seu caminho por espaços apertados com bandejas carregadas de canecas, e há um zum-zum-zum de conversas baixas ao nosso redor.

Maya ainda está em silêncio.

— Está tudo bem? — pergunto.

— Ah! Sim. — Ela ergue os olhos, assustada, com um sorriso discreto. — Foi mal. Me desliguei aqui.

— Sem problemas.

— Não, é que… — Ela faz uma careta que não consigo decifrar. — É meio estranho. Sempre venho aqui com a Sara.

— Ah. — Hesito. — Você quer ir…

— Não! De jeito nenhum — diz Maya na mesma hora. — Volto com ela outra hora. É só que me fez pensar que quase não a tenho visto ultimamente. Tem sido bem difícil, porque ela anda cheia de compromissos. Está superocupada com o trabalho, e agora deve ter quer ir mais cedo para a universidade se conseguir esse emprego que está querendo. — Maya para por um instante, olhando para a vela no meio da nossa mesa. — Acho que sinto que estou sendo substituída — diz ela, por fim. — Sara tem uma amiga... Jenna, sua colega de quarto, e passou o verão todo focada nela. Tipo, quase nunca a vejo e, quando estamos juntas, a cada duas palavras que ela fala uma é *Jenna*. E aí ontem... Isso é bem constrangedor, mas fiquei esperando o dia todo que a Sara me desejasse Feliz Eid, porque ela sempre faz isso, *sempre* se lembra. Mas ela não falou nada, e então dei uma olhada no Instagram, e... — Maya ergue os olhos para mim de repente, constrangida. — Me desculpa, Jamie. Você não precisa ficar ouvindo meu drama ridículo.

— Não é ridículo. Eu estaria bem chateado se estivesse no seu lugar. Talvez você devesse falar para ela como se sente.

— Talvez. É tão confuso. É por isso que eu quero ser veterinária. Animais são bem menos complicados.

— É verdade. As pessoas são um saco. Quem precisa delas?

— Exatamente. — Ela olha de canto de olho e abre um sorrisinho. — Mas é muito divertido *observar* as pessoas. Principalmente aqui.

Sigo o olhar dela: um homem e uma mulher acabaram de se sentar à mesa ao lado. Maya se curva para falar comigo com ar conspirador.

— Você sabe que *quase todo mundo* aqui está tendo seu primeiro encontro, não sabe? — sussurra ela. — Aqui é como uma fábrica dos primeiros encontros de Atlanta.

— Eu sei! Meus pais tiveram o primeiro encontro deles aqui. Não *aqui*. No de Buckhead.

Maya arregala os olhos por uma fração de segundo.

E eu sou um idiota. *Uau*. Cheguei a um novo nível de idiotice, que quebra todos os recordes. Quem faz isso? Quem leva uma garota para o lugar do primeiro encontro dos pais? *E então conta a ela que é o lugar do primeiro encontro dos pais?*

— Ah. — Maya morde o lábio.

Morder o lábio. O gesto universal de pessoas que estão surtando e tentando não ferir os sentimentos da pessoa que provocou o surto. Afinal, *é claro* que ela está surtando. Como poderia não surtar? Eu basicamente acabei de pedi-la em casamento e me ofereci para ser o pai de seus filhos. Olho para minhas mãos, o coração acelerado. É como se eu tivesse…

— Posso fazer uma pergunta? — indaga Maya.

— Hã. Claro. Pode!

Ela hesita.

— Só estava me perguntando… Você nunca fala sobre seu pai.

— Meu pai? — Ergo os olhos, espantado.

— Ou não. Não precisamos falar sobre isso — diz ela.

— Não, tudo bem.

Meus batimentos aos poucos voltam ao normal. Olho nos olhos dela e vejo que parece só curiosa.

Não surtada.

Não acredito que ela não tenha surtado.

— Não me incomodo de falar sobre ele — digo, enfim. — Só não somos muito próximos. Meus pais se divorciaram quando eu tinha seis anos. Você provavelmente não se lembra dele… Meu pai trabalhava muito, mesmo antes de ir embora do país. Agora ele mora na Holanda. Sophie e eu passamos algumas semanas lá todo verão.

— Eu não sabia. Você vai vê-lo nesse verão?

Faço que sim.

— No final de julho. Ele não virá ao bat mitzvá. Diz que está guardando os dias de folga para tirar quando estivermos lá.

Maya parece abalada.

— Espera, os bat mitzvás não são muito importantes? Ele simplesmente não vem?

— Ele também não veio ao meu. Ele não teve um bar mitzvá quando era criança, então acho que pensa que não é tão importante assim. — Dou de ombros. — Mas ele é bem presente quando estamos lá. Aluga bicicletas para nós, e vamos à cidade todos os dias e comemos em restaurantes que servem panquecas. Ele conhece todo mundo. É bem parecido com a Sophie… conversa com qualquer um. Minha mãe diz que sempre achou que ele concorreria a um cargo político algum dia, que ele é cativante *demais*. É como um político sem a política.

Maya ri.

— Não sei direito se isso é um elogio.

Abro um sorriso.

— Duvido que tenha sido.

É engraçado como, mesmo sabendo disso, gostaria que Maya me definisse dessa forma. *Cativante demais.*

O sorriso de Maya vacila.

— Mas deve ser difícil ele não vir tanto para casa.

— Bem, Utrecht é a casa dele.

— Meu Deus, esse tempo todo você me ouviu choramingar sobre meu pai ter se mudado para cinco minutos da minha casa...

— O quê? Maya, não... Essa coisa com seus pais... não é nada trivial. Você não está choramingando.

— Mas me sinto mal por não ter percebido. — Os olhos dela parecem quase líquidos à luz das velas. — Você sente falta dele?

— Não muita. — Fico vermelho. — Isso parece horrível. Desculpa. Não, eu sinto... mais ou menos. Mas já faz mais de uma década, então estou acostumado. Eu ainda o vejo todos os anos, e nos falamos por Skype às vezes. Quer dizer, acho que me sinto estranho com relação a isso de vez em quando, mas não sinto falta dele como sinto do meu avô.

Maya estende o braço, quase como se fosse tocar minha mão... mas, de repente, a garçonete aparece.

— Prontos para pedir?

Olho para Maya.

— O de sete camadas, certo?

Maya se vira para a garçonete.

— Pode nos trazer duas fatias do bolo de sete camadas? E a conta também, se você não se importar?

— Sem problemas.

Nossa garçonete sorri como se não fosse nada de mais, mas tenho que admitir que estou confuso. Acabamos de pedir, e Maya já está querendo a conta? Ela tem uma estratégia de fuga planejada?

A garçonete sai, e Maya se volta para mim.

— Foi mal. — A covinha da bochecha dela fica em destaque. — É que eles às vezes são *tão* lentos aqui. Sara e eu sempre pedimos a conta logo que chegamos. E está mais cheio do que eu esperava para uma terça. — Ela observa um casal hipster sentado a uma mesa alta perto da parede.

— Esse pessoal de primeiro encontro. — Sorrio. — Sobre o que eles devem estar falando?

Maya olha os dois por um instante e então apoia o queixo na mão de novo.

— Acho que ele está tipo: *Você viu algum filme bom recentemente?* E ela: *Não.*

— Só… não? — pergunto — Mais nada?

— Não. Ela é uma pessoa séria. Olha só como toma a bebida.

— Ok. — Continuamos observando o casal. — Mas agora ele se inclinou para a frente. E está tipo: *Bem, cara…*

Maya ri.

— Cara?

Eu sorrio.

— Sei lá.

— Você costuma chamar as garotas com quem sai de *cara*?

— Eu… não costumo sair com ninguém, então…

— Ah.

— É, eu sou demais, eu sei.

— O quê? Não, você é, sim — diz Maya, olhando para mim com ar sincero. — Nem todo mundo tem que namorar no ensino médio. Eu não namorei ninguém.

— Não?

— Bem, não estou… — Ela para de falar. Mas então, um instante depois, dá de ombros e dispara: — Acho que não vejo muito sentido nisso.

— Em namorar?

Maya faz que sim.

— É tão confuso e imprevisível no ensino médio. Não sei nem dizer quantas vezes meu grupo de amigos da escola se dividiu por causa de um término. E *sempre* tem um término.

— Sei lá. Meu amigo Felipe está com o namorado dele há quase um ano e eles parecem bem felizes.

— Sei que existem exceções. Mas vamos ser realistas. Nem mesmo os adultos conseguem manter a cabeça no lugar direito. Quais são as chances de um casal qualquer do ensino médio conseguir? E isso presumindo que o sentimento seja mútuo! Já vi amizades serem completamente arruinadas só porque uma pessoa se apaixonou pela outra.

— Ah. — Sinto o estômago se revirar. — Certo.

— Não, sério. Sabe o Kevin? Eu o conheço desde o ensino fundamental. Sentávamos perto na aula de história e até fizemos um projeto grande juntos. Ele é um cara ótimo...

— Mesmo sendo republicano?

— Não é? — Maya ri. — Sim, ele é um legítimo conservador não racista. E gosta de conversar sobre política econômica e coisas assim. Era legal sair com ele. Ele adora videogames, então usava várias metáforas de jogos para explicar as coisas.

— Bem, é claro! Ele sabe que você é uma expert em videogame...

— Ei! — Ela ri. — Sou muito boa no modo assistido.

— Touché.

— Enfim, a questão é que estávamos mesmo nos tornando amigos. Mas então ele começou a gostar da Sara, e ela não gostava dele, e as coisas ficaram muito estranhas para todos nós. Sara entrava em salas de aula vazias só para evitar cruzar com ele.

Estou zonzo. Então Maya nunca namorou ninguém. Não consigo entender. Ela é tão segura, engraçada e corajosa. E bonita. Imaginei que ela acharia minha falta de experiência muito desestimulante, mas agora ela está dizendo que não vê sentido em namorar, e não sei como interpretar isso. Será que ela está sentindo… alguma *vibe* da minha parte? Talvez essa seja sua forma de me rejeitar sem me rejeitar. Todo aquele papo de paixões não correspondidas arruinarem amizades… Será que ela está gentilmente me dando um toque? Um alerta de risco emocional?

Nesse momento, percebo que nenhum de nós dois fala nada por um tempo angustiantemente longo.

Respiro fundo.

— Então… viu algum filme bom recentemente?

— Não. — Maya ri. — Cara.

E, de uma hora para outra, a tensão desaparece.

— Posso contar um segredo? — pergunto. — Nem vejo tantos filmes assim. Parecem tão curtos. Acho que é porque estou acostumado a maratonar séries.

Maya ri.

— Sim! Estou revendo *The Office* de novo agora…

— Sério?

— Aham, sério.

Olho fixamente para ela por um instante.

— É a minha série favorita.

— A minha também.

— Qual é a sua temporada preferida? — pergunto.

— Dã — diz ela. — A segunda. Toda aquela tensão sexual entre o Jim e a Pam.

Sorrio.

— Jim e Pam são maravilhosos.

— Melhor casal — concorda Maya. — Eles são tão fofos e desligados, e a segunda temporada é ótima, porque Pam está tão apaixonada e nem percebe. Gosto tanto deles.

— Eu também. — Sorrio para ela.

— Muito bem! — diz nossa garçonete. — Duas fatias do nosso bolo de sete camadas. E a conta.

Fico perplexo diante da beleza do bolo.

— Ah, muito obrigada! — responde Maya.

— Sem problema, querida. E tenho que dizer... — Ela olha de Maya para mim, e de volta para Maya. — Vocês dois formam um casal muito fofo. Estou tão acostumada a primeiros encontros desajeitados por aqui. É muito bom ver um de verdade.

Maya ergue as sobrancelhas.

Enfio um pedaço de bolo na boca tão rápido que quase engasgo.

18

MAYA

NÃO SOU DO TIPO QUE acredita em milagres, mas hoje quase passo a acreditar.

Porque Sara não vai trabalhar.

Prendo meu cabelo em um coque bagunçado e olho de novo para o celular.

A mãe do Hen acabou de cancelar. Não vou ficar de babá! Pego você a uma hora?

É meio-dia e meia e ela ainda não mandou mensagem cancelando ou adiando. Como eu disse, um verdadeiro milagre.

Jamie: Acho que comi toda a minha cota de bolo de chocolate da vida inteira ontem.

Maya: Ah, que pena. Achei que a gente pudesse repetir hoje.

Três pontinhos aparecem e então…

Jamie: Eu estava brincando. Estou com meus amigos aqui em casa, mas podemos ir depois.

Maya: Não posso 🙁 Vou me encontrar com a Sara 😲

Jamie: Uau. Então vai mesmo acontecer *A conversa*?

Maya: Acho que sim?

Jamie: Você consegue, Maya! 💪

Respondo com um joinha e guardo o celular no bolso. Vou falar com a Sara. Vou mesmo. Mas no momento não me sinto nem um pouco chateada. Só aliviada por ter a chance de ficar um pouco com ela. Poder conversar sobre a nossa vida e contar o que está acontecendo com meus pais e na campanha. Contar tudo. De repente sou tomada pela saudade de um jeito tão forte que chega a doer.

Calço as sandálias no hall. Ao olhar para cima, vejo na parede a foto emoldurada do casamento dos meus pais. Já está aqui há tanto tempo que nunca reparo, mas hoje chama minha atenção. Não é uma foto de casamento tradicional, em que o casal posa como se fosse da realeza, exibindo sorrisos clichês. Eles estão na frente do bolo de casamento. Minha mãe com uma roupa vermelha aveludada e uma *tikka* dourada na testa. Meu pai com um *sherwani kurta* creme e um turbante da mesma cor na cabeça. Eles *parecem* da realeza, mas minha mãe tem um pouco de cobertura de bolo no nariz e no queixo, e parece que alguém jogou uma torta de merengue na cara do meu pai. Minha mãe está ligeiramente curvada, as mãos nos quadris e, ainda que seja uma foto, quase dá para ver o corpo dela balançando de tanto rir. Meu pai olha para ela com o maior sorriso que eu já vi.

A porta da frente range e se abre. Minha mãe entra e sacode os pés para tirar os sapatos. Então me vê e se assusta.

— Oi, filha. — Ela me dá um beijo na bochecha. — Está saindo?

— Aham. Chegando cedo em casa?

— Uma passadinha rápida para pegar meu notebook — diz ela. — Vai encontrar o Jamie?

— Sara vem me buscar. Vamos sair para comer e dar uma volta.

— Até que enfim! — Minha mãe sorri.

— Por que essa foto? — deixo escapar.

Ela fica confusa, e então segue meu dedo até a foto na parede.

— Como assim? — pergunta.

— Eu estava calçando meus sapatos e percebi como essa foto é estranha. A maioria das pessoas pendura fotos formais de casamento, e vocês colocaram a mais ridícula possível na parede... — Minha voz falha, e olho para minha mãe. — Me desculpa. Acho que eu não deveria estar falando sobre isso agora...

— Tinha me esquecido que essa foto estava aí.

Eu me pergunto se minha mãe vai aproveitar e tirá-la da parede. Mas ela não faz isso. Só observa a foto em silêncio.

— Não sou extrovertida — diz minha mãe, por fim. — E, contando a lista de convidados dos dois lados, havia mais de quinhentas pessoas. Você conhece a expressão medo de palco? Nós estávamos sentados em um palco, e eu entrei em pânico e congelei completamente. Seu pai disse que sabia o que fazer para eu me sentir à vontade e me perguntou se eu confiava nele. Na hora de cortar o bolo, ele pegou um pedaço e esfregou no meu nariz. Então meu instinto de defesa entrou em ação, e enfiei uma fatia inteira na cara dele. — Ela balançou a cabeça. — Não conseguíamos parar de rir. Seus avós quase morreram de vergonha.

— E vocês penduraram essa foto na parede.

— Temos milhões de fotos certinhas do casamento. — Ela abre um sorriso. — Mas esta é minha preferida. A parte não programada do casamento, que diz respeito só a nós dois. A que me fez mais feliz.

— Vocês se conheceram na faculdade, não é?

— No meu segundo ano. O primeiro dele. — Ela assente. — Ele perguntou se podia estudar na minha mesa, porque as outras estavam todas cheias na biblioteca.

— Que desculpa esfarrapada.

— Funcionou. — Ela ri.

— Então foi amor à primeira vista?

— Não. — Ela franze o nariz. — Você conhece seu pai, é um tagarela. Mas fomos amigos durante muito tempo.

— Quando as coisas mudaram?

— Não tenho certeza. Não teve um momento específico. A gente saía para ver filme num dia, para comer no outro... E então, antes que nos déssemos conta...

Ela está falando sobre o meu pai com um sorriso melancólico. *Essa* era a linha que eu precisava seguir — voltar ao passado deles, ajudá-los a lembrar como tudo começou. E a perceber que podia voltar a ser como antes.

— A que tipos de restaurante vocês gostavam de ir quando namoravam?

Mesmo que não houvesse exatamente o mesmo restaurante em Atlanta, eu poderia achar um parecido e inventar um jeito de levá-los até lá para pararem de "refletir" e finalmente começarem a conversar.

— Nós não namorávamos exatamente. Nós saíamos.

— Sair é namorar, mãe.

— Na maioria das vezes saíamos com amigos.

— Encontros em grupo.

— Acho até que poderia chamar assim — diz ela, relutante. — Eu não via desse jeito.

— Por que não?

— Porque estávamos mantendo nosso relacionamento *halal*. — Ela olha para mim. — Você sabe, Maya, intimidade é para depois do casamento.

— Desnecessário, mãe! — Jogo as mãos para cima. — Só perguntei qual era seu restaurante preferido.

— Só estou dizendo — insiste ela. — Beijar e todo o resto... são momentos sagrados entre marido e mulher. E, já que tocamos no assunto, uma coisa é namorar por namorar, e outra é estar em um relacionamento porque você pensa seriamente em se casar.

Ouço isso desde o ensino fundamental. Sei bem o que ela quer dizer, mas...

— Então você tem que querer se casar com a pessoa para namorar? — pergunto. — É muita pressão quando se está só querendo conhecer alguém melhor.

— Não é que você *tenha* que se casar, mas deve estar pensando nisso. — Ela hesita. — E é por isso que eu disse para você que não é uma boa ideia entrar em um relacionamento antes da faculdade. Já tem coisas demais acontecendo no ensino médio para acrescentar mais isso.

— As pessoas não têm coisas demais acontecendo na faculdade também?

Ela me observa por um segundo.

— Você está pensando em namorar?

— Eu?

Ela me encara com expectativa.

— Como é que a conversa passou a ser sobre mim? Eu estava perguntando sobre seus restaurantes preferidos para ver se você e o papai não queriam conversar alguma hora. Talvez saírem para jantar… só para se conectarem? Vocês têm se concentrado e refletido há semanas. Uma conversa podia cair bem.

Maravilha, Maya! Você acaba de jogar todas as suas cartas na mesa. Suspiro.

— Ah, querida. — Minha mãe suspira também. — Nós *temos* conversado.

— Nunca vejo vocês conversarem.

— Conversamos toda semana durante nossas sessões de terapia.

Sessões de terapia?

— E nos reunimos semanalmente com o imame Jackson também. *Detesto* que nossos problemas afetem você desse jeito. Nós dois detestamos. Muito mesmo.

Eles têm conversado.

Todo esse tempo, eles têm conversado.

E ainda assim meu pai comprou uma cama.

Eu me acomodo nos degraus da frente à espera da Sara e abro o Instagram. Logo de cara vejo um post da InstaGramm. Jamie está na foto. É a primeira vez que o vejo no feed dela. É uma selfie dos dois em frente a uma dessas placas de quintal do Rossum. A legenda diz: *Por trás de toda avó há um neto maravilhoso. Conheça o homem por trás das câmeras — o especialista em stories e mago dos filtros: Jamie. E olha só essas bochechas. Ele não é fofo?*

Tenho que rir. Não há como negar que Jamie é fofo, mas não é fofo como um bebê. O cabelo dele emoldurando o rosto, o sorriso fácil… Não dá para negar, o cara é objetivamente bonito. O verde dos olhos de Jamie muda de acordo com o dia, a luz ou o que ele está vestindo… Ontem, sob o brilho suave das luzes do Intermezzo, parecia ter um toque de mel. Abro um sorriso. Aquela noite foi perfeita.

Mas todos os sentimentos bons desaparecem quando vejo a foto seguinte.

É uma selfie. Da Sara com a Jenna. Estão segurando canecas com canudinhos de arco-íris. A legenda diz: *É oficial… arco-íris deixam tudo melhor.*

Não é um repost. Não é um TBT. A data é de ontem. A tag de localização diz Brookhaven. A cinco quilômetros da minha casa.

Sara buzina.

Entro no carro entorpecida.

— Oi, Maya. — Ela sorri para mim. — Quer ir ao Intermezzo comer bolo?

— Fui lá ontem — consigo dizer.

— Bem, na verdade, estou com fome mesmo é de comida. Que tal o Mellow Mushroom? Como nos velhos tempos?

— Pode ser.

Ela fala o tempo inteiro no caminho até o restaurante. Sobre como é complicado organizar as coisas que está comprando. Que a mãe dela quer adaptar seu quarto para virar também ateliê de costura quando ela for embora. Que Lucas tenta fugir de todos os turnos, usando o braço como desculpa.

A antiga Sara notaria que eu não respondi nada. A antiga Sara saberia que há algo errado. Mas ela não é mais a mesma.

Fora alguns homens sentados no bar assistindo a analistas da ESPN na TV, o restaurante está vazio. Sara pede à garçonete nossa pizza com azeitonas de sempre e torradinhas de queijo para acompanhar. Este restaurante é um dos nossos locais vintage. A gente vem aqui desde que estava no quinto ano e nossas mães nos levavam para nosso clube do livro de Percy Jackson com duas pessoas. Mas no momento não me sinto nostálgica. O torpor da viagem de carro está se desfazendo e sendo substituído por algo mais inflexível. Respiro fundo e tento ficar calma. Jamie acha que eu deveria falar com ela. Disse que tudo só se complicaria se eu não fizesse isso. E é o que tem acontecido, não é? Quanto mais tempo ficamos sem conversar, pior fica a situação. Preciso deter essa avalanche.

Mas antes que eu consiga dizer qualquer coisa, Sara fala.

— Estou *tão* feliz por estarmos aqui. — Ela se curva sobre a mesa com um sorriso enorme. — Queria contar a novidade para você pessoalmente. A Avid entrou em contato. Adivinha? Consegui o emprego!

Minha boca fica seca como lixa.

— Dá para acreditar? — diz ela. — Foi muito concorrido, mas Ashley lutou por mim, então estou dentro! A livraria é tão linda, e estou tão feliz de ter um emprego só!

— Quando você vai se mudar?

— Essa é a questão. — O sorriso dela se desfaz. — Precisam de mim o quanto antes. Vou embora no dia 28 de junho.

— Isso é... na sexta.

— Dá para acreditar? Está tudo uma correria. *Ainda bem* que a Jenna tem curso de verão. Só começo a receber ajuda financeira no próximo outono, então não sei o que eu faria se não pudesse ficar no nosso apartamento até lá.

Ela está me falando sobre acomodações e ajuda financeira. Que talvez ela possa fazer um curso de verão se a faculdade deixar. Mas não consigo me concentrar em nada. Não consigo processar o fato de que a primeira vez que saímos de verdade no verão também será a última.

— Sinto muito. — Ela aperta minha mão. — Esse verão foi intenso. Queria que pudéssemos ter saído mais.

Mas você arrumou tempo para sair com a Jenna.

Tudo o que eu ia dizer sai voando pela janela. Minha mente está completamente vazia. Sara olha para mim como se estivesse esperando a minha reação. Preciso dizer alguma coisa que não me faça acabar chorando. Respiro fundo. Algo neutro. Seguro. O que poderia ser?

— Mas você vai voltar para votar, não é? — pergunto a ela.

— O quê?

— Votar. — Pigarreio — A eleição suplementar será em menos de duas semanas. As eleições locais sempre têm baixa participação. Todo voto conta.

— Uau. — Ela se afasta. — É isso que você quer saber? Nada de parabéns? Nenhuma pergunta sobre a mudança? Obrigada por ficar feliz por mim.

— Por que você precisa que eu fique feliz por você? — disparo. — Você tem a Jenna, não tem?

— Como assim?

— Vocês estavam juntas. — Minha voz falha. — Ontem. Eu vi a foto.

— Sério? É por isso que está chateada? Ela estava passando por lá a caminho de Athens. Fomos à cafeteria ao lado na hora do meu intervalo.

— Quando foi a última vez que você *me* chamou para aparecer na hora do seu intervalo?

— Desculpa, mas você não anda ocupada demais "trabalhando na campanha"? — Ela faz aspas no ar com os dedos.

— O que está insinuando? — Estreito os olhos.

— Você sabe exatamente o quê. — Ela cruza os braços. — Não finja que ficou pelos cantos chorando por minha causa. Você tem tido bastante distração.

Tento me convencer de que é normal que ela não compreenda exatamente o que é o projeto de lei 28. E tudo bem não querer bater de porta em porta... nem eu queria até minha mãe me forçar. Mas menosprezar tudo o que a gente tem feito?

— Talvez algumas pessoas queiram tentar fazer mudanças por aqui. E talvez se importem com coisas além de si mesmos. A eleição é importante.

— Se acha que vou gastar dinheiro de combustível para vir até aqui votar naquela batata sorridente, você deveria fazer um show stand-up, porque isso é hilário.

— Não tem graça nenhuma! — Eu a encaro. — Temos coisas importantes em risco nessa eleição. Como você não entende isso?

— Eu vou a comícios e marchas. Faço minha parte, mas não vou participar de um sistema corrupto e fingir que mereço biscoito por isso.

— Como você pode dizer algo assim? — Os homens no bar olham para nós. Sei que estou falando alto demais. Mas não ligo. — Vão banir o hijab! — Sara parece surpresa, e sinto uma pontada de satisfação. — Ah, você não sabia. Por que saberia? Está tão focada em si mesma, em *latas de lixo* estúpidas, para notar o que está acontecendo à sua volta. Você nem me mandou uma mensagem para desejar Feliz Eid. — Pisco para conter as lágrimas. — Postei uma foto no Instagram porque sei que você vive lá, mas você nem sequer curtiu. Está ocupada demais com a Jenna para notar qualquer outra coisa ou pessoa.

— Me desculpa por ter esquecido o Eid, mas não tenho culpa se sigo umas mil pessoas no Instagram e você só dez, Maya! — Sara bufa. — Sabe como é difícil ser sua amiga? Ser sua *única* amiga? É uma pena que eu seja muito próxima de outras pessoas. Mas a maioria dos seres humanos é assim. Sabe quanta pressão você coloca em mim quando sou seu único apoio emocional?

— Fica tranquila, já entendi que não posso contar com você. A mensagem foi bem clara. — Lágrimas escorrem pelo meu rosto. — Quando meus pais se separaram no verão… não tive ninguém com quem conversar. *Ninguém*. Você estava sempre ocupada demais.

— O quê…? — Sara arregala os olhos, tentando digerir a informação, e depois balança a cabeça. — Se você precisava conversar sobre alguma coisa, *qualquer coisa*, era só ter me dito e eu teria encontrado tempo para você. Mas não. — Ele me encara, irritada. — Você tinha que ficar guardando mágoa, e agora está bancando a mártir, como se eu tivesse escolhido não estar ao seu lado, quando eu nem *sabia* o que tinha acontecido.

— Eu nunca conseguia contar! Você estava sempre trabalhando.

— Caramba, desculpa, Maya. Desculpa se meu pai não é um médico que pode bancar a minha faculdade. Desculpa se eu tenho que conseguir bolsas e empréstimos e *ainda assim* preciso economizar para comer algo além de macarrão instantâneo na faculdade. Me desculpa por tentar ganhar a vida.

E a isso se segue um silêncio horrível. Ela se recosta na cadeira e olha pela janela.

— Não vejo a hora de sexta-feira chegar — murmura. — Mal posso esperar para ter amigos que não sejam crianças imaturas.

Eu me levanto da mesa engolindo o choro. É difícil respirar. Mal consigo enxergar por entre as lágrimas. Corro para fora do restaurante e me apoio na parede de tijolos. Sara não vem atrás de mim. Claro que ela não faria isso.

Isso é algo que a antiga Sara teria feito.

Pego o celular e tento não tremer. *Bancando a mártir?* As palavras me machucam como se fossem um punhal.

Tenho que sair daqui.

Mas não vou para casa. Não posso.

Abro o aplicativo de carona.

E digito o endereço do Jamie.

19

JAMIE

— JAMIE, SUA VEZ — diz Felipe, mas mal consigo ouvi-lo. Estou paralisado, olhando para o texto na tela do meu celular.

Maya: Estou em frente à sua casa.

Eu me levanto depressa, deixando Felipe, Nolan e Drew assustados em volta do tabuleiro de Catan.

— Está tudo bem? — pergunta Nolan.

— Maya está aqui.

Felipe ergue as sobrancelhas.

— Agora?

— Quero conhecê-la! — diz Drew.

Já estou na metade do corredor, o coração disparado. Eu… não consigo acreditar que isso esteja acontecendo. Maya está aqui? Fora a noite passada, quando passamos aqui de carro para deixar a Sophie, acho que ela não vem à minha casa há quase uma década.

Abro a porta.

E lá está ela na soleira, chorando e segurando os cotovelos. Assim que me vê, ela desaba. Corro até ela, deixando a porta bater enquanto a envolvo em um abraço.

— Ei, ei. — Esfrego as costas dela, sentindo-a soluçar junto ao meu peito. — Está tudo bem.

Um nó se forma em minha garganta. Nunca vi Maya tão abalada. Nem mesmo depois da reunião com a Dickers. Ela está chorando tanto que não consegue falar, mal consegue recuperar o fôlego. Mas ela me abraça com tanta força que não resta um centímetro de espaço entre nós.

— Me desculpa — diz ela, trêmula. — Seus amigos ainda estão aqui, não estão?

— O quê? — Afasto-me o suficiente para ver seu rosto. Ela está olhando para o carro do Felipe na entrada de casa. — Não... Não, está tudo bem. Eles estão só de bobeira aqui, Maya.

Ela se solta, a respiração ainda entrecortada.

— Podemos conversar depois. Eu estou bem. Vou só...

Pego a mão dela.

— Por favor, não vá. Só... espera um segundo.

Abro um pouco a porta e espio lá dentro. Como eu imaginava, os rapazes estão bem ali, bastante intrigados.

— Pede à Sophie para jogar no meu lugar — murmuro para Felipe. Então fecho a porta de novo. — Eles estão bem, ok? Só estão jogando Colonizadores de Catan. Sophie vai entrar no meu lugar e provavelmente vai ganhar de todos eles.

Maya seca os olhos com uma das mãos, mas, com a outra, continua segurando a minha, os dedos entrelaçados nos meus. O que é... bem... Uau. *Uau*.

Só que Maya está claramente inconsolável. Não há nada de *uau* nisso.

— Quer sentar aqui fora e conversar? Podemos sair para dar uma volta. Posso levar o Boomer.

Maya abre um meio sorriso banhado de lágrimas.

— Boomer, o cachorro celebridade do InstaGramm?

— Boomer, o influenciador! — Eu me forço a soltar a mão dela. — Ok, espera um minuto. Vou pegá-lo. Não saia daqui, está bem?

Maya faz que sim.

— Pode deixar.

* * *

Quando volto para a varanda com Boomer, Maya já está bem mais calma, e me recebe com um sorriso vacilante.

— Ei.

— Chegamos! Maya, esse aqui é o Boomer. Boomer, essa é a Maya.

Boomer resolve cumprimentar Maya de uma forma bem íntima. Ela dá um passo para trás, com uma gargalhada surpresa.

— Boomer, NÃO. — Puxo a guia dele de volta, minhas bochechas queimando. — Me desculpa. Ele é... hã... muito amigável.

Começamos a caminhar pela rua, e Maya está tão perto de mim que as costas das nossas mãos se encostam toda hora. É estranho andar pelo bairro com Maya. Volta e meia tenho o impulso de bater nas portas.

— Tem certeza de que está tudo bem? — pergunta ela. — Não queria tirar você do jogo. Eu deveria ter checado...

— Não tem o menor problema. Estou feliz que tenha vindo. O que houve?

Por um instante, ela fica em silêncio.

— Tudo bem — falo. — Não precisa me contar se não quiser. Independentemente do que queira conversar, sou todo seu. — Fico vermelho. — Sou todo ouvidos.

— Obrigada, Jamie. — Ela olha com tristeza para a placa da nossa rua e então suspira. — É a Sara.

— Foi o que pensei.

Ela assente.

— Nós conversamos. Eu estava com a cabeça bem aberta, sabe? Acho que parte de mim achava... Talvez seja bobagem, mas eu esperava que tudo fosse um grande mal-entendido e que ela fosse se sentir mal por ter me magoado, então resolveríamos as coisas e tudo ficaria bem.

Olho de soslaio para Maya.

— Mas não ficou tudo bem.

— Não. — A voz dela soa embargada de novo.

— Sinto muito mesmo, Maya. Eu não deveria ter dito para você...

— Não, não... a culpa não é sua! Aquelas coisas precisavam mesmo ser ditas. Eram um incômodo fazia muito tempo. Mas é que foi *tão* ruim. É como se ela nem ligasse de ter me magoado. E virou tudo para cima de mim, como se eu não estivesse sendo sensata. Como se eu fosse tão imatura...

— O quê? — Fico boquiaberto. — Você é a pessoa mais madura que eu conheço. Até usa um aplicativo de carona solidária para andar pela cidade!

Maya ri em meio às lágrimas.

— Verdade, isso é muito maduro da minha parte.

— E você trabalha na campanha, e tivemos aquela reunião com a Dickers... isso mostra como somos maduros. E você vê *The Office*. É um programa sobre trabalho! Isso é o auge da maturidade.

— Verdade!

— E aquele pôster de gato na casa do seu pai é *muito* maduro também...

— Ah, para. — Ela bate com a lateral do quadril em mim, rindo de verdade agora.

Faço o mesmo com ela, tentando não rir.

Mas, de repente, o rosto dela se entristece.

— Eu nem sei o que fazer agora. Acho que ela não quer nem ser mais minha amiga. Simples assim.

— Como ela pode não querer ser sua amiga?

Maya dá de ombros.

— Ela tem a Jenna.

— Ah, foda-se.

— Jamie! — Maya olha para mim, espantada.

Sorrio, sem graça.

— Exploda-se?

— Não, gostei do primeiro. Só estou chocada. — Ela ri, surpresa, e então me abraça de novo. — Só você consegue transformar um *foda-se* na coisa mais fofa do mundo.

Ok, devo ser uma pessoa terrível. Maya está tendo o pior dia de todos e cá estou eu, quase explodindo de alegria. Não é que eu esteja feliz por ela estar triste. Eu não conseguiria. Mas nunca pude segurar a mão dela daquele jeito, nem *nada* parecido.

— Acho que só preciso de uma distração — diz Maya.

— Uma distração. Hum. — Paro para pensar. — Olha! Um esquilo! — Boomer enrijece o corpo todo, puxando a guia. — Bem, minha distração funcionou com o Boomer.

Maya ri.

— Como anda a InstaGramm? Está ocupada com a campanha do Rossum, não é?

— É, acho que Gabe está monopolizando o tempo dela. Amanhã ele vai fotografar o próprio Rossum com a vovó e o Boomer. — Dou de ombros. — Gabe está obcecado com a ideia de viralizar.

Maya sorri para Boomer.

— Ai, meu Deus, seu cachorrinho sortudo. Você vai conhecer o Rossum?

— Já conheceu! Boomer é muito bem relacionado.

— Eu surtaria se o conhecesse — diz Maya. — Me odeio por não ter tentado ser apresentada a ele naquela festa! Eu ainda não entendia bem as coisas, sabe? Era só uma tarefa que minha mãe tinha me obrigado a fazer.

Assinto.

— Mesma coisa comigo.

— Você ainda não conheceu o Rossum? — Maya parece surpresa.

— Mais ou menos? Ele está quase sempre no escritório em Dunwoody. E já fui a vários eventos dele, mas nunca me aproximei para conversar nem nada.

— Você acha que faria isso agora?

— Não sei. Acho que ficaria todo atrapalhado para falar.

— Acho que você se sairia muito bem — diz Maya. — Você é muito mais corajoso do que pensa.

Olho para ver se ela está brincando comigo, mas seu rosto parece completamente sincero. Acho que esse é o lance da Maya. Quando ela pensa ou sente alguma coisa, simplesmente diz. O que às vezes pode ser meio assustador se ela estiver chateada com você, ou se você for um Koopa Troopa como Dickers, que precisa de um puxão de orelha. Mas Maya nunca deixa de falar as coisas boas também. Houve centenas de momentos em que o jeito doce, fofo e inteligente dela me surpreendeu. Só nunca consigo criar coragem para falar isso. Mas Maya sempre fala.

E está tão convencida de que sou corajoso que quase acredito.

— Bem, isso significa muito vindo de você — falo.

Maya sorri, e posso jurar que olha em meus olhos por mais tempo do que de costume.

— Obrigada.

Por um instante, ficamos apenas sorrindo na calçada, Boomer caminhando um pouco à nossa frente.

— Então… você acha que Sophie já derrotou todos eles no Catan? — pergunto, enfim.

Maya ri.

— Eu adoro tanto a Sophie.

— Ah, o sentimento *com certeza* é mútuo. Ela não para de falar de você desde que saímos para pedir votos juntos.

— Eu me lembro de quando ela era bebê! — exclama Maya. — Sua mãe me deixou segurá-la e, quando voltei para casa, fiz a maior birra dizendo que queria uma irmã. Eu tinha tanto ciúme de você. Só lembro de pensar que ela era *tão* fofa. E agora ela está toda crescida e se tornou uma pessoa muito legal. E foi ótima trabalhando na campanha também!

— Talvez você devesse fazer o brinde do bat mitzvá — sugiro.

— Boa tentativa. — Maya sorri para mim. — Mas posso ajudar você mais tarde.

Voltamos para casa, e meus amigos e Sophie abandonaram o Catan para assistir ao desenho *Bob's Burgers* e comer biscoitos

Goldfish. Felipe e Nolan estão na namoradeira, enquanto Drew e Sophie tomaram conta do sofá, com uma embalagem gigante de Goldfish sabor cheddar entre os dois. Boomer se joga no colo de Sophie assim que o solto.

Fico parado perto da porta da sala de estar com Maya, me sentindo sob os holofotes.

— Então. Ah… Pessoal, esta é a Maya. Maya, esses são Felipe, Nolan e Drew. A Sophie você já conhece.

Felipe se levanta depressa para abraçar Maya, o que parece ao mesmo tempo assustá-la e agradá-la. Nolan espia por cima das costas do sofá, sorrindo.

— Você é a companheira de campanha do Jamie, não é?

Drew bufa e sorri.

— Companheira de campanha.

Ignoro Drew, virando-me depressa para Nolan.

— Isso!

Maya olha para a embalagem de Goldfish.

— Vocês também são obcecados por Goldfish?

— Não — responde Felipe. — Mas é o petisco oficial da casa dos Goldberg. Sou mais fã de Cheetos.

Nolan ri.

— Não me diga.

— Eu prefiro cereal — avisa Drew.

Maya inclina a cabeça.

— Vocês sabem que não precisam gostar de um tipo só de lanche, não é?

— Mas tenho mesmo uma relação monogâmica com o cereal — diz Drew, comendo um punhado de Goldfish.

— Não parece. — Maya olha de lado para ele.

Drew sorri para mim, murmurando de maneira nada sutil:

— Gostei dela.

— Bom, foi ótimo finalmente conhecer todos vocês, pessoal — diz Maya. — Me desculpem por ter chegado aqui naquele estado…

Balanço a cabeça.

— Você não...

— Estou indo, então.

— Não! — Drew se levanta em um pulo, jogando o pacote de Goldfish em Sophie. — Não. Já estávamos de saída, não é?

— É. — Felipe e Nolan se levantam e dão as mãos.

Drew se vira para Maya.

— É melhor você ficar para fazer companhia ao Jamie.

— Com certeza — diz Felipe.

— Indubitavelmente — concorda Nolan.

Sophie estreita os olhos para Nolan.

— Você tirou isso de um Bitmoji.

Maya olha para mim.

— Fica! — peço. — Se quiser. Não tem que ficar. Mas poderia. Seria ótimo. A menos que você...

Drew bate em meu braço para me fazer calar a boca.

— Beleza, está bem — concorda Maya.

— Maravilha. Vamos saindo, então — diz Drew. — Deixar vocês dois sozinhos um pouco.

Uau. Não sei se quero matar o Drew ou abraçá-lo. Talvez os dois.

Mas. Um tempo sozinho. Com a Maya. Na minha casa, onde fica meu quarto, onde fica minha... Ok, não vou pensar em camas agora. Isso seria absurdo. Não há por que pensar em camas ou ficar sozinho, ou na Maya, ou sozinho com a Maya em camas, ou...

— Oba, adorei essa ideia de passarmos um tempo sozinhos! — diz Sophie. — É melhor a gente ir para o seu quarto, Jamie?

Acabamos trabalhando no brinde... o que pensei que seria uma tortura, mas não é. Sophie afunda na minha cama, cheia de sugestões sobre os elogios que devo fazer a ela.

— Conta aquela de quando coloquei filme plástico na privada.

— Por que eu contaria essa história em público?

Maya ri, recostando-se em minha cadeira amarela.

— Ou você pode contá-la agora.

— Ai, meu Deus — começa Sophie. — Foi uma bagunça. O xixi dele bateu no plástico e…

— Sophie, acredite, você não quer que a gente comece a contar histórias sobre xixi — falo em tom de advertência.

— Você tem duas coleções de Harry Potter? — pergunta Maya, dando uma olhada na minha estante.

— É claro. Brochura e capa dura.

Ela olha em volta.

— Adorei seu quarto. É tão *você*. Esse adesivo na sua parede é uma… linha do tempo?

Faço que sim.

— Aham. Da história norte-americana.

Ela pega um porta-retratos na minha escrivaninha.

— E esse deve ser o seu avô.

— Isso. — Sorrio.

— Minha amiga Maddie diz que nosso avô era gato quando era mais novo. E eu falei: *Tá, mas ele é a cara do Jamie*, e a Maddie falou: *Eu sei*. — Sophie se endireita, seus olhos praticamente lançando faíscas. — Então, Maya, o que você acha? Nosso avô era gato?

— Ei! — grito. — Quer me ver na recepção presidencial do quinto ano? É a foto com a moldura brilhante.

Eu com onze anos, camisa de botão, gravata e cardigã, sorrindo ao lado de uma foto do Centro Carter. Podia ser pior, certo? Quer dizer, Felipe teve que interpretar Eisenhower com uma peruca careca. Imagina a vergonha.

— Jamie. Ai, meu Deus. — Maya leva a mão ao peito.

Sophie olha para mim.

— Não foi nesse dia que você disse que o presidente Carter adorava pê…

— BELEZA. Sophie, acho que o Boomer precisa de você.

Sophie não se mexe.

— Não, ele está bem. Mamãe acabou de chegar em casa. Maya, quer ver a foto oficial de bar mitzvá do Jamie?

Lanço a ela um olhar furioso que diz: *Você está falando sério?*

Sophie arregala os olhos e acena a cabeça do seu jeito inconfundível para dizer: *Confie em mim*.

— Você está perguntando se quero ver mais fotos fofinhas do Jamie Goldberg criança? — pergunta Maya, radiante. — Hã, óbvio.

Meu celular vibra com uma mensagem, e dou uma olhada rápida na tela.

Sophie: Viu? Fofinhas.

Fofinhas. Que ótimo. É o que se diz de um cachorrinho. Ou de um gnomo. Ninguém dá beijos apaixonados em alguém *fofinho*. E, mesmo que desse, vamos ser realistas. Minha foto do bar mitzvá? É tão fofinha quanto o sr. Baboso, o pato todo mastigado do Boomer.

Fuzilo Sophie com o olhar, que sai tranquilamente pela porta, inabalável. Maya se levanta para ir atrás dela, mas então para, olhando timidamente para mim.

— É melhor eu ir embora depois disso, né?

— O quê? Não, não precisa...

— Minha mãe deve estar querendo saber onde estou. — Ela olha em meus olhos. — Foi tão legal, Jamie. Obrigada.

— Pelo menos me deixa levar você de carro.

— Posso usar o aplicativo. Está tudo bem!

— Você está brincando?

— Maya, vem logo! — chama Sophie do corredor.

Está bem, se Maya achou a foto da recepção presidencial estranha, é porque ainda não viu a foto ampliada supercasual que minha mãe mandou emoldurar com antecedência para os convidados assinarem no meu bar mitzvá. O quadro fica pendurado na sala de jantar, meu sorriso metálico cercado por mensagens escritas com marcador permanente e "parabéms" e "mazzle tovs", escritos errado mesmo.

Maya observa o quadro como se estivesse em um museu, com um sorrisinho no rosto.

— A roupa é bastante estilosa.

— Não é? — Sophie dá uma risadinha. — Adoro a camisa polo com a bermuda de ginástica.

— Formal em cima e casual embaixo. — Fico vermelho. — Era meu look no sétimo ano.

Maya suspira.

— Uau. Queria tanto ter ido a essa festa.

— É a Maya que está aí? — pergunta minha mãe da cozinha. Um instante depois, seu rosto aparece no vão da porta. — Oi!

— Oi. — Maya sorri. — Desculpa! Vocês devem estar querendo jantar. Já estou indo embora.

— Não tem a menor pressa. Fica para jantar com a gente! — convida ela.

— É melhor eu ir para casa.

— Quer uma carona? — pergunta minha mãe.

— Ah, bem, Jamie disse que me levaria, mas…

Minha mãe ri.

— É justamente quem eu ia oferecer. Adorei ver você, querida. Vocês vão prospectar votos essa semana?

Maya faz que sim.

— Na quinta, não é?

— Aah — diz Sophie. — Na quinta, eu posso.

Minha mãe balança a cabeça.

— Você tem tutor.

— O quê? Não, meu tutor é…

— Agendei um dia extra. Na quinta. Jamie e Maya terão que ir sozinhos. — No segundo que Maya desvia o olhar, minha mãe pisca para mim.

E aí está: minha mais nova conquista.

Tenho quase certeza de que minha mãe é minha parceira de paquera agora.

20

MAYA

QUANDO OLHO MEU CELULAR, vejo que tenho três mensagens. Uma do Jamie dizendo que está a caminho. Uma da minha mãe querendo saber se vou dormir no meu pai hoje. E Shelby falando que os filmes desta semana não são interessantes e que, se alguém quiser jogar laser tag hoje à noite, ela poderia organizar.

Nenhuma mensagem da Sara.

Não que eu estivesse esperando. Mas ela vai embora daqui a pouco. Talvez já tenha ido. Fico tentada a mandar uma mensagem curta para ela. Só para entrar em contato. Mas não sei como reagiria se ela não respondesse.

Jamie encosta o carro e acena. De repente fico meio sem graça ao vê-lo. Talvez seja uma reação de constrangimento tardia por ter aparecido na casa dele do nada, com lágrimas e muco escorrendo pelo rosto.

— Conseguiu avançar com o brinde? — pergunto a ele.

— Não. Tenho andado tão ocupado com outras coisas que ainda não tive tempo de rascunhar nada.

— Sei. — Fico vermelha ao lembrar. — E eu invadir sua tarde de diversão com os amigos definitivamente não ajudou.

— Pode invadir à vontade — diz Jamie. — Meus amigos adoraram você.

— Mesmo com nossas filosofias de lanche conflitantes?

— Pra você ver! O único problema é que, na próxima vez, você vai ter que jogar Catan conosco.

— Nunca tentei jogar isso antes, mas topo.

Sei que Jamie reclama que sua casa às vezes tem muita bagunça e barulho, mas eu adoro. Todos os quadros de cortiça cheios de planos para o bat mitzvá apoiados na bancada da cozinha. Rolos de fita decorativa na mesa. E o sofá cheio de amigos e biscoitos Goldfish. A casa dele não é caótica. É perfeita.

O escritório da campanha está agitado hoje. Além das senhoras com cachecóis de batique e os universitários de sempre, há duas mães com bebês em cangurus e um bando de pessoas da idade dos meus pais lendo panfletos e olhando em volta nervosamente.

— Novatos — sussurra Jamie.

— Com certeza. — Sorrio.

Era de se imaginar que Gabe estaria dando piruetas com todos aqueles rostos novos, mas ele só está tomando um café gelado e parece… nervoso.

Ele faz o discurso habitual sobre as pesquisas e prospecção de votos, e informa que Hannah ajudará os voluntários com qualquer problema em relação ao aplicativo Porta a Porta. Espero Gabe concluir com seu clássico "Rossum é fora do comum", mas ele está mais solene hoje.

— Amigos — diz, apoiando o café. — Preciso enfatizar como esses últimos dias são importantes. — Ele entrelaça as mãos. — Temos que bater no máximo de portas possível. Temos que garantir que todos os democratas registrados votem. Precisamos que todos os independentes do nosso distrito também levantem a bunda do sofá para ir até a cabine de votação. É uma luta até a linha de chegada, pessoal. Precisamos mostrar ao outro lado — Gabe ergue as mãos — que temos garra!

Todos ficam atônitos ao ouvir isso. Uma mulher mais velha levanta a mão.

— Estou com mais casas no aplicativo do que de costume.

— É o objetivo — retruca Gabe, assentindo. — Precisamos visitar o maior número de casas possível.

— Quantas, exatamente? — pergunta alguém.

— Não muitas. Cada um de vocês tem cerca de duzentas casas.

Ouve-se um suspiro coletivo. Uma das mulheres com os cangurus ergue a mão.

— Me desculpa, mas são *muitas* casas — diz ela. — Eu estava pensando em me comprometer por cerca de duas horas.

— Preciso levar meu filho para o treino de futebol — acrescenta um homem.

— Minha mãe tem fisioterapia às quatro — mais um entra na conversa.

— Meu bebê precisa tirar sua soneca de meio-dia...

Os murmúrios se espalham pela sala.

— Vocês são inacreditáveis! — grita Gabe. Seu rosto fica vermelho. — O bebê pode tirar essa soneca depois da eleição! Sim, é muito trabalho. Mas precisamos que Rossum vença! É o que todos querem, certo? Ou é só se for *conveniente* para vocês?

Ele sai pisando forte e bate a porta do almoxarifado VIP.

Olho para Jamie. O que acabou de acontecer?

Hannah pigarreia e corre para a frente da sala com um sorriso alegre.

— Olá, pessoal. Estamos muito empolgados por chegarmos à reta final com Rossum! Vamos focar em cem casas e, quem não puder, visite o máximo possível. Tudo o que vocês conseguirem hoje será incrível. Vamos sincronizar os dados que coletamos no aplicativo quando vocês voltarem. — Ela olha rapidamente para o almoxarifado. — E eu e Gabe queremos que saibam que apreciamos muito que estejam cedendo seu tempo, pois sabemos o quanto é valioso. Não se esqueçam de pegar garrafas de água ao saírem. Hoje está quente! Teremos pizzas à espera de vocês como agradecimento quando voltarem.

A multidão relaxa um pouco e começa a deixar a sala.

— Hannah ao resgate — comento.

— Isso podia ter acabado *bem* mal — concorda Jamie.

Então vamos ao almoxarifado VIP. Jamie bate na porta e dá uma olhada lá dentro. Gabe está andando de um lado para outro da área apertada, encarando o celular. Sua testa está coberta de suor.

— Você está bem, Gabe? — pergunta Jamie.

— Aquilo lá foi meio rude — acrescento.

— Fui duro demais? — Ele olha para nós. — Eu deveria ir lá dizer alguma coisa. — Ele começa a sair, apressado, mas Jamie o detém.

— Hannah cuidou disso — diz Jamie. — O que você tem? Seu rosto está vermelho. Quer que eu leve você a uma emergência?

— Não. — Gabe enxuga a testa suada com o braço. — A sala VIP não tem uma boa ventilação, só isso. É que… essa campanha. Estamos nos momentos finais… a captação de recursos não está indo tão bem quanto esperávamos. Entrei em contato com todas as celebridades de Atlanta, e só duas responderam com doações. Eu não entendo.

— Apareceram muitas pessoas hoje — comento.

— Vinte e quatro pessoas não é nada — dispara Gabe. — Precisamos do quádruplo disso se quisermos realmente bater em todas as portas. — Ele massageia as têmporas. — Não sei o que fazer. Parece inútil de todos os ângulos. As propagandas não repercutem. As pessoas não prestam atenção. E a mesma coisa acontece com as placas de quintal. O que precisamos é que algo *viralize*. Sabia que dois dos nossos colaboradores foram Fifizados enquanto trabalhavam na campanha? Tentei convencer as emissoras locais a noticiarem isso, nenhuma topou! Disseram que já tinham falado sobre esse assunto há algumas semanas. E daí? Estou *dando conteúdo* de bandeja, gente!

— É uma droga mesmo — comento. — Que as pessoas tenham sido Fifizadas.

— A mensagem da Fifi que é o problema. — Gabe anda pela sala. — É o que chamam de "apito para cachorro", com o perdão do trocadilho... mensagens antissemitas que só quem está a par do assunto entenderia. Por acaso alguma pessoa comum sabe que o 88 na xícara dela significa Heil Hitler? Ou que o sinal de ok que ela está fazendo enquanto segura a xícara de chá é outra alusão antissemita? Agora, se tivesse uma suástica, todo mundo se interessaria.

— Gabe. — Olho para ele. — Está dizendo que você queria que tivesse uma suástica?

— Olha. — Ele baixa a voz. — Sei que não é politicamente correto. Mas ajudaria a balança a pender para a vitória do Rossum. Só estou sendo sincero.

— Você está sendo sinceramente horrível — interrompe Jamie.

— Não precisa ser condescendente, Grande J. — Gabe franze a testa.

— Você está desejando uma suástica numa xícara de chá. Consegue se ouvir?

— Não se trata de mim. Estou tentando fazer Rossum ganhar a eleição.

— Mas essa eleição vai acabar mais cedo ou mais tarde — diz Jamie. — E, quando tiver ficado para trás, você ainda terá que ser você. É melhor se certificar de que vai conseguir se olhar no espelho quando tudo terminar.

Jamie se vira e sai da sala. Olho para Gabe.

— Ele está certo — falo, e sigo Jamie até o estacionamento.

— Você está bem? — pergunto quando entramos no carro.

Achei que ele estaria surtando. Mas está sorrindo.

— Estou ótimo — responde ele. — Dá para acreditar que fiz o Gabe calar a boca por um segundo?

— Acho que nunca vi Gabe sem reação antes. — Limpo o suor da testa. — Mas Hannah tem razão, está quente demais hoje. Podemos parar para comprar um café gelado?

— Também preciso de algo para limpar meu paladar depois daquilo tudo — concorda Jamie. — Às vezes não consigo acreditar que aquele cara é meu primo. Quer dizer… ele nem sempre é *tão* ridículo. O problema com a Fifi é que os símbolos não são suásticas?

— A coisa disfarçada é bem pior, porque é planejada para suportar uma negação plausível.

— Exatamente! As pessoas podem dar de ombros e dizer: *Como assim o 88 é um símbolo antissemita? Eu gosto desse número, só isso. Não posso ter um número preferido?* Ou: *Ei, é um sinal de ok. Sou só eu dizendo que está tudo bem… por que você acha que é racista? Está exagerando.*

— *Gaslighting* é bem pior — concordo.

Estacionamos o carro e pedimos nossos cafés. Ele me entrega o meu.

— Ah, que delícia. Estava sentindo falta de café gelado. — Olho para Jamie. — Me desculpa de novo por quase arrancar sua cabeça daquela vez que você comprou um para mim.

— Eu entendo. Eu deveria ter ido além do primeiro link de pesquisa do Google.

— Acho que eu só estava estressada por causa da Dickers — falo. — Aquela mulher provavelmente tem PhD nessas mensagens disfarçadas.

— Por pior que tenha sido, não me arrependo de ter ido.

— Nem eu.

Paramos o carro perto da placa da rua em que vamos pedir votos, mas não saímos. Olho pela janela. Não há nenhuma nuvem no céu. O sol está tão escaldante que sobe vapor do concreto.

— O discurso do Gabe tirou todo o meu entusiasmo de pedir votos. Não estamos fazendo isso pelo *Gabe*, mas ainda assim… — comento.

— Não, eu entendo — diz Jamie.

No rádio, Lois Reitzes termina uma entrevista com a autora local Laurel Snyder.

"A seguir", diz Lois, "Tammy Adrian e as manchetes de hoje".

"Boa tarde, ouvintes de Atlanta, Tammy Adrian aqui com as notícias de hoje. Para começar, vamos falar do projeto de lei 28."

Nós dois ficamos em silêncio.

"Asa Newton anunciou ontem em um evento para arrecadação de fundos que a aprovação do projeto de lei 28 será sua prioridade ao assumir o cargo. No entanto, se a lei for aprovada em termos constitucionais, a questão poderá ser decidida nos tribunais. Enquanto isso, a Orquestra Sinfônica de Atlanta comemorou seu..."

Jamie desliga o rádio.

— Por falar em babacas com mensagens disfarçadas. — Suspiro. — Holden e Newton são os piores.

Duas crianças passam por nós de bicicleta. Jamie olha para elas e depois para mim.

— E se não pedirmos votos hoje? — pergunta ele.

— Como assim?

— Vamos fazer algo a respeito desse projeto de lei. Talvez possamos organizar uma manifestação no Capitólio ou algo assim.

— Não precisamos de permissão para isso?

— Ah, é mesmo. — Consigo ver o desânimo em seu rosto. — Provavelmente demoraria muito.

Ficamos em silêncio por alguns segundos.

— Que tal panfletos informativos? — pergunto. — Isso é mais importante mesmo, porque muitas pessoas não estão a par do projeto de lei 28. A NPR está cobrindo o caso, mas a Sara nem sabia que isso existia.

— Podemos imprimi-los e colocar nas caixas de correio.

— E distribuir em restaurantes e lojas!

— Será que devemos comprar um caderno para anotar nossas ideias? — pergunta ele.

— Partiu Target. — Sorrio.

* * *

A seção de pátio é toda nossa hoje. Compramos dois cadernos, uma embalagem de canetas coloridas e um pouco mais de café antes de nos acomodarmos em um pequeno sofá em que cabemos perfeitamente. Sinto a camisa de Jamie roçar em meu braço.

— Tem que ficar na cabeça — digo a ele. — O slogan. Algo que seja fácil de dizer, tipo *Just Do It*, da Nike, ou *Amo muito tudo isso*, do McDonald's.

— Ou *Red Bull te dá asas*.

— É. — Olho para Jamie. — Tipo isso.

— Já sei! — exclama ele. — Que tal *O futuro com amor se faz. Projeto 28 jamais*.

— Jamie! Genial! E isso dá um ótimo grito de guerra também!

Então pensamos em tópicos informativos e esboçamos ideias de identidade visual para os panfletos. O tempo voa, até que o celular do Jamie vibra.

— É o meu lembrete — diz ele, relutante. — Hoje de manhã minha mãe me fez prometer que eu sairia para comprar confete antes do jantar.

Olho para o relógio, assustada. Acabamos de passar cinco horas ali. Deve ser algum tipo de recorde para uma visita à Target. Depois de alguns dias péssimos, é bom ter feito algo positivo hoje.

Ligo a TV à noite e me acomodo no sofá com o caderno em que estávamos trabalhando. A porta do quarto da minha mãe está fechada e as luzes apagadas.

Saiu um novo Ninja Warrior hoje, diz meu pai na mensagem que me manda. **Vou esperar para ver com você amanhã.**

Respondo com um emoji com olhos de coração. É o programa que mais gostamos de ver juntos, torcendo para todos os participantes e nos emocionando com cada história de vida.

Meus pensamentos viajam até Jamie. Provavelmente foi só o alívio do ar-condicionado neste dia absurdamente quente, mas relaxar com ele na Target me deixou feliz como não me sentia há muito tempo. Eu me pergunto o que Jamie está fazendo agora. Será que está assistindo a um filme com os amigos? Fazendo um rascunho do discurso do brinde?

Coloco *The Office* e dou uma olhada no caderno. Adorei o slogan *O futuro com amor se faz. Projeto 28 jamais*, mas precisamos de outra coisa. Só tenho que descobrir o quê...

Olho para a televisão. Michael Scott está compartilhando as desvantagens da depressão e decidindo se pula do telhado em um castelo inflável lá embaixo, antes que Pam e Darryl o detenham.

"Salvei uma vida hoje", diz Michael solenemente para a câmera. "A minha."

E é aí que tenho o estalo. O slogan perfeito.

Pego o celular e ligo para Jamie.

Ele atende imediatamente.

— Alô? — diz ele, baixinho.

— Ah — hesito. — Não queria acordar você. Ligo de novo amanhã.

— Não, não... Um segundo. — Ouço um barulho ao fundo e então uma porta se fechar. — Foi mal — diz ele. — Eu estava vendo TV. Ninguém costuma me ligar.

— É. — Fico vermelha. — Comigo é a mesma coisa. Mas fiquei empolgada porque tive uma ideia para o nosso panfleto.

— Legal! No que você pensou?

— Todo mundo gosta de se ver como herói, certo? Então, que tal se imprimirmos em letras grandes na parte de baixo do panfleto: "Você só precisa de trinta segundos para se tornar um herói... Ligue para o seu senador estadual hoje." Assim temos uma mensagem, mas também uma chamada à ação.

— É brilhante — diz Jamie. — Você teve essa ideia assim do nada? Amanhã eu penso no layout.

— Estava vendo *The Office* — admito. — Michael Scott me inspirou. Não sei bem como me sinto em relação a isso.

— Eu também estava vendo *The Office*! — exclama ele. — Que episódio?

— Aquele em que ele fala sobre depressão no telhado.

— Eu ia começar a ver a segunda temporada de novo. Aquele da cerimônia dos Dundies.

— Adoro esse! — falo, animada. — Espera, deixa eu trocar aqui.

A música de abertura começa a tocar na casa dele e na minha.

— Esse cara não tem a menor noção de nada. Ninguém dá a mínima para esses prêmios — comenta Jamie.

— Bem, fora o Dwight — respondo. — Ele é o DJ da premiação.

— Dwight é péssimo — diz Jamie.

— Por péssimo você quer dizer incrível, certo?

— É claro. — Jamie dá uma gargalhada.

Assistimos ao episódio juntos, meu celular pressionado à orelha. Nunca vi essa série com ninguém. Sei que Jamie está na casa dele a cinco quilômetros daqui, mas, se eu fechar os olhos, é como se ele estivesse sentado ao meu lado no sofá.

O episódio seguinte entra direto. E então, o próximo. Eu me afundo mais no sofá, o celular colado à orelha. *Nós deveríamos ir dormir*, penso em dizer. Jamie boceja do outro lado da linha. Mas, mesmo quando meus olhos começam a pesar, mesmo quando os comentários inteligentes e espirituosos de Jamie vão ficando cada vez mais baixos, eu não desligo.

Nem ele.

21

JAMIE

ACORDO COM A MENTE MEIO entorpecida mas feliz, e o celular ainda pressionando o rosto. A bateria acabou. Mas, quando coloco para carregar, o nome da Maya aparece na tela.

Chamada recebida. 8 horas. 25 minutos.

Peguei no sono assistindo à TV com ela. O que é... meio que a coisa mais romântica que já me aconteceu.

Sim, tecnicamente foi só uma ligação. Mas isso tem seu lado bom também. Nada de pressão ou de ficar sem graça, ou de ficar pensando onde colocar as mãos. Só nossas vozes e os sons da Dunder Mifflin ao fundo e a risada suave da Maya no meu ouvido. Começamos a cochilar depois do terceiro ou quarto episódio, acordando só para ir cada um para seu quarto. Mas não desligamos.

Por oito horas e vinte e cinco minutos.

Provavelmente só dormimos mesmo durante seis dessas horas. Está bem difícil ficar de olho aberto. Para ser sincero, são sete horas da manhã, mas voltar para cama é inútil.

Existe isso de estar zonzo e feliz demais para dormir?

Na verdade, todos já estão acordados, menos Sophie. Minha mãe está à mesa da cozinha já arrumada para trabalhar, olhando para o notebook enquanto bebe algo de uma caneca com a testa franzida. Mas minha avó está andando de um lado para outro, abrindo e fechando gavetas e passando por cima do Boomer, que mastiga o sr. Baboso no meio da cozinha.

— Adoro aquele garoto, mas meu Deus. — Minha avó cerra os punhos. — Ele quer que eu faça *cross-posting*, mais vídeos, que mande mensagem para mais celebridades. Mandar DM para a Oprah... Dá para imaginar?

Minha mãe ri sem tirar os olhos do computador.

— E ele tem me mandado umas trinta mensagens por dia. Está me deixando maluca.

Eu me sirvo uma xícara de café e pego um bagel da caixa de pão, então me sento ao lado da minha mãe à mesa.

— Vocês estão falando do Gabe?

— Juro para você, *bubalah*. Estou a um triz de bloqueá-lo.

— Ele foi bem intenso no escritório da campanha ontem. Acho que anda muito estressado com a eleição.

— Ah, eu sei. — Minha avó se junta a nós na mesa. — Não se preocupe comigo. Só estou sendo rabugenta.

— Não, você está absolutamente certa. Ele precisa relaxar.

Ela esfrega meu braço.

— Como você está, querido? Então esteve no escritório da campanha ontem? Que bom.

Minha mãe me encara.

— Estou muito impressionada mesmo, Jamie. Com todo esse trabalho pedindo votos.

— Bem, na verdade não batemos em nenhuma porta ontem — admito. — Mas nós vamos bater! No momento estamos trabalhando em panfletos para lutar contra o projeto de lei 28. Maya bolou todo o conceito, é brilhante. Vamos nos falar pelo FaceTime hoje à noite para finalizar o design e vamos nos encontrar na Target amanhã para distribuí-lo.

— Ah, uau — diz minha avó. — Na Target? Tem certeza de que é permitido?

— Vale a pena tentar. Vamos começar bem aos poucos — acrescento. — Só em lugares próximos. Mas depois queremos distribuí-los na Emory, Tech, Georgia State e Kennesaw. Só queremos educar as pessoas. E Maya estava pensando…

Pego minha mãe rindo.

— O que foi?

Ela ergue as sobrancelhas.

— Nada.

Hesito.

— Enfim, esperamos pressionar mais pessoas a ligarem. Ninguém nunca liga para os legisladores estaduais, então, se inundarmos os telefones deles, podemos conseguir causar algum impacto. Posso até mencionar isso durante o brinde na recepção da Sophie.

— Jamie.

— Na verdade, podíamos levar panfletos para a recepção! E eu podia mencionar nossa luta durante o brinde. Poderíamos fazer as duas coisas.

Minha mãe e minha avó se entreolham.

— Jamie — repete minha mãe lentamente. — Fico orgulhosa de ver você lutando contra o projeto de lei e, sinceramente, fico feliz de saber que anda pensando no brinde… mas tem certeza de que o bat mitzvá da sua irmã é o lugar certo para isso?

— Por que não? Vamos receber cento e cinquenta pessoas! Terei um público cativo. Posso fazer propaganda da campanha do Rossum também e lembrar todo mundo do dia da eleição. E até as amigas da Sophie podem ligar…

— Jamie, não. — Minha mãe suspira. — Não seria apropriado. Você é um dos anfitriões do evento. E o foco da comemoração é a Sophie, não a política.

Meu rosto fica vermelho.

— Mas o projeto de lei 28 não é só uma questão de política! É a lei do hijab. É uma questão de direitos humanos. Não dá para fingir que essas coisas não existem só porque estamos numa festa. A eleição será três dias depois do bat mitzvá da Sophie!

— Eu entendo! Entendo mesmo. Esse projeto é completamente desprezível — concorda ela, assentindo. — Mas, querido, você terá outras oportunidades de protestar. O bat mitzvá da sua irmã não é só uma festa. É um momento muito importante para ela…

— Mas…

— Assunto encerrado — sentencia minha mãe. Ela se vira de volta para o notebook.

Coloco a caneca na mesa com força e me levanto tão abruptamente que assusto o Boomer. Não me lembro da última vez que fiquei tão furioso assim com minha mãe.

— Assunto encerrado? É sério? Você vive falando sobre ação política e sobre como a candidatura do Rossum é importante. Foi você que me fez sair por aí pedindo votos! Então, é importante agir, mas só às vezes?

— Isso não é justo, Jamie, você tem que se lembrar que somos os anfitriões de um…

— Sério? — Finjo estar surpreso. — Somos os anfitriões de um bat mitzvá? Uau, não tinha notado. Acho que não atendi nenhum dos seus pedidos ultimamente…

— Querido. — Minha avó coloca uma das mãos em meu ombro.

Minha mãe olha para mim, perplexa.

— Jamie, o que é isso? Que agressividade é essa? Você não é assim.

Sinto um aperto no peito.

— Não estou…

— Talvez Gabe não seja o único que precisa relaxar um pouco — diz ela.

— Você está me comparando ao *Gabe*?

— Não, Jamie. — Ela fecha o computador. — Não vale a pena brigar por causa disso, querido. Estamos todos no mesmo time. Sei que tem sido difícil, e você anda sob muita pressão. Talvez devesse parar um pouco de pedir votos.

— Parar de pedir votos? A eleição é daqui a onze dias!

— Eu sei, eu sei — diz minha mãe, olhando para mim. — Mas, Jamie, nunca vi você tão chateado. Sim, é uma eleição importante, mas você precisa se cuidar também. Ou não vai aguentar. Por que você e a Maya não saem para um encontro normal e divertido em vez de...

— Do que você está falando? — Eu a encaro, boquiaberto. — Maya e eu não estamos namorando.

Ela ergue as mãos, na defensiva.

— Está bem. Só pensei que, como vocês têm passado muito tempo juntos...

— Ai, meu *Deus*. Podemos parar de falar agora?

Volto furioso para o quarto, arrancando o celular do carregador antes de me jogar na cadeira da escrivaninha. Isso é absurdo. Completamente absurdo. Minha mãe passa o tempo todo tentando fazer com que eu me expresse e seja mais assertivo, mas, no minuto em que consigo, ela não sabe lidar. É ridículo. E ainda tem a coragem de dizer que estou parecendo o *Gabe*...

Ok, talvez eu esteja parecendo o Gabe. *Um pouquinho*. Mas talvez Gabe esteja certo! Não com relação à Fifi, aquilo foi horrível. Mas quando diz que as pessoas só querem apoiar o Rossum quando é conveniente. Isso é verdade. Ah, claro, vamos pedir votos... quando tivermos tempo. Resistir à supremacia branca... desde que não atrapalhe nosso fim de semana relaxante. Não estou dizendo que sou perfeito. Sou tão culpado quanto qualquer um. Mas pelo menos estou tentando.

E esse papo de encontro? Minha mãe *sabe* que Maya não é minha namorada. Maya não acredita em namoro. E, mesmo que acreditasse, de forma alguma ela me enxergaria desse jeito. Somos amigos. *Companheiros de campanha*, como o Nolan disse. Somos companheiros de campanha que às vezes desabafam sobre outras coisas.

A pior parte é que nem posso desabafar sobre isso com ela. *Ei, Maya, minha mãe acha que você é minha namorada. Aposto que você não se incomoda nem um pouco com isso.* Quer dizer, até onde eu sei, minha mãe pode estar comentando isso por aí com outras pessoas. Pessoas como a Alina, ou seja... Pois é. Maya provavelmente acha que *eu* acho que estamos namorando. Nossa. Vai ser uma conversa divertida. Mal posso esperar para descobrir como é ser rejeitado com todas as letras pela garota por quem estou completamente...

Pois é. Enfim.

Sinto um nó na garganta, pesado e espesso. E pensar que uma hora atrás eu tinha certeza de que jamais pararia de sorrir.

Abro o laptop, nervoso. Preciso de uma distração, como, por exemplo, os panfletos do projeto de lei 28. Posso trabalhar nos panfletos. Que não são bem uma distração, pelo menos não do tipo que me farão deixar de pensar em Maya.

Mas, por outro lado, nada faria.

Às onze horas, já testei todas as fontes, cores e layouts possíveis. Não tenho a menor ideia de qual versão está boa, ou se *alguma* delas está boa. Tudo o que sei é que Maya não me mandou mensagem, minha avó não bateu na porta, Sophie ainda está dormindo e minha mãe...

Não quero falar com a minha mãe.

Sinto que estou prestes a explodir de novo.

Então só me resta escrever para o grupo. Entro no iMessage, os dedos correndo pelo teclado.

Jamie: Estou tão irritado com a minha mãe

sflskjfghlkszjdhfglkjhsdlkj

Drew: caramba. o que houve

Jamie: Juro, estou tão

ARGGGGGG

ela não deu a menor importância para o que estou fazendo contra o projeto de lei

ou para as coisas da campanha!!!

Drew: hã sério? achei que tivesse sido ideia dela

Jamie: ERA

mas aparentemente eu deveria me desligar de tudo isso e focar no bat mitzvá

como se eu fosse incapaz de fazer as duas coisas!

Drew: sinto muito, cara, que péssimo!

Felipe: Me desculpa, estou trabalhando, os clientes acabaram de sair. Quem topa tomar frozen yogurt às onze??? Ok, estou lendo tudo agora

Ah, cara, Jamie, sinto muito. Ela deve estar só estressada com o bat mitzvá

Jamie: mas não precisava ser tão condescendente! Ela insinuou que eu só estava fazendo tudo isso para ficar perto da maya. E falou tipo: ah, por que vocês não saem para um encontro normal?

Drew: ahhhh que bosta 🙊

Ok, não vamos mentir, pensamos a mesma coisa no início MAS entendemos que você tá mesmo interessado nesse lance.

Encaro a tela do notebook. Então é isso que todo mundo pensa. Todo esse trabalho... pedir votos, os panfletos. Tudo só para me aproximar da Maya.

Quer dizer, eu gosto de ver a Maya? Sim. É divertido trabalhar nas coisas da campanha com ela? Sim. Tenho uma queda por ela? Sim. Beleza! Mas não é esse o motivo de eu estar fazendo tudo isso. Seria o mesmo que dizer que eu não me importo... com a campanha, com o projeto de lei, com a islamofobia, o antissemitismo, a intolerância, com *nada*. E a ideia de que eu usaria tudo isso para iludir Maya e fazê-la se apaixonar por mim. Como se fosse possível!

Releio a mensagem do Drew, e... é. Preciso me acalmar. Drew está dizendo que agora sabe que levo essas coisas a sério.

Então por que sinto como se ele estivesse dizendo o oposto?

Talvez não seja exatamente Drew quem está questionando minha sinceridade.

Balanço a cabeça, fechando os olhos por um instante antes de voltar para a conversa.

Drew: mas a maya é muuuuito linda mesmo cara

Jamie: isso não quer dizer que a gente esteja namorando!!

Felipe: Você devia chamá-la para sair

Jamie: não é essa a questão! A questão é que minha mãe desmoralizou completamente meu trabalho quando disse isso!

Drew: ok, mas mesmo assim
você devia chamá-la para sair

Jamie: hã, é, não vou fazer isso

Felipe: Por que não?

Jamie: lembra do *Quer devagar comigo?*

Felipe: hahahahaha, como esquecer, mas Maya gosta mesmo de você! Você sabe disso, né?

Jamie: como amigo

Drew: ah, tá

Felipe: 😅

Jamie: que foi???

Felipe: Nada. É que nós... não sentimos uma vibe de amizade na quarta.

Hã? O QUÊ?

Olho perplexo para as mensagens. Não sentiram uma vibe de amizade. E foi Felipe quem disse isso, que é de longe o menos provável de estar brincando.

Drew: cara, viu com ela olha para você?

Jamie: hã?

Drew: tá bem, uma pergunta. Quando vocês estão sozinhos, ela toca no seu braço ou algo do tipo? Encosta em você? coisas assim?

Penso na quarta, quando Maya estava superchateada por causa da Sara. Ela desabou nos meus braços e continuou colada a mim, entrelaçou nossos dedos quando peguei a mão dela. Mas aquilo não conta. Ela estava triste. E eu só queria confortá-la!

Mas ela ficava vindo para o meu lado quando caminhamos mais tarde... será que estava flertando? E o sofá minúsculo que ela escolheu na Target ontem com certeza foi feito para o contato físico. A menos que não tivesse sido intencional. Provavelmente não era. Com certeza não era.

Felipe: Ela vive te mandando mensagem, não é?

Jamie: é

na verdade me ligou ontem

Uma ligação de oito horas e vinte e cinco minutos.

Drew: CARA

tipo no telefone?

Jamie: bem, a princípio era pra falar sobre a ideia de um protesto

Drew: ah, ela podia só ter mandado mensagem. Ela gosta de você

Mas talvez não goste. Não tem a menor chance. A não ser que...

Quem sabe? *Quem sabe?* Drew e Felipe provavelmente só estão tentando fazer com que eu me sinta menos otário. Mas, por outro lado, eles sempre foram sinceros quanto à minha falta de jeito com as garotas, eram até um pouco cruéis. Então...

Quem sabe?

Felipe: Ela vai ao bat mitzvá?

Drew: aaah boa ideia

Jamie: Acho que não... ainda não falei sobre isso com a maya NEM com a minha mãe

Felipe: Bem, acho que sua mãe deixou bem claro que aprova kkkk

Você devia convidá-la! ver o que ela diz

Jamie: Não sei não

Já estou vendo. Maya se encolhendo. Mordendo o lábio. *Ah, Jamie, não quero dar a impressão errada. Gosto muito da gente como amigo.* Maya dando um tapinha em meu braço. *Acho você um cara incrível e tal, mas...*

Drew: Não pensa demais! seja casual.

Jamie: ok! Caramba

Me dá um minuto

Talvez se eu fizer isso por mensagem. E se conseguir ser casual. O bat mitzvá seria um milhão de vezes mais suportável se ela estivesse lá. Afinal, Felipe e Nolan estão juntos, e Deus sabe que Drew estará ocupado dando em cima da minha prima Rachel. E a ideia de dançar com Maya, ficar com ela a noite toda, talvez darmos uma escapada sozinhos para algum lugar... e se ela gostar *mesmo* de mim... NÃO que ela goste.

Ok. Nada de mais. Vou só...

Jamie: Oi, eu queria te perguntar uma coisa

Você quer ir comigo ao bat mitzvá da Sophie?

COMIGO? Comigo comigo comigo comigo. Sério? Por que eu sou assim?

Reticências. Maya está digitando. Ok.

Deus. Por que eu disse *comigo*? Por quê?

Maya: Ah!

Mais reticências.

Merda.

Ok, não consigo.

Jamie: Estava pensando que poderíamos distribuir os panfletos e tal!

Legal. Exatamente o que minha mãe proibiu expressamente de fazer. Maravilha. Estou indo *muito* bem.

Maya: Tem certeza? Não quero bagunçar o número de convidados nem nada.

Ah, claro, os panfletos!! Faz sentido

Jamie: Você não ia bagunçar nada! Vem, sim

Maya: Beleza! Vai ser ótimo. Obrigada, Jamie!

Recosto-me na cadeira, pressionando os dedos nos olhos e respirando fundo. Minha nossa.

Quer dizer, eu consegui!

Mais ou menos.

Drew: você chamou ela???

o que ela disse

Jamie: ela disse

Felipe: Que suspense!!!

Jamie: ela disse que vai ser ótimo 😌

Drew: AÍ SIM

Felipe: O que eu te disse??

Jamie: mas como amigos! Não é um encontro.

Não é um encontro. Definitivamente, definitivamente, não é um encontro.

Drew: vamos ver 😉

22

MAYA

— DIA CHEIO? — PERGUNTA meu pai. Ele está fazendo café e ovos mexidos. — Você acordou cedo demais para um dia de férias.

— São dez da manhã. — Olho o relógio.

— Na sua idade, eu hibernava até a hora do almoço.

— Não consigo imaginar você dormindo até tarde. É uma pessoa tão ativa pela manhã.

— A culpa é sua. — Ele toma um gole de café. — Quando era bebê, você acordava todo dia às cinco da manhã. Aos berros. Como se precisasse ir a uma reunião urgente. Desde então, acordo às cinco e vou para a academia. Você adestrou meu sono.

— Sinto muito por isso.

— Não sinta! Olha só essas belezinhas. — Ele flexiona o braço.

— Você é ridículo. — Reviro os olhos, rindo.

— Vai pedir votos com o Jamie hoje?

— Vamos fazer outra coisa. — Pego o panfleto que Jamie e eu idealizamos e formatamos. Ficamos conversando pelo FaceTime até tarde ontem à noite, elaborando tudo.

Meu pai estreita os olhos para observar a tela. "O futuro com amor se faz. Projeto 28 jamais… Você só precisa de trinta segundos para se tornar um herói. Ligue para o seu senador estadual hoje!"

— A segunda parte foi ideia minha, e a primeira, do Jamie.

— Uau, Maya. Quando sua mãe combinou que daria um carro para você se pedisse votos, imaginei que seguiria os passos do seu pai e faria o mínimo possível para cumprir sua parte do acordo, mas você foi muito além.

— É. — Eu me ajeito na cadeira. — Já não se trata mais *só* do carro...

— Estou orgulhoso de você, meu bem.

Ele beija minha testa.

Meu pai sai para o trabalho, e vou para meu quarto. Sentada na beira da cama, releio a mensagem que Jamie mandou ontem me convidando para o bat mitzvá da Sophie. Por uma fração de segundo, sinto um arrepio. Jamie perguntou se eu queria ir *com ele* ao bat mitzvá. Como sua acompanhante. Saímos juntos o tempo todo, mas um encontro oficial no bat mitzvá da irmã dele... O que isso significa exatamente? Não fazia ideia de como explicaria isso para minha mãe (e parabéns, Maya, por ter dito a ela que sair é igual a namoro). Mas não é um encontro. Jamie deixou isso bem claro.

Então, dilema resolvido.

Seja o que for, estou animada para o bat mitzvá. Gosto da Sophie de verdade e, além disso, terei a chance de ouvir o brinde do Jamie pessoalmente. Passei a noite pesquisando ideias de presentes. Algumas pessoas costumam dar dinheiro em uma quantia múltipla de dezoito porque simboliza a vida, mas acho tão impessoal dar dinheiro. E o que vestir? Fui a alguns bat mitzvás quando tinha doze anos, mas tenho certeza de que a moda mudou. Além disso, de acordo com minha pesquisa, você pode aparecer de jeans em alguns bat mitzvás, enquanto em outros as mulheres usam vestidos longos.

Jamie me entrega o convite quando me busca naquela tarde.

— Um convite oficial! — Dou um gritinho, abrindo o envelope depressa. — Olha só isso. — Passo os dedos pelo relevo. — É tão chique, parece um convite de casamento.

— Minha mãe não tem jeito.

— Então isso quer dizer que será um evento chique, não é? Devo me arrumar toda?

— Você que decide. — Jamie me tranquiliza. — Pode vestir o que quiser.

— Não vou de pijama. Alguma dica do que devo usar?

— Vou de terno e gravata, se é que isso ajuda.

— Terno e gravata não é muito meu estilo. — Encaro Jamie, irônica. — Só queria algumas ideias. Não quero chegar lá parecendo ridícula.

— Você não ficaria ridícula nem se tentasse.

Olho nos olhos dele, esperando um risinho, mas Jamie me parece tão sincero que fico sem graça.

— Imprimi os panfletos. — Ele pigarreia. — Estão aí perto dos seus pés.

Pego a caixa de papelão. Arregalo os olhos ao abri-la.

— Tem quantos aqui?

— Trezentos. Para começar.

— Mas são coloridos! Devem ter custado uma fortuna.

— Fiz na impressora lá de casa.

— Sua mãe concordou com isso?

— Imaginei que todo o meu trabalho não remunerado para o bat mitzvá valesse no mínimo alguns cartuchos de tinta.

Olho para os panfletos recém-impressos. Estavam bonitos no computador, mas, ao segurá-los nas mãos, percebo como isso é real.

— Mal posso esperar para mostrá-los ao Kevin. Ele vai amar.

— É. — Jamie olha para mim. — Mas minha avó disse que talvez a gente não possa sair distribuindo panfletos na Target.

— Talvez a maioria das pessoas não possa, mas nós temos contatos lá dentro — falo, sorrindo.

Quando chegamos, Kevin está no serviço de atendimento ao cliente ajudando alguém com um abajur. Ele acena para nós depois de concluir a devolução e faz sinal para nos aproximarmos.

— Olá, meu caros! — exclama. — Bem-vindos à Target. Estão devolvendo essa caixa?

— Oi, Kev. — Abro a tampa e entrego um panfleto para ele. — Não. Na verdade, temos um pedido para você. Um favor. Queremos entregar esses panfletos para informar os clientes sobre esse projeto de lei. Estão planejando aprová-lo depois da eleição, mas queremos esmagar a narrativa que estão tentando disseminar antes que ganhe força.

Kevin lê o papel e franze a testa.

— Isso é muito errado! E eu nunca tinha nem ouvido falar desse projeto.

— Exatamente! — falo. — É por isso que precisamos divulgar.

— Com certeza. Esse projeto é nitidamente racista.

— Obrigado, Kevin. — Sinto uma onda de alívio. — Pensamos em ficar aqui pela seção de pátio ou perto da seção de dormitório e distribuí-los.

— Ah. — Ele balança a cabeça. — Me desculpa, Maya, mas não vai dar.

— Como assim? Você disse que esse projeto de lei é absurdo.

— E é. Vou ligar para o número no meu próximo intervalo. Quem não quer ser um herói? Mas vocês não podem fazer campanha aqui. Os clientes só querem comprar suas toalhas de mão e seguir para o próximo item da lista, entendem?

— Não é fazer campanha — retruco. — Só distribuir panfletos.

— Bem, de certa forma *é, sim*, quando se pode escolher entre dois lados, e um dos lados quer determinada política, e o outro, não — diz Kevin.

— Escolher lados? — repito. — É uma política racista de merda. Só existe um lado para escolher... o lado *certo*.

— Opa. — Kevin levanta as mãos. — Estou do seu lado. Não precisa erguer a voz.

Erguer a voz?

— Esse é o problema atualmente — continua ele. — Todo mundo está nesse constante estado de afronta. Como é possível construir pontes entre os dois lados se as pessoas estão sempre tão irritadas, se não ouvem?

— Não há dois lados, nesse caso — insiste Jamie.

— É o que você diz, meu caro. Mas *existem*. E é por isso que há tanta raiva.

— Bem, *Kevin*. — Cerro os dentes. — Sinto muito se não estou sendo educada ao falar com você. Mas não sei bem como ser simpática quando o outro *lado* diz que minha mera existência é um problema a ser banido. Primeiro, os adereços de cabeça. Depois o quê? Onde isso vai parar? Quando vou poder levantar minha voz?

— Eu não estava pensando em tudo isso, mas…

— É claro que não estava. Nada disso afeta você. Esse mundo é feito para *você*… E o restante de nós? Temos que ser *simpáticos* enquanto falam em nos prender pelo que vestimos.

Pego a caixa de panfletos e saio, furiosa. Jamie corre para me acompanhar.

— Você está bem? — pergunta.

— Ele é inacreditável. — Solto o ar. — Beleza. Talvez não houvesse mesmo muita chance de distribuirmos os panfletos lá dentro, mas que cara de pau. Dizer que essa história tem dois lados?

— Eu sei — diz Jamie, passando o braço ao meu redor.

Mordo o lábio para conter as lágrimas.

— Não acredito que gritei com o Kevin — falo, baixinho.

— Pela maneira como ele olhou para você, acho que nem o *Kevin* acreditou que alguém gritou com ele.

Tenho que rir. É verdade. São poucas as pessoas da escola com quem eu me veria brigando. Mas nunca com o Kevin.

O celular do Jamie apita. Ele dá uma olhada.

— É minha avó. Ela está naquele restaurante novo, o Scavino's. O dono comprou uniformes opcionais com o nome do Rossum para os funcionários usarem até a eleição suplementar. Ela queria fazer alguns stories sobre isso no Instagram e talvez uma live… — Ele hesita. — Quer vir comigo?

— Está falando sério? Vou conhecer a InstaGramm?

— Você já conhece.

— Ah, sim. — Fico vermelha. — Me desculpa por aquilo.

— Eu te desculpo se for comigo. — Jamie ri. — Mas talvez a sessão de fotos demore um tempinho. Adoro minha avó, mas ela entra de cabeça no modo diva. Vendo pelo lado positivo… — Ele aponta para a caixa de panfletos. — Ela é capaz de convencer qualquer um a fazer o que ela quiser. Aposto que vai dar um jeito de deixar os panfletos expostos por lá.

— É claro que eu topo.

O lado diva da avó se revela antes mesmo de Jamie deixar o estacionamento.

— Jamie, querido — diz ela pelo viva-voz do celular dele. — Eu adoraria um pouco de chá. Você faria a gentileza de me trazer um de camomila? No Bon Glaze você encontra da marca que eu gosto. E pode dar uma passadinha em casa para trazer meu cachecol vermelho? Vai dar um contraste bonito para a foto com as cores e a iluminação daqui.

Buscamos todos os acessórios e bebidas necessários e nos encontramos com ela no estacionamento do restaurante.

— Maya, querida! — A avó de Jamie vem me cumprimentar. Boomer caminha ao seu lado.

— Olá… — hesito.

Será que devo dizer sra. Miller? Vovó? Ruth? Mas, antes que eu pense demais, ela já me esmagou com um forte abraço.

— Mas que alegria extraordinária ver você de novo. Jamie não para de falar de você. Ele…

— Aqui está o chá, vó — interrompe Jamie.

— Olha só isso, querida. — Ela beija a bochecha de Jamie. — Ele é maravilhoso, não é?

— Com certeza. — Sorrio para ele.

O rosto de Jamie fica em um lindo tom de vermelho.

— Vó, você acha que poderíamos colocar alguns panfletos aqui? — pergunta Jamie.

— É claro. — Ela assente. — Eles têm um belo quadro de cortiça na parede com todo tipo de material falando sobre resistência. Tenho certeza de que adorariam.

— Quer começar com algumas fotos externas do prédio? — pergunta Jamie.

— Primeiro vamos entrar e entrevistar Devon e Chris, enquanto o restaurante está tranquilo. Eles formam o casal mais doce de todos. — Ela aperta alguns botões em seu celular e o entrega para Jamie. — Então, depois, o vídeo…

Ela hesita. Está vendo alguma coisa atrás de mim.

— Vó? — pergunta Jamie.

— Segura aqui meu chá, querida. — Ela estende o copo para mim.

Antes que possamos dizer qualquer coisa, ela começa a se afastar de nós, com Boomer seguindo-a de perto.

— Ei, você! É, você! — grita ela. — Acha que não sei o que está fazendo?

— O que está acontecendo? — Olho para Jamie. — Isso é… parte do processo ou algo assim?

— Com certeza, não…

Nós nos viramos. E então vemos.

Alguém está ajoelhado no estacionamento, e, ao seu lado, no chão, há uma pilha de adesivos de para-choque. Adesivos da Fifi.

— Eu fiz uma pergunta! — brada a avó de Jamie. — O que pensa que está fazendo?

O garoto parece atordoado por um instante, mas logo se recupera. Mostra um adesivo com ar desafiador e sorri.

— É melhor cuidar da sua vida, senhora.

Boomer rosna. O sorriso dele desaparece na hora.

— É assim que você fala com as pessoas, Nicholas Jacob Wilson? — pergunta ela. Nesse momento, o garoto se assusta. —

Ah, sim, eu sei bem quem você é. Sua avó está sempre exibindo suas fotos na Jazzercise. Vive falando que o neto é trabalhador. É esse o trabalho que você anda fazendo? Vandalizando propriedade alheia?

Nicholas se levanta, perplexo.

— Calma — diz ele. — Escuta. É só uma brincadeira.

— Aterrorizar as pessoas é uma brincadeira? Incluindo minha própria família, aliás? Você tem muita audácia, rapazinho. Quando sua avó descobrir...

— Não, por favor — pede ele. Todo o jeito descolado desapareceu. Agora ele é só um garoto de dez anos, pego no flagra roubando um biscoito antes do jantar. — Não conta para a minha avó. Por favor.

— Me dê um bom motivo para eu não fazer isso.

Ele não responde. Seu lábio inferior treme. Será que vai cair no choro?

— Só falta um semestre para eu me formar — diz ele, trêmulo. — Por favor, ela vai me deserdar.

A avó de Jamie cruza os braços, mas, antes que consiga dizer qualquer palavra, Nicholas começa a chorar. No começo são só algumas lágrimas escorrendo pelo rosto, mas, quando dou por mim... ele já está aos prantos. E não para de falar que aquilo vai arruinar a vida dele. E que ninguém pode descobrir.

— Isso é sério? — sussurro.

Então olho para Jamie pela primeira vez.

Ele está com o celular da avó na mão. Será que está...

— Você está filmando isso???

O maxilar de Jamie está contraído.

— As lives do Instagram acabaram de ficar bem mais interessantes — diz ele.

23

JAMIE

ENTRAR NO ESCRITÓRIO DA CAMPANHA num domingo é como entrar em um universo alternativo. Por um instante, Maya e eu ficamos paralisados na entrada, completamente perplexos. Gabe tinha falado que deveríamos entrar pela frente da livraria hoje, mas eu não sabia que era porque havíamos *tomado conta* da frente da livraria. E dos fundos. E do espaço extra para eventos perto da janela lateral.

— Sério, de onde vieram todas essas pessoas? — sussurra Maya.

Dou uma olhada na sala. Está tão cheia de universitários com ar sério que parece mais uma Apple Store. Vejo Hannah perto de uma prateleira de velas perfumadas, brandindo o celular diante de um enorme grupo de voluntários. Enquanto isso, Alison, a estagiária, cuida da triagem das listas de endereços, parecendo assoberbada. Mas, apesar do caos e da agitação, é possível sentirmos uma vibração de esperança no ar. Paro um pouco, tentando absorver tudo — a conversa agitada, as pessoas aglomeradas entre as fileiras de estantes, o álbum do ABBA tocando ao fundo. Não sinto esse tipo de eletricidade desde que Jordan Rossum chegou ao iftar.

— Acho que tem mais de quarenta pessoas aqui — comenta Maya, impressionada. — Lembra quando metade dos voluntários eram parentes do Gabe ou da Hannah?

Eu rio.

— Para ser justo, a mãe da Hannah trabalha para o Partido Democrata.

— Ainda assim. — Maya sorri.

Gabe coloca a cabeça para fora do anexo, e seu rosto se ilumina ao nos ver. Quando dou por mim, ele já está correndo em nossa direção como um cachorrinho animado.

— Os heróis do momento! — Ele me abraça primeiro, e então abraça Maya. — Olha. Vocês dois viraram o jogo. — Gabe chama alguns voluntários mais próximos. — Gente, este é meu primo Jamie e sua parça, Maya!

Parça. Parça? Claro, depois de lidar com minha mãe e meus amigos, até que é um alívio ver alguém que não presume que Maya e eu estamos namorando. Não que eu me incomode com isso. Só me preocupo que esses papos possam acabar chegando até ela. Mas por outro lado... *parça?* Como eu deveria interpretar isso? Drew e Felipe viram algum tipo de vibe entre nós, mas agora me pergunto se é verdade. Porque se Gabe acha que somos *parças*...

— ... os que fizeram a live do Instagram e expuseram aquele troll — declara Gabe.

— Ah, minha nossa! — diz uma voluntária asiática com uma camisa do Rossum. — Aquilo foi incrível. O vídeo já ultrapassou um milhão de visualizações, né?

Fico vermelho.

— Graças à minha avó...

Gabe me dá um tapinha nas costas.

— Você precisa se dar mais crédito, Grande J. Lembre-se, se não estiver gravado, não aconteceu. Vocês dois são a razão de tudo isso. — Ele faz um gesto amplo, mostrando a sala. — Sabia que o número de voluntários triplicou desde que o vídeo da Fifi foi ao ar?

Maya ergue as sobrancelhas.

— Sério? Uau…

— Bustle, Mashable, BuzzFeed, Upworthy. — Gabe conta nos dedos. — A matéria do *AJC* vai ao ar amanhã, e temos o artigo da Hannah no *North Fulton Neighbor*. *Pod Save America* quer entrevistar a vovó. O que foi que eu disse sobre construir uma narrativa? Agora temos Newton, o candidato oficial dos racistas chorões. Mas, se você preferir uma doce vovó destruidora de nazistas, bingo! Bem-vindo ao Time Rossum. Nós viralizamos, baby!

Todos rimos, e Gabe começa a bater palmas… para si mesmo. Não consigo nem revirar os olhos. É quase como se… ele estivesse sendo mesmo coerente, para variar. É engraçado me sentir feliz por alguma coisa relacionada à Fifi, mas não posso negar a energia palpável na sala hoje. E para uma eleição suplementar? Naquele pequeno escritório satélite? É simplesmente incrível.

Gabe se vira para Maya e para mim.

— Deixa eu passar as informações para o pessoal novo rapidinho. Vocês dois, não saiam daí. Vovó está a caminho, e vamos começar a filmar assim que todos os outros saírem. Vai ser demais. Livrar Fifi do mal! — Então ele nos cumprimenta com um soquinho.

Maya o observa levar o grupo de voluntários até a sala dos fundos.

— Caramba. Não acredito que ele conseguiu mesmo. Ele viralizou.

— Não é? Isso é muito louco — falo. — Além disso, a ACLU mandou um e-mail solicitando que seus membros façam doações e peçam votos. A campanha arrecadou mais dinheiro nas últimas vinte e quatro horas do que no ano inteiro. E Hannah disse que o Partido Democrata da Geórgia planeja financiar uma campanha publicitária na TV!

— Caramba. Rossum tem mesmo chance.

— Tem, sim.

Reparo em Alison, equilibrando uma pilha de panfletos quase mais alta do que ela.

Assim que os voluntários saem, Hannah vem até nós. Parece querer dizer alguma coisa.

— Oi! Que bom que encontrei vocês antes do vídeo. — Ela entrelaça as mãos. — Então, minha mãe está pedindo a alguns voluntários para fiscalizarem a eleição. Posso colocar vocês em um dos turnos? É bem tranquilo, e o treinamento é bem simples. Vocês só precisam ficar no local de votação para garantir que nada desonesto aconteça.

— Ah. — Olho de lado para Maya, que sorri e dá de ombros.

— Por mim, tudo bem — concorda ela. — Talvez possamos ficar juntos.

— Com certeza.

— Maravilha! — diz Hannah. — Estou colocando vocês dois na minha lista. Esquadrão de Proteção Eleitoral rumo à vitória. — Então ela nos cumprimenta com um soquinho. — Muito obrigada, pessoal, sério. Por tudo.

Maya e eu trocamos sorrisos, e me sinto basicamente um balão humano. Flutuando, quente e radiante. Quer dizer, nosso vídeo mudou o rumo da campanha. Mudou mesmo. *Nós* mudamos. E, se mudamos o rumo da campanha, talvez possamos mudar o resultado da eleição.

O que mudaria a história. Apenas uma pequena parte dela, mas ainda assim.

Isso sem falar que passar o dia da eleição com Maya vai ser mais do que perfeito. É até difícil acreditar que em algum momento cheguei a pisar neste escritório sem ela. Ou que eu ficava apavorado de vir aqui. Meu estômago se revirava sempre que eu entrava no estacionamento. Eu tinha que me preparar para jogar conversa fora, mesmo que fosse só com a Hannah e a Alison. E tinha o Gabe, sempre querendo mais. Faça mais ligações. Bata em mais portas. Seja menos Jamie.

Tudo está diferente agora.

Sim, Gabe ainda é completamente irritante, e a campanha é uma bagunça. Ainda há conversa fiada. E eu realmente sou péssimo nisso.

Mas, quando Maya está aqui, sinto como se estivesse em casa.

Meia hora depois, minha avó assumiu o controle.

— Gabe, querido, pode empurrar aquela escrivaninha para o fundo? Ótimo. E alguns centímetros para a esquerda. Obrigada, amorzinho. Ah, queria que tivéssemos uma luz natural aqui.

Ela desdobra seu tripé, colocando-o alguns centímetros à frente da escrivaninha agora impecável de Hannah. Com um tecido branco pesado pendurado atrás, o cenário lembra um pouco o estúdio fotográfico improvisado de bonecas que Sophie montou no nosso porão quando tinha nove anos. Mas, quando minha avó me deixa dar uma olhada pela tela do celular, vejo que parece surpreendentemente profissional — um nível acima do conteúdo normal da campanha do Rossum.

— Vocês fizeram um roteiro, não fizeram? — pergunta Gabe assim que nos sentamos. Ele coloca uma figura ligeiramente ampliada da Fifi em papel cartão entre nós dois, e tento não observá-la muito de perto. — Mas não sintam que não podem improvisar nada, quero que seja divertido, espontâneo, moderno... Estão entendendo? — finaliza ele, com um ar meio maníaco.

Maya arregala os olhos.

— Está bem.

— Só não se esqueçam de mencionar todos os assuntos sobre os quais conversamos. E de amarrar isso tudo ao Rossum. Vamos aproveitar o impulso dessa história da Fifi. Queremos que as pessoas se empolguem.

— É só se divertirem. — Minha avó sorri por trás do tripé. — Essa é a ideia mais fofa de todas. Adorei vocês dois terem pensado nisso.

— Não é?! — exclama Gabe. — Quanto mais Fifi, melhor.

— Essa... não é exatamente a nossa mensagem — diz Maya.

— Só não deixem de falar do Rossum. E sorriam! — Gabe anda para trás, puxando os cantos da boca com os dedos.

— Jamie, querido, chega um pouco mais perto da Maya. Ótimo. Agora tentem projetar a voz o máximo que puderem. — Minha avó nos observa pela câmera do celular. — E lembrem-se, podemos editar mais tarde, então não se preocupem se precisarem repetir alguma coisa…

— Mas tenham em mente que, quanto menos errarem, menos tempo teremos que passar editando, e mais rápido teremos esse material pronto — intervém Gabe.

— Vai dar tudo certo. — Minha avó dá um tapinha no ombro dele. — Então vamos começar com nossa introdução, mas depois vamos parar por um segundo antes de seguirmos para a fita decorativa. Gabe continuará filmando, e, Maya, vou dar a volta e fazer um zoom por cima do seu ombro. Tudo certo?

— Por mim, beleza — responde Maya.

Também concordo.

— Ótimo! — Minha avó sorri. — Vou fazer a contagem regressiva com os dedos.

Ela ergue três, depois dois, então um… E começamos.

Às cinco, Maya e eu estamos aconchegados em nossa nova cadeira de pátio preferida na Target — a namoradeira de vime em forma de ovo que Maya certa vez disse ser pequena demais para duas pessoas. Acho que agora é grande o bastante.

Maya está dando uma conferida nos últimos resultados da pesquisa eleitoral em seu telefone. Ainda não consigo acreditar que o celular dela pega Wi-Fi aqui.

— Parece que Newton ainda é o favorito. — Ela bufa.

— Mas olha. Essa pesquisa é do dia 28. Antes de o vídeo com o Nicholas Wilson viralizar. Talvez esse seja o ponto da virada.

— É, talvez. — Ela entra no Instagram, e seu rosto se ilumina. — Ei, nosso vídeo já foi publicado!

— Na página do Rossum ou da vovó?

— Nas duas. E aparentemente no YouTube também.

Ela chega mais perto, mostrando o celular. Por um instante, mal consigo falar ou respirar. Cada centímetro do meu lado esquerdo está pressionado pelo lado direito da Maya.

— Estou com medo de assistir — diz. — Mas adorei a legenda. Fifi Repaginada!

— Vovó adora uma boa hashtag.

Maya ri.

— Está pronto? — Faço que sim, e ela aperta o botão de reproduzir.

Aparece o título na tela: *Fifi Repaginada*.

A Maya do vídeo sorri.

"Olá, sou a Maya."

"E eu sou o Jamie."

— Pareço tão nervoso — murmuro.

Maya me abraça por um breve segundo.

— Você está ótimo.

"... quando você for Fifizado", diz a Maya do vídeo.

Então a imagem da Fifi surge na tela, acompanhada de uma música de Halloween.

Maya ri.

— Uau.

"Para aqueles que não sabem, Fifi é um meme que viralizou entre grupos da supremacia branca de extrema direita", explico no vídeo.

E Maya continua: "Mas recentemente trolls locais levaram a Fifi para fora da internet, para as ruas de Brookhaven e Sandy Springs."

A imagem corta para uma montagem de adesivos da Fifi em carros, incluindo o Alfie, culminando na sequência em que a vovó se aproxima decidida de Nicholas Wilson no estacionamento do Scavino's.

Então aceno solenemente a cabeça no vídeo. "Nossa equipe de vovós está trabalhando dia e noite para manter as ruas livres da Fifi..."

"Mas, por precaução, temos um pequeno truque para transformar esse pesadelo Fifizento em um ícone de resistência. Jamie, a fita decorativa." A Maya do vídeo pega a imagem da Fifi do expositor. "Vamos começar com a xícara de chá. Se olharem atentamente, verão que temos um número 88 aqui e que Fifi segura a xícara fazendo um sinal de ok. Que horror. São dois importantes símbolos antissemitas, mas que acabam passando despercebidos. É uma estratégia chamada apito de cachorro."

Eu me inclino em direção à Maya.

— Desperdiçamos a oportunidade de um bom trocadilho de cachorro aqui, né?

Maya revira os olhos, sorrindo.

"Mas, com algumas tiras de fita decorativa de arco-íris estrategicamente posicionadas..."

— Não acredito que a obsessão da minha mãe por fita decorativa veio tanto a calhar — falo.

A câmera dá zoom em uma demonstração acelerada de nossas mãos cobrindo completamente a xícara com uma fita de arco-íris.

"Fifi ficaria bem usando uma touca rosa de gatinho, não acha?", pergunto no vídeo.

"Com certeza", concorda Maya. E, em seguida, vemos mais uma montagem em alta velocidade do nosso trabalho com fita adesiva. "E pronto. Prova clara de que gatos são melhores do que cães."

Então lanço um rápido mas óbvio olhar meio de soslaio para Maya no vídeo.

— Ai, meu Deus, Jamie. Olha a sua cara. — Maya parece radiante. — Esse vídeo acabou ficando muito fofo!

Olho para Maya na tela.

— É.

"... mas lembre-se", diz ela no vídeo. "A melhor maneira de repaginar a Fifi é doar. Pedir votos. E, o mais importante, comparecer para votar em Jordan Rossum no dia 9 de julho."

O eu do vídeo, então, se vira para Maya e sorri.

"Jordan Rossum, para o Senado Estadual da Geórgia, Quadragésimo Distrito. Vote em Rossum, ele é fora do comum!"

Em seguida, o logo da campanha de Rossum surge na tela, e o vídeo recomeça.

— Não ficou tão ruim, não é? — pergunto.

— De jeito nenhum! Nós fomos ótimos. — Ela se inclina para a frente, rolando a tela. — Uau, já tem mais de quatrocentas visualizações.

Dou uma espiada na tela.

— E quase cem comentários!

— Não leia — diz Maya rapidamente.

Dou risada.

— Por quê?

— É a regra básica da internet, não? Nunca leia os comentários.

— Não está curiosa para saber o que estão dizendo?

— É claro que estou — responde Maya. — Mas, confie em mim, não vale a pena. Um comentário infeliz pode acabar com o seu humor num segundo.

— Você acha que a maioria dos comentários é negativa?

Olho a tela da Maya, onde o vídeo continua sendo exibido.

— Não *a maioria*, a menos que os trolls o encontrem. Mas sem sombra de dúvida vamos encontrar um pouco de ódio aí. Talvez não direcionado a você, mas com certeza a mim…

— De jeito nenhum. Você é totalmente profissional. Olha!

— Não importa. É o que acontece na internet quando se é mulher, *ainda mais* uma mulher muçulmana marrom. E meu cérebro se concentra por dias nos ruins.

— Ah. — Franzo a testa. — Sinto muito. Isso é péssimo.

— As coisas são assim. — Ela dá de ombros.

Paro para pensar.

— Quer que eu leia alguns dos bons para você? Só para saber as coisas boas, sem correr o risco de topar com nenhum troll?

— Ah. Na verdade, sim! — Maya assente. — Eu adoraria.

— Ok! Vamos ver. — Deslizo a tela para baixo. — Muitos emojis de coração, algumas pessoas dizendo *boooaa*... Está bem, olha esse! Um cara chamado Jacq com *q* diz: *que ideia fofa e inteligente. Adorei!*

— Ahh, obrigada, Jacq com *q*. — Maya sorri.

— E uma pessoa chamada Granibella e mais um monte de números diz: *Rossum é fora do comum e Maya e Jamie também!* E acrescentou a hashtag! *#FifiRepaginada.* — Continuo rolando. — Ok, e Nancy Shapiro diz... ahhh. Uau.

Maya chega mais perto.

— O que foi?

— Ela diz: Tão orgulhosa do meu neto Jordan Isaac Rossum, vote em Rossum!!! Com amor, vovó.

— É a avó dele? — Maya leva a mão ao peito. — Isso é muito fofo.

— Fazer o quê? Avós judias são incríveis. — Rolo mais a tela. — Tá, essa é boa: *kkkk Jamie revirando os olhos me REPRESENTA.*

— Está brincando.

— E vamos ver. Mais um monte de gente dizendo que vai votar no Rossum. Uma pessoa chamada Anna com uns cinquenta *n* diz: *kkkk A cara do Jamie quando a Maya falou dos gatos.*

Maya ri.

— Eu disse! Aquela cara foi minha parte preferida do vídeo inteiro. — Ela se recosta, observando, contente, a parte superior em domo da cadeira de vime. — Ai, meu Deus... você viu todos aqueles produtos de gatos versus cachorros na Fawkes and Horntail? Prendedores para sacolas, meias...

Faço que sim, distraído, meus olhos correndo de volta para a seção de comentários.

"Jamie, a fita decorativa" kkkk

Encontre alguém que olhe para você como Jamie olha para a Maya aos 56 segundos do vídeo 😍

Minhas bochechas ficam quentes. Sabe o que seria ótimo agora? Um alçapão. Para outra dimensão. Uau, Jamie. Que bom que você sabe ser sutil sobre seus sentimentos pela Maya. Até parece que completos estranhos veriam isso estampado na sua cara.

Sem brincadeira: se Maya lesse esse comentário, eu morreria. De verdade.

24

MAYA

JAMIE ESTAVA ERRADO. Ajudar a avó dele com as sessões de fotos não é chato. É o máximo.

Terminamos uma sessão rápida com ela e o Boomer em um parque recentemente revitalizado, e estamos passando por todas as lojas de Town Brookhaven para deixar nossos panfletos sobre o projeto de lei 28. As pessoas se iluminam ao verem a avó do Jamie. E todas respondem ao pedido dela com um sim entusiasmado.

Carmen's Cupcakes não é uma exceção.

— Oi, querida, meu nome é Ruth Mill... — começa ela ao se aproximar da funcionária na caixa registradora.

— Sei quem você é! — diz a mulher. — Você é a InstaGramm!

Ela olha para a avó do Jamie como se fosse a própria Meryl Streep. Depois se vira para mim e para ele. E arregala os olhos.

— Esses são o Jamie e a Maya?

Olho para Jamie. Ele fica tão surpreso quanto eu.

— Vi o vídeo de vocês — explica a atendente. — Aquele que ensina a modificar os adesivos da Fifi. Não fui trollada, *graças a Deus*, mas mandei para duas amigas minhas que foram. Elas amaram vocês. Fifi Repaginada! — Ela dá um soquinho no ar.

— Fifi Repaginada — repito, ainda perplexa. — Que bom que ajudou.

É *muito* estranho ser reconhecida. Isso acontece com a avó do Jamie todos os dias? Assim como todos os outros donos de loja, Carmen nem pisca antes de concordar em deixar alguns de nossos panfletos expostos ali. Até promete colocar um na porta da frente para que todos vejam ao entrar.

— Eu ia mesmo entrar em contato com você — diz Carmen à avó do Jamie. — A atitude do pessoal do Scavino's realmente me inspirou. Pretendo distribuir café grátis para qualquer um que venha aqui no dia da eleição com um adesivo de "Já votei".

— Que maravilha! — exclama Ruth. — Você se importaria se eu compartilhasse essa informação com minha pequena comunidade virtual? Eles ficariam muito gratos.

Pela reação de Carmen, qualquer um pensaria que a InstaGramm a convidou para uma festa na Lua. Carmen, com certeza, está mais do que disposta a ajudar.

A avó do Jamie rapidamente entra em modo trabalho. Depois de levar cerca de trinta minutos para decidir qual cupcake complementa melhor o esquema de cores da loja (creme de morango), ela passa a examinar o estabelecimento para encontrar o lugar perfeito para fazer a foto.

Ok, talvez Jamie tenha razão. Às vezes ela exagera um pouco.

Dou uma olhada no relógio. Prometemos à Hannah que chegaríamos um pouco mais cedo na sede da campanha para levarmos garrafas de água. Espero que a gente não se atrase.

— Maya, querida, você gostaria de posar comigo para essa foto? — pergunta Ruth. — Pensei que você poderia ficar de um lado com o cupcake e Jamie do outro com a xícara de café.

— Eu adoraria! — digo.

Jamie e eu nos posicionamos ao lado dela.

— Xis! — grita Carmen, e tira várias fotos.

O celular de Jamie começa a tocar no meio da sessão. Assim que terminamos, ele checa o telefone.

— Minha mãe — murmura ele. — Volto já.

— A propósito — digo à Ruth quando ela volta para a mesa e pega a bolsa —, muito obrigada por me seguir de volta. Quase desmaiei quando vi a notificação no Instagram. Eu estava passando por um período difícil, e isso deixou bem melhor.

— Hã? — Ela ergue os olhos enquanto falo e me observa por um segundo. Então abre um sorriso. — Você é um amorzinho... Sabe disso, não sabe? E é tão boa com o Jamie. *Para* o Jamie. Ele sempre foi um garoto tranquilo, mas às vezes pode ser muito introspectivo. Desde que vocês começaram a passar todo esse tempo juntos, ele...

— Voltei! — Jamie corre até nós. — O que eu perdi?

— Sua avó estava dizendo como sou incrível e como você tem sorte por eu ser sua amiga.

— Isso mesmo.

A avó ri e aperta a bochecha do neto. Ele fica vermelho como um tomate. É tão engraçado fazê-lo corar. A essa altura, já se tornou praticamente um hobby.

— Quase um milhão e meio de visualizações no vídeo da Fifi e no do Nicholas Wilson — anuncio.

Estamos no carro a caminho da sede da campanha.

— Mal tínhamos passado de um milhão ontem à noite — comenta a avó do Jamie. — A coisa realmente está ganhando força.

— Graças a você! — exclama ele.

— Fico feliz que isso tenha despertado todas essas conversas sobre trollagem, mas não vou aceitar esse comportamento. — Ela lança um olhar para o neto. — Você não deveria usar minha conta ou publicar coisas sem me informar primeiro.

— Mas ele mereceu — acrescento do banco de trás.

— Bem, isso é verdade. — Ela sorri.

Meu celular acende. Uma mensagem da Shelby.

Acabei de ver seu vídeo! Você é demais! 😍

Fico surpresa... mesmo que não devesse. O vídeo está na internet agora, então é claro que o pessoal da escola ia acabar vendo.

Maya: Muito obrigada!

Shelby: Uma galera vai ao shopping na quinta. Depois me avisa se quiser ir também. Já faz um século que a gente não se vê!

Maya: Ah, beleza. Vou ver aqui e te falo!

Ela me manda emojis de beijo, e eu respondo com outros de sorriso, depois fecho as mensagens e abro o nosso vídeo. Não está nem perto de um milhão de visualizações, mas setenta e cinco mil não é nada mau. Mostra um interesse cerca de cinco mil por cento maior do que qualquer coisa que *eu* já publiquei.

Clico na hashtag #FifiRepaginada.

— Vocês não vão acreditar! — exclamo. — Alguém fez uma linha de produtos personalizados da CafePress com a hashtag da Fifi! A loja tem camisetas, canecas e até um adesivo com a Fifi usando chapéu de arco-íris e segurando um cartaz do Rossum! Todo o lucro vai para a campanha.

— Viram só? — A avó do Jamie se vira para mim e sorri. — Não falei que um vídeo era a melhor forma de fazer essas coisas?

— Sim, vovó. Você estava certa — responde Jamie.

— "Vovó, você estava certa" provavelmente é a melhor frase que existe — diz ela.

Chegamos ao escritório da campanha. Há ainda mais carros do que ontem no estacionamento. Acabamos tendo que estacionar perto do consultório do acupunturista ao lado. Ao entrarmos na livraria, percebemos que há muito mais pessoas também. Ontem, a campanha teve que passar para o espaço onde funciona a livraria de fato; hoje, as pessoas estão preenchendo quase todos os cantos do lugar.

— Setenta pessoas. — Conto de novo, só para ter certeza.

— Ei, vocês dois! — Uma mulher com roupa de ginástica e rabo de cavalo se aproxima de nós. — O vídeo de vocês é uma graça. E o que o menino fez com aquela pobre cadelinha. — Ela balança a cabeça. — Compartilhei o vídeo com todos da Associação de Pais e Responsáveis de Ashford Park. Chegamos à conclusão de que, se adolescentes podem acordar cedo no verão para pedir votos, nós também podemos.

Depois que ela se afasta, Jamie sussurra para mim:

— Mais uma para o Time dos Cachorros!

— Ela só não queria que a cachorrinha fosse racista! É diferente!

Antes que possamos continuar nosso debate, Gabe corre até nós, derramando café de sua caneca.

— Oi, gente! Olha só essa multidão.

— É ótimo mesmo, Gabe — comento.

— Já é a segunda bola dentro de vocês com os vídeos virais da Fifi. — Os olhos dele brilham. — Nicholas Wilson foi uma grande sorte!

Jamie e eu trocamos um olhar e suspiramos. Gabe.

— Aliás, preciso pedir um favor para vocês — continua ele.

— Que tipo de favor?

— Só uma palavrinha para o pessoal aqui. Nada de mais.

— Sem chance — responde Jamie com firmeza. — Nunquinha.

— Maravilha! Vocês vão se sair muito bem! — exclama Gabe.

Antes que possamos falar qualquer outra coisa, ele já correu para a frente da sala e pegou um microfone.

Gabe começa com o discurso padrão sobre o trabalho na campanha, agradecendo a todos por comparecer e explicando os envelopes.

— O que ele quer que a gente fale para esse pessoal? — murmura Jamie, completamente vermelho.

— Vamos embora — sussurro. — Ele não pode nos pedir nada se não estivermos aqui.

E, neste exato momento, Gabe aponta para nós.

— Agora vou passar o microfone para Maya e Jamie, nossos especialistas em prospecção de votos, para que possam compartilhar com vocês algumas dicas do que devem ou não fazer ao baterem nas portas.

Olho para o Jamie. Sua cor passou do vermelho para o verde. Tenho noventa por cento de certeza de que ele vai vomitar.

— Venham, crianças — chama Gabe. — Esses dois são nossos astros da prospecção! Eles vão compartilhar um pouco de sua experiência, principalmente para os marinheiros de primeira viagem, antes de vocês pegarem a estrada.

— Vou esganar o Gabe — murmuro para Jamie.

Mas, então, vejo os rostos que nos observam. Os universitários se abanando com panfletos. As mães com carrinhos. Os cidadãos mais idosos usando seus trajes esportivos de veludo. Três mulheres de hijab na primeira fileira. Penso no homem com a camisa azul de peixe-espada que encontrei no meu segundo dia de trabalho na campanha. Em como fiquei paralisada. Em como não conseguia me mexer.

— Vamos lá — falo para Jamie. — Nós conseguimos.

Seguro a mão dele, e caminhamos juntos até a frente da sala.

Todos batem palmas quando pego o microfone. Parece haver muito mais gente aqui deste ângulo. Gabe está ao fundo, tirando fotos nossas com o celular. Pigarreio e olho para Jamie. A julgar pelo rosto dele, com certeza eu terei que começar.

— Muito obrigada por terem vindo — digo às pessoas reunidas, tentando ao máximo não transparecer o nervosismo. — Como Gabe, hã, mencionou, temos alguma experiência com prospecção, e com certeza há coisas que eu gostaria que soubessem.

Uma das mulheres de hijab sorri para mim e assente. Sorrio para ela. E então começo a compartilhar nossa abordagem.

Bata na porta e espere um pouco antes de bater novamente.

Não bata mais que duas vezes, só deixe um panfleto e vá para a próxima casa.

Prenda o panfleto na porta ou na maçaneta.

Não o coloque na caixa de correio. Tem alguma lei que proíbe isso.

— E se hidratem — aconselho a todos. — Está muito quente lá fora. E cuidado com as comidas gordurosas ou oleosas que podem deixá-los sem energia com esse calor. — Olho para Jamie e pisco. — Tipo donuts.

Jamie se endireita um pouco ao ouvir isso.

— Mas biscoitos Goldfish são perfeitamente aceitáveis — asseguro a todos.

Jamie parece menos esverdeado. E está sorrindo.

— Lembrei de uma. — Ele se aproxima de mim, e entrego o microfone para ele.

— Se ficarem cansados, parem — diz ele às pessoas. — Cada um de vocês ficou com um número bem grande de casas, e ninguém *em sã consciência* espera que consigam visitar todas.

— E se alguém deixar vocês desconfortáveis... vão embora — acrescento. — Vocês não precisam dar um panfleto nem seu tempo a essas pessoas. Confiem nos seus instintos e vão embora.

Damos mais dicas. Alguns voluntários têm dúvidas. Sobre o melhor calçado a se usar ou se é melhor bater na porta ou tocar a campainha. Fico espantada ao perceber que conseguimos responder a essas perguntas tranquilamente.

Quando terminamos, todos batem palmas.

— Não foi tão ruim — comenta Jamie quando Hannah assume o microfone para explicar o funcionamento do aplicativo. — Quando você atacou os donuts, senti que eu *tinha* que começar a falar.

— E viu que bateram palmas para a gente? Acho que ninguém nunca bateu palmas depois de ouvir Gabe falar.

— Revirar os olhos, com certeza, mas bater palmas, não. Nunca.

— Mas ainda assim vou esganar o Gabe — falo.

— Ah, com certeza. — Jamie assente.

Meu celular vibra. Fico chocada ao olhar para a tela. Tenho mais de cem notificações. Desde que nosso vídeo ensinando a modificar os adesivos da Fifi foi publicado, fui inundada de solicitações de pessoas que nem conheço querendo me seguir.

— Que palestra incrível. — Um homem se aproxima de nós. — Vocês explicaram tudo com tanta facilidade. E é ótimo vê-los em carne e osso. Fifi Repaginada! — Ele dá soquinhos no ar.

— Fifi Repaginada — repetimos, com um sorriso.

Dissemos isso numa sala só com a gente e a avó do Jamie, mas as pessoas ouviram. E se importaram. E compareceram.

— Até ver o vídeo de vocês, eu não sabia que as pessoas estavam pedindo votos para essa eleição — continua ele. — Não apareceu ninguém no meu bairro.

— Onde você mora? — pergunta Jamie.

— Hampton Hall. Mora muita gente lá. A maioria é democrata, mas acho que, nessa eleição, o mais importante é que as pessoas saibam que ela existe.

— Vamos ver se está na lista de prospecção. — Eu me viro para o Jamie. — Se não estiver, podemos aparecer por lá. Cada voto conta.

— Ei, vocês! — Hannah nos interrompe. — Posso falar com os dois um segundo?

Pedimos licença e vamos até lá.

— As garrafas de água! — exclama Jamie. — Estão na mala do carro. Esqueci completamente.

— Não, não é isso. — Hannah balança a cabeça. — Bem, em primeiro lugar, vocês foram *ótimos* lá na frente. Veteranos experientes!

— Obrigado. — Jamie está vermelho de novo, mas por um ótimo motivo.

— E, como veteranos — Hannah cruza os braços. —, vocês sabem que precisam seguir o mapa de prospecção definido, não é? Não podem sair por aí fazendo o que der na telha como acabei de ouvir vocês sugerindo.

— Fazendo o que der na telha? Só vamos bater nas portas — retruco. — O bairro dele tem um monte de casas, e não fizeram esse trabalho por lá.

— Tenho certeza de que estão na nossa lista.

— Podemos dar uma conferida rápida? — pergunto. — Se não estiverem, podemos passar por lá.

— Se a área não está nos envelopes, não fazemos prospecção lá — diz Hannah. — Não temos um sistema à toa.

— Qual é o problema de visitarmos alguns bairros em nosso tempo livre? — pergunta Jamie.

— Não — diz Hannah com firmeza. — Sinto muito, mas se vão ser voluntários do Rossum, precisam jogar pelas regras dele.

O entusiasmo que sentimos instantes antes desaparece.

— Sinto muito — continua ela, gentil. — Vocês dois arrasam mesmo… mas não podemos correr o risco de prejudicar a campanha.

Então vemos Hannah se aproximar de outro voluntário.

— Isso não faz o menor sentido — murmura Jamie. — Que mal tem bater em mais algumas portas?

— Aparentemente é contra as regras avisar aos democratas que uma eleição se aproxima.

Pego nosso envelope e saio pela porta lateral. Kevin. Agora Hannah. Supostamente estão do nosso lado, mas têm um jeito estranho de demonstrar isso.

25

JAMIE

NÃO CONSIGO PARAR DE LER os comentários.

Sei que estou quebrando a regra básica da internet, mas faz três dias que publicamos o vídeo da Fifi Repaginada, e os comentários não param de chegar. E há toda uma nova leva na nossa foto tirada na Carmen's Cupcakes, além de outra que Gabe postou na conta da vovó no dia em que conversamos com os voluntários, dando orientações básicas sobre a prospecção. É meio louco ver as publicações relacionadas ao Rossum ganharem tanta força. Antes, recebiam uma média de cem likes cada, e mesmo assim só quando a vovó as republicava no InstaGramm. Mas o vídeo do Nicholas Wilson fez a coisa toda explodir.

É claro que o número de comentários não é a grande novidade, mas sim o fato de falarem de mim e da Maya.

Shippo tanto esses dois!!!

Rossum deveria ser o padrinho de casamento deles kkkk

Own, adorei isso!!! Com certeza votarei no Rossum, e valeu pelas dicas!

uau eles querem se beijaaaarrr

JAMIE, A FITA DECORATIVA 😂 *Maya, minha ídola*

mais conteúdo com a maya e o jamie por favor!!!

Acho que não são *tão* ruins assim. Definitivamente um pouco assustadores. Mas pelo menos não estão falando de como olhei para Maya no final do vídeo. Pelo menos esses novos comentários sugerem algum tipo de interesse recíproco, o que é...

Bem, por um lado, é bem menos constrangedor.

E bem que eu queria saber o que faz as pessoas pensarem que Maya e eu queremos nos beijaaaarrr. Para fins de pesquisa. É claro. Afinal, se todo mundo vê isso, talvez haja mesmo algo para ver?

Clico para ler as respostas ao comentário *Shippo tanto esses dois!!!*, cinquenta e oito, ao todo. Cinquenta e oito pessoas discutindo o assunto com emojis de choro, de olhos de coração e pontos de exclamação. Sinto minha cabeça girar.

— Jamie, está começando! — Maya se joga ao meu lado no sofá da sala de estar da minha casa. Mais perto do que de costume. *Bem* mais perto do que de costume. — Você não larga esse celular hoje.

Fecho rapidamente o Instagram, enfiando o telefone no bolso enquanto tem início a música de abertura de *The Office*. Estamos assistindo à segunda temporada desde que voltamos do trabalho de prospecção à tarde.

— "Resolução de Conflitos". Estou pronta. — Maya aperta meu braço.

A questão é a seguinte: não quero tirar conclusões precipitadas a partir dos comentários de um bando de desconhecidos no Instagram. Mas talvez não seja só isso. Afinal, Maya me deu dois abraços prolongados hoje enquanto pedíamos votos, sem contar o *high five* duplo depois que a primeira pessoa confirmou o voto. E não foi só um *high five* duplo normal. Foi um *high five* duplo demorado, com direito a dedos entrelaçados. Além disso, desde que voltamos para minha casa, teve essa coisa de sentar no sofá sem nem um espacinho entre nós... E agora ela apertou meu braço! Esse deve ter sido um gesto de paquera deliberado, não? Então talvez os comentários estejam certos. Ou talvez Maya os tenha lido em segredo, e isso a esteja deixando mais corajosa.

Acho que estão *me* deixando um pouco mais corajoso.

Maya não tira os olhos do episódio, e estou fazendo de tudo para me concentrar também. Geralmente me concentrar em *The Office* não é um problema, mas não consigo parar de pensar em como a coxa da Maya roçou na minha quando ela dobrou os joelhos no sofá. Na tela, Jim reconta todas as pegadinhas que fez com Dwight, e Maya faz uma careta.

— Tenho sentimentos contraditórios com relação a isso — diz ela. — Por um lado, é *bem* exagerado. E algumas das coisas que ele fez com o Dwight foram bem cruéis. Não acho que seja assédio, mas talvez uma tentativa de diminuí-lo? Sei lá. — Ela se inclina para mais perto de mim. — Por outro lado, é o *Jim*.

Dou uma espiada no rosto dela.

— Nossa, mas que ar sonhador.

Além disso, ela está sentada. Perto. Demais.

Maya suspira.

— Como alguém pode *não* ficar com ar sonhador quando vê o Jim? Ele é tipo o sr. Darcy, de *Orgulho e preconceito*. Universalmente reconhecido como provocador de suspiros.

— O que o Jim tem de tão interessante?

— Tudo! Ele é tão fofo. Sua confiança e o senso de humor — explica Maya. — Ele se sente tão à vontade consigo mesmo.

Sinto um nó na garganta.

Jim não se parece nada comigo.

— Não acredito que vamos ver "Noite de Cassino" agora. É o episódio mais romântico de todas as séries de todos os tempos.

O episódio mais romântico de todas as séries.

O mais romântico.

Juro que às vezes nem sei se Maya ouve as coisas que diz.

O episódio começa, e não consigo deixar de sentir que alguma coisa mudou. Como se a sala estivesse prendendo a respiração.

— Sempre me esqueço dos dois encontros do Michael — comenta Maya, segurando minha mão. — Mal consigo ver essa parte. Ele é tão constrangedor!

Então está acontecendo. Pois é. Maya está segurando a minha mão, e não porque um de nós dois está triste. Estamos só sentados aqui. Neste instante. Dando TV e assistindo às mãos.

Assistindo à TV.

E dando as mãos.

Acho que meu cérebro está em curto-circuito.

Ela solta minha mão, inclinando-se para a frente, e de repente parece estar a quilômetros de distância. Completamente concentrada na televisão. Provavelmente nem se lembra que estou aqui atrás.

Mas, quando Jim e Pam trocam sorrisos jogando pôquer, Maya de repente se inclina para trás de novo.

— O jeito como eles olham um para o outro!

O jeito como eles olham um para o outro. Parece um comentário do Instagram. O jeito como olho para a Maya. E as pessoas parecem torcer por nós, do mesmo jeito que Maya torce por Jim e Pam.

— Meu Deus, Roy não tem nada a ver com ela. — Maya balança a cabeça de um lado para outro. — Já vai tarde.

Quando Jim se aproxima de Pam, estou acompanhando as reações de Maya mais do que a série na tela. Quando Jim abre a boca para falar, Maya deixa escapar um som tão agudo que acorda Boomer.

— Você guinchou? — pergunto.

— Shh. — Ela bate no meu braço, rindo.

— Foi fofo!

Ela franze o nariz para mim, depois se vira de volta para a TV.

— Ai, meu Deus, é agora. — Ela pressiona as bochechas com as mãos.

Jim diz a Pam que está apaixonado por ela. Maya deita a cabeça no meu ombro, suspirando.

A cabeça dela.

No meu ombro. Durante uma confissão de amor. Eu estou…

Ok, como devo interpretar isso? É uma coisa de amizade? É o que os amigos fazem? Nunca tive uma amiga tão próxima antes.

Sua cabeça ainda está no meu ombro, mesmo que eu seja a pessoa mais sem jeito que existe, e mesmo que meu braço esteja só esticado, rígido.

Meu Deus. Falando em rigidez…

Ajeito a manta em meu colo, meu rosto corando furiosamente. Pense em Asa Newton, Jamie. Pense em Ian Holden. Jennifer Dickers. Fifi. As mãos humanoides da Fifi…

Crise evitada.

A não ser pela cabeça da Maya no meu ombro que é outro tipo completamente diferente de crise. Meu coração bate tão forte que parece que vai sair do peito. Não sei o que fazer. Devo passar o braço em volta dela? É isso que se faz quando alguém deita a cabeça no seu ombro durante uma confissão de amor?

Quando a garota por quem você está apaixonado coloca a cabeça no seu ombro?

Assistindo a uma confissão de amor?

Tudo parou de funcionar. Meu cérebro, meu coração, meus pulmões. Pararam de funcionar. Não consigo fazer isso. Não sou um cara que consegue fazer isso.

Mas.

Passo o braço em torno dos ombros de Maya.

E, sem um segundo de hesitação, ela se aconchega mais em mim. Na tela, Pam entra no escritório para ligar para a mãe. Maya está completamente hipnotizada, mordendo o lábio, o cabelo esparramado pelos ombros. Tão perto da minha mão.

É claro que Maya tem o cabelo mais macio do mundo.

Passo os dedos por ele, hesitante. E de novo, deixando-o se enroscar na ponta dos meus dedos. E de novo.

Ela se vira para mim, com um sorriso quase indagador. E eu fico sem ar. Eu só.

Paro.

De respirar.

Mas aí ela se vira de novo para a TV e se aninha ainda mais em meu peito.

Acho que nunca estive tão completa e absurdamente feliz em toda a minha vida.

É claro que mal passamos dos créditos quando minha mãe, Sophie e minha avó aparecem, falando sem parar sobre modificações no vestido. Maya levanta a cabeça meio desorientada quando elas chegam à sala de estar. Minha mãe ergue as sobrancelhas, fazendo com que eu fique vermelho da cabeça aos pés, mas pelo menos ela e minha avó passam direto.

Por outro lado, Sophie se atira dramaticamente na namoradeira.

— Deteeesto ir ao lugar dos ajustes. Mamãe e vovó são tão constrangedoras. Eu estava tipo: *ótimo, está tudo perfeito*, mas a vovó fica: *vamos apertar um pouquinho aqui embaixo do braço*. Vovó, deixe suas axilas respirarem! Era para a coisa toda ter levado uns cinco minutos no máximo, mas *não*.

Maya se endireita no sofá.

— Ahh. Então você vai usar uma roupa feita sob medida?

— Não, é da Nordstrom. — Sophie revira os olhos. — Mas as duas estão obcecadas com a ideia de que tudo tem que estar perfeitamente ajustado. Eu estou mais para: *beleza, consigo fechar o zíper? E não vai cair? Maravilha. Já terminamos.*

Eu me viro para Maya.

— Não caia nesse papo de que ela está tranquila. Sophie experimentou doze vestidos…

— Ah, isso não é nada. Andrea experimentou cinquenta e quatro vestidos. — Sophie abre um sorriso para Maya. — Aliás, estou muito feliz de saber que você vai!

— Sim! Mal posso esperar. Muito obrigada por me deixar ir à festa.

Sophie estreita os olhos.

— Está brincando? Com certeza a…

Eu a fuzilo com o olhar. Se Sophie disser *namorada*, juro por Deus…

— … a melhor amiga do meu irmão tem lugar garantido. — Sophie dá um sorrisinho.

Melhor amiga. A princípio, Maya parece quase surpresa com o termo, mas depois se vira para mim e sorri.

Meio difícil saber o que pensar disso. Quer dizer, a essa altura ela é mesmo minha melhor amiga. Não resta dúvida. Por outro lado… é assim que a Maya nos vê? Uma dupla de melhores amigos grudentos?

— Ok, Sophie, Jamie não me ajudou em nada — diz Maya. — Preciso do seu conselho sobre o traje da festa. Vai ser chique, não vai?

— Meio chique. Semiformal.

— Certo. — Maya franze a testa. — Então… nada de vestido de baile, mas também nenhum vestidinho simples de verão, não é? Melhor usar um vestido longo por segurança?

— Por segurança de quê? — pergunto.

— Ai, meu Deus, você não precisa usar longo — responde Sophie. — Quer dizer, se quiser, pode. Mas eu não vou usar. Espera um pouco, vou perguntar à galera. — Ela pega o celular.

— Ótimo, obrigada! — exclama Maya. — E, para a cerimônia, devo usar algo bem conservador, não é?

— Sim, conservador — confirmo. — O objetivo é se vestir o mais parecida com um senador republicano possível…

— Cala a boca. — Maya cobre minha boca. — Cardigã e saia, certo?

— Está ótimo! — Sophie confere o celular. — Ok, para sua informação, todas vão de vestido curto. E Jamie, Maddie quer que eu diga que ela vê você no bat mitzvá.

— Hã. Está bem.

Maya ergue as sobrancelhas.

— Parece que a Maddie tem uma quedinha por você.

— Acho que na verdade ela gosta de um carinha lá do shopping — comento.

Sophie revira os olhos.

— Aff, não. Essa é a Tessa. Contei que eles estão namorando agora?

— Ele não é muito mais velho?

— Ele é tipo um ano e meio mais velho, então nem tanto, mas… ele também é meio estranho, sabe? — Sophie torce o nariz.

— Não acredito que vocês já estejam namorando — diz Maya.

— Bem, eu não estou. — Sophie faz uma careta. — Quem está é a Tessa.

— Você se empenhou para fazer isso acontecer, não? — Me viro para Maya. — Sophie me fez levá-la ao shopping, dando a entender que era uma grande emergência, só para ajudar a garota, e agora…

— Isso se chama ser uma boa amiga — rebate Sophie. — Mas não achei que Tessa fosse mesmo levar isso para a frente. Ele tem quinze anos!

— Então suas amigas gostam de garotos mais velhos? — pergunta Maya.

— As amigas dela estão fora de controle. — Balanço a cabeça lentamente. — Agora você entende por que estou apavorado com essa história do brinde.

Quando volto depois de deixar Maya em casa, minha mãe está no sofá da sala de estar à minha espera.

— Ei! Podemos conversar?

Estreito os olhos.

— Claro…

— Não precisa ficar tão assustado. — Ela dá um tapinha no sofá, fazendo sinal para eu me sentar. — Só quero saber como você está.

Tradução: ela me viu no sofá com a Maya e agora planeja tornar a próxima meia hora da minha vida excruciantemente vergonhosa. Tenho quase certeza de que isso vai acabar com minha mãe dizendo a palavra *camisinha*. Não vejo a hora de atingir esse novo e emocionante ponto baixo na minha vida.

Eu me sento no canto oposto do sofá.

— Estou bem.

Ela não diz nada. Só olha para mim com aquele jeito carinhoso de quem está querendo descobrir alguma coisa. O que — minha nossa — talvez seja ainda pior do que conversar sobre camisinhas.

Tento preencher o silêncio.

— Está tudo bem. A campanha está indo muito bem. Tivemos pelo menos trinta voluntários todo dia essa semana. Maya e eu fizemos um turno em Dunwoody. Foi bom…

— Ótimo! — diz ela.

— Ótimo — repito.

Meu Deus. Por quê? Por que estamos fazendo isso?

— Estou tão feliz que você esteja se divertindo na campanha, e estou muito orgulhosa de você, Jamie. Fazer prospecção algumas vezes… já seria incrível por si só, mas ter mantido esse compromisso por tanto tempo…

— Se conseguirmos que Rossum seja eleito, vai valer a pena.

— Certo. — Ela hesita. — Bem, a questão é a seguinte.

— Eita.

— Não é nada de mais! Você não está fazendo nada de errado, querido. — Ela olha para mim. — Só queria que você entrasse nisso de olhos abertos. Fico tão preocupada de que você esteja alimentando esperanças demais com essa história do Rossum.

— E eu não deveria ter esperança?

— É claro que deve! E temos muitos motivos para ter esperança, óbvio. Mas… só queria me certificar de que você entende que nem sempre o progresso acontece tão rápido quanto gostaríamos. Nosso distrito tem tido maioria republicana há muitos anos. De uma forma esmagadora…

— Mas você tem acompanhado as pesquisas? Ontem a *AJC* mostrou que o Rossum só estava perdendo por menos de quatro pontos percentuais, só um pouco acima da margem de erro. E você tinha que ter visto a energia lá na sede. Estava lotada…

— E isso é ótimo! — Mamãe sorri. — É muito promissor, e nunca se sabe. Só queria garantir que você esteja preparado para o resultado, seja qual for. Nenhuma eleição é garantida.

— Eu *sei*.

— Não quero desencorajá-lo. Acho que o que você e Maya estão fazendo é incrível. Adoro ver como estão envolvidos. Só não quero que se envolva tanto a ponto de se magoar.

Tão envolvido a ponto de se magoar.

Tento afastar o pensamento antes que ele se estabeleça na minha mente. É possível se envolver demais com um candidato? Não é o que se deve fazer? Comprometer-se cem por cento?

Mas talvez eu esteja mesmo no caminho para me magoar.

E talvez a pessoa com quem eu esteja envolvido demais não seja Rossum.

— Jamie? — chama minha mãe, me tirando de meus devaneios.

— Não, eu sei. Eu entendo. Só acho que temos que acreditar que é possível. Senão, qual é o sentido?

— Só se lembre de que termos chance já é uma vitória — diz ela.

Abro um sorriso desanimado.

— Está bem, mãe.

Ela chega mais perto, estendendo a mão para dar um tapinha em meu braço.

— De qualquer forma, estou feliz que você e Maya tenham tirado uma noite de descanso, para variar.

Arrá. Aí está.

— Vocês dois pareciam bem à vontade — acrescenta ela.

— Mãe, nós não estamos…

— Eu sei que vocês não estão namorando — ela se apressa em dizer. — Só acho bom que estejam fazendo coisas não ligadas à eleição juntos. Deveriam fazer isso mais vezes.

— Está bem…

— Estou falando sério! Vocês deveriam fazer algo só por diversão, como ir ao aquário, ou a um parque, ou até mesmo só sair para jantar e ir ao cinema.

Fico vermelho.

— Parece muito que você acha que estamos namorando.

Ela ri.

— Bem, acho mesmo que vocês dois seriam fofos juntos. Já pensou em chamá-la para sair?

— *Mãe*.

— É só uma sugestão! Às vezes tendemos a criar umas fantasias, sabe? E não tem que ser nada de mais. Você quer namorar a Maya?

Dou uma risada, incrédulo.

— Isso não importa. Ela tem que querer.

— Você tem razão, mas não estou perguntando se ela quer. Isso é ela que tem que decidir. Estou perguntando se *você* quer.

— Acho que sim.

— E ela sabe o que você sente?

Saberia se lesse todos aqueles comentários do Instagram.

— Não sei — respondo, por fim.

— Talvez você devesse abrir o jogo com ela.

Olho para minha mãe, horrorizado.

— Isso não é…

— Ou comece com algo simples e a convide para fazer alguma coisa!

— Já fiz isso! — Balanço a cabeça. — Intermezzo, o bat mitzvá…

— Ah! — Ela olha para mim por um instante, claramente disfarçando um sorriso. — Sophie falou que Maya iria ao bat mitzvá, mas eu não sabia que seria como sua acompanhante.

— Hã. Claro. Podemos mudar de assunto?

Sinto muito, mas isso é ridículo. Minha mãe está agindo como se a vitória fosse certa. Como ela pode estar tão confiante com relação a isso? Principalmente quando demonstrou tão pouco entusiasmo pelas chances do Rossum? Só Deus sabe o que os dados de uma pesquisa percentual diriam sobre minhas chances com Maya. Imagina só se isso existisse mesmo.

Se bem que… acho até que existe. No Instagram.

Claro que o verdadeiro problema agora é que acabei de dizer à minha mãe que Maya será minha acompanhante no bat mitzvá. Enquanto isso, Maya deve estar pensando que é minha cúmplice política.

E não faço ideia de quem está mais perto da verdade.

26

MAYA

O SHOPPING NÃO É O mesmo sem a Sara.

O quiosque com os agasalhos peculiares e estilosos parece só uma barraquinha triste com chapéus e cachecóis muito caros. A Nordstrom, onde podíamos passar um dia inteiro experimentando todos os sapatos de salto alto, parece ter opções demais. Até a Apple Store, aonde sempre íamos para dar uma olhada nos mais novos iPhones e iPads, hoje parece uma loja de eletrônicos comum.

Cheguei a pensar em chamar o Jamie para vir comigo, mas este lugar é tão "Maya e Sara" que não quis correr o risco de passar vergonha em público novamente, com direito a muitas lágrimas e nariz escorrendo. E eu estava certa. Aqui as lembranças espreitam a cada esquina.

Foco, Maya. Tenho uma missão: comprar um vestido. E um presente para a Sophie.

Há cartazes de Quatro de Julho e anúncios de promoção por toda parte, e até as lojas menores como a Francesca's e a Banana Republic me deixam zonza com tantas possibilidades. Se Sara estivesse aqui, identificaria logo as cinco melhores opções de roupa. Por onde devo começar?

Vejo um vestido pendurado do lado de dentro de uma loja e paro. Todas as vezes que Sara e eu vínhamos ao shopping era porque eu precisava comprar alguma roupa. Sara me acompanhava e me ajudava a escolher. Ela dizia brincando que era minha consultora de moda... Mas como nunca parei para pensar por que Sara nunca comprava nada para ela?

Meu celular vibra.

Jamie: Ei, Maya! Tudo bem se eu marcar de pedirmos votos amanhã? Que tal às 11h? Você tem disponibilidade?

Dou uma risada com seu tom estranhamente formal.

Maya: Sim, Jamie. Certamente tenho.

Jamie: Ótimo! Pego você às 10h45!

Quando passo pela praça de alimentação, meu estômago ronca. Decido comprar alguma coisa para comer e recarregar as energias.

— Maya! — ouço alguém me chamar. É o Nolan. E está se levantando de uma mesa bem ao meu lado. Vejo seu crachá com as orelhas de Mickey.

— Você trabalha na Disney Store?

— Se algum dia quiser um bicho de pelúcia ou um bonequinho, é só me procurar, que dou o desconto de funcionário para você.

— Vocês não vendem trajes formais por lá, vendem?

— Se vendêssemos, seria com estampa de Mickey Mouse. — Ele ri. — É estranho ver você por aí sem o Jamie. Vocês têm andado grudados o verão inteiro.

— Estou em uma missão relacionada ao Jamie — conto. — Preciso encontrar uma roupa para o bat mitzvá.

— É verdade! O Felipe me contou! O primeiro encontro de vocês.

— Ah! Hã, não — gaguejo. — Não estamos...

— Vocês dois são tão fofos juntos. Felipe e eu nos conhecemos mais ou menos do mesmo jeito. Colocaram a gente para fazer um trabalho de escola junto e então *bum*... tudo se encaixou perfeitamente.

— Ah, não. Não estamos... não é o nosso caso. — Meu rosto parece em chamas. — Vou acompanhar Jamie ao bat mitzvá para ajudar a divulgar nossa ação contra aquele projeto de lei racista. E, claro, pela Sophie. Além de ouvir o brinde do Jamie. — Talvez seja a forma como Nolan sorri, mas não consigo parar de falar. — É sério. Fomos empurrados para esse trabalho da campanha, e é divertido e importante, então estamos fazendo, mas... — Sinto meu rosto corar. — Enfim, você e o Felipe realmente ficam perfeitos juntos, mas... eu e Jamie... Não é o nosso caso.

— Certo, claro. — Nolan assente, embora pareça não acreditar em mim.

Conversamos um pouco mais antes de eu pegar a escada rolante para o piso de cima. Isso é tão estranho. Primeiro a garçonete no Intermezzo, agora o Nolan?

Jamie e eu somos só amigos.

Não somos?

Quer dizer, ele sempre me olha com admiração quando consigo usar o Wi-Fi na Target. E é um bom ouvinte, então olha nos meus olhos quando conversamos. Mas isso é o que os amigos fazem.

Minha mente volta até o momento em que ele me convidou para o bat mitzvá da Sophie. Por um total de cinco segundos, achei que ele estivesse me chamando como sua acompanhante. E tudo bem. Admito: meu coração *pode* ter parado por alguns instantes ao pensar nisso. Em como eu diria à minha mãe. Nas objeções que ela provavelmente faria. Mas não era um encontro, no final das contas. Ele tinha deixado isso bem claro.

Não. Balanço a cabeça. Não é hora de deixar o Nolan ficar colocando coisas na minha cabeça.

A Zara acaba sendo um fracasso. A Madewell tem mais jeans do que o normal nesta coleção. A Anthropologie parece acolhedora e convidativa quando passo por lá... Além disso, é a última loja antes de eu dar uma volta completa e retornar à Nordstrom, onde comecei.

Ao entrar, meus olhos são logo atraídos para um vestido azul-esverdeado em um manequim no meio da loja.

É o primeiro modelo promissor que vejo.

— Esse vestido ficou ótimo em você — diz a vendedora com entusiasmo quando saio do provador.

Dou uma olhada no espelho de corpo inteiro. Acho que ela não diria que ficou ruim, certo? Queria ter alguém a quem pudesse perguntar, como a Sara. Ela sempre me dizia a verdade. Quando penso em mandar uma foto para minha mãe, vejo alguém saindo do provador à minha frente.

É a Shelby.

— Maya?

Ela está com um vestido leve com uma etiqueta presa na alça, tão surpresa quanto eu.

— Oi. — Pisco algumas vezes. — O que você está fazendo aqui? — E então minha ficha cai. A mensagem que ela me mandou falando sobre passear no shopping... — Onde está todo mundo? — Olho em volta.

— Ah, não puderam vir. — Ela dá de ombros. — Vim de qualquer jeito porque estou querendo um vestido para usar no churrasco de Quatro de Julho para onde meus pais vão me arrastar hoje à tarde. Ei, a propósito, esse vestido ficou muito bem em você.

— Você acha? — Eu me olho no espelho. — Está embolando um pouco na cintura.

— Bem, um pouco — concorda Shelby. — Mas a cor é linda.

— O seu também é ótimo. Adorei o tom de amarelo.

— Uma pena que estava por engano na seção de liquidação. — Ela mostra a etiqueta. — Não posso pagar o preço normal de nada nessa loja.

— Sei bem como é. Estou com um dinheiro que ganhei num feriado há pouco tempo, se não... — começo a responder, mas então confiro o preço da minha etiqueta. Duzentos e trinta e cinco dólares? Por um vestido? — Bem, acho que somos duas que não podemos comprar nada dessa loja.

— Mas aqui tem uma ótima seção de liquidação — diz Shelby. — Quer dar uma olhada?

Ela me leva até um canto escondido no fundo da loja, onde há uma fileira de vestidos pendurados.

— Olha! O de renda cinza é lindo!

Dou uma olhada na etiqueta. Está com setenta e cinco por cento de desconto.

Pego algumas outras opções da arara. Shelby me passa um rosa com flores bordadas na barra, e eu a ajudo a escolher alguns modelos de verão.

Experimentamos nossas roupas em provadores vizinhos. Shelby leva um vestido curto branco que eu sugeri. E, no fim das contas, ela estava certa sobre o vestido de renda cinza... É perfeito.

Também encontro um presente ótimo para a Sophie no outro lado da loja: uma caixa caiada de branco e um *bullet journal* com estampa de unicórnios.

— Você vai a um aniversário chique, hein? — comenta Shelby.

— É um bat mitzvá — digo a ela. — Da irmã mais nova do meu amigo Jamie. Passamos o verão todo trabalhando na campanha para a eleição suplementar, e ele me convidou para ir junto.

— Então é por isso que você tem andado ocupada demais para sair.

— É, me desculpa. — Olho para ela. — Tem sido uma loucura...

— Eu entendo. — Shelby abre um sorriso. — Todo mundo tem andado ocupado. Está tudo bem. — Então dá de ombros. — As pessoas têm sempre alguma coisa para fazer. Além disso, posso arrastar meu irmãozinho comigo se eu quiser muito uma companhia.

Ela parece mesmo estar sendo sincera. Levo sempre para o lado pessoal quando Sara não pode sair comigo, mas Shelby encara as coisas numa boa. Ainda assim, penso em Sara e sua infinidade de explicações. Só porque Shelby parece tranquila com isso não significa que não lhe devo desculpas.

— Sério, Shelby. Eu deveria ter mandado mensagem para você. Achei que você fosse vir com um monte de gente e que nem notaria se eu estivesse aqui ou não, mas mesmo assim não foi legal. Me desculpa.

Ela sorri.

— Você pode me compensar saindo para atirar machados comigo.

— Atirar machados?

— Eu ia chamar alguns amigos essa semana. Você topa?

— Não é perigoso?

— É incrível! — exclama Shelby. — Meus pais e eu fomos mês passado. É a melhor forma de aliviar o estresse. Mas, se estiver ocupada demais, eu entendo.

— Parece divertido — falo.

Ela me oferece uma carona para casa, e eu aceito. Descubro que ela mora a um quilômetro e meio de mim. No caminho conversamos sobre a escola e como está sendo o verão. Ainda estou surpresa de perceber que não só fui ao local mais Maya-e-Sara do universo e não chorei, como também estou indo embora sorrindo.

27

JAMIE

ENFIO O CELULAR NO BOLSO assim que Maya abre a porta do carona. São só 10h45 da manhã, e cada órgão do meu corpo já está a mil por hora.

Maya olha para mim, parecendo desconfiada e achando graça ao mesmo tempo.

— Para quem você está mandando mensagem?

Eu congelo.

— Sophie.

— Ela está animada para amanhã? — Maya prende o cinto de segurança e se vira para mim. — Aposto que sua mãe está muito estressada.

— É, tem sido intenso. Elas estão no ensaio agora, e vai ter um jantar de Shabbat hoje à noite para as visitas de fora da cidade. Ah, e minha mãe está surtando porque tivemos que substituir o DJ no último minuto, e o novo fala "Hava Nagila" errado toda hora.

— Você acha que vai dar certo? — pergunta Maya. — Quer dizer, ele vai tocar uma versão pré-gravada, não vai cantar, né?

— Ah, sim. — Dou uma olhada no meu celular no porta-copos. — Ela só está vendo problema onde não tem.

— Bem, no domingo isso vai acabar. Então você vai poder voltar a se preocupar só com a eleição. — Ela esfrega a testa. — Gente, eu não fazia ideia de que tudo isso era tão estressante. Nem somos parte da campanha de fato. Como as pessoas fazem isso a cada eleição? Por que alguém iria querer se candidatar?

— Eu queria. — As palavras escapam antes que eu me dê conta. — Concorrer ao Congresso, quer dizer. Eu acho... Já pensei nisso.

Maya abre um sorriso discreto.

— Sério?

— É idiotice. Dá para imaginar? — Rio, esfregando a nuca. — Fazer discursos o tempo todo, convencer as pessoas a me escolherem...

— Eu escolheria você — diz ela.

— Sério?

— É claro. — Ela assente enfaticamente. — Você seria um excelente congressista.

— Não tenho exatamente perfil de político.

— E daí? Adoraria que mais políticos fossem como você. Seria incrível. Você sempre votaria com consciência, trabalharia duas vezes mais do que os outros e realmente ouviria seus eleitores. Isso tem uma importância enorme. — Ela cutuca meu braço. — Viraria o jogo. Você deveria mesmo fazer isso.

Ela acha que...

Não confio em mim mesmo para falar nada agora. Só olho para a estrada, minha cabeça girando. Maya acha mesmo que eu deveria concorrer a um cargo político um dia. E disse que eu seria incrível. Alguém capaz de virar o jogo.

Ela disse que me *escolheria*.

O que é ridículo.

Mas talvez não seja.

Quando paramos no escritório da campanha, meu estômago está revirando de nervoso. Maya dá uma olhada no estacionamento quase vazio, parecendo aliviada.

— Graças a Deus. Achei que não fôssemos encontrar lugar para estacionar, que nem da última vez.

— Né? — Mal consigo pronunciar uma sílaba sem que minha voz saia meio estridente.

Maya solta o cinto de segurança, bocejando.

— Que estranho o Gabe pedir que a gente faça prospecção às onze horas de um dia de semana. Ele vai mandar a gente para um complexo de escritórios?

Ela começa a abrir a porta, mas eu disparo, alto demais:

— Espera!

Alto demais. Maya ergue as sobrancelhas para mim, sorrindo.

— Me deixa só checar... se o Gabe já está esperando a gente. — Pego o celular.

— Desde quando a gente confirma se o Gabe está esperando?

— Estou só... — Levanto meu celular para ela não ver o que estou digitando. — Você sabe.

Maya ri, digitando tranquilamente no seu.

— Por que você está agindo de maneira tão suspeita?

— Não estou.

Ela me encara.

— Você está tramando alguma coisa?

— O que eu poderia estar tramando?

Dou uma olhada rápida no relógio do painel. *10h59. 10h59. 10h59.*

Nenhum de nós fala nada.

10h59. 10h59. 11h.

— Está bem! — falo, nervoso. — Acho que podemos entrar agora.

— Então tááá.

Maya está desconfiada mas tenho certeza de que também está disfarçando um sorriso.

Saltamos do carro, e ela sobe a escada da porta de acesso lateral atrás de mim. Mas, quando estendo a mão, a porta se abre de repente.

— Olá, meus amores! — Minha avó sai, agitada, parando apenas para nos abraçar. — Não liguem para mim! Estou de saída. Não quero prender vocês! Sei que o Jamie...

— Está se preparando para pedir votos! — completo, lançando um olhar expressivo para minha avó. — Um dia comum de prospecção.

Ela fecha a boca de repente.

— Bem, olha a hora! Já passa das onze. É melhor eu ir para casa levar aquele filhotão para passear!

— Filhotão? — Maya ri.

O escritório parece vazio, mas ouço murmúrios vindo de trás do fundo infinito branco, usado para fotos e vídeos.

— Oi? — chamo.

— Aqui atrás! — anuncia Gabe, aparecendo.

Maya olha para mim com um olhar indagador.

— Vamos gravar outro vídeo?

— Não exatamente — falo, mas, antes que eu possa terminar, Jordan Rossum sai de trás do fundo infinito.

Maya arregala os olhos e deixa escapar um som tão baixo e agudo que quase faz seus guinchos ao ver Jim e Pam parecerem grunhidos.

— Oi! — Rossum vem em nossa direção com a mão estendida. — Maya e Jamie, certo? Sou o Jordan.

Aperto a mão dele. Um instante depois, Maya descongela e faz o mesmo.

— Seu vídeo da Fifi Repaginada foi incrível. E Gabe me contou que vocês são dois dos principais voluntários no trabalho de prospecção. Não posso nem dizer o quanto agradeço.

Maya olha para a própria mão, perplexa, e então de volta para Rossum.

— É... tão bom conhecer você.

— Está brincando? É muito bom conhecer vocês — diz ele calorosamente. — Vocês estão indo para o último ano do ensino médio, não é isso?

Os olhos de Maya se voltam para mim. Ela está boquiaberta. Sei exatamente o que está pensando.

Rossum — *Jordan Rossum* — sabe quem nós somos.

Não vou mentir… é mesmo bem *uau*.

— Isso — consigo responder. — Eu… Hã… Eu estudo em Riverwild e a Maya em Stanley.

— Legal. Estudei em Gallovin, mas conheci pessoas desses dois colégios na escola hebraica.

— Que legal. — A voz de Maya sai sem fôlego.

E, quando dou uma olhada rápida de canto de olho de novo, ela está enrolando as pontas do cabelo com os dedos.

Maya é, sem dúvida alguma, a fã de carteirinha mais fofa que eu já vi.

Gabe se aproxima, dobrando um pequeno tripé no caminho.

— Filmamos mais um vídeo para dar o empurrãozinho final nas redes sociais — diz ele. — É Hora de Votar!

Maya se vira para Rossum.

— Como você está se sentindo?

— Bem! Definitivamente nervoso. — Ele esboça algo entre um sorriso e uma careta. — É a primeira vez que me candidato. Mas a reação tem sido incrível, e conheci tantas pessoas extraordinárias. Me sinto muito bem mesmo.

— Tá no papo, cara. — Gabe dá um tapinha nas costas dele. — Ei, deixa roubar meu parça por um segundinho. Preciso tirar umas fotos para promover os *vids*.

Os vids. Minha nossa. Gabe é ainda mais *Gabe* quando está tentando impressionar Rossum.

— Com licença! — Rossum sorri com ar de desculpa para mim e para Maya. — Deve levar só um segundo. A gente continua depois.

Eles vão para o espaço atrás do fundo infinito.

E, assim que saem de vista, Maya se inclina para a frente.

— AI, MEU DEUS — dispara.

— Surpresa! — sussurro. — Eu sabia que você queria conhecê-lo, então pedi ao Gabe para…

Ela me abraça.

— Você é o máximo, Jamie! Isso está mesmo acontecendo?

O olhar no rosto dela me deixa… não consigo nem descrever. É como passar de cada fase em cada jogo de videogame. E ser eleito presidente do universo. E abraçar milhões de cachorrinhos. Tudo de uma vez.

— Eu sabia que você estava tramando alguma coisa — sussurra Maya. — Mas meu Deus, eu não tinha nem ideia de que seria isso. E o Rossum é tão simpático e pé no chão! Ele é fora do comum mesmo.

— Eu sei! O slogan é fiel.

Ela me abraça de novo, dando saltinhos de alegria.

— Não acredito que conhecemos o *Jordan Rossum*. — Ela se afasta um pouco e me olha nos olhos. — Muito obrigada.

— Melhor do que pedir votos em um complexo de escritórios?

— Com certeza.

Maya olha para mim, radiante… e sinto um aperto no peito.

— Ok, voltamos! — diz Rossum, saindo da gravação de novo.

Maya se solta do abraço e entrelaça as mãos.

Ela está mais perto de mim do que antes. Tão perto que mal consigo pensar direito.

— Sinto muito por isso. É tão difícil eu conseguir tirar uma foto boa. Sempre faço as caras mais estranhas. — Rossum demonstra, esticando os lábios num sorriso de pânico.

Maya e eu rimos. Dá para ver que ela está completamente encantada, e não a culpo. Rossum é o tipo bom de cara sem jeito — tranquilo e autodepreciativo, com aquela silenciosa confiança nerd. Eu daria tudo para ser assim.

— Então, qual a sua experiência mais marcante na campanha? — pergunta Maya.

Ela ainda parece um pouco afobada, mas está voltando ao normal.

— Hã. Boa pergunta. Bem… — Rossum se vira para mim. — Sua avó me levou a uma reunião para judeus idosos e solteiros.

— Para arrumar um encontro para você? — pergunta Maya, maravilhada.

Rossum ri, as bochechas vermelhas.

— Provavelmente? Não sei. Ela me disse que era uma reunião para judeus mais velhos, mas…

— Você conseguiu alguma promessa de voto? — pergunto.

— Várias. E alguns números de telefone.

Maya ri.

— Uau.

— E vocês? — pergunta Rossum.

— Quer saber se saímos com algum judeu idoso? — replica Maya.

Rossum não consegue conter uma risada.

— Claro, com certeza foi o que eu perguntei.

— Ainda não. — Maya me cutuca. — Talvez sua avó possa me arrumar um acompanhante para o bat mitzvá.

Gabe ri.

— O Jamie não é…?

— Então! — falo depressa, me virando de volta para Rossum. — Estava pensando se… podemos tirar uma selfie?

— É claro! — responde Rossum. — Vamos, sim. Aqui?

O rosto de Gabe se ilumina.

— Na verdade, por que não tiro uma foto de vocês três juntos para o Insta?

Em pouco tempo, somos levados para fora do anexo por Gabe, que de repente tem opiniões muito firmes sobre iluminação natural.

— Bem aqui. Parede de tijolos. Ótimo. Grande J, você fica no meio.

Olho para ele, confuso.

— Eu não…

— Você não. O outro Grande J. O J Maior.

Rossum se inclina para mim.

— Ele chama você assim também?

Dou uma risada.

— Chama.

— Ótimo. *Ótimo*. Ok, todo mundo, olha para mim. E… sorria!

— Espera! — Maya sai da formação, correndo em direção ao Gabe. — Tira uma com meu celular?

— Ah, boa ideia — diz Rossum. — Se você postar no Instagram, me marca! Aí eu posso seguir você.

Maya parece prestes a explodir.

— Ah! Beleza!

— Ahhh, priminho. — Gabe sorri de forma sugestiva para mim por trás do celular. — Aposto que você adoraria ter um Insta nesse momento!

— Vou criar uma conta — anuncio. Aparentemente para todo mundo.

Maya ri.

— Ah, Jamie! Isso é ótimo!

Bem, agora meio que preciso, certo? Porque que estreia seria melhor do que uma foto com a Maya… e ninguém menos que Jordan Rossum?

Dez minutos depois, Gabe volta para o escritório para fazer umas ligações e Rossum vai para o carro. No instante em que ele sai do estacionamento, Maya leva a mão à boca, deixando escapar um grito abafado.

— Ai meu Deus ai meu Deus ai meu Deus. — Ela está pulando de novo… quase como se estivesse dançando. — Isso aconteceu mesmo. Olha. — Ela balança o celular em frente ao meu rosto. — Olha como ficamos fofos. Ahh! Beleza, vou te mandar a foto.

Meu celular vibra no bolso.

— Recebi!

Maya me abraça.

— Já estava mais do que na hora de você entrar nas redes sociais. Sua avó vai ficar tão feliz. Ela me disse que você é fofo demais para não estar no Instagram.

Faço que sim.

— É a cara da minha avó dizer isso.

Maya sorri para mim.

— Bem, é verdade.

Sinto um pequeno frio na região da barriga. Maya está... flertando comigo?

Não. Sem chance. Ela só se sente à vontade para me chamar de fofo porque somos clara e indubitavelmente platônicos. Afinal, ela estava só confirmando o que minha avó disse. Então provavelmente falou isso de um jeito meio vovó.

— Precisamos tirar uma selfie juntos para você publicar na sua conta — anuncia ela. — Assim, quando for um congressista famoso, vai se lembrar de mim. Serei sempre sua primeira selfie no Instagram.

Sorrio.

— Acha mesmo que eu esqueceria você?

— Não. — Ela retribui o sorriso. — Eu não vou deixar.

Quando me dou conta, o rosto dela já está amassado contra o meu. Tiro a foto e depois mostro para Maya.

— Hã, sou eu que estou de bom humor ou essa é a melhor selfie de todos os tempos?

Eu sorrio.

— Acho que você está com a febre Rossum.

— Ah, é?

— É. Zonza, radiante, não consegue parar de sorrir. — Olho para ela. — Você tem todos os sintomas.

— Parece grave — diz Maya.

— E é. Melhor documentar isso.

Estendo o celular com a câmera aberta. Maya se recosta na grade da área de carga, e posso jurar que seus olhos disparam faíscas. Ela pressiona o rosto com as mãos, abrindo um sorriso imenso.

Dou uma olhada na foto e então olho de volta para Maya.

Ela é tão linda. Extraordinariamente linda.

Maya franze o nariz.

— Estou fazendo aquela coisa com o olho?

— Que coisa com o olho?

Ela arregala os olhos para demonstrar.

— Tipo olho de sapo? Sei lá. Acho que fico assim quando tento não piscar.

— Você está perfeita — falo.

Maya olha para mim.

— Sei.

O ar de repente parece carregado.

Ela pigarreia.

— Então, é melhor levarmos você para casa para criar a sua conta.

— Minha conta? — Coço o pescoço. — Devo seguir a Sophie? Tenho um pouco de medo de seguir a Sophie.

— Com certeza você tem que seguir a Sophie — responde ela, caminhando ao meu lado. — Mas me segue primeiro. Ai, meu Deus. Agora você vai poder ver minhas fotos!

Inspiro bruscamente.

— Preciso contar uma coisa.

— Ah, é? — Ela sorri, curiosa.

Olho para baixo, envergonhado. Não tenho ideia de como começar.

— Está bem. Estou me sentindo um grande idiota agora, mas lembra quando minha avó começou a seguir você no Instagram?

Maya faz que sim lentamente.

— Não foi ela. Fui eu. Na conta dela.

— Ah. — Maya para de andar. — Entendi.

— E eu queria contar, mas você ficou tão animada porque ela estava te seguindo que eu não queria tirar isso de você. Mas eu deveria ter contado de qualquer jeito. Ou não ter feito. Foi mal, Maya. — Minha voz falha um pouco. — Você merece saber quem está te seguindo.

— Isso é verdade. — Ela franze a testa. — Bem, eu sabia que você cuidava da conta da sua avó às vezes.

— Ainda assim.

Ela parece estar pensando no que dizer. Mas então, após alguns instantes, olha nos meus olhos.

— Relaxa.

— Você…

— Está tudo bem, acho. Quer dizer, não faz isso de novo…

— Não vou. Eu juro. De agora em diante, serei eu mesmo no Instagram.

Ela olha para mim com um sorriso discreto.

— Mal posso esperar.

28

MAYA

JAMIE ESTÁ PARADO NA PORTA do Salão Schwartz-Goldstein, onde o almoço de *kidush* está acontecendo. Ele conversa com a mãe, Sophie e o rabino Levinson.

A cerimônia do bat mitzvá acabou de terminar, e todos estão chegando para o almoço. À esquerda, vejo uma imensa mesa repleta de tigelas de frutas, travessas de salpicão de frango, bagels e salmão defumado.

Eu estava nervosa quando meu pai me deixou aqui de manhã, mas, assim que passei pelas portas do templo, Jamie me viu e arrumou um lugar na seção VIP para mim, bem ao lado da avó dele.

Ao assistir à cerimônia na primeira fileira, ver Sophie lendo a Torá — as luzes no alto brilhando calorosamente enquanto Jamie e sua mãe assistiam a tudo de sua posição na bimá —, senti a alegria permear a sala como algo palpável.

— Guardei um lugar para você — falo para Jamie ao vê-lo se aproximar.

— Obrigado. Ai, essa gravata — diz ele, puxando e fazendo careta. — Muito desconfortável.

— Está linda.

— Só estou dizendo… acessórios para o pescoço não deveriam existir.

É um pouco desconcertante vê-lo tão formal. A camisa branca impecável, a gravata vermelha… Ele está tão bonito. Nível sr. Darcy. Penso no que Nolan disse e fico vermelha. Melhor guardar *esse* pensamento só para mim.

— Os panfletos. — Pigarreio. — Trouxe comigo.

— Ah, então. — Ele me olha. — Minha mãe não me deixou distribuí-los. Ela disse que tiraria a atenção do grande dia da Sophie, apesar de o tempo ser essencial agora, com liberdades civis em jogo. Vou tentar convencê-la a deixar a gente distribuir na recepção mais tarde. Ela tem que mudar de ideia.

— Sua mãe tem razão — falo. — Como você mesmo disse, pedir votos durante o Eid não era uma boa ideia. Agora é a mesma coisa. Alguns dias são feitos para celebrar.

— Mas não podemos deixar de distribuí-los. Consegue imaginar o número de ligações se entregarmos um para cada pessoa aqui?

— E quem falou alguma coisa sobre não distribuí-los? — pergunto. — Não podemos entregá-los *diretamente* às pessoas, mas talvez possamos colocá-los em lugares onde as pessoas os encontrem. Se não tiver problema fazer isso em um templo…

— Como na mesa de bebidas. — Ele abre lentamente um sorriso. — E os balcões dos banheiros são bem amplos, perfeitos para panfletos. Maya, você é um gênio.

— Não sou sua aliada política à toa, não é?

Jamie me abraça. Sinto uma descarga elétrica percorrer o meu corpo.

Olho para ele quando nos afastamos.

Será que ele também sentiu?

Nesse momento, somos interrompidos por duas pré-adolescentes.

— Jamie! — exclama uma delas, com um vestido florido. — Você está *tão lindo*.

— Ah, obrigado, Maddie — responde ele.

— Sério. Quase não reconheci você — acrescenta a outra.

— Andrea tem razão. Você devia mudar de estilo. — Maddie assente. — E usar terno para tudo, o tempo todo.

— É uma pena que ninguém use terno fora de eventos formais — comenta Andrea.

— Você pode lançar essa moda, Jamie! — diz Maddie. — Se você começar a usar terno para ir à escola e ao shopping, como se não fosse nada de mais, talvez a moda pegue.

— Ok, hã... Essa aqui é minha amiga Maya. — Ele acena brevemente a cabeça em minha direção.

— Oi. — Sorrio para as duas.

Elas me examinam de cima a baixo.

— Então, Jamie. — Maddie se vira de volta para ele. — Viu só o que a Elsie está usando? Vermelho e amarelo *não* combinam.

— E a meia-calça branca? Trágico. Olha, você devia falar para ela — sugere Andrea. — É para isso que servem os amigos. Para dar uma opinião sincera.

— Você tem razão — concorda Maddie. — *Eu* ia querer saber.

— Mas, mesmo que a roupa não esteja legal, ela já está usando — digo às meninas. — Falar isso só vai fazê-la se sentir péssima, não vai?

— Às vezes é preciso ser cruel para ser gentil — declara Andrea.

— Você tem *toda* a razão. — Maddie assente com frieza.

Em seguida, elas se despedem e saem apressadamente.

— Uau. — Observo as duas se retirarem. — Elas me lembraram de como o ensino fundamental era péssimo.

— Eu não voltaria nem por todo o dinheiro do mundo — concorda Jamie.

Então nos servimos de bagels, cream cheese e frutas. Maddie e Andrea estão conversando com uma garota de vestido vermelho e cardigã amarelo. Ela ainda está sorrindo, sinal de que por enquanto não falaram nada. Pobre Elsie.

— Quer distribuir os panfletos agora? — pergunta Jamie quando acabamos de comer. — Depois imprimo mais para a festa de tarde.

Resolvemos dividir para conquistar. Deixo alguns em umas mesas redondas perto de uma biblioteca, e Jamie convence o pessoal da segurança a nos deixar colocar panfletos no balcão de entrada. Coloco a última pilha no banheiro feminino e encontro Jamie no corredor atrás do salão do *kidush*. Dá para ouvir a música e as conversas ao longe.

Ele está de costas para mim quando me aproximo... tirando foto de um pôster na parede. Ao chegar mais perto, vejo que é a foto de um rabino — Jacob Rothschild — e uma frase que ele disse em 1948: *Devemos fazer mais do que só observar assustados o crescente ódio racial que ameaça o Sul.*

— Ele falou isso há mais de meio século — comento ao chegar ao lado de Jamie.

— É...

— Não dá para entender. — Balanço a cabeça. — Parte de mim acredita que, se trabalharmos e resistirmos bastante, chegaremos ao "felizes para sempre", mas...

— Eu sei — diz Jamie. — As coisas mudam devagar. Devagar demais, para dizer a verdade. Mas qual é a outra opção? Não podemos simplesmente ficar sentados sem fazer nada. Temos que lutar por mudanças sempre que pudermos.

Observo o rosto do Jamie. Nunca pensei em mudanças como algo *pelo que* lutar... e sim como algo *contra* o qual tenho que lutar. É algo que sempre me desconcerta completamente. E este verão tem sido uma maré constante de mudanças, uma após a outra, até parecer que nada mais ficou de pé. Mas, ao olhar para Jamie agora, esboço um sorriso. Ele tem razão. Às vezes, as mudanças podem ser boas.

Saímos pela porta lateral do templo. Está muito tranquilo e silencioso do lado de fora. Aprecio a vista que temos do estacionamento. Às vezes, todo o trânsito e engarrafamento me fazem esquecer como Atlanta é uma cidade bonita. Arranha-céus e árvores frondosas ao longo do horizonte, o calor do sol da manhã tocando nosso corpo. Sento-me no porta-malas do Alfie. Jamie senta-se ao meu lado, nosso joelho roçando um no outro, e ficamos em um silêncio confortável por alguns instantes.

Depois de um tempo, Jamie pega o celular e clica em algumas coisas.

— Publicando o pôster no Instagram? — pergunto.

— É. — Então ele se vira para mim com um sorriso. — Finalmente entrei para o mundo moderno.

— O mundo moderno lhe dá as boas-vindas.

— Obrigado por ser uma dos meus dois seguidores — diz ele.

— Continue postando e vai conseguir tantos seguidores quanto eu!

— Quinze?

— Exatamente. — Sorrio. — Mas, sério, não acredito que você postou aquela minha foto parecendo uma boba depois de conhecer o Rossum.

— Você está tão fofa!

— Aff. — Faço uma careta. — Estou parecendo uma fã deslumbrada.

— Não tem nada de errado nisso. Era o *Rossum*.

— Bem, é verdade. Depois de tudo que tivemos que aturar, é bom conhecer a pessoa que nos motiva a seguir em frente.

— Que bom que você gostou. E, ah, obrigado por ter vindo ao bat mitzvá.

— Eu não teria perdido por nada — falo. — Embora as amigas da Sophie sejam bem intensas.

— Não é? E Maddie é… a mais intensa delas.

— Já falei. Maddie tem uma queda por você, só isso.

— Não tem nada — retruca ele. — É só o jeito dela.

— Confie em mim. Sei reconhecer uma crush.

Jamie fica vermelho. Bato meu ombro no dele e rio. Ele é tão fofo, mas não tem ideia disso.

— Tenho traumas do ensino fundamental — diz Jamie. — Só de chegar perto de qualquer coisa ligada ao ensino fundamental já fico ansioso.

— Acho que ninguém se lembra com carinho dos anos do fundamental.

— Talvez Sophie se lembre. Ela é amiga de todo mundo.

— Isso é impressionante.

— Ela é destemida. Simplesmente não liga para o que ninguém pensa dela.

— Exatamente o oposto de como eu era — falo.

— Está brincando, né? Era você que fazia manobras incríveis do Cirque du Soleil naquele brinquedo que girava lá do Catch Air. Metade das crianças ficava parada só vendo você. Eu me lembro direitinho disso.

— Ah, para! Eu nunca fiz isso! — Bato no cotovelo dele.

— Fazia, sim. Tenho certeza de que minha mãe tem provas no celular dela. Era o máximo.

— Bem, mesmo que eu tenha feito isso quando tinha cinco anos, o fundamental foi outra história. Constrangedor. Sabe esses squeezes de iogurte que a gente compra? Minha mãe mandou um no meu primeiro dia do sexto ano, e, nem sei como, esguichei tudo na minha cara. As crianças pegaram no meu pé por causa disso durante uma semana.

— Amadora. — Jamie bufa com ar debochado. — Fui chamar uma garota de quem eu gostava para dançar comigo no Baile de Inverno, mas fiquei tão nervoso que acabei falando *Quer devagar comigo?* As pessoas *ainda* falam disso.

— O que tem de errado com *devagar*? Acho que deveria ser sempre assim. Todo relacionamento deveria fluir devagar, para os momentos românticos durarem.

Jamie me olha com uma expressão que não consigo decifrar.

— O que foi? — Aperto a mão dele. — Você está bem?

Ele não responde, mas pelo jeito que está mordendo o lábio e olhando para mim, vejo que tem um milhão de pensamentos passando por sua cabeça.

— É só que... — diz ele, por fim. — Você é a única pessoa que não riu ao ouvir essa história.

— É uma história fofa, Jamie, e além disso... você inventou um verbo. Quantas pessoas podem dizer isso?

Ele olha nos meus olhos. Até agora eu não tinha notado como estávamos sentados perto um do outro. Meu coração se acelera. E então...

— Maya, eu te amo — dispara ele. — Quer dizer, estou *apaixonado* por você. É que... Você é divertida, inteligente, bonita, e eu amo... eu amo sair com você. E assistir à TV com você. E bater de porta em porta com você e adormecer ao telefone com você. Você me faz ser melhor e mais corajoso, e... — Ele engole em seco e arregala os olhos. — Desculpa. Eu não deveria ter falado isso tudo. Não quero assustar você. Eu...

— Jamie, está tudo bem. Respira. — Entrelaço meus dedos nos dele. — Você não me assustou. Eu só...

Agora sou eu que não consigo encontrar as palavras certas. Sara, Nolan, meus pais... tantas conversas rodopiam em minha mente. Tem tanta coisa em que eu deveria estar pensando, mas só *sinto* as mãos de Jamie nas minhas, e a eletricidade que corre pelo meu corpo quando olho em seus olhos verdes. Jamie me ama. Está apaixonado por mim.

— Menta — sussurro finalmente.

— Menta? — Ele inclina a cabeça.

— Você sempre está com cheiro de menta. Não é ruim. É gostoso... — Minha voz falha.

Ele esboça um sorriso.

— Deve ser meu enxaguante bucal, acho...

Olho nos olhos dele. O calor das suas mãos. Seus lábios, tão perto dos meus. Eu me aproximo um pouco, até nada mais nos separar. Ele hesita antes de curvar o corpo.

Vai me beijar.

É como se meu corpo tivesse decidido silenciar meu cérebro. Fecho os olhos.

Jamie. Goldberg. Vai. Me. Beijar.

E então... um som muito alto e agudo.

Imediatamente nos afastamos com um pulo.

— O que foi isso?

Meu coração dispara. O barulho continua a soar em um ritmo pulsante. Sei que eu não deveria ter intimidade com ninguém... mas será que Deus interviria em um beijo?

— Por que um alarme de carro disparou? — Jamie olha em volta.

— Ei, pessoal!

É o Gabe. Está vindo em nossa direção.

Meus joelhos estão trêmulos. Será que ele nos viu?

— Estava procurando por você em tudo que é canto, Jamie — grita ele por cima do barulho. — Sua mãe quer tirar fotos em família.

— Ah, sim, fotos. — Jamie pigarreia.

— Eles estão lá fora, nos bancos. O fotógrafo recebe por hora, então anda logo, rapidinho, primo. — Ele bate de leve nas costas de Jamie. Se Gabe nos viu, não demonstrou.

Jamie olha para Gabe e depois para mim. Ele morde o lábio.

— A gente continua a conversa depois — falo.

— É? — Ele olha para mim com um sorriso nervoso.

Faço que sim.

Seguimos pela entrada lateral atrás de Gabe, para o salão do almoço. Maddie está apoiada em uma parede ali perto, mas parece tão concentrada em seu celular que nem nota quando passamos por ela.

Jamie estende a mão. Há um minuto, eu teria aceitado sem hesitar.

Mas agora é diferente.

Tudo está diferente.

29

JAMIE

FELIPE, NOLAN E DREW APARECEM às seis em ponto, com os mesmos ternos que usaram na cerimônia.

— A sua prima Rachel ainda está aqui? — pergunta Drew, olhando ao redor.

Continuo checando minhas mensagens. Nada da Maya. Nem uma palavra desde que deixamos o salão do almoço de *kidush*. Estou tão ansioso para encontrá-la de novo que só de ver seu nome já fico nervoso.

Queria muito saber em que pé estamos. Não sei o que pensar sobre o que aconteceu mais cedo no estacionamento.

Ou sobre o que quase aconteceu.

Sobre o que eu *acho* que quase aconteceu.

Estou louco por pensar que Maya e eu quase nos beijamos? Obviamente Gabe, sendo Gabe, teve que aparecer para estragar tudo. Mas minha mente não para de voltar para antes disso, para quando Maya disse que eu cheirava a menta, para quando ela fechou os olhos e se inclinou ligeiramente para a frente. Talvez tenha sido só um gesto inocente que eu interpretei muito errado? Mas… naquele momento, Maya já sabia que eu estava apaixonado por ela.

Que estou apaixonado por ela.

Porque eu contei.

Eu contei a Maya que estou apaixonado por ela. Juntei essas palavras no meu cérebro e coloquei para fora, e Maya as ouviu e não surtou.

Acho que ela não surtou, certo?

Quer dizer, eu quase a *beijei*.

E ela quase me beijou também. Acho mesmo que ela teria me beijado. Se não fosse pelo Gabe.

Gabe. Mal consigo olhar na cara dele. E pensar que ele passou a sessão de fotos de família inteira sorrindo para o celular. Sei que isso não deveria me irritar. Provavelmente são boas notícias a respeito do Rossum. Mas ainda assim. É como se algum encanto tivesse se quebrado no momento em que ele apareceu.

Gabe provavelmente não tem ideia do que arruinou.

As amigas da Sophie começam a chegar, deixando sacolas de presente perto da mesa da frente. Todos os garotos usam a mesma combinação de roupa: jaqueta preta com camisa branca de gola e gravata azul. Mas todas as garotas se trocaram e agora estão com vestidos mais curtos e mais justos, que parecem tubos de tecido. Maddie chega com os olhos aparentemente cheios de lágrimas, e ela e Sophie ficam um tempão abraçadas. Então Maddie fica mais uma eternidade abraçada a uma garota de cabelo loiro ondulado — Tessa, que agora reconheço do Instagram. E depois faz a *mesma coisa* com Andrea... e até com a irmã da Andrea. Ao que parece, a festa da Sophie virou também um grupo de apoio a Maddie.

— Sophie está tão bonita — comenta Nolan. — Uma gracinha.

Faço que sim, sem prestar muita atenção. Continuo olhando para a entrada do salão, no andar de baixo.

Felipe cutuca meu braço, com um sorriso de quem notou o que está acontecendo.

— Ela vai aparecer.

— O quê? Ah, não, eu só...

Paro de falar de repente. Maya está subindo a escada, com um embrulho de presente e uma bolsa no ombro, e meu coração vai parar na garganta.

Ela está usando um vestido cinza-claro de renda, com mangas curtas delicadas. Tenho quase certeza de que Drew está falando comigo, mas eu só... O cabelo da Maya. Está bem liso e sedoso, enrolando só um pouquinho nas pontas. E a pele dela brilha como bronze sob a luz do salão da recepção.

Esquece o brinde. Não sei nem se vou conseguir dizer *oi*. Mas corro para encontrá-la, deixando Drew falando sozinho. Não sei se devo apertar a mão dela ou abraçá-la, e, se for abraçá-la, devo dar um abraço rápido de amigo? Ou um daqueles bem demorados como os das amigas da Maddie? Ou nada de abraço? Será que devo só usar palavras? Ela disse para a gente continuar a *conversa* depois. Talvez estivesse falando literalmente. Uma conversa agradável entre colegas, sem mãos envolvidas e completamente platônica.

Maya se aproxima, e agora vejo melhor seu rosto, mas não consigo decifrá-lo. Ela não está sem graça — não exatamente —, mas também não está relaxada.

Então abre um sorriso hesitante.

— Oi.

— Oi.

Tento não encará-la. Mas suas bochechas estão muito vermelhas, seus olhos estão mais Disney do que nunca e seu rosto está mais próximo do que o normal.

Ela está mais alta. Só um pouco. Deve ser os sapatos. E cheira a flores.

— Você está tão linda — falo. — Seu cabelo...

Ela cora, enrolando com nervosismo as pontas do cabelo nos dedos.

— Obrigada... Eu... Minha amiga Shelby tem uma prancha alisadora. — Os olhos dela correm para a minha boca o tempo todo. — Você está incrível, Jamie. O lugar todo está.

Eu me viro para dar uma olhada.

— É, a decoração ficou bem legal. Quer ver o salão de baile?

Ela faz que sim, pegando minha mão.

Mas Drew, Felipe e Nolan nos interceptam antes que possamos chegar à mesa de presentes.

— Maya! — Drew a abraça.

— Você está maravilhosa — diz Felipe. — Deslumbrante.

Maya ri e retribui os abraços, e de repente está tudo estranha e enlouquecedoramente normal. Nolan sussurra algo no ouvido de Maya, e ela o cutuca com o cotovelo.

— Cala a boca!

Felipe pega a mão dela para levá-la à nossa mesa. Tenho que admitir: minha mãe arrasou na decoração mesmo. O teto está com enfeites de papel em cores pastel imitando colares de balas, e tem um quadro de giz gigante na entrada escrito *Doceria da Sophie*. Os números das mesas estão indicados em quadros de giz menores, cercados por potes decorados com fita adesiva e recheados de pirulitos, bolinhas de chocolate e balas de gelatina. E tem um balcão self-service de doces na sala *teen* da Sophie, que vai abrir após o jantar.

Maya chega a cadeira dela para perto de mim.

— Que tema de festa incrível.

— Tia Lauren é expert em planejar eventos — diz Rachel.

O salão se enche lentamente à medida que as pessoas se dirigem para suas mesas. Sophie está mais ao fundo, cercada de atenção em uma mesa longa e retangular com as amigas. Volto a focar no meu grupo, tentando acompanhar a discussão em torno da série sobre um serial killer que todos maratonaram no ano passado. Mas Maya olha de relance para mim toda hora, e eu me perco.

— Ele tem seu sobrenome. — Felipe dá um tapinha descontraído em meu ombro.

— Hã?

— O assassino.

— Maravilha — falo, sem prestar muita atenção, assentindo.

— Oi, meninos! — Ergo o olhar bem quando minha mãe se debruça em meu ombro. — Estou tão feliz que vocês todos vieram.

— Obrigada por me receber — diz Maya.

— Está brincando? Eu queria muito que Jamie trouxesse você como acompanhante.

Acompanhante. Minha mãe tinha que falar isso — é claro que tinha —, e agora meu rosto está queimando.

Mas Maya não a corrige.

Ela só olha para mim com aquele meio sorriso de quem procura alguma coisa em minha expressão.

Minha mãe se vira para mim.

— O que você acha de darmos uns vinte minutos para as pessoas se acomodarem? Então faço meu discurso de boas-vindas e podemos passar para seu brinde e a chalá.

Maya chega mais para perto assim que minha mãe se afasta.

— Está nervoso?

— Mais ou menos.

— Ok. Vem comigo.

Ela pega a bolsa e me puxa e, quando me dou conta, estou sendo levando para fora do salão. Eu a sigo atordoado, zonzo pelo fato de ela estar segurando minha mão.

— Aonde estamos indo?

— Você vai ver. Vamos. — Descemos a escada em direção à entrada, mas, em vez de deixarmos o prédio, Maya dobra à esquerda, abrindo uma porta lateral do saguão. — Vi essa porta quando entrei. É um vestiário para guardar casacos.

— Onde estão todos os casacos?

— Jamie, estamos no verão. — Ela ri.

E então fecha a porta e a tranca.

Minha. Nossa. Será que... ela vai me beijar? Nós vamos nos beijar?

Mas... tudo bem. O brinde será daqui a vinte minutos. Menos de vinte minutos. Será que eu deveria colocar um alarme no celular?

Maya se acomoda no chão, puxando-me para o seu lado.

— Trouxe uma coisa para você.

Olho para ela, perplexo.

— Minha mãe me contou que teve "medo de palco" no dia do casamento. Meu pai a acalmou enfiando uma fatia de bolo no rosto dela. Mas não vou estragar sua cara — diz ela.

— Pode estragar.

Maya ri.

— Não! Você está tão… bonito. Mesmo.

Olho nos olhos dela.

— Você também.

Juro que cada molécula de ar parece elétrica.

— Então não vou esmagar nada no seu rosto — diz ela após um instante. Em seguida abre a bolsa, revelando uma sacola para viagem do Intermezzo. — Mas trouxe bolo.

— Amo bolo — falo.

Amo. Uau. Essa palavra está escapando toda hora hoje, não é mesmo?

Maya morde os lábios. Por um instante, ficamos em silêncio.

— Nós deveríamos… falar sobre hoje cedo? — pergunto.

Maya franze a testa.

— Não precisamos falar se você não quiser — acrescento depressa. — Me desculpa. Não devia ter tocado no assunto. Eu…

— Por favor, não se desculpe. — Ela respira fundo. — Sabe, não parei de pensar no que você disse.

— Nem eu.

— Jamie, eu… gosto muito de você. — Maya desvia o olhar para os joelhos. — Gosto tanto. Estou surtando o dia inteiro. Nem sei como dizer isso em voz alta.

Chego mais perto.

— Você está indo bem.

— Obrigada. — Ela sorri de nervoso. — Isso é tudo muito novo para mim. Você é meu melhor amigo. Eu não deveria querer beijar meu melhor amigo.

— Você quer me beijar?

Ela abre um sorrisinho.

— Hã. Não. Quem sabe. Sim.

Seu olhar confuso me detém. Olho nos olhos dela.

— Você está bem?

Ela hesita.

— Sim.

— Parece preocupada.

— É. Só estou... tentando entender como proceder com tudo isso. Meus pais...

Faço que sim lentamente, tentando acompanhar. Os pais dela?

— Principalmente minha mãe. Ela é meio... Sei lá. Mas somos muito próximas. Vou conversar sobre isso com ela. Hoje à noite. — Ela faz que sim com a cabeça, decidida. — Acho que ela vai entender.

Minha mente está girando. Maya acha que a mãe dela vai entender... entender o quê? Que ver Maya vestida de renda não me ajuda a pensar direito? Que não consigo parar de olhar para os lábios dela? Que estou tão desesperado para beijá-la que chega a doer?

— Enfim. — Maya se inclina para a frente. — É melhor comermos o bolo. Temos que voltar em... o que mesmo? Sete minutos?

Sorrio.

— E você tem certeza de que isso vai curar meu medo de palco, mesmo sem o bolo na minha cara?

— Vou esmagá-lo onde ninguém vai ver — responde ela, arregalando os olhos de repente. — Ai, meu Deus, não quis dizer... estava falando, tipo, debaixo da sua manga ou coisa parecida.

— Debaixo da minha manga?

Maya pega minha mão e vira a palma para cima na dela. Então sobe a manga da minha jaqueta e da camisa.

— Lá vamos nós. — Ela passa o dedo pela cobertura e traça um pequeno coração de chocolate no meu pulso. Depois olha para mim. — Bolo esmagado.

E eu olho, entorpecido para meu pulso, mal conseguindo respirar.

No instante em que minha mãe me passa o microfone, a ficha cai.

Estou prestes a falar em público. Para cento e cinquenta pessoas. Incluindo as amigas assustadoras da Sophie, o senador estadual Mathews e basicamente todo mundo que conheço.

E a Maya. Que olha rapidamente em meus olhos, sorri e bate em seu pulso.

Bato no meu próprio pulso, sentindo-me calmo de repente. Bem, não *calmo*, mas com certeza mais calmo.

Eu pigarreio.

— Oi. — O som sai muito alto, e levo um susto. Todos dão uma risadinha afetuosa. Abaixo o volume. — Me desculpem. Oi. Meu nome é Jamie, sou o irmão mais velho da Sophie. Não sou muito bom em falar em público e a chalá está deliciosa, então serei breve.

— Vai nessa, Jamie! — grita alguém dos fundos da sala.

— Obrigado, Andrea. — Ouço mais risadinhas de uma das pontas da mesa dos adolescentes, mas dou um tapinha no pulso e continuo. — Queria muito vir aqui em cima deixar a Sophie ligeiramente constrangida com alguma história de infância. Mas, hã... em vez disso, vou contar para vocês do dia em que a Sophie se convidou para pedir votos comigo. Para a campanha do Jordan Rossum. Então... é. Eu tinha certeza de que ela só tinha feito isso porque nossa mãe estava numa fase muito intensa planejando todos os detalhes para a decoração da festa... que acabou ficando incrível, aliás. Uma salva de palmas para minha mãe.

Várias pessoas gritam e batem palmas, e mamãe sorri para mim.

— Enfim, não esperava que ela fosse se empolgar muito com a prospecção, mas, com aquele estilo só dela, Sophie arrasou. — Balanço a cabeça. — E ela nem teve que dar uma olhada nas orientações sobre o que falar. Então, toquei no assunto mais tarde. Tipo, minha nossa, Sophie, você tem uma memória incrível. E ela falou que, na verdade, vinha pesquisando sobre os candidatos havia semanas.

Sophie abre o maior sorriso para mim.

— Semanas! Ela estava lá, na dela, estudando tudo. Porque se importa de verdade. Isso realmente me deixou pasmo. — Faço uma pausa. — A verdade é que essa é uma época bem estranha para se crescer. O mundo está uma grande confusão. E é tão difícil ter doze, treze, quinze ou dezessete anos, qualquer idade em que você seja maduro o bastante para compreender as coisas, mas... não pode votar. Talvez ainda não possa dirigir. Você pode fazer ligações e pendurar cartazes... a propósito, vocês deveriam dar uma olhada nos banheiros depois. Devem encontrar, hã... algum material de leitura. Foi mal, mãe.

Ela ergue as sobrancelhas, mas está sorrindo.

— Só que nada parece o suficiente. O que há de ruim parece tão forte. É fácil nos sentirmos indefesos. — Eu me viro para Sophie, que me encara com seriedade. — Mas a firmeza de propósito da Sophie me dá esperança. Sophie, tenho muito orgulho de ser seu irmão.

Sophie franze o nariz, com um sorriso discreto. Mesmo do lado oposto da sala, posso ver que os olhos dela estão brilhando.

— Enfim, hã. Bem... é isso! *Baruch ata, Adonai Eloheinu, melech ha'olam, hamotzi lechem min ha'aretz*. Amém. E agora é hora de comer!

— Não sabia que você falava hebraico.

Maya sorri para mim na pista de dança. Não estamos exatamente dançando juntos. Quer dizer, estamos. Mas estamos todos juntos — os rapazes, Rachel. Até Gabe descolou os olhos temporariamente do celular para se juntar a nós. O DJ está agradando as amigas da minha mãe desde o fim do primeiro prato, tocando "Take on Me", "Sugar, Sugar" e "Walking on Sunshine".

— Só o *hamotzi* — falo. — É a única coisa de que me lembro. E *iparon*. Que quer dizer lápis.

Maya ri e toca meu braço.

— Entendi.

Me sinto tão leve e elétrico que a sensação é de realmente estar soltando faíscas. Como esse momento pode ser real? Não acredito que estou aqui com a Maya. Não acredito que ela quer me beijar. Não acredito que sobrevivi ao brinde da Sophie. Mais do que sobrevivi. Acho que mandei muito bem, na verdade.

O DJ troca para uma música lenta — "Unchained Melody" —, e juro que todo mundo ali consegue ouvir as batidas do meu coração. Parece que estão todos me observando. Senhoras judias que não conheço bem, amigos da família, desconhecidos. *Com certeza* as amigas da Sophie. Aquela sensação de estar sob os holofotes.

Felipe e Nolan se abraçam naturalmente, movimentando-se no ritmo da música.

Maya sorri.

— Quer devagar comigo?

Apenas olho fixamente para ela, tentando respirar.

— É claro.

Ela se aproxima, passa os braços ao redor do meu pescoço, e minhas mãos deslizam até sua cintura. E de repente estamos tão próximos que nossas testas quase se tocam. Sinto o aroma floral do seu cabelo e tento me agarrar a cada pequeno detalhe desse momento. A maneira como o rosto dela se inclina em direção ao meu, os enfeites de papel no teto, as longas notas suspirantes da música, o tom tímido da voz de Maya.

— Sinto como se as pessoas estivessem olhando para a gente — diz ela. — Estou maluca?

Dou uma risadinha.

— Senti isso a noite inteira.

— Acho que só estou nervosa. — Ela morde o lábio. — Me desculpa se pareci incoerente no vestiário. Não sou boa com essas coisas. Mas eu… ai, meu Deus, Gabe está olhando para nós. E *sorrindo*.

— Vou esganar o Gabe, é sério.

— Mas nem é só ele. Todos estão olhando para nós.

Faço que sim.

— Pelo menos agora entendi por que Sophie fez tanta questão da sala *teen*.

Minha mãe se aproxima de nós quando o prato principal é servido e coloca a mão no meu ombro.

— Como vocês estão? — pergunta ela.

— Muito bem! — diz Maya.

— Jamie, você foi incrível. Adorei o brinde...

— Espera. Sério?

— É, claro! — Ela ri. — Você tornou a parte política relevante. E estava uma graça lá em cima. Estou tão orgulhosa de você. De vocês dois. — Ela se vira para Maya. — Vocês trabalharam tanto neste verão. Eu ficaria chocada se você não ganhasse o carro, Maya. Foi uma ótima ideia. Que recompensa maravilhosa pela qual batalhar.

Minha mente congela de repente. Um *carro*?

Maya parece em choque. Ela baixa a cabeça e fica encarando o prato.

— E me arrisco a dizer que a prospecção acabou sendo mais divertida do que você esperava. Todo mundo sai ganhando. — Minha mãe sorri, batendo em nosso ombro antes de ir cumprimentar Felipe.

Maya olha para mim.

— Jamie.

— Então... seus pais prometeram te dar um carro se você trabalhasse na campanha comigo?

Ela parece abatida.

— O que não tem o menor problema — digo rapidamente. — Eu entendo. Um carro é um carro...

— Não! Jamie. Não foi por isso que trabalhei na campanha. Quer dizer, meio que foi por isso a princípio, mas...

— Você não precisa explicar.

— Não, eu quero. — Ela pega minha mão por baixo da mesa, entrelaçando nossos dedos. — A verdade é que eu não estava muito interessada no início. Foi uma coisa que minha mãe me forçou a fazer. Mas aos poucos foi se tornando cada vez mais importante, sabe? Com o cara racista, o projeto de lei 28 e os Koopa Troopas…

— Sei.

— Juro que não foi só pelo carro. — Ela aperta minha mão. — Comecei a sentir que estávamos fazendo a diferença… e gosto de ficar com você. Obviamente.

— Eu também. Obviamente.

— Isso é muito difícil — diz ela, com delicadeza.

— O quê?

— Estar numa sala cheia de gente. E não escapar para o vestiário de novo.

— Ah. — Solto o ar. — Nem brinca.

Os amigos de Sophie fogem para a sala *teen* logo depois do jantar, mas pouco tempo depois são trazidos de volta para a *hora*. De mãos dadas, os pés se movendo para a frente, para trás, e girando, girando em círculos. Mantenho minha mão presa na de Maya, zonzo de alegria. Como se eu estivesse entrelaçado a algo ancestral, algo maior do que a vida. Me sinto tão *judeu*. Acho que nada fez com que me sentisse tão completamente judeu desde a Fifi. Mas isso é o oposto da Fifi. O extremo oposto.

Os círculos param de rodar, e todos chegam para trás, batendo palmas — todos menos alguns amigos da família mais corpulentos, que vão erguer minha irmã. O DJ traz uma cadeira, e Sophie se agarra ao assento e grita quando é levantada. Depois ela desce, e é a vez da mamãe. Em seguida, a minha. No meu bar mitzvá, eu só conseguia pensar em quantas pessoas havia ali embaixo. Quantas pessoas estavam me vendo. Mas agora só tenho olhos para a Maya.

Corro para ela assim que meus pés tocam o chão. Enganchamos os cotovelos e dançamos no centro do círculo.

— Jamie, eu juro — diz ela, ofegante. — Todo mundo está olhando para a gente.

— Porque nós estamos...

— Não é porque estamos aqui no meio. Jamie. Olha.

Dou uma olhada ao redor do círculo enquanto danço, e meu coração bate forte. Maya tem razão. As amigas da Sophie estão nos olhando descaradamente. E dando risadinhas. E segurando os celulares no alto. Maddie está fuzilando Maya com o olhar, parecendo prestes a chorar de novo.

— Muito estranho, não é? — pergunta ela. — Não é só coisa da minha cabeça.

— Com certeza não.

Todos trocam de parceiros, então salto em direção à Sophie.

— Ah, olá — diz ela, entrelaçando nossos braços.

Vou direto ao assunto.

— Por que suas amigas estão olhando para nós?

Meio que espero que ela negue. Ou que diga que estou imaginando coisas. Mas ela só dá de ombros e responde:

— Provavelmente por causa da foto.

Meu corpo todo gela.

— Que foto?

Trocamos de direção, continuando a dançar, "Hava Nagila" ainda tocando. Mas mal consigo ouvir a música.

— Aquela que a Maddie tirou de você e da Maya se beijando — diz Sophie. — Gabe colocou no Instagram da vovó. E na conta do Rossum. Acho que viralizou.

Fico paralisado.

De nós dois nos beijando? Mas nós... não nos beijamos. Acredite, beijar Maya é tudo em que venho pensando há semanas. Com certeza eu saberia se tivesse acontecido. Mas Maddie tirou uma foto? Por que diabos Gabe estava vendo as fotos da Maddie?

E justo quando...

Não. De jeito nenhum.

Coloco a mão no bolso de trás, as mãos trêmulas. Sophie olha nervosa para mim.

— Você está bem?

Os círculos da *hora* já se desfizeram, e todos começam a voltar às mesas para a sobremesa. Mas estou congelado na pista de dança.

— Não estou entendendo.

Entro no Instagram. Na conta da vovó.

— Jamie, o que está acontecendo? — Maya vem correndo. — Todo mundo…

A voz dela vai sumindo.

Encaro a tela, perplexo.

Somos nós. No meu carro. No estacionamento do templo. Nossos rostos a poucos centímetros de distância.

Com a seguinte legenda: *O amor está no ar! E, ei, não se esqueça de votar em Rossum no dia 9 de julho para garantir seu feliz para sempre!*

Foi postada há quatro horas. E já tem vinte mil likes. Mais de oitocentos comentários.

Maya parece prestes a vomitar.

30

MAYA

ISSO NÃO ESTÁ ACONTECENDO. Não pode estar acontecendo.

Jamie está atrás de Gabe. Para gritar com ele. Para fazê-lo deletar a foto.

E quanto a mim? Bem, as mesmas quatro palavras ficam passando em looping pela minha cabeça: Isso. Não. Está. Acontecendo. Talvez seja uma alucinação. Já tive isso antes — sonhos febris, em que apareço sem calça na escola e todo mundo ri da minha cara.

Mas não é um sonho.

Jamie e eu quase nos beijamos.

Maddie tirou uma foto.

Gabe a compartilhou na conta do Rossum.

E a foto viralizou.

Jamie deletou a que foi publicada na conta da avó, mas a foto também está no feed oficial da campanha do Jordan Rossum e em um monte de outros lugares. A mesma foto de novo e de novo, repetida como se estivéssemos entre dois espelhos, reflexos infinitos de nós dois. A imagem está gravada no meu cérebro. Jamie e eu sentados no porta-malas do carro dele. Olhando nos olhos um do outro. Nossos ombros se roçando. Meu cabelo obstrui um pouco a imagem. Não dá para ver que não nos beijamos. A julgar pelo que todos estão dizendo, é como se tivesse acontecido.

Com as mãos trêmulas, entro no feed da campanha. Nunca leio os comentários. Sei que não devo. Mas não consigo evitar. Quando começo a ler… meu estômago revira. Só nesse instante em que estou olhando, os comentários na nossa foto entram na casa dos quatro dígitos.

Issooo! 😚

O amor está no ar! 😍

Ela alisou o cabelo! Ficou ótimo!

Ele é LINDO.

Está mais para estranho.

Estranhamente SEXY.

Ele podia arrumar coisa melhor.

De jeito nenhum… ela é gostosa demais pra ele.

Ah, vão para um quarto.

Olha só a saia dela subindo, que vergonha.

Cada comentário é como um soco. Comentários sobre minha aparência, minha roupa. Tem também algumas mensagens islamofóbicas, claro. Rolo a tela, mas não consigo acompanhar… a cada segundo surgem mais e mais.

Paro em uma delas: *Eu previ isso desde o início, não foi?*

Previu desde o início?

Meu celular começa a vibrar.

Mensagens de texto. Rania, da escola dominical, acha Jamie fofo. Serene me pergunta se quero conversar sobre fé e sexo. Conhecidos que não vejo desde a escola estão me mandando emojis de carinha em choque. Emojis de olhos de coração.

Emojis de beijo.

As mensagens não param de chegar. Algumas são da Shelby, querendo saber se estou bem. Mas tem várias de números que nem conheço.

Quero gritar.

Quero socar uma parede.

Mas me sinto enjoada demais para fazer qualquer coisa — e agora esta é a última das minhas preocupações, porque a sala começou a girar.

— Maya? — uma voz me chama. É o Jamie.

Ele me encara com preocupação. Não sei há quanto tempo está aqui.

— Você precisa se sentar — diz ele. — Parece que vai desmaiar.

Sento-me entorpecida em uma cadeira dobrável perto da parede. Não olho para ele. Não consigo.

— Gabe foi embora — explica Jamie. — Mas vou encontrá-lo. E vou resolver isso. — Ele se ajoelha na minha frente. — Maya, por favor, fala alguma coisa.

Mas o que há para falar?

Jamie coloca a mão gentilmente sobre a minha. Eu me encolho. Ele a retira no mesmo instante.

— Você precisa respirar — diz ele carinhosamente. — Desse jeito, vai acabar desmaiando.

— Como posso respirar? *Como* ele pôde fazer isso? E os comentários. — Meus olhos se enchem de lágrimas. — Os comentários *não param*... não vão parar nunca... todo mundo tem alguma opinião. As coisas que estão dizendo sobre nós... é constrangedor.

— As pessoas são horríveis, às vezes. Mas você não pode deixar que te atinjam desse jeito, Maya. Afinal, estão dizendo coisas assim há uma eternidade e... — Ele para de falar de repente.

— Há uma eternidade? — Endireito o corpo.

Jamie morde o lábio.

— Como assim? — Eu o encaro.

— Nada — responde ele depressa. — Não quis dizer nada.

— Jamie.

— É só que... Bem. Você e eu temos aparecido em tantas fotos para a campanha que acho que as pessoas só... sei lá, ficaram achando coisas...

Pego o celular e entro no feed da InstaGramm.

O vídeo da Fifi Repaginada.

A foto na Carmen's Cupcakes, em que estamos Jamie, sua avó e eu com enormes sorrisos.

A foto da nossa palestra sobre prospecção de votos. Estou segurando o microfone e sorrindo, olhando de lado para Jamie.

Cada uma das imagens, acompanhada por centenas de comentários.

A covinha dela é de derreter qualquer um.

Eles vão acabar ficando.

Os filhos deles vão ser lindos.

Comentário atrás de comentário atrás de comentário.

Sobre nós.

— Você *sabia* que estavam falando essas coisas da gente? — Não consigo nem olhar para ele agora. Durante todo esse tempo, as pessoas estavam dissecando tudo a nosso respeito... criando uma história de amor que nem existia... e ele não me disse uma única palavra sobre isso. — Jamie, naquele dia em que você estava lendo os comentários no nosso vídeo... as pessoas já estavam dizendo coisas assim?

— Sei lá. Quer dizer, isso importa? — Jamie fica vermelho. — Quem liga para o que dizem?

— Importa! É claro que importa! Não acredito que caí nessa. Isso explica tudo, não é mesmo? Gabe não ligava para as nossas dicas sobre prospecção. Só estava nos usando para ganhar mais curtidas e comentários. — Olho para ele. — E você sabia.

— Eu não sabia *disso*! Eu juro! — insiste ele. — E são só algumas pessoas que a gente nem conhece.

— Algumas? — indago, com a voz trêmula. — Tem milhares de pessoas analisando tudo a nosso respeito. E não é de hoje. Há *semanas*.

— Mas quem se importa, Maya? — repete ele. — Sei que é constrangedor. Eu entendo. Mas essas pessoas nem conhecem a gente.

Jamie olha para mim como se fosse eu quem precisasse me controlar.

— Faz sentido você não se importar. — Seco as lágrimas. — Quer dizer, foi você que fingiu ser sua avó na internet.

Jamie arregala os olhos.

— Sabe que até agradeci a ela por me seguir? — conto. — Sabe como estou me sentindo idiota?

— Eu não deveria ter seguido você no perfil dela — diz Jamie. — Eu errei. Me desculpa. Mas fiquei com muita vergonha de contar para você que tipo de comentário as pessoas estavam fazendo. E nem sempre contamos tudo um para o outro, não é? Você não me disse *por que* estava tão interessada em trabalhar na campanha. Que era só por causa de um carro...

— Só por causa de um carro? — Encaro Jamie, irritada. — É isso mesmo que você pensa?

— Bem, é a verdade, não é? Quer dizer, não tem problema. Eu entendo. — Ele baixa o olhar. — Mas foi por isso que você me mandou aquela mensagem falando que queria pedir votos de novo depois do primeiro dia, não foi? Porque você ganharia um carro?

Não acredito que isso está acontecendo. Sim. É verdade. Essa foi minha motivação por *um minuto*, talvez. Mas se ele acha mesmo que todo o trabalho que fizemos juntos — bater de porta em porta, criar panfletos, colocar placas nos quintais... —, que tudo isso foi por causa de um carro idiota... O que posso dizer?

Todas as vezes que saímos juntos. Nossas conversas. Foi tudo inútil. Não significou nada.

Fecho o Instagram e abro meu aplicativo de carona. Com as mãos tremendo, digito meu endereço e me levanto.

— Vou para casa. Diga à Sophie que sinto muito por ter que ir embora mais cedo.

— Você está indo embora? Não! — exclama Jamie. — Vamos conversar sobre isso, Maya.

O aplicativo apita. Encontrou um motorista. Felix. 4.8 estrelas. A quatro minutos de distância.

Saio para o estacionamento.

— Maya, espera! — Ele corre atrás de mim. — Não vai embora assim. Por favor. Não podemos deixar tudo isso interferir no que sentimos um pelo outro.

— No que sentimos um pelo outro? — Eu me viro para ele. — Não posso namorar você, Jamie.

— Ah, tudo bem. — Ele passa a mão no cabelo. — Sem problema. Namorar é tão antiquado. Ninguém *namora* hoje em dia...

— Não estou discutindo terminologia. Não podemos ficar juntos *desse jeito*. Não vai rolar. Nunca.

— Ah.

Jamie fica em silêncio.

E bem assim, ao ver o rosto abatido dele, minha raiva desaparece. E dá lugar à tristeza. Não quero contar para ele. Mas isso não é justo. E já adiei demais. Preciso falar a verdade.

— São os meus pais, Jamie. Não tenho permissão para namorar. Eu deveria ter contado isso para você logo no início. Desculpa.

— Seus pais? — repete Jamie. Sua expressão muda. E, quando volta a falar, sua voz está mais dura. — Você não pode ao menos assumir o que sente?

— Como assim?

— Você está no último ano do ensino médio agora — dispara ele. — Já tem dezessete anos. Se não quer ficar comigo, não se esconda atrás dos seus pais.

— Você sabe que sou muçulmana, não sabe?

— Então é por causa dos seus pais ou é por você ser muçulmana? — pergunta ele. — Decida-se, Maya.

— São as duas coisas, Jamie! É por causa dos meus pais, porque somos muçulmanos. Namorar é um pouco mais complicado para mim.

— Nós quase nos beijamos! — Ele ergue a voz. — Eu disse que te amava. Se o Gabe não tivesse aparecido, você ia retribuir meu beijo.

— Ia. — Olho para o chão. — E teria sido um erro.

— Um erro... — repete ele em voz baixa.

Seus olhos se enchem de lágrimas.

— Jamie... — Eu me aproximo dele, mas, neste exato instante, somos engolidos pela luz de faróis. Um Kia verde para junto à calçada.

— Me desculpa — falo. — Me desculpa por isso ser tão complicado...

— Mas na verdade não é. — Uma lágrima escorre pelo rosto dele. — Ou você gosta de mim. Ou não gosta. É simples assim.

— Jamie. — Pego a mão dele. — Não queria que essa noite fosse assim. Não estou conseguindo me explicar...

E, pela primeira vez, Jamie se afasta de mim.

— Você se explicou muito bem — responde ele, sem emoção na voz. — Faça uma boa viagem para casa. E você deveria pedir aquele carro para os seus pais agora. Com certeza fez por merecer.

Entro no carro, que se afasta e segue pela rua. A silhueta de Jamie fica cada vez menor e, por fim, some de vista.

Até esse momento eu pensava que as palavras *coração partido* fossem só um termo brega — e não que de fato expressassem a sensação de ter o coração estilhaçado.

Quando o carro pega a estrada, afundo a cabeça nas mãos.

E só então começo a chorar.

31

JAMIE

NEM SEI SE DORMI. Eu me sinto tão entorpecido e estranho, como se minha cabeça estivesse cheia de algodão.

É tudo um grande borrão. Mal me lembro de chegar em casa depois da festa. Tem um croissant na minha mesinha de cabeceira — minha avó deve ter passado por aqui antes de sair de casa hoje de manhã. E Boomer está enroscado na ponta da cama. Não saiu do meu lado a noite inteira.

Meu rosto está dolorido de tanto chorar. Acho que não choro assim há anos, talvez desde que o vovô morreu. Todo mundo diz que chorar ajuda a livrar o corpo das toxinas, ou liberar endorfinas, ou recarregar as energias, ou *qualquer coisa* do gênero. Mas não me sinto recarregado. Mal tenho forças para pegar meu celular na mesinha de cabeceira.

Nunca recebi tantas mensagens na minha vida. Mensagens do Nolan, de antigos amigos de acampamento, da irmã do Felipe e de um tal de Peter da Academic Bowl, uma competição sobre assuntos acadêmicos. Trinta e seis mensagens de texto no meu grupo com o Drew e o Felipe. Mensagens de todo mundo mesmo.

Menos da Maya.

E não param de chegar. Acabo de receber uma da Alison, estagiária da campanha. **Uau, você e a Maya estão no BuzzFeed!!!** 😱 Tem um link, mas nem preciso clicar. A chamada já me diz tudo que preciso saber. *Esses dois jovens se apaixonaram durante uma campanha democrata local, e meu coração não está aguentando.* A foto da matéria é a que Maddie tirou. De nós dois.

Coloco o celular de volta no carregador, virando a tela para baixo.

Não acredito que tudo acabou. Tudo. Nosso trabalho na campanha, nossa amizade e todo o resto que fui idiota de ter esperança que pudesse acontecer. Pensei que nossa história teria um final feliz como nos filmes. Pensei mesmo. O cara nerd e sem jeito conquista a garota dos sonhos. A Maya disse que queria me beijar, sabe? E aquilo do bolo no vestiário. Sem dúvida, foi o momento mais sexy da minha vida. Nem acredito que isso aconteceu ontem. Há doze horas. Ainda tenho cobertura de chocolate no pulso. Não está mais na forma de coração… só sobrou uma mancha esquisita. O que é bem apropriado.

São só oito da manhã quando minha mãe bate na porta, mas quem se importa? Estou acordado faz tempo.

— Oi. Tenho alguns bagels que sobraram. — Ela coloca o prato ao lado do croissant intocado na mesinha de cabeceira, antes de enxotar Boomer da cama e roubar o lugar dele. — Como está se sentindo, querido?

Deixo escapar um gemido, a cara enfiada no travesseiro.

— Sua noite não foi das melhores, hein?

Na verdade, essa que é a parte mais louca. A maior parte da noite *foi* boa. Foi incrível. A música, a *hora*, até o brinde. E a Maya. Que disse que gostava de mim. Que se encaixava tão perfeitamente no meu peito enquanto dançávamos.

Até uma publicação no Instagram estragar tudo. Absolutamente tudo.

— Quer conversar? — pergunta ela.

Eu me sento e esfrego os olhos.

— Na verdade, não.

Estava tudo bem. Tudo *bem*.

Sim, a coisa da foto foi estranha. É óbvio que eu não estava nada feliz em saber que Maddie tinha espionado a gente dos arbustos ou de onde quer que fosse, e Gabe ter publicado a foto foi ainda pior. Mas Maya surtou completamente. Nunca a vi pálida daquele jeito. No começo, ela mal conseguia falar. E a expressão em seu rosto quando leu os comentários, como se a ideia de as pessoas saberem da gente fosse constrangedora demais para ela. É. Foi ótimo. Quase tão bom quanto ouvir que *não ia rolar. Nunca.* No tom mais prático possível. Como se eu já devesse ter entendido. Como se fosse óbvio.

Maravilha. Acho que eu estava só delirando.

Minha mãe se aproxima e coloca as mãos em meus ombros.

— Querido, fala comigo.

Não sei o que ela quer que eu diga. Que estou arrasado? Destruído? Que eu deveria saber que era bom demais para ser verdade? Talvez Maya até sentisse algo por mim, mas estava na cara que não era o suficiente. Se eu estivesse no lugar dela, faria de tudo para que funcionasse. *Tudo*. Teria enfrentado qualquer conversa difícil.

A maneira como minha mãe olha para mim faz um nó se formar na garganta.

— Ei — diz ela, me abraçando com força. — Ei…

Então ela acaricia meu cabelo, como fazia quando eu tinha oito anos, o que deixa meus olhos cheios de água de novo. Quando finalmente consigo falar, minha voz sai embargada.

— Estou apaixonado por ela.

— Eu sei, querido.

— E contei para ela. Como você falou. Contei o que sentia. — Tento recuperar o fôlego. — Nunca disse isso para ninguém antes.

— E ela não reagiu bem?

— No começo, achei que sim. — Então me endireito e enxugo as lágrimas. — Ela disse que gostava de mim. E parecia nervosa de contar aos pais, mas… sei lá. Não falou como se isso fosse um impedimento. — Sinto o nó na garganta aumentar. — Mas aí Gabe publicou a foto, e tudo simplesmente… desmoronou.

— Bem, vamos lá. Se serve de consolo, Gabe está seriamente encrencado com sua avó. Ela está no escritório da campanha agora.

Seco os olhos de novo.

— Ótimo.

— Mas olha, Jamie, essa coisa com os pais dela… Não sei bem como a família da Maya encararia o namoro da filha com um rapaz que não é muçulmano. Ou simplesmente um namoro com qualquer pessoa.

Balanço a cabeça.

— Se ela sabia que não podia namorar um cara que não é muçulmano, por que quase me beijou? Isso não está certo. Tudo bem você não poder ou não querer namorar, ou até não querer namorar alguém de outra religião. Mas se seu melhor amigo diz que está apaixonado por você, não fique agindo como namorada dele a noite toda e chegue *bem* perto de beijá-lo, para depois simplesmente ir embora, dizendo que foi tudo um erro.

— Sinto muito, querido — diz minha mãe. — Sinto mesmo.

— Deixa pra lá, é bobagem.

Tiro o resto de chocolate do pulso e depois esfrego os dedos para me livrar dos farelos, que se espalham pelo lençol. Estou cansado demais para me importar.

— *Não é* bobagem — rebate ela. — Olha, preciso correr para pegar os centros de mesa com a organizadora de eventos, mas estarei por aqui a tarde toda. Vamos fazer alguma coisa especial. Você, eu e a Sophie. — Ela se curva para a frente, pressionando as mãos contra o meu rosto. — Vamos superar isso. Eu juro. E Jamie?

Ergo os olhos, sem ânimo.

— Você deveria estar muito orgulhoso. De tudo. De seu discurso. De seu trabalho em defesa daquilo que acredita. E por ter tido a coragem de dizer à Maya o que sente. Isso foi incrivelmente corajoso.

— Não me sinto corajoso.

— Estou falando sério, Jamie. Sei que você tem essa ideia de que é um garoto desajeitado, que nunca sabe o que dizer, que estraga tudo…

— Pensamento desmotivacional. É, eu sei.

Ela sorri ironicamente.

— Não vou pegar no seu pé por causa disso. Mas posso fazer uma pergunta?

— Claro.

— Por que você se acha tão desajeitado?

Franzo a testa.

— Como assim?

— Em que você se baseia? O que faz de você um desastre?

— Hã. — Olho para ela. — Bem… eu vomitei no seu chefe.

— Está bem, mas e todas as pessoas em que você não vomitou?

— Mas aí você está nivelando por baixo.

— Só estou dizendo que essa é a sua narrativa. Você escolhe a perspectiva. Por que aquela entrevista é o que te define? Talvez tenha sido só uma manhã ruim. Talvez você tenha comido algo que lhe fez mal no café da manhã. Sei lá! Olha só tudo que você conquistou desde então. A prospecção, os vídeos, o brinde. Você sabe que aquele brinde foi incrível, não é?

— Incrível? Até parece…

— Ei, você está sorrindo. — Ela cutuca minha bochecha. — Porque sabe que arrasou lá na frente.

— Está bem. — Reviro os olhos. — Eu arrasei. Sou incrível. Sou um orador incrível que inspira as massas e dificilmente vomita em alguém. Está feliz?

— Você arrasou, sim — concorda minha mãe, com firmeza. — E é incrível mesmo. E eu estou feliz.

Não quero chorar de novo. Acho que meus músculos oculares nem têm força suficiente para uma terceira rodada. Mas uma lágrima escapa mesmo assim.

— Te amo, mãe. — Engulo em seco.

Ela beija minha testa.

— Te amo também.

Ela sai do quarto com Boomer trotando atrás, e meu corpo parece se esvaziar. Mas, no instante em que me acomodo de volta no travesseiro, meu celular vibra. E então vibra de novo. Tiro o aparelho do carregador, o coração quase saindo pela boca...

É a vovó. Claro. Não que eu tivesse pensado...

Enfim.

Vovó: Oi, amorzinho! Só queria que você soubesse que uma certa foto saiu de vez da página do Rossum! Só precisei ameaçar apagar todo o conteúdo sobre o Rossum da minha página pessoal e seu primo se mostrou bem sensato com relação à coisa toda. Aparentemente haverá uma eleição daqui a dois dias que ele faz questão de promover. Quem diria? E estou mandando um e-mail para o BuzzFeed, para o Hypable e para o Upworthy agora mesmo. 💪 Enfio o celular embaixo do travesseiro. Meu Deus. A foto foi parar no Upworthy também? No Hypable?

Alguém bate na porta.

— Me deixa entrar. — É a voz da Sophie, ainda arrastada de sono.

— Está aberta — falo, bocejando e me sentando na cama.

Sophie está de calça de pijama e uma regata. Seu cabelo ainda está meio cacheado do bat mitzvá e meio bagunçado da noite de sono. Ela traz uma caixa de papelão aberta embaixo do braço.

— Papai mandou *stroopwafels*. De um dia para o outro. Deve ter custado um milhão de euros. Toma — diz ela. Então coloca a caixa perto da cama e se senta ao meu lado. — Acho que a gente deveria comê-los. Ou sei lá.

— Eu gosto de *stroopwafels*.

Pego duas embalagens e entrego uma à Sophie. Ela encara o biscoito, melancólica.

Está bem. Tenho que me animar. Sophie está claramente sofrendo de desânimo pós-bat mitzvá, o que significa que ela precisa de um irmão mais velho de verdade, não desse desastre catatônico.

— Você está se sentido diferente? — pergunto. — Agora você é uma mulher...

— Cala a boca. O que houve com a Maya?

Sinto um aperto no peito.

— Não precisamos falar sobre isso.

— Ah, me desculpa, acordei supercedo no dia seguinte ao meu bat mitzvá para trazer *stroopwafels* para você. O mínimo que você pode fazer é me contar o que está acontecendo. Mamãe não quis me falar nada.

— Não tem muito o que falar.

Sophie me encara com um olhar fulminante.

— Ah, então você não passou a última hora da minha festa escondido no carro da mamãe?

— Sinto muito. Eu não queria…

— Jamie! Está tudo bem. Só estou preocupada com você. Estou tentando ser uma irmã solidária.

— Não é assim que funciona. Você é a caçula. Eu é que deveria apoiar você. Era sua noite, e eu acabei estragando tudo…

— Você não estragou nada. — Sophie chega mais perto. — Agora *cala a boca* e me conta o que aconteceu.

— Bem, esses pedidos são um pouco contraditórios…

Ela empurra meu braço.

— Então você e a Maya se beijaram.

— Não! Não nos beijamos. Só parece que sim na foto.

— Está bem. Vocês quase se beijaram.

— E então sei lá como a Maddie tirou uma foto nossa. Nem a vi lá na hora.

— Ela está se sentindo péssima — diz Sophie. — Viu o Gabe procurando por você durante o almoço e foi lá para fora atrás dele. Ela gosta *mesmo* de você, Jamie.

— Então por que iria querer uma foto minha com outra garota?

— Acho que ela não pensou direito. Só tirou a foto e mandou para o grupo…

— E para o Gabe, aparentemente.

— Bem, o Gabe pediu a foto — explica ela.

— E Maddie mandou para ele.

— Ela não sabia que ele ia usar como propaganda da campanha! — Sophie levanta as mãos, indignada. — Estou te falando, ela está se sentindo *muito* mal por isso.

— Tudo bem. — Olho para o *stroopwafel* que mal mordi. — Quer dizer, *não* está tudo bem, e Maya nunca mais vai falar comigo. Mas a culpa é do Gabe, não da Maddie.

Sophie fica triste.

— Você acha que a Maya não vai mudar de ideia?

— Bem, ela mesma disse, com essas palavras: *não vai rolar. Nunca...*

— Jamie, sinto muito.

— Não, *eu* sinto muito. É a manhã seguinte ao seu bat mitzvá. A última coisa de que você precisa é esse meu drama por causa de uma garota.

Ela suspira.

— Dramas por causa de garotas são terríveis.

— Você não faz ideia.

— Faço, sim.

— É, verdade. — Esboço um sorriso. — Concordo que suas amigas são *um pouco* dramáticas.

Sophie não diz nada.

Eu me viro para ela.

— Tudo bem com o seu grupo? A galerinha não está se desentendendo, está?

— Não, nenhum drama com a galera. — Sophie hesita. — É a Tessa.

— Ah, certo. Com o namorado questionável. Ugh. — Faço uma careta. — Sinto muito, Sophie. Deve ser péssimo. Não sei o que eu faria se o Drew ou o Felipe namorassem alguém horrível.

— Ai, meu Deus, Jamie. — Sophie leva as mãos ao rosto. — Você passou mil quilômetros longe.

— Eu passei... — Lanço um olhar confuso para Sophie, que agora está encarando fixamente os próprios joelhos. E então minha ficha cai. — Tessa. *Ahhhh.* Sophie.

Ela fica vermelha.

— Não conta para a mamãe, tá?

— É claro que não. — Então me endireito e chego mais perto dela. — Então... você e a Tessa. Vocês estão...

— Não! — Ela franze o nariz. — É só uma paixonite idiota.

— Não é idiota. — Dou uma olhada em Sophie. — Ela sabe?

— Ninguém sabe.

— Entendi. — Faço que sim. — Uau. Então isso é tipo... é... Você está saindo do armário?

— Não tenho um rótulo nem nada. Eu sei lá o que sou. — Sophie dá de ombros, desconfortável. — Não é nada de mais. Só estou dizendo que talvez eu entenda essa coisa da Maya...

— Sophie. Isso é importante, sim. — Então a envolvo em um abraço bem forte. — Fico muito feliz que tenha me contado.

— Está bem. — Ela se contorce para sair do abraço. — Só não fica todo estranho com isso.

— Eu te amo tanto.

— Jamie! Eu disse para não ficar estranho.

De repente, ela começa a chorar.

— Sophie... — Volto a abraçá-la, e desta vez ela enterra o rosto no meu peito. — Shh. Ei. Vai ficar tudo bem.

— Eu sei. — A voz dela sai abafada. — Só estou aliviada. E me sinto ridícula. Como se estivesse fazendo uma tempestade em copo d'água.

— Você não é ridícula.

Ela se afasta, secando os olhos.

— Escuta, não posso prometer que não vou roubar suas namoradas...

— Está bem, alguém precisa ter uma conversa séria com você e suas amigas sobre a diferença de idade apropriada.

— A propósito, também te amo. — Sophie ri, ainda com os olhos marejados. — Você é minha pessoa preferida. Foi uma ótima conversa de saída de armário. Nota dez de dez.

— Ah, bem pensado. Essas conversas deveriam receber nota, deveria ter um site para isso...

— Ei. Tenho uma coisa para te mostrar — diz Sophie, enfiando a mão na caixa de *stroopwafel*. Ela procura um pouco antes de tirar um envelope pardo de lá.

— Eu deveria me preocupar? — Estreito os olhos. — Não é da Maddie, né?

Ela ri, abrindo o envelope.

— Não. Bem, mais ou menos. É de todos nós. — Em seguida, vira o envelope, despejando uma pilha de cartões-postais na cama. — Você nos inspirou.

Pego um deles, examinando-o. Está endereçado ao congressista Holden. *Olá, meu nome é Andrea Jacobs, estou indo para o oitavo ano da Escola Riverview e escrevo para pedir que, por favor, vote não para o projeto de lei 28. É um projeto discriminatório, injusto, racista e cruel. Por favor, vote não ou vou me lembrar disso e votar contra você daqui a cinco anos, quando eu tiver idade para isso. Obrigada pela atenção. Sinceramente, Andrea Jacobs.*

Olho para Sophie.

— Andrea escreveu isso?

— Sei que Holden não vai votar contra o próprio projeto — diz Sophie. — Mas várias pessoas da escola hebraica moram em outros distritos, então quem sabe os congressistas deles possam ouvir? Não sei, talvez seja inútil...

— Não é inútil. — Balanço a cabeça. — Sophie, isso é incrível.

— Todos escreveram um cartão, todos mesmo — conta ela, cutucando minha barriga. — Está vendo, meus amigos não são assustadores. Bem, tirando a Tessa. Ela é assustadora.

Então Sophie pega o cartão de Tessa e mostra para mim.

Caro congressista Holden, meu nome é Tessa Andrews, tenho treze anos e estudo na Escola Riverview. Escrevo esse cartão-postal para lhe dizer para votar contra esse projeto de lei racista ou falarei para os meus pais não votarem em você. Discriminação não é legal!!! Sinceramente, Tessa Andrews.

— Não acredito que você convenceu todo mundo a escrever, Sophie. — Olho para ela. — Durante a sua festa de bat mitzvá.

— Na sala *teen*. — Ela dá de ombros.

— Achei que vocês fossem usar aquela sala para se pegar ou coisa parecida.

Sophie encara o cartão-postal de Tessa e suspira.

— É. Quem dera.

32

MAYA

O RELÓGIO PISCA 12H45 QUANDO finalmente me sento na cama.

Não dormi nada a noite toda. Sinto um aperto no peito ao pensar no rosto do Jamie… em como seus olhos se arregalaram quando eu disse que não podíamos namorar. Em como puxou a mão para longe da minha. Lágrimas voltam a brotar dos meus olhos. Seria de se esperar que uma pessoa tivesse um estoque limitado de lágrimas no corpo, mas agora sei que não é bem assim.

Pego o celular na mesinha de cabeceira. As mensagens não param de chegar. Tem até uma ligação perdida da Shelby. Explico que não estou muito a fim de conversar agora, mas agradeço por ela ter entrado em contato. Passando por minhas mensagens, encontro a última que troquei com Jamie. Estávamos na recepção do bat mitzvá quando enviei.

Você só vai ver essa mensagem quando terminar o brinde, mas está arrasando! Meu truque do bolo foi genial! Vou escrever um livro sobre isso e faturar milhões.

E, dois minutos depois, acrescentei…

Ah! Me lembra de te contar do Drew e da Rachel.

Meus olhos ficam marejados de novo. Mensagens tão casuais... como se eu tivesse certeza de que ainda trocaríamos mais milhões dessas.

Penso de novo em nós dois no estacionamento em frente ao templo, olhando para os arranha-céus e para os carvalhos. Sempre achei a parte dos filmes em que duas pessoas ficam em silêncio e se aproximam para se beijar pouco realista. Mas, naquele instante com Jamie, beijá-lo me pareceu a coisa mais natural do mundo.

Mas não nos beijamos. Quase nos beijamos. E um quase beijo não é um beijo.

Eu me pergunto o que Jamie está fazendo. Sua expressão, a lágrima escorrendo pelo rosto dele à medida que o carro se afastava... meu estômago dói só de lembrar. Eu deveria tê-lo deixado me levar em casa. Talvez pudéssemos ter conversado. Resolvido as coisas.

Não consigo imaginar o quanto ele deve estar triste agora.

Abro o Instagram. Estava tão irritada ontem à noite que bloqueei Jamie e a InstaGramm, mas desbloqueio os dois assim que acordo e vou direto até o perfil do Jamie. Só tem as mesmas quatro fotos de quando ele criou a conta, e a com a citação do rabino Rothschild que tirou ontem. Mais nada desde então. Nenhum registro de que tudo desmoronou. Posso olhar para essas fotos e quase fingir que o dia de ontem não aconteceu.

Queria tanto que fosse verdade.

A conta oficial da campanha do Rossum aparece no meu feed. Hesito, então rolo até o vídeo. O nosso vídeo. Eu me preparo para os comentários. Sei que não deveria fazer isso — é como cutucar uma ferida —, mas preciso saber. Assim que mergulho nos primeiros, me lembro, mais uma vez, que não é possível se preparar para algo assim.

Eles são muito fofos.

Aqueles lábios da Maya foram feitos para beijar.

Ela nem é tão gostosa assim.

Ele podia arrumar alguém melhor.

Quer apostar quanto que eles estão transando?

Esse último comentário tem vinte e sete respostas.

Parece que fui mergulhada numa banheira de água fria. Largo o celular na cama. Entendo por que Jamie não leu os comentários para mim. Mas não sei como vou voltar a olhar no rosto dele depois disso.

Solto o ar e me levanto. Visto um moletom por cima do pijama. Quando piso no corredor, ouço o tilintar de um copo a distância. Minha mãe. Não quero falar com ela sobre isso. Ela bateu na porta do meu quarto ontem à noite e deu uma olhada em mim. Fiz o máximo para parecer que estava dormindo. Mas eu moro aqui. Não posso evitá-la para sempre.

Escovo os dentes e tomo banho sem pressa, mas congelo ao entrar na cozinha. Devo estar tendo um colapso nervoso, porque meu cérebro conjurou a visão mais bizarra e trivial possível. Minha mãe fazendo chá na cozinha. Meu pai na namoradeira com os pés apoiados na mesinha de centro, vendo futebol na sala de estar.

— Maya. — Meu pai me vê e se endireita.

É verdade. Ele está mesmo aqui. Sentado no sofá, assistindo à televisão como sempre faz aos domingos. Os dois estão juntos nesta casa — sob o mesmo teto —, como num fim de semana qualquer. Uma alegria radiante toma conta de mim. E tão repentinamente e ao acaso quanto o anúncio da separação, ela se esvai.

Minha mãe desliga o forno e vem até nós enquanto meu pai se aproxima.

— Você voltou? — sussurro para o meu pai. — Eu sabia que vocês voltariam. Sabia.

— Ah, querida, não… — Minha mãe olha para mim e depois para o meu pai. — Ainda é… um processo em andamento.

— Vim assim que soube do que aconteceu. Queríamos conversar com você. Juntos — diz meu pai. — Sobre…

Ah.

Eu me sento num banquinho da cozinha, desanimada.

Minha mãe coloca a mão em meu ombro delicadamente.

— Você está bem? — pergunta ela.

Dou de ombros. Quero dizer que estou bem para podermos terminar essa conversa o quanto antes, mas as palavras estão presas na minha garganta. Porque a verdade é que nada está bem. Eu não estou bem. As lágrimas escorrem pelo meu rosto.

Em um instante, eles estão me abraçando. Um de cada lado e eu no meio. Se alguém tivesse me dito vinte e quatro horas atrás que eu estaria sendo abraçada pelos meus pais ao mesmo tempo e sob o mesmo teto, eu teria me desmanchado em uma poça de alívio.

Mas hoje tudo dói.

Vamos até a sala de estar. Eu me sento na otomana, com os pés embaixo do corpo. Willow pula no meu colo e roça o focinho em mim. Meus pais se sentam à minha frente na namoradeira, me observando, preocupados.

— Eu estou bem — consigo falar. — Sinto muito por desabar assim.

— Não tem problema ficar chateada. A foto viralizou. Seria difícil para qualquer pessoa.

Por uma fração de segundo, fico confusa. E então me lembro. A foto. Os sites de notícia, revistas e comentários. Eles não sabem da minha briga com Jamie. Não sabem de todo o resto. E como o resto dói muito mais.

— Não quero falar sobre isso agora — falo, muito baixo.

— Mas precisamos falar — diz minha mãe. — É por isso que estamos tendo essa reunião de família. Para que possamos conversar e resolver isso juntos.

— Achei que fosse preciso ser uma família para ter uma reunião de família — murmuro.

Meu pai se curva para a frente.

— Ainda somos uma família, Maya — diz ele. — As últimas semanas têm sido difíceis, mas, independentemente do que aconteça, nós três sempre estaremos ligados. E você sempre será nossa maior prioridade. Isso nunca vai mudar.

Baixo o olhar, tentando não cair no choro novamente.

— Eu não sabia que alguém tinha tirado uma foto nossa. Num minuto estava tudo ótimo e, de repente, as pessoas estavam nos encarando, falando e rindo. — Meus olhos se enchem de lágrimas. — Foi constrangedor.

— Vai passar. — Meu pai me tranquiliza. — Alguns sites maiores até noticiaram, mas a maioria é local.

— Minha vida é local — digo.

— E, bem... — Minha mãe se ajeita no sofá e olha para meu pai, então se vira para mim. — Bem, também queríamos falar com você sobre...

— Ah, meu Deus. — Ergo os olhos para os dois. — Está todo mundo comentando? Meu celular tem tocado sem parar. Desculpa. Serene e Rania me mandaram mensagens também, e...

— Não se preocupe com nada disso. — Minha mãe balança a cabeça. — Isso não é da conta de ninguém. Só diz respeito à nossa família. E ponto. Bom, precisamos falar sobre o beijo. Jamie é um rapaz muito doce... sempre foi. Bonito também. E, bem, entendo por que você poderia querer beijá-lo, mas...

— Nós não nos beijamos. — Fico vermelha. — Eu juro. É o ângulo em que aquela maldita foto foi tirada, mas nada aconteceu. Vocês precisam acreditar em mim...

— Acreditamos em você — diz meu pai. — Se diz que não beijou, então não beijou.

— Vocês estão zangados? — pergunto.

— Não estamos zangados. Mas... — Minha mãe olha para o meu pai. — Mesmo que vocês não tenham se beijado... ainda assim têm passado muito tempo juntos.

— Fiquem tranquilos. — Mordo o lábio para impedi-lo de tremer. — Vocês não precisam se preocupar comigo e com o Jamie.

— Namorar no ensino médio é bastante complicado — continua minha mãe. — É por isso que sempre recomendamos que você evitasse.

— Porque meus neurônios só vão começar a amadurecer a partir do ano que vem, certo?

— Não exatamente. — Minha mãe esboça um sorriso. — Como dissemos, você já está lidando com tanta coisa no ensino médio, e as inscrições para a faculdade estão logo aí, e… — Ela hesita. — Com Jamie, seria ainda mais complicado. Ele não é muçulmano. Isso levanta várias outras questões. Como vocês conciliariam suas identidades e fés diferentes? Como criariam seus filhos? Tradições e práticas religiosas… Há muito o que considerar.

— Hã, em primeiro lugar, não estou em um relacionamento com Jamie, muito menos planejando filhos. — Meu rosto queima. — Em segundo lugar, e a tia Jameela?

— O tio Scott se converteu — responde minha mãe. — E minha irmã mais nova é um bom exemplo do que estou falando. Ela teve seu primo Reem logo após a formatura do ensino médio. Eles estão razoavelmente bem agora, mas, confie em mim, passaram por vários problemas. Relacionamentos são complicados quando começam tão cedo.

— Aparentemente são complicados em qualquer idade — falo, encarando os dois.

Os olhos da minha mãe se enchem de lágrimas. Meu pai olha para baixo. De repente, me sinto péssima.

— Acho que o que estamos tentando dizer é que sabemos como a incerteza é difícil para você — começa meu pai. — E entrar em um relacionamento é basicamente isso. Você começa sem saber o que o futuro reserva e se lança no grande desconhecido. Precisa se perguntar se está pronta para acrescentar mais uma complicação e uma incerteza em sua vida… se está pronta para lidar com o desgaste emocional que pode acontecer.

Não quero admitir. Não quero. Mas faz sentido.

Não posso suportar mais nenhum *e se*.

— Não estamos aqui para ditar o que você pode ou não pode fazer — explica minha mãe. — Você já está grandinha demais para isso. No ano que vem, a essa altura, já vai estar arrumando as coisas para a faculdade.

— Você tem sua própria vida, mas também vamos estar aqui para dar nossas opiniões e dizer o que pensamos... Faz parte da nossa função como pais.

— Não quis perder a calma — falo. — Mas juro que não há nada para se pensar. Jamie e eu... Não tem nada acontecendo.

E provavelmente é melhor assim.

Ficamos em silêncio por alguns segundos, e então meu pai pigarreia.

— Tem mais um motivo por trás dessa reunião de família — anuncia ele.

Minha mãe sorri. Os dois se levantam.

— O que é? — pergunto.

— Venha ver. — Meu pai indica a porta da frente com a cabeça.

Calçamos nossos chinelos e caminhamos para a calçada.

Lá, vemos o Toyota Highlander do meu pai. Junto a um Jetta.

— De quem é aquele carro? — pergunto.

— Seu — responde minha mãe.

— O quê? — Olho para eles e então de volta para o carro. — Você está falando sério? Não é uma pegadinha? *Esse* é o meu carro?

— Já estava na garagem do meu apartamento há uma semana. — Meu pai sorri. — Pensamos em fazer uma surpresa para você depois da eleição, mas hoje pareceu um bom dia.

— Tomara que você goste — diz minha mãe.

— É um carro de segunda mão verificado e de qualidade. E só rodou vinte mil quilômetros — explica meu pai.

Então ele continua a falar sobre as qualidades do carro enquanto me aproximo e passo a mão pelo exterior metálico. Dou uma olhada lá dentro. Assentos pretos. Tapetes. Um laço rosa no volante.

— Muito obrigada mesmo — falo, abraçando os dois ao mesmo tempo.

Meu pai me entrega as chaves e entra no lado do passageiro. Vamos dar uma volta.

Ligo o motor. Estou muito feliz com o carro, mas a tristeza dá um jeitinho de se infiltrar… porque parte da felicidade é compartilhá-la com as pessoas de quem a gente mais gosta.

E a pessoa com quem mais quero compartilhar essa novidade é o Jamie.

33

JAMIE

GABE TEM ME EVITADO DESDE sábado, e meio que acabei deixando. Mas não posso mais adiar isso.

Estaciono e entro pela lateral da Fawkes and Horntail, meu estômago revirando.

Não tem quase ninguém aqui... Acho que todos estão no escritório de Dunwoody. Só vejo Hannah e Alison, bocejando em suas mesas sob a luz fluorescente do anexo. Mas, um segundo depois, Gabe aparece deslizando em sua cadeira, com um copo de café gelado na mão. Ele para a poucos metros da mesa da Hannah, o notebook apoiado nas pernas cruzadas.

Sinto vontade de vomitar. E não estou brincando. Meu café da manhã pode não sair daqui comigo.

É claro que Gabe sorri ao me ver, como se tudo estivesse absolutamente normal.

— Grande J! Veio aqui para o treinamento de fiscal de votação?

Lanço um olhar fulminante para dele.

— Qual é o seu problema?

— Hã. Caramba.

— Não estou brincando. Que merda você tem na cabeça?

Gabe coloca o notebook no chão e toma um gole de café.

— Se isso é por causa da foto…

— É claro que é por causa da foto!

Hannah e Alison trocam olhares e erguem as sobrancelhas.

— Nós vamos só… — diz Hannah caminhando em direção à porta do anexo.

Instantes depois, Alison fecha a porta ao sair.

— Cara — diz Gabe. — Relaxa. Já deletei a foto.

— É, do site do Rossum. — Chego mais perto. — Grandes coisas. E quanto ao BuzzFeed, Upworthy, Hypable…?

— Mashable também. — Gabe ergue o dedo alegremente. — E Bustle e HuffPo. Vocês estão mais populares que a Fifi. Quem diria?

— *Você!* Isso foi absolutamente calculado!

Gabe recosta-se na cadeira, segurando tranquilamente o copo.

— Se eu imaginei que talvez pudesse gerar um pouco mais de tráfego para a campanha num momento crítico? Claro. Mas se eu sabia que ia viralizar…

— Você estava obcecado com essa ideia de viralizar! O verão inteiro! Não finja que essa não foi sua cartada final.

— Olha. Isso ajuda a campanha? Sim. Mais entusiasmo significa mais pessoas aparecendo para votar. É assim que funciona.

A expressão de Gabe. A maneira como seus lábios se curvam casualmente num sorrisinho. Como se o fato de eu perder a cabeça fosse só uma distração divertida na sua manhã de segunda-feira.

— Juro por Deus…

— Olha, Grande J, não odeie o jogador…

— Você está se ouvindo? Você nos usou, Gabe. Postou um momento particular na internet sem nosso consentimento. — Cerro os punhos ao encará-lo. — E, graças a você, a Maya não está falando comigo.

— Ah, então agora é culpa minha a reação dela ter sido exagerada…

— A reação dela não foi exagerada! — Meu corpo inteiro é inundado de calor. — Maya não tem permissão para namorar, e você publicou uma foto em que parece que estamos nos beijando. Em público! Você acha que era assim que a Maya queria que os pais dela soubessem de nós? Pelo BuzzFeed?

Nós. Uma única sílaba. A palavra parece uma ferida aberta.

Infelizmente não existe mais um *nós* para os pais de Maya descobrirem.

— Cara, como eles descobririam não é o fator decisivo aqui — diz Gabe. — Se eles estão surtando, teriam surtado de qualquer maneira.

— Como você pode ter certeza?

— Está bem, quer saber? — Gabe se levanta abruptamente. — Que tal você deixar de ser egoísta por um minuto? Já se esqueceu que a eleição é amanhã? Amanhã! Temos um distrito com maioria republicana, e essa é a primeira vez que temos uma chance *real* de virar o jogo. E com a maioria absoluta em jogo? Grande J, se você está tão preocupado com a família da Maya, deveria estar me agradecendo de joelhos por usar todas as cartas que eu tinha na manga. Nós dois sabemos que essa proibição do uso do hijab vai adiante se Newton vencer...

— Quer saber? *Vai à merda!* — grito.

— Uau. — Ele me encara, perplexo. — Estou do seu lado...

— Não, não está. Você não liga a mínima para a proibição do uso do hijab. Quer que o Rossum ganhe para que você ganhe. Ponto final. Então pare de fingir que se importa. É claro que eu quero que Rossum vença! Mas não vou explorar ninguém para conseguir isso. E é o que você está fazendo! Você me explorou. Explorou a Maya. Por acaso você deu uma olhada nos comentários? Não são todos divertidos e com emojis de coração, Gabe. Você acha que os comentários são gentis com as mulheres? Com mulheres muçulmanas?

Gabe revira os olhos.

— Só meia dúzia de pessoas. Para de aumentar essa história. Noventa e nove por cento delas acham vocês adoráveis. Que vocês terão lindos filhos juntos...

— Aham, e essa é a sua narrativa, não é? Você leu os primeiros comentários e resolveu continuar alimentando a chama. Rossum sabe o que você está disposto a fazer para vencer?

— Jordan não sabe de nada disso. — Gabe fica furioso. — Você acha que se trata só de vencer? Do meu ego?

— É *exatamente* o que eu acho.

— Você ao menos lê os jornais locais? — Gabe bate a mão na mesa de Hannah. — Tem ideia do que está em risco? O projeto de lei 28 é a ponta do iceberg, cara. O deputado Karpenter, do interior do norte quase todo republicano da Geórgia, já orquestrou remover as proteções contra discriminação nas escolas públicas. Em nome da liberdade religiosa. Mas sabemos bem o que isso significa. Talvez você devesse pensar um pouco nos seus amigos Felipe e Nolan antes de vir reclamar comigo.

As palavras de Gabe me deixam sem ar. Um projeto de lei discriminatório. Aqui na Geórgia. Já os vi serem aprovados em outros estados, mas nossa economia é tão ligada à indústria cinematográfica que o governador Doyle nunca quis correr o risco de incitar um boicote. Mas se Newton vencer, e os republicanos tiverem maioria absoluta…

Penso no Felipe e no Nolan. Graças a Deus vão se formar em um ano. Mas e as crianças que ainda não estão se formando?

E a *Sophie*?

Meu coração bate com toda a força, e sinto uma pressão atrás dos olhos. Não sei se vou cair no choro ou explodir.

Me viro para Gabe.

— Isso não torna o que você fez aceitável.

— Bem, sinto muito, Jamie, se minha preocupação principal na véspera da eleição *é vencer a droga da eleição.* Sinto muito que a Maya tenha surtado com você, cara. Sinto mesmo. Mas, pelo que sei, ela não é a única garota da Terra…

— Nossa, isso é…

— Os comentários estão cheios de garotas que acham você um gato — continua Gabe, completamente inabalável. — Cara, você quer tanto assim uma namorada? Corre atrás, Grande J. Manda umas DMs. Você tem três mil novos seguidores desde sábado.

Apenas olho para ele, sem falar nada.

— Então, de nada — acrescenta Gabe.

— Eu...

Abro o Instagram, minha cabeça girando. Garotas que nem conheço me acham um gato. Não que eu me importe, mas isso é inesperado num nível tipo mundo bizarro ou universo alternativo. *Eu?* E três mil seguidores? Por causa da foto do beijo? Eu nem estava marcado...

Entro no perfil da Maya, quase sem pensar. Mas o feed não carrega como de costume.

Em vez disso, aparece um cadeado dentro de um círculo. *Esta conta é privada.*

Não consigo respirar. É como se eu me esvaziasse por dentro. *Esta conta é privada.*

— Ela... — Franzo a testa. — Acho que ela me bloqueou.

Afundo na mesa da Hannah, minhas pernas repentinamente sem força.

O rosto de Gabe se suaviza.

— Ah, cara. Sinto muito, cara. Que barra.

Ele estende a mão para dar um tapinha em meu ombro, mas me afasto, a voz sufocada.

— Ah, agora você sente muito?

— Se eu soubesse, não teria feito. Olha, cara. Estou tentando orquestrar uma vitória impossível. Metade do tempo, nem eu mesmo sei o que estou fazendo. É minha primeira vez. Estou só atirando no escuro aqui.

Encaro o celular, entorpecido.

Gabe continua falando.

— Quer saber a verdade? Estou morrendo de medo. Isso... tudo isso... pode ter sido em vão. Se chover no dia? *Bum!* Não vai aparecer quase ninguém para votar.

Balanço a cabeça, atordoado.

— A previsão do tempo para amanhã é...

— Foi só um exemplo! — diz ele. — Quer dizer, podemos fazer todo o possível, fazer *tudinho* certo. Bater de porta em porta. Organizar tudo e todos. Aproveitar cada oportunidade de mídia. — Ele passa a mão pelo cabelo. — E tudo pode ir por água abaixo amanhã por qualquer motivo besta.

Olho para ele.

— Então por que você faz isso?

— Bem, qual é a alternativa? — Gabe ri, mas com ar de pânico e aflição. — Entregar a eleição de bandeja para esses cretinos? Acredite ou não, primo, eu me importo com essa merda. Você acha que estão me pagando bem para isso? Acha que tenho um bom emprego me esperando em Washington se as coisas derem certo? Olha, 2016 *acabou* comigo. Virou meu mundo de cabeça para baixo. E sou só mais um judeu branco. Não chego nem perto dos que mais sofrem com isso. Não tenho como consertar essa bagunça, mas quero consertar uma parte. Essa eleição? Jamie, é uma coisa tão minúscula. Sabe, no esquema geral das coisas. Se vencermos essa, ninguém vai se importar. Vai virar notícia por um ou dois dias, talvez, e só por causa da história da Fifi...

— E de mim e da Maya — acrescento.

— Pelo menos vocês nos colocaram no mapa. — Ele suspira, derrotado. — Mesmo se ganharmos amanhã, será uma vitória pequena e insignificante, mas que é a minha vida toda no momento. E tudo é uma questão de números...

— Não, não é — retruco, e Gabe bufa. — Não é! Não é uma questão de números. Nem mesmo do resultado final. Não completamente.

Gabe abre um sorriso triste.

— Ah, como eu queria ter todo esse seu otimismo radiante...

— Quer dizer, os números são importantes. Muito importantes. Mas isso *agora*. — Agarro a beirada da mesa da Hannah. — Sim, nesse momento, os números são tudo. Mas, se nos afastarmos um pouco, é só mais um ponto na linha do tempo. A história é um jogo demorado. O jogo mais demorado de todos.

— Besteira — reclama Gabe. — Sinceramente, não quero nem saber se o mundo vai se endireitar em mil anos. Não é bom o bastante.

— Mas não estou falando de o mundo se endireitar sozinho. Estou falando de nós endireitarmos o mundo.

Gabe continua impassível, mas eu sigo em frente.

É tão estranho. Eu me sinto muito confuso, para baixo e desorientado, mas minha boca está dizendo exatamente o que quero dizer.

— Não é uma questão de esperar pelas partes boas da história. Nós que devemos fazê-las acontecer. Somos nós que desenhamos a linha do tempo.

— Bem, sim. Mas, no momento, parece só um monte de trabalho inútil.

— Mas o trabalho em si é o que importa. A gente continua fazendo porque, senão, como evitar se sentir completamente inútil? É como os tubarões que têm que continuar nadando para não morrer — explico. — É o ato de resistir. Acordar todos os dias e decidir não desistir.

Dou uma olhada na tela do meu celular. O perfil privado da Maya, com sua pequena foto circular. O marrom de sua pele. Seu cabelo. O sorriso em miniatura.

A garota que odeia mudanças, mas que quer mudar o mundo. A garota que nunca hesita quando é importante.

Eu nem sabia que era possível sentir tanta falta de alguém em apenas dois dias.

— Ei. — Eu me viro para Gabe. — Mesmo se a gente perder, seu trabalho é importante. Tudo isso. Tudo isso conta.

— Hã, bem...

— Tudo isso importa — repito. — Não que eu ache que vamos perder. De jeito nenhum. Só estou dizendo.

Gabe bufa, mas está sorrindo.

— Você até que sabe inspirar os outros, Grande J. Vai ser um grande político um dia.

Sorrio.

— Eu sei.

34

MAYA

ESTOU INDO DE CARRO ATÉ o local da votação. Ainda é meio estranho não ter que esperar a carona de um amigo ou do aplicativo. Este é o meu carro. Listei ontem à noite todos os lugares em que gostaria de tentar trabalhar, agora que posso fazer isso. A livraria Barnes & Noble e a Starbucks estão no topo da minha lista.

A Target também estaria, mas não sei se Kevin me arrumaria um emprego depois de toda a história com Sara. E, bem... Tem a questão do Jamie também. Trabalhar no lugar preferido dele me parece uma péssima ideia.

Sinto um nó na garganta ao pensar nele. Passamos quase um mês batendo de porta em porta, distribuindo panfletos, espalhando placas. Agora finalmente chegou o dia da eleição. E não estamos nem nos falando.

Estaciono no local da votação e paro para dar uma olhada na foto que publiquei hoje cedo no Instagram. Uma selfie minha usando um bóton do Rossum, incentivando todos os meus quinze seguidores a saírem para votar. Olho as outras fotos deste verão. O *brunch* do Eid, uma selfie com Boomer na semana passada. Pareço estar vivendo o melhor verão da minha vida. A Maya do Instagram e a Maya real não vivem nem no mesmo planeta.

Vou para o feed da Sara. Achei que ela me mandaria uma mensagem depois que o post viralizou, mas não está acompanhando a campanha eleitoral, então provavelmente nem ficou sabendo. É estranho como algo pode ser o universo inteiro para uma pessoa e não ter a menor importância para outra.

As fotos mais recentes dela me fazem sorrir. Quem vê poderia até pensar que ela trabalha para a equipe de marketing da Universidade da Geórgia. Tem várias fotos do campus, uma selfie com um buldogue da Geórgia todo vestido de vermelho e branco. Paro em uma de quatro dias atrás. Ela está posando com minha autora preferida no planeta, a sensacional e incrível Angie Thomas. As duas estão sorrindo, Sara com o livro mais recente dela na mão. Vejo a legenda: *Evento lotado para a sensacional e incrível Angie Thomas.*

Rio ao ler isso. Mesmo afastadas, pensamos igual. Hesito antes de escrever uma mensagem para ela.

Espero que esteja gostando da faculdade. Odeio como as coisas ficaram entre nós. Sinto sua falta.

Não vejo três pontinhos piscando. E está tudo bem. Adoro a Sara e, mesmo que eu não consiga recuperar o que tínhamos, foi uma bela amizade enquanto durou. Não me arrependo de dizer a ela como me sinto.

Eu me sinto meio boba por isso agora, mas alimentei por tanto tempo uma expectativa a respeito do dia da eleição na minha mente que quase esperava sinos tocando e confetes caindo na minha cabeça quando entrei na seção eleitoral. Mas o ginásio recreativo de Briarwood está meio decepcionante a essa hora da tarde. Para começar, está completamente em silêncio. Há cabines de votação eletrônica enfileiradas em uma das paredes e mesas dobráveis armadas do outro lado do espaço, com voluntários tamborilando os dedos. Alguns estão tão reclinados em suas cadeiras que suspeito que estejam dormindo. Vejo um policial na porta. E Hannah também está aqui. Ela me entrega meu colete de fiscal, e registro minha presença. Uma mulher de terninho está votando, mas, fora ela, não há mais ninguém.

Meu celular vibra. Ao pegá-lo, vejo um alerta de notícia piscar na tela. O projeto de lei 28 foi aprovado pela Câmara dos Deputados da Geórgia. Abro o artigo. Não deveria estar usando meu celular, mas isso só pode ser algum engano. Essa votação não ia acontecer antes da eleição.

Mas não é engano.

O projeto de lei 28 foi aprovado. Evidentemente, o Partido Republicano está tão confiante que Newton vai ganhar que já deu o primeiro passo para tornar a existência da minha mãe um crime.

Ouço um barulho na porta da frente. Uma senhora idosa com um andador está com dificuldade para passar.

Acorda para a vida, Maya. Enfio o celular no bolso. Estou aqui para ajudar as eleições a transcorrerem tranquilamente. Foi para isso que me voluntariei. Corro e abro a porta para ela.

— Obrigada, doçura — agradece a mulher. — Você é absolutamente maravilhosa.

Enquanto ela preenche seus dados, Hannah se aproxima de mim.

— Você foi muito gentil em abrir a porta, mas, como fiscais, não podemos interagir com os eleitores, mesmo que seja para ajudar — explica ela.

— Ah, me desculpa. Entendi.

A senhora termina de votar e segue para a saída.

— Mais uma vez, obrigada, querida.

— De nada — respondo. — Tenha um bom dia.

— Sabe, você tem um sorriso lindo. — Ela para à porta e se vira para mim. — Do tipo que faz a gente acreditar que o mundo é bonito.

— Hã, obrigada.

— Espero que você tenha um dia abençoado.

Observo a senhora caminhar lentamente até o carro. Reparei que ela estava usando um bóton do Newton e um chapéu vermelho. Penso em Kristin, do escritório da Dickers. Ela era como essa senhora, doce e radiante, toda gentil. E, mesmo assim, essa mulher… E Kristin. Elas conseguem olhar para alguém como eu, sorrir para Hannah e ainda votar no Newton.

As filas aumentam à medida que a tarde avança. Algumas pessoas são propagandas ambulantes de seus partidos, mas não tenho como saber em quem a maioria vai votar. Vejo um casal na fila que não para de sussurrar um para o outro. De vez em quando, o cara ergue as mãos no ar.

— Aposto que ele está dizendo que consegue fazer supino com ela — comento com Hannah. — Ele parece muito o tipo de cara que faz isso. E ela deve estar reclamando: "Deixa de ser tão insuportável", mas aí ele responde: "Tô te falando, eu consigo!" Quer dizer, por que outro motivo ele estaria erguendo as mãos daquele jeito?

— Talvez. — Hannah sorri sem muita convicção, e em seguida olha para a multidão outra vez.

Meu sorriso diminui. Estou tentando não pensar nisso. Hannah é ótima. É maravilhosa. Mas não é o Jamie.

Saio ao fim do meu turno, às cinco, e pego meu celular. Entro no perfil do Jamie. Vejo a foto do pôster do templo e as que tiramos quando conhecemos Jordan Rossum. Dou uma olhada na nossa foto com Rossum. Depois, na minha selfie com o Jamie. E então na última, em que estou sorrindo para a câmera como se conhecer Rossum tivesse sido a melhor coisa que já aconteceu na minha vida.

Olho fixamente para o meu rosto.

De repente, minha ficha cai. Como se minha vida fosse um filme passando diante dos meus olhos na velocidade da luz. Jamie e eu no carro dele. A sacola de presente com Goldfish. O bolo de chocolate no Intermezzo. Nós dois sentados juntos na seção de pátio da Target. Ou enroscados no sofá. Minha cabeça perfeitamente encaixada na curva do pescoço dele. O jeito que ele olha para mim, que me deixa sem graça. A importância que ele dá às minhas preocupações, aos meus medos e à minha felicidade, como se fossem dele. E — volto a olhar para a foto — a felicidade que ele me faz sentir, mais do que qualquer outra pessoa que já conheci. De repente, sinto tanta falta de Jamie que chega a doer. Aquele meu olhar derretido não é pelo Rossum. Aquele sorriso bobo e apaixonado não tem nada a ver com ele, e sim com o menino para quem estava olhando. O que estava atrás da câmera.

Não é só que eu queira beijar o Jamie.

Estou apaixonada por ele.

Meu corpo se enche de adrenalina.

Preciso vê-lo.

Agora mesmo.

Ele publicou a foto mais recente esta manhã. Uma mesa com adesivos "Eu votei" cor de pêssego arrumados em leque, com a legenda: *Hoje é o grande dia! Não deixe de votar! Desconectando e relaxando agora. Dedos cruzados por boas notícias à noite.*

Desconectar. Relaxar.

Sei exatamente onde ele está.

Paro meu carro no estacionamento da Target e corro para a loja. Passo pela Starbucks e pelos aparelhos de videogame, pelos racks de revistas e pelas prateleiras de DVDs. Atravesso a seção de liquidação de roupas. E lá está. A seção de pátio.

E lá está Jamie.

Sentado na cadeira de vime em forma de ovo, folheando uma revista.

De repente, sinto minha confiança vacilar, pensando em como as coisas ficaram entre nós. Como ele afastou a mão da minha. E se não conseguirmos superar as coisas que dissemos um para o outro? Ele disse que me amava.

Mas e se não me amar mais?

Bem nessa hora, ele levanta o rosto... e me vê. Arregala os olhos.

— Maya.

Não pensa. Só vai.

— Jamie.

Corro até ele e me sento ao seu lado. Nossos joelhos se roçam.

— Me desculpa, Jamie. Pelo que eu disse… as coisas…

— Não — diz ele apressadamente. — Eu que preciso pedir desculpas. Nunca devia ter falado daquele jeito. Fui insensível e estava errado. Mas agora eu entendo. Seus pais têm uma visão de como essas coisas deveriam ser. E, se você compartilha da visão deles, está tudo bem. Mais do que bem. Sei que sua religião e sua fé são importantes para você. Eu entendo. — Ele olha para mim. Seus olhos verdes encontram os meus. — Se não podemos namorar, não podemos. Eu respeito isso. Mas não quero perder você, Maya. Isso é o que mais importa para mim. E eu só…

Mas não o deixo terminar. Não deixo que diga nem mais uma palavra.

Eu me inclino para a frente e o beijo.

Jamie se assusta, mas então me envolve em seus braços e me beija também.

Seus lábios são quentes e gentis.

Ele tem sabor de limão e menta.

35

JAMIE

AI. MEU. DEUS.

Maya acabou de me beijar. Quer dizer, ela está me beijando. Tempo presente. Meu primeiro beijo está acontecendo aqui e agora, justamente na Target, o que, preciso admitir, parece estranhamente apropriado. Maya segura meu rosto, e seus lábios têm sabor de protetor labial de baunilha.

Meu cérebro para de funcionar. Mal consigo respirar, e minha cabeça está completamente enevoada.

Começamos um pouco hesitantes, mas então meio que encontramos nosso ritmo. Os lábios dela abrem espaço, e eu o preencho. Eu tinha tanta certeza de que seria péssimo nisso. Nunca consegui acertar nada da primeira vez. Nada mesmo. Nunca. Mas, de alguma forma, isso aqui funciona muitíssimo bem. Meus lábios simplesmente sabem o que fazer. Pelo menos, com a Maya.

Tenho quase certeza de que nascemos para isso. Tenho quase certeza de que beijar era algo que não existia até nós dois inventarmos.

Maya se afasta um pouco, apoiando a testa na minha. Ela ainda está segurando meu rosto.

— Eu te amo. — Sua voz falha. — Estou apaixonada por você. E sinto muito mesmo, isso tudo só me pegou...

Eu me curvo para a frente e a beijo ainda mais intensamente. Maya fica sem fôlego, e só isso já faz meu coração bater cada vez mais rápido. Seus braços descem pelos meus ombros. Ela está tão grudada em mim que seus joelhos estão quase no meu colo. Eu congelaria a história se pudesse. Bem aqui. Neste exato momento. Este é meu ponto preferido da linha do tempo.

— Eu te amo — falo, sem ar. — Senti tanto a sua falta.

— Eu também. Mal acredito que isso está acontecendo.

— Nem brinca. — Solto o ar. — Uau.

Ergo os olhos bem a tempo de ver um funcionário da loja desviar o rosto da seção de pátio.

— Hã. — Pigarreio. — Melhor irmos para... outro lugar?

Juro, nem estou sendo coerente.

Maya sorri.

— Provavelmente.

— Não quero parar de te beijar.

— Provador? — sugere ela.

— Minha nossa. Sim. — Eu a beijo de novo. — Ótima ideia.

É claro que decidir ir ao provador para nos beijarmos é uma coisa. Chegar lá é outra. Andar se torna um desafio quando se está zonzo desse jeito. Não paramos de esbarrar um no outro, como ímãs. E não paramos de nos esgueirar atrás de displays e dentro de corredores vazios.

Alguém passa por nós bem quando vou beijar Maya na seção de entretenimento. Eu disfarço.

— Rápido, finge que estamos olhando os DVDs.

Maya assente solenemente.

— *Emoji: o Filme*. Está na promoção. Parece romântico.

— Ah, você quer ver olhos de coração? Espera até chegarmos ao beijador. — Fico vermelho. — Provador.

Maya ri e pega a minha mão.

— Estou tão feliz.

É até difícil olhar para ela.

— Eu também. Meu Deus. Maya. Você não faz ideia...

— Oi, pessoal.

É o Kevin. Que apareceu do nada. Está coçando a cabeça, olhando nervoso para a gente. Vejo um adesivo de eleitor da Geórgia em sua camisa polo vermelha.

Uau. Pior momento possível. Deveria haver um prêmio para isso, chamado Prêmio Kevin Vá Embora. Concedido ao Kevin que aparece do nada para impedir você de beijar Maya Rehman em provadores.

Maya não solta a minha mão.

— Oi — cumprimenta ela.

Kevin sorri, meio sem graça.

— Estou muito feliz de ter encontrado vocês. Eu me sinto péssimo pela maneira como as coisas ficaram semana passada.

— Não, está tudo bem — diz Maya. — Sinto muito por ter gritado...

— Não sinta. Eu precisava daquilo para acordar. Maya, escuta, nem sei por onde começar a entender como tudo isso te afeta. Não sei se algum dia vou conseguir. Mas passarei a ouvir mais a partir de agora. Eu juro. — Ele dá um tapinha em seu adesivo cor de pêssego. — Quer saber em quem eu votei?

Maya arregala os olhos.

Kevin dá de ombros.

— Você me convenceu. Não adoro o cara, mas ele é muito melhor do que o Newton e mereceu o meu voto.

Maya parece perplexa.

— Obrigada.

Kevin sorri para ela e depois para mim.

— Enfim, não quero interromper nada...

— O quê? — gaguejo. — Ah, não. De forma alguma.

— Eu vou só... — Kevin aponta vagamente para a seção de hortifrúti. — Limpeza no corredor sete. Explosão de tangelos.

Assim que ele sai, Maya fica na ponta dos pés para me beijar no meio do corredor. Então segura minhas mãos.

— Vamos!

Praticamente passamos correndo pelos eletrônicos.

Ainda bem que o provador está vazio… não tem nem mesmo um atendente por lá. Maya me puxa para uma das cabines de família e fecha a porta.

— Ei, olha só — diz ela. — Estamos sozinhos.

Meu coração martela no peito.

— Estamos.

Ela se senta no banco, e eu a acompanho, beijando sua testa, suas bochechas, seus lábios. Mas então ela joga o corpo e se recosta para trás, de maneira que fico quase por cima dela. Seguro sua cabeça antes que bata no banco. Nossas pernas se entrelaçam, os tênis pendendo para fora do assento.

Desta vez, quando nos beijamos, é mais urgente. Suas mãos deslizam para a minha nuca, acariciando gentilmente meu cabelo. Corro meus dedos pelos seus braços, e ela sorri junto aos meus lábios.

— Senti um arrepio agora – diz.

Ela está tão perto que sinto o calor do seu hálito.

— Arrepio num bom sentido?

Maya ri.

— Sim, Jamie.

— Está… tudo bem para você?

— Sim, está tudo bem. — Ela me beija. — Muito bem.

— Só quero que você saiba que tudo bem se não pudermos namorar, se tiver que ser uma coisa que só aconteceu na Target uma vez. — Maya ri baixinho, e prendo uma mecha de cabelo dela atrás da orelha. — Sério. Isso pode ser o que você quiser…

— Eu quero ser sua namorada.

— Beleza. — Eu a beijo. — E seus pais? Você acha que eles vão concordar com… isso?

— Não sei. — Maya olha para mim. — Vou dar um jeito. Podemos ir devagar?

— Podemos ir do jeito que você quiser — falo.

Ela me puxa para perto e me beija de novo. E de novo.

O celular dela vibra alto, e nos afastamos com o susto.

— Ok. — Ela se endireita, voltando para perto de mim. — Bem, agora eu vejo a vantagem de não pegar sinal aqui.

Dou uma risada.

— Você deveria ver o que é.

Ela dá uma olhada na tela.

— É minha mãe. Ah, meu Deus. Se ela soubesse onde estou agora. — Olho para Maya, esperando uma expressão de pânico, mas ela está sorrindo para mim. — A votação está encerrada. Ela está no Scavino's fazendo entrevistas com o imame Jackson sobre o impacto que a eleição pode ter no projeto de lei. O resultado não deve demorar. Acho melhor irmos para lá. — Ela deita a cabeça no meu ombro. — Só que não estou pronta para parar de beijar você.

— Levo você de carro. Podemos nos beijar nos sinais vermelhos.

— Tenho uma ideia melhor — diz ela.

Então agora eu sei: a única coisa melhor do que dar carona para Maya é vê-la dirigir. Ela não parou de sorrir desde que saímos da Target. E não consigo parar de olhar para ela.

A covinha não sai de seu rosto.

— O que foi?

— Nada. Você é tão linda.

Maya faz um *pshh*, como se fosse bobagem, franzindo o nariz.

— E uma boa motorista — acrescento. — Uma motorista responsável.

O estacionamento do Scavino's está tão lotado que temos que parar na grama, e o restaurante está ainda mais cheio. Os donos decoraram o bar inteiro de azul, com máscaras de papelão do rosto do Rossum presas em centros de mesa com medalhas feitas de papel crepom, o que é bem esquisito, já que também vemos Rossum de corpo inteiro ali. Quer dizer, o verdadeiro Jordan Rossum, em carne e osso. Ele está no bar, com Gabe e Hannah.

Gabe bate palmas lentamente quando Maya e eu entramos. Minhas bochechas se acendem como supernovas.

Não tem como Gabe saber que nos beijamos. Maya e eu não estamos nem de mãos dadas. Sim, sinto como se houvesse uma energia tangível entre nós dois. E não, não consegui tirar meus olhos de Maya desde que saímos da Target.

Mas talvez a reação de Gabe seja só algo como: *Eu te disse que ela voltaria a falar com você.*

Mal sabe ele que na verdade quase não falamos na Target.

Rossum sorri para nós e acena, mas então o imame Jackson se aproxima. Maya me apresenta, e tento agir normalmente, mas parece que já gastei a última gota de tranquilidade que havia em meu corpo. Minha voz sai alta, quase esganiçada.

— Adorei ouvi-lo na WPBA com Tammy Adrian!

— Ah, muito obrigado.

Minha avó vem até nós, aperta a mão do imame Jackson e depois dá um abraço em mim e na Maya.

— Chegaram mais resultados do Condado de DeKalb — diz ela, quase cantarolando. — Maya, sessenta e cinco por cento do seu bairro votou no Rossum.

— Ai, meu Deus. Sério?

— Aham. — Minha avó sorri. — Até agora, tudo bem! Nesse ritmo, Boomer fará sua caminhada da vitória às dez.

— Boomer? — pergunta imame Jackson e, quando me dou conta, ele e a minha avó estão admirando fotos de cachorrinhos no celular dela.

Maya observa os dois por um minuto, depois se vira para mim, sorrindo. Mas, antes que ela consiga abrir a boca para falar, Sophie se aproxima.

— Parece que vocês dois estão tendo um bom dia.

Puxo o rabo de cavalo dela.

— Cala a boca.

— Só estou *falando*. — Sophie abre um sorriso radiante. — Ei, vocês viram a Hannah?

— Não olhe agora — diz Maya assim que Sophie se afasta em direção ao bar. — Mas nossas mães estão conversando.

— Isso é bom? — pergunto.

— Não sei. Não consigo ver o rosto da minha mãe.

— Bem... — Baixo a voz. — Desde que ela não tenha visto a filmagem das câmeras de segurança da Target...

Maya chega mais perto, encostando a mão na minha.

— Acho que ela vai acabar aceitando.

Ergo as sobrancelhas.

— Sério?

— Ela vai ter que aceitar. Vai, sim. Quer dizer, é *você*... — De repente, ela enfia a mão no bolso. — Outra mensagem. — Então, Maya pega o celular, olha para a tela e depois para mim.

E fica boquiaberta.

Sinto um aperto no peito.

— Está tudo bem?

— É a Sara. — Maya ergue os olhos para mim. — Ela disse que está aqui. Logo ali fora.

36

MAYA

LÁ ESTÁ ELA. SARA, TAMBORILANDO na perna, nervosa. Vejo um adesivo oval no seu vestido com as palavras *Eu votei*.

— Você dirigiu até aqui para votar? — pergunto.

Ela dá de ombros e abre um sorrisinho.

— Dei uma pesquisada sobre o Newton, e o cara é o maior babaca. A oportunidade de mandar ele à merda valia o dinheiro da gasolina.

— Obrigada por votar — falo. — E por vir até aqui.

— Sua mãe me disse onde você estava. — Sara morde o lábio. — Maya, me desculpa. Era nosso último verão juntas. E eu estraguei tudo. De verdade.

— Me desculpa também.

Eu a abraço.

— Fiquei arrasada em saber que você estava passando por tanta coisa e não sentia que podia se abrir comigo.

— Eu deveria ter conversado com você em vez de guardar tudo para mim — respondo. — E você tem razão sobre eu ser privilegiada. Eu sou. Você estava cheia de preocupações e eu não fui compreensiva. Me desculpa.

Nós nos abraçamos de novo.

— Como você está? — pergunto. — Como é o dormitório? Como está a Jenna? Me conta tudo o que eu perdi.

— O dormitório é ótimo, Jenna está bem. — Ela sorri. — Meu curso de verão é interessante. O trabalho é maneiro. Agitado. Adoro aquilo lá. Mas às vezes é meio solitário também.

— Solitário? — Olho para ela. — Pensei que você já fosse ter uns quinhentos amigos a essa altura.

— Talvez eu tenha. — Sara ri. — Mas não é a mesma coisa. Eles não me entendem da mesma maneira que alguém que me conhece desde os tempos do Elmo, sabe?

— Ainda tenho suas fanfics guardadas em algum lugar.

— Ah, para. — Ela ri outra vez. — Você não salvou minha fanfic.

— Só os desenhos — admito. — Eu poderia facilmente chantagear você.

— Para onde você está pensando em tentar faculdade ano que vem? — pergunta Sara. — Os prazos de inscrição estão acabando.

— Ainda não pensei muito sobre isso — respondo.

— Você vai pelo menos tentar a UGA, não é? — Ela sorri.

— Você tem feito essa lavagem cerebral em mim desde o fundamental, então talvez.

— Ah! — Os olhos dela se iluminam. — Quase me esqueci. Trouxe uma coisa para você.

Sara abre a bolsa, procura alguma coisa lá dentro e pega um livro.

— Isso é...? — Arregalo os olhos.

— Sim. — Ela abre um sorriso. — O livro novo da Angie Thomas e... surpresa! Especialmente para você.

Abro o livro. E ali está meu nome, escrito com caneta dourada.

— Não acredito! — Eu a abraço.

Sara estava pensando em mim. Mesmo quando não estávamos nos falando. Ela também estava sentindo minha falta.

A porta da frente do restaurante se abre, e Jamie aparece.

— Ei — diz ele.

— Oi.

Nós dois sorrimos um para o outro até Sara pigarrear.

— Ah. — Jamie fica vermelho. — Oi. E, hã, desculpa interromper, mas Cobb e o Condado de Fulton vão anunciar seus resultados agora. Achei que você pudesse querer assistir.

— Nós já vamos — aviso a ele.

Jamie sorri para mim. Eu fico vermelha.

— Uau — diz Sara depois que ele entra. — O que foi isso?

— Os resultados estão saindo.

— Não era disso que eu estava falando. Conta logo.

Dou de ombros.

— Nós, hã... nos beijamos hoje.

— Vocês o quê?! — Sara abre um sorriso de orelha a orelha. — Seria muito irritante se eu dissesse que eu avisei?

— Seria, sim. E você *não* me avisou disso!

— Avisei, sim! — Ela cutuca meu ombro.

Não consigo expressar em palavras como é bom poder compartilhar isso com a Sara. Contar a ela sobre o Jamie. Vê-la tão feliz por nós. Não sei como será nossa amizade agora que moramos a duas horas de distância uma da outra. Mas estou muito feliz por tê-la de volta na minha vida.

Quando voltamos para o restaurante, o clima está bem diferente. Repórteres andam de um lado para outro. O câmera está roendo as unhas. Todos estão falando baixinho. A voz do âncora do noticiário ecoa pelo restaurante. Eu me sento em uma cadeira de espaldar alto perto do Jamie, com Sara ao meu lado.

O Condado de DeKalb ainda está colorido de azul.

— Por que todos estão tão nervosos? — pergunto ao Jamie. — Afinal... estamos vencendo.

— É, mas a margem está diminuindo.

— Ainda está nos dois dígitos. Confia em mim... o endosso do grão-mestre da Klan foi um grande erro. Não tem como o Newton vencer.

Mas então os resultados do Condado de Fulton começam a chegar. A margem de dois dígitos diminui de maneira preocupante.

— Ele ainda tem a vantagem — comento.

— É... — confirma Jamie. — Acho que esses são os lugares mais conservadores mesmo.

Ainda que ele concorde para me dar apoio, posso ver em seus olhos que está preocupado. E também não posso negar o nó que sinto na garganta.

Quando as seções eleitorais do Condado de Cobb começam a divulgar seus resultados, a disputa se acirra para a casa de um dígito. Rossum tem a liderança em alguns locais, mas Newton está alcançando-o. Rapidamente. A maioria das vitórias e derrotas em cada seção eleitoral é decidida por uma margem de um ou dois por cento.

Jamie segura minha mão embaixo da mesa. As coisas vão mudar, digo a mim mesma. Têm que mudar. É impossível deixarem aquele Koopa Troopa vencer.

Mas então os distritos do norte começam a anunciar a contagem de votos.

Parece que uma criança derrubou um balde de tinta vermelha na parte superior do mapa.

— Isso está errado — diz Jamie, atônito. — Só pode estar.

Mas não está. É real. O mapa está ficando vermelho, e de repente me sinto num daqueles desenhos animados em que o Coiote pensa que está de pé na beira de um sólido penhasco, mas, quando olha para baixo, vê apenas o nada.

Porque é isso que temos agora. Nada.

Os quarenta e cinco minutos seguintes se passam em um torpor à medida que tudo muda. Então os resultados finais piscam na tela: 51,8% para Newton. E 48% para Rossum.

Todas aquelas portas em que batemos. Os panfletos que distribuímos. Cada placa que colocamos. Nada disso teve importância. Nós perdemos.

O restaurante fica em silêncio. Sara me abraça. Gabe se inclina para a frente, encarando fixamente a tela, como se estivesse tentando mudar o resultado com a força do pensamento. E Jordan Rossum... parece tão devastado quanto eu.

Jamie aperta minha mão. Tento conter as lágrimas. Olho para o imame Jackson e para minha mãe — eles estão sussurrando perto da parede dos fundos. Lauren está no celular, conversando baixinho.

É como se alguém tivesse morrido.

Rossum sai com a equipe. Os jornalistas correm atrás dele. As pessoas na televisão dançam de camisa vermelha, dando soquinhos no ar. Então minha ficha cai lentamente, como um tijolo afundando na água — o projeto 28 vai ser aprovado no Senado. Vai se tornar lei.

Sinto como se houvesse areia movediça em meu estômago... meu coração parece afundar numa espiral.

Algum tempo depois, Jordan volta. Ele vai para a frente do restaurante e reconhece a derrota. Lágrimas enchem meus olhos. Eu me viro para Jamie e vejo que ele está arrasado.

Rossum é eloquente e simpático. Agradece aos voluntários por tudo o que fizemos. E também à Lucia Adams, mãe da Hannah, pelo trabalho de proteção eleitoral que desempenhou e por sua luta para impedir que as seções eleitorais de áreas com populações minoritárias fechassem. Ouço alguns aplausos no restaurante.

Mas não sinto vontade de aplaudir.

— Simplesmente não entendo — diz Jamie em voz baixa.

— Sinto muito, gente — lamenta Sara. — Sei que vocês se dedicaram de corpo e alma a isso.

Dou de ombros, mas... é verdade. De que adiantou? Sim, chegamos perto. Mas perdemos.

— Oi, querida. — É minha mãe.

Solto a mão do Jamie embaixo da mesa e me endireito. Será que ela nos viu? Se viu, não demonstrou.

— Vocês estão bem? — pergunta a nós dois.

— Não muito — responde Jamie.

— Não consigo me sentir bem vendo tudo pelo que trabalhamos ir por água abaixo — desabafo.

— É normal se sentir decepcionado nesse momento — diz ela quando Lauren se junta a nós.

Não sei se *minha* mãe percebeu alguma coisa, mas a julgar pelo enorme sorriso da mãe do Jamie, ela *com certeza* notou.

— Não consigo entender — falo. — Como puderam fazer isso? Como as pessoas podem querer que ele nos represente, depois de tudo o que fez e disse?

— Eu sei. Mas chegamos perto — responde minha mãe. — O mais perto que alguém conseguiu chegar neste distrito em quase trinta anos.

— Chegar perto não é vencer. Ele perdeu.

— Você tem razão. Mas não se esqueça que essa foi uma eleição suplementar... esse cargo poderá ser disputado novamente daqui a dezesseis meses. E agora sabemos que é possível vencer.

— Estão vendo aquela mulher ali? — Lauren indica a mãe da Hannah, que está conversando com um repórter. — Há um burburinho em torno do nome dela. Talvez ela concorra.

— Mas, enquanto isso, o projeto de lei 28 foi aprovado na Câmara esta manhã. — Suspiro. — E agora eles têm maioria absoluta no Congresso Estadual. Então vai mesmo virar lei.

— Ah, sim. Quanto a isso — diz Lauren. — Tem um grupo de advogados da firma Austin e Byrne se juntando à União Americana pelas Liberdades Civis para acabar com essa confusão constitucional.

— Austin e Byrne? — Jamie inclina a cabeça e pega um copo de água. — São aqueles do outdoor perto do templo?

— Esses mesmo. — Lauren abre um sorrisinho. — Nosso amigo Mark Plummons disse que encontrou informações sobre isso no banheiro durante o bat mitzvá da Sophie. Não é curioso?

Jamie se engasga com a água.

— Sério? — pergunto. — Eles já estão pensando em lutar contra o projeto de lei?

— Sim, esperam conseguir intimidá-los antes que a coisa avance ainda mais, porém, independentemente do que aconteça, vão lutar até o fim.

Olho para o Jamie. Ele olha para mim e esboça um sorriso. Tem uma equipe de advogados trabalhando para barrar o projeto de lei. E tivemos um dedo nisso. Não é grande coisa — não é quase nada, para ser sincera —, mas é algo a que podemos nos agarrar. Isso me dá esperança.

Então o imame Jackson vem falar com minha mãe — alguns jornalistas querem uma declaração da mesquita. Assim que ela se afasta, Jamie e eu aproveitamos a oportunidade para escaparmos até os fundos do restaurante.

— Está se sentindo melhor? — pergunto.

— Ainda dói. É como se eu tivesse sido atropelado por um trem.

— Sim. Todo aquele trabalho…

— Para nada.

Olho para o rosto abatido de Jamie e me aproximo dele.

— Quer dizer, acho que não foi para nada — falo. — Como nossas mães disseram, chegamos bem perto. Na próxima, vamos chegar mais perto ainda. Na próxima, vamos acabar vencendo.

— Mas talvez a gente faça tudo de novo e tenha o mesmo resultado.

— Na próxima eleição, haverá mais de nós. Você e eu vamos poder votar. E o Drew, o Felipe, o Nolan e a Shelby também.

— É — concorda ele. — Mas ainda assim…

Jamie tem razão. Não sabemos o que vai acontecer. Podemos fazer tudo de novo ano que vem. Bater de porta em porta, colocar placas, distribuir garrafas de água para os voluntários com sede. Votar. E ainda assim perder.

— É, podemos fazer de tudo e dar de cara na parede. — Dou outro passo na direção dele. — Mas também podemos vencer.

Podemos conseguir de fato mudar as coisas. E *talvez* ainda valha a pena lutar por isso, não acha?

Entrelaço meus dedos nos de Jamie, e ele olha para mim.

— Você pensou nisso tudo, não foi? — pergunta ele, com um sorrisinho discreto.

Não respondo. Só o beijo.

NOTA DAS AUTORAS

EM NOVEMBRO DE 2016, ASSISTIMOS horrorizadas e em pânico a Donald Trump ser eleito presidente dos Estados Unidos. Como muitas pessoas, estávamos preocupadas com o tipo de mundo em que nossos filhos cresceriam. O ódio de Trump dera força a outras pessoas que compartilhavam de suas opiniões racistas e intolerantes de uma maneira que nos atingia de forma muito pessoal, como mulheres muçulmanas e judias. O antissemitismo e a islamofobia aumentaram consideravelmente, e o vandalismo de mesquitas e sinagogas tornou-se comum. Em nosso estado de origem, a Geórgia, um deputado estadual propôs um projeto de lei que proibiria as mulheres muçulmanas de usarem hijab em público. Dias depois, uma escola de ensino médio no subúrbio de Atlanta foi grafitada com o nome de Trump, uma suástica e vários insultos racistas e homofóbicos. As más notícias eram incessantes — e aqui na Geórgia parecia que nos afundávamos cada vez mais nelas.

Mas então nos deparamos com um ponto positivo: uma eleição suplementar para uma vaga do nosso distrito na Câmara dos Deputados dos Estados Unidos. O Sexto Distrito da Geórgia era solidamente republicano desde sempre, mas um homem de

Atlanta chamado Jon Ossoff estava tentando mudar isso. Ele exigia transparência e prometia resistir à intolerância e à retórica do ódio. Após semanas nos sentindo impotentes diante da série de horrores que atingiam todo o país, era exatamente disso que precisávamos. Sua candidatura era um bote salva-vidas em um mar de más notícias.

Então nos lançamos imediatamente na campanha. Nenhuma de nós havia ido bater de porta em porta para um político antes, e estávamos nervosas, mas parecia algo tangível que estava ao nosso alcance. O processo se mostrou estranho, tedioso e, por vezes, ingrato, mas também edificante e gratificante. Foi a primeira vez que de fato compreendemos o poder do ativismo local. No fim das contas, Ossoff perdeu a disputa… mas o resultado foi notavelmente acirrado no nosso distrito historicamente republicano da Geórgia.

Para nós, esses momentos pareceram o início de uma história… sobre alegria, mágoa, resistência e esperança. Maya, Jamie e *Sim, não, quem sabe* nasceram da nossa crença de que o ativismo e o amor podem nos curar e nos conectar, mesmo nos momentos mais difíceis.

E quanto ao Sexto Distrito da Geórgia? Menos de um ano e meio após a derrota por pouco de Ossoff, a democrata Lucy McBath venceu o candidato republicano nas eleições de 2018. Ela é a primeira democrata a representar nosso distrito em quarenta anos.

Há esperança. Agarre-se a ela e continue lutando.

AGRADECIMENTOS

ASSIM COMO UMA CAMPANHA POLÍTICA, *Sim, não, quem sabe* não seria possível sem a equipe apaixonada que acreditou nessa história e fez a mágica acontecer nos bastidores. E estamos repletas de gratidão pelas diversas pessoas que nos acompanharam nessa jornada, incluindo:

Nossa brilhante editora, Donna Bray, que está mudando a história, um livro de cada vez.

Nosso time fenomenal na HarperCollins e Balzer + Bray, incluindo Tiara Kittrell; Suzanne Murphy; Jean McGinley; Andrea Pappenheimer e equipe; Nellie Kurtzman, Audrey Diestelkamp e equipe; Sari Murray; Patty Rosati e equipe; Alison Donalty e Chris Kwon; e Alessandra Balzer.

Soumbal Qureshi, pela maravilhosa arte de capa.

Nosso time sensacional de agentes: Taylor Martindale Kean, Brooks Sherman, Wendi Gu, Stephanie Koven, Mary Pender, Kim Yau e nossas equipes na Full Circle, Janklow & Nesbit, UTA e Paradigm.

Lucy Rogers e nossa incrível equipe da Simon & Schuster UK, Leonel Teti e seus colegas brilhantes na Puck, e o restante de nossos maravilhosos editores internacionais, que aceitaram o risco de investir em um livro sobre eleições locais nos Estados Unidos.

Stacey Abrams, por literalmente tudo.

Os livreiros, bibliotecários, professores, Instagrammers, blogueiros e YouTubers que ajudam nossos livros a encontrar seus leitores. Vocês merecem o mundo.

Nossos leitores especialistas, que tornaram este livro muito melhor com seus comentários atentos: Mike Reitzes, Celeste Pewter e Jennifer Dugan — e um agradecimento especial a Amie Herbert, pela consultoria sobre bar mitzvá!

Os amigos que nos deram bons conselhos, ajudaram a pensar no título e na capa e nos mantiveram focadas: S. K. Ali, Sakib Qureshi e Sameera Fazili, Adam Silvera, Jasmine Warga, David Arnold, Angie Thomas e Emily X.R. Pan, Nic Stone, Mackenzi Lee, Meg Medina, Rose Brock, Dahlia Adler e tantos outros.

Matthew Eppard, Diana Sousa e Sharon Morse, e também Phil Bildner e Cristin Terrill da Author Village, que fazem o mundo girar.

Nossos grandes campeões: Kalsoom e Anwar Saeed, Eileen Thomas, Jim e Candy Goldstein, Ali Saeed, Aamir Saeed, Caroline Goldstein, Sam Goldstein e os Albertalli — e a maior gratidão do mundo para Kashif Iqbal e Brian Albertalli, que seguraram as pontas durante todas as nossas horas no Intermezzo e na seção de pátio da Target.

As crianças que fazem toda a luta valer a pena: Waleed, Owen, Musa, Henry e Zayn.

Os voluntários, funcionários, manifestantes, resistentes, eleitores e todos vocês que têm os números de seus representantes na discagem rápida. Nós vemos vocês e agradecemos seus esforços de todo o coração.

As organizações maravilhosas que vêm travando lutas importantes o tempo todo. São muitas para mencionarmos, mas seguem aqui algumas das nossas preferidas. Confira os sites para saber mais sobre elas e considere fazer uma doação, se puder.

União Americana pelas Liberdades Civis: www.aclu.org
Centro de Direito da Pobreza do Sul: www.splcenter.org
Centro de Refugiados e Imigrantes para Educação e Serviços Jurídicos: www.raicestexas.org
Rock the Vote: www.rockthevote.org
Fair Fight: www.fairfight.com

intrinseca.com.br

@intrinseca

editoraintrinseca

@intrinseca

1ª edição	FEVEREIRO DE 2021
impressão	BARTIRA
papel de miolo	PÓLEN SOFT 70G/M²
papel de capa	CARTÃO SUPREMO ALTA ALVURA 250G/M²
tipografia	FAIRFIELD